阅读1+1工程

根据中小学语文教学要求编写。青少年必读的100部中外名著

顾振彪◎主编

名师精讲

古希腊神话

[德]古斯塔夫·施瓦布◎著　王葆莉◎译

延边人民出版社

主编推荐

文学是人类感情的最丰富最生动的表达，是人类历史的最形象的诠释。优秀的文学作品传达着人类的憧憬和理想，凝聚着人类美好的感情和灿烂的智慧，是大师们智慧的结晶，那里面充满了智者的箴言。正如德国诗人歌德所言："读一本好书，就等于和一位高尚的人对话。"

文学名著的最大特点，是丰富的情感内涵。作家在文学作品中投入了深沉炽热的情感，文学故事中体现了人与人之间最普遍的情感，那至死不渝的忠贞，热情似火的浪漫，纯洁无瑕的童真，舐犊情深的母爱，山盟海誓的爱情，使读者的心灵受到震动，受到洗礼，受到启迪，从而激发出其内在的激情，增强对世界、对人生、对情感的感受力。

因此，亲近文学，阅读优秀的文学作品，是一个文明人增长知识、提高修养、丰富情感的极为重要的途径，这已经成为很多人的共识。

这套书所选的都是经历史和时间检验的文学经典名著，这些经典名著凝聚着人类的大智慧和高尚情感，是我们取之不竭的精神源泉。我们相信，这套书能够成为读者的良师益友，成为大众家庭的必备藏书。

顾振彪

目　录

书路领航 ··· 1
　　作者简介 ··· 1
　　故事梗概 ··· 1
　　艺术特色 ··· 3
　　人物画廊 ··· 4
　　阅读指导 ··· 5
　　名家点评 ··· 6

阿耳戈英雄们的故事[精读] ······················· 1
赫拉克勒斯的故事 ····································· 60
忒修斯的故事 ··· 98
俄狄甫斯的故事 ··· 115
底比斯战争 ··· 131
特洛伊的故事[精读] ································· 151

综合测试 ··· 256
读后感 ··· 258

书路领航
SHULULINGHANG

作者简介

古斯塔夫·施瓦布(1792—1850),是德国著名的浪漫主义诗人。他生于斯图加特一个宫廷官员家庭,从小便接受了良好的教育,曾任席勒的老师。1809—1814年在蒂宾根大学攻读神学和哲学期间,结识了乌兰德等著名文学家,这对他日后的创作产生了极大影响。毕业后,他去德国北部地区考察旅行,结识歌德和霍夫曼等人。在随后的教师生涯中,他培养出了席勒等著名文学家。他在文学上的主要贡献在于发掘和整理古代文化遗产,他以极具文学价值的生动文字与严谨精良的民族特性,将散乱的希腊神话整理成情节清晰完整的优美巨著。曾出版《美好的故事和传说集》《德国民间话本》和《希腊神话故事》。他的主要诗集有《博登湖上的骑士》《马尔巴赫的巨人》等。《希腊神话故事》自问世以来,被译成各种文字,畅销至今。

故事梗概

古希腊神话故事充满智慧和神奇的色彩。讲述的是宙斯统治天国时期,围绕诸神和英雄们发生的曲折跌宕的故事,主要包括神的故事和英雄的传说。相传最初的世界只是一片混沌状态,在混沌之中首先产生了大地女神——该亚以及老一代的神,该亚生下天父乌拉诺斯。之后该亚与天父结合生下六男六女,称作十二泰坦神。天父担心儿女夺权,就把孩子都打入地狱,唯有小儿子克洛诺斯在该亚的保护下,幸免于难。克洛诺斯长大后打败父亲,成为新一代的神。受伤的父亲的血滴在地上生出复仇女神厄里尼厄斯和巨人。天神克洛诺斯和姐姐瑞亚生下赫拉、波塞冬、宙斯等三男三女。克洛诺斯为避免子女重蹈覆辙,在孩子出生时就把他们吞入腹中。伤心欲绝的母亲瑞亚不得已把刚出生的小儿子宙斯藏在一个山洞中,她用一块尿布包着的石头当作婴儿交给克洛诺斯吞下,这才让宙斯逃过被吃掉的命运。后来,宙斯打败父亲,主宰世界,迫使父亲吐出被吞下去的兄姐。兄姐们感谢宙斯,便推他为主神。后来,宙斯娶姐姐赫拉为天后。宙斯和他的兄姐及子女组成新一代神系家族,生活在奥林匹斯圣山。新一代的神包括众神之父宙斯、天后赫拉、海神波塞冬、冥王哈得斯、智慧女神雅典娜、太阳神及射术神阿波罗、狩猎女神与月亮女神阿耳忒弥斯、爱与美之神阿弗洛狄忒、战神阿瑞斯、火神与工匠神赫淮斯托斯、神使赫尔墨斯和农神德墨忒耳等等。他们掌管着自然和生活的各种事物。

  希腊神话中的英雄具有神的超人的力量,但他们不是神。只有少数的英雄经过奋斗,得到宙斯的肯定后才能升入天庭成为神。希腊神话中的英雄大都是神与凡人所生的半神人,他们是宙斯创造的第四代人。第一代人为黄金人类,他们生活得无忧无虑,如同神祇一般;第二代为白银人类,他们尔虞我诈,亵渎神祇;天父宙斯创造了第三代人,即青铜人类,他们残忍粗暴,战争不断;后来,宙斯又创造了第四代人,即英雄时代人类。第五代就是现代,即所谓黑铁时代,人们彻底堕落,痛苦和罪孽充斥人间,失去了神祇的保护。当然,本书中的英雄都是第四代的人,他们体力过人,勇猛无比,战天斗地,克服了一个个艰难险阻,上演了一幕幕神与神、神与人、人与人以及由不同的神支持的英雄们之间的可歌可泣的战斗,充分展现了人类敢于战胜恶劣的自然环境的豪迈气概和顽强意志,成为古代希腊人民集体力量和智慧的化身。其中最著名的传说有阿耳戈英雄们的故事、赫拉克勒斯的故事、忒修斯的故事、俄狄甫斯的故事、底比斯战争、特洛伊的故事等。

艺术特色

1. 希腊神话中的神与人同形同性,这也是它最大的特点

在希腊神话中人按照自己的形象创造神,赋予神以人形、人性,甚至人的社会关系。神话中的神高度人格化,具备人类的思想感情,性格分明,具有人神同形同性的特点。神和人的基本区别在于神强大,长生不死,生活闲逸快乐;人类弱小,会死,生存艰辛,不得不经常求助于神明,但也常常诅咒神明作恶。古希腊人崇拜神,但同时赞美人,赞美人的勇敢和进取精神。古希腊人批评骄傲、残忍、虚荣、贪婪、暴戾、固执等人的性格弱点,且认为正是这些性格弱点造成人生悲剧。古希腊人崇拜神,但并不赋予神明过分的崇高性,也不把神明作为道德衡量的标准,而是把他们作为人生的折射。

2. 希腊神话的故事性很强,具有丰富的想象力

希腊神话的优美、动人也是举世闻名的,它具有美丽的幻想、清晰质朴的风格。希腊神话是经过几百年的创作和积累形成的一个瑰丽的民间口头文学宝藏,其中许多情节是由于当时的人们认知有限,只能借助想象去解释扑朔迷离的自然现象而产生的,具有丰富的想象力。另外,希腊神话为西方文学在文学形式上树立了原型,即以叙事为主,情节丰富有趣,最著名的有阿耳戈英雄们的故事、特洛伊的故事等。

3. 希腊神话中蕴含着丰富的哲理

希腊神话是古希腊人最初的意识活动成果,它艺术地概括了他们对社会和自然的认识,表达了他们对社会不平现象的义愤,他们的经验和思想,充满乐观的精神,充满了追求光明、热爱生活、以人为本,肯定人的力量和人本主义的思想。古希腊神话正是以这种人本精神,以动人的故事和深邃的思想内涵,吸引了一代又一代的读者,令人百读不厌,成为后代文学艺术创作丰富的材料源泉。

人物画廊

宙斯

天神,古希腊神话中最高的神,罗马神话中称朱庇特,为克洛诺斯与瑞亚所生的最小的儿子。宙斯和他的兄弟波塞冬和哈底斯分管天界、海界、冥界。宙斯是掌管宇宙的统治者。木星的拉丁名也起源于他。

伊阿宋

伊阿宋是埃宋的儿子,克瑞透斯的孙子。希腊神话中夺取金羊毛的主要英雄。克瑞透斯在帖撒利的海湾建立城池和爱俄尔卡斯王国,并把王国传给儿子埃宋。后来,埃宋的弟弟珀利阿斯篡夺了王位。埃宋死后,他的儿子伊阿宋逃到半人半马的肯陶洛斯族人喀戎那儿。喀戎训练伊阿宋做一个英雄。为要回王位,他答应帮珀利阿斯取得金羊毛。在女巫美狄亚帮助下取得金羊毛,后他与美狄亚结婚,但又喜新厌旧抛弃了妻子。后来他与孩子遭到美狄亚的诅咒,全部丧命。也有传说他在遭到诅咒后,死于取得金羊毛的那艘大船下面。

赫拉克勒斯

他是希腊神话中最伟大的英雄人物,宙斯与阿尔克墨涅之子,半人半神的他自幼在名师的传授下,学会了各种武艺和技能,骁勇善战,成为众人皆知的大力士。天后赫拉非常嫉妒这个宙斯与情妇所生的孩子,曾派了两条毒蛇去毒杀他,但两条蛇居然被婴儿赫拉克勒斯活活捏死了。赫拉克勒斯听从美德女神的忠告在十二年中完成了十二项英勇业绩。此外他还参加了阿耳戈英雄的远征帮助伊阿宋觅取金羊毛。

美狄亚

她是科奇斯岛会施法术的公主,也是太阳神赫利俄斯的后裔。她与来到岛上寻找金羊毛的伊阿宋王子一见钟情。美狄亚用自己的法术帮助伊阿宋完成了自己父亲定下的不可能任务。取得金羊毛后,美狄亚和伊阿宋一起踏上返回希腊的旅程。美狄亚的父亲听到她逃走的消息,派她的弟弟前往追回她。美狄亚杀死了自己的弟弟,并将尸体切开,分割成碎段,抛在山上各处,让父亲和追赶的差役忙于收尸,以此拖延时间才得以脱身。后来伊阿宋移情别恋,美狄亚由爱生恨,将自己亲生的两名稚子杀害,同时也用下了毒的衣服杀死了伊阿宋的新欢,伊阿宋也抑郁而亡。

阿喀琉斯

阿喀琉斯是古希腊神话和文学中的英雄人物,参与了特洛伊战争,被称为"希腊第一勇士"。他是所有英雄之中最耀眼的一位,也是战无不胜的。阿喀琉斯小时就在人马喀戎那里学到了草药、医学和格斗的技艺。克桑托斯告诉阿喀琉斯,阿喀琉斯将于特洛伊阵亡。他母亲知道儿子将死于特洛伊,即送他出国。后来预言家卡尔卡斯对阿伽门农兄弟说只有阿喀琉斯参加征讨才能攻下特洛伊,于是奥德修斯就假扮商人找到了他并带他去了特洛伊。阿喀琉斯最后被赫克托耳的弟弟帕里斯在太阳神阿波罗指点下,用箭射中阿喀琉斯的脚踝,希腊人的第一勇士因此而死去。

奥德修斯

他是希腊神话传说中伊塔卡岛之王,参加特洛伊战争。出征前参加希腊使团去见特洛伊国王普里阿摩斯,以求和平解决因帕里斯劫夺海伦而引起的争端,但未获结果。希腊联军围攻特洛伊期间,奥德修斯英勇善战,足智多谋,屡建奇功。他献木马计里应外合攻破特洛伊。

阅读指导

古代"希腊七贤"之一的哲学家泰利斯·封·弥勒特曾经说过:"神充斥一切!"他指出,古代的希腊人几乎都认为世界是神祇创造并由神祇统治的。尽管哲学家们把神祇从形象到内含都解释得十分抽象,可是这并不影响人们对神祇的信仰,因为对希腊人说来,没有神祇的世界是不可理喻的。

古代希腊是世界文明古国之一。古希腊人的活动范围主要包括现今的巴尔干半岛南部、小亚细亚西部沿海地区和地中海东部各岛屿。此外,他们很早便与黑海沿岸地区的居民交往,向意大利半岛南部沿海和西西里岛等地区移民,足迹远至西地中海和北非。古希腊人在其生存和发展过程中创建了璀璨的文化,传下丰富的遗产,神话传说就是其中之一。

古代神话的产生历史久远,它是处在生产力发展水平低下时期的远古人类借助想象征服自然力的产物。由此,古代神话必然包括神的故事和人与神之间的关系和冲突的故事——英雄传说这两个方面。神的故事更明显地反映了古代人类面对强大的自然现象形象化的丰富想象力,英雄传说则主要是对可能具有某种历史性的传奇人物及相关事件的崇拜和理想化,反映了远古人类的生存活动和与自然进行的顽强斗争。

古希腊神话的优美、动人是举世闻名的。古希腊神话故事的形成很早,是一代代远古人集体创作的结晶。

名家点评

希腊神话是人类美丽伟大的诗,具有不朽的魅力。……那是人类艺术的一种规范和高不可及的范本。

——马克思

希腊神话不只是希腊艺术的文库,而且是它的土壤。

——马克思

阿耳戈英雄们的故事 [精读]

导语

年轻的伊阿宋为了能得到本应属于他的王位,和他的阿耳戈英雄们到底经历了哪些磨难呢?其间,又有多少诱惑?他们能抗拒得了吗?英雄们能拿到金羊毛吗?而伊阿宋又能否如愿以偿呢?

伊阿宋和珀利阿斯

伊阿宋是埃宋的儿子,克瑞透斯的孙子。克瑞透斯在帖撒利的海湾建立城池和爱俄尔卡斯王国,并把王国传给儿子埃宋。后来,埃宋的弟弟珀利阿斯篡夺了王位。埃宋死后,他的儿子伊阿宋逃到半人半马的肯陶洛斯族人喀戎那儿。喀戎训练伊阿宋做一个英雄。在珀利阿斯年迈时,他为一种神谕而感到不安。神谕警告他提防只穿一只鞋的人。他反复思忖,也猜不透这话的含义。伊阿宋20岁时,动身返回故乡,要向珀利阿斯讨回王位继承权。他带了两根长矛,一根用来投掷,一根用来刺杀。他身上裹着野豹皮,长发披散在肩上。在途中,他经过一条大河,河旁一位老妇,求他帮助她渡过河去。实际上,她是神祇之母赫拉,是国王珀利阿斯的仇人。因为她作了伪装,伊阿宋竟没有认出她来。他背着老妇人过河。在河中,他的一只鞋子陷在泥淖里拔不出

名师批注

‖写作看点‖

此处假借"神谕"埋下伏笔,等到后文自有呼应。

‖知识链接‖

赫拉,天神之父宙斯的妻子。是女性的代表,掌管婚姻与生育。

名师批注

‖ 写作看点 ‖

呼应前文，暗示国王与伊阿宋的争斗一定不同一般。

‖ 阅读看点 ‖

珀利阿斯本来是篡夺伊阿宋父亲的王位，现在对伊阿宋这么和气，可见事情之奇怪。"亲切"一词，更显珀利阿斯老奸巨猾。

来。他就一只脚穿着鞋子，一只脚赤着，继续赶路，来到爱俄尔卡斯的市场上，一群人正在忙忙碌碌，原来是他叔父珀利阿斯正在那里虔诚地祭献海神波塞冬。人们看到伊阿宋英俊魁梧，气宇轩昂，都很惊异，以为是阿波罗或阿瑞斯来到了人间。正在摆设祭品的国王看到走过来的伊阿宋，也不禁吃了一惊，因为这个外乡人只穿了一只鞋子。当神圣的祭拜仪式完毕后，他立即朝这个外乡人走去，问他是谁，家在哪里。珀利阿斯问话时尽管装作若无其事的样子，但内心却充满疑虑和恐惧。

伊阿宋大胆地回答说，他是埃宋的儿子，在喀戎的山洞里长大。现在他回来了，想看看父亲的旧居。狡黠的珀利阿斯客气地听着，亲切地接待了他，不让丝毫的惊恐与不安流露出来。他派人带伊阿宋到宫殿内到处走走看看。伊阿宋以渴慕的目光打量着父亲的旧居，内心感到很满足。接连五天，他同堂兄弟和亲属们欢宴庆祝他们的重逢。第六天，他们离开了为宾客特意搭建的帐篷，来到国王珀利阿斯的面前。伊阿宋谦和地对叔父说："国王哟，你知道，我是合法君王的儿子，你所占据的一切都是属于我的。但我仍愿意把羊群、牛群和土地都留给你，尽管这些都是你从我父王那儿夺去的。我其他什么也不要，只要讨回我父王的权杖和王位。"

珀利阿斯很快地镇定下来，亲切地说："我愿意满足你的要求，但你也必须答应我的一个请求，替我做一件事。我因为年迈体衰，已经无力做这件事了。长久以来，我夜里做梦老是梦到佛里克索斯的阴魂。他要求我让他的灵魂平静，满足他的一个愿望，到科尔喀斯的国王埃厄忒斯那儿去，取回他的遗骸和金羊毛。照理该我去，但我现在只得把这光荣的使命交给你了，你可以从中获得无上的荣誉。当你带回这宝贵的战利品时，你就能得到权杖和王位。"

阿耳戈英雄踏上征途

金羊毛的来历是这样的：

佛里克索斯是玻俄提亚国王阿塔玛斯的儿子。他受尽了父亲的妃子伊诺的虐待。为了保护儿子免遭妃子的迫害，佛里克索斯的生母涅斐勒跟赫勒共同努力，把儿子从宫中悄悄地抱了出来。涅斐勒是一位云神，赫勒是她的女儿，佛里克索斯的姐姐。涅斐勒让儿子和女儿骑坐在生有双翼的公羊身上，公羊的羊皮是纯金的，那是众神的使者、亡灵接引神赫尔墨斯送给她的礼物。姐弟两人乘坐怪骑在空中飞过了陆地和海洋，不料姐姐赫勒在途中一阵头昏目眩，竟从羊背上跌落下去，摔在海里淹死了。从此以后，那座海洋就被称作赫勒海，又称赫勒持滂。人们知道，它就是达达尼尔海峡的古称。

佛里克索斯平安地来到黑海海滨的科尔喀斯王国，受到国王埃厄忒斯的热情接待。国王把女儿卡尔契俄珀嫁给佛里克索斯。佛里克索斯用金羊祭供宙斯，感谢宙斯帮助自己成功地逃脱厄运。然后，他把剥下的金羊毛作为礼物，献给国王埃厄忒斯。国王把金羊毛祭供战神阿瑞斯，他命人把羊皮张开，用钉子钉在纪念阿瑞斯的神林里，再派一条火龙专门看守金羊毛，因为一则命运的谶语把他跟占有这张金羊毛紧紧地联系在一起。

金羊毛被看作稀世珍宝，希腊人对它议论纷纷。一些英雄和君王对金羊毛向往日久，垂涎欲滴。因此，珀利阿斯国王理所当然地认为，应该激发伊阿宋去获得这件宝贵的战利品。伊阿宋欣然答应，他不明白叔父的真正用意，不知道叔父其实希望伊阿宋客死他乡。叔父不相信他能经历如此巨大的冒险，还能活着回来。

名师批注

‖ 写作看点 ‖

一句话提纲挈领，下面再详细描写。这样的总分方式使文章的逻辑关系非常明晰。

‖ 阅读看点 ‖

此处点明珀利阿斯让伊阿宋远行的真正目的，奸猾的嘴脸跃然纸上。

名师批注

‖ 阅读看点 ‖

此段介绍了阿耳戈号的来历：建造者是伟大的建筑师，又有女神的帮助，船大而轻，是希腊人航海的宝贝。

‖ 知识链接 ‖

雅典娜，希腊神话中的智慧女神，因为她是雅典城的守护女神，所以又是女战神。

‖ 阅读看点 ‖

前文叙述阿耳戈号雄伟而华丽，这里又详细描写了船上参加出征的各路英豪。看来，伊阿宋此次出征是志在必得。

闻名希腊的英雄们都被召集起来，他们决心共同参加这一场英勇的事业。聪明卓绝的希腊建筑大师阿耳戈在佩利翁山脚下按照雅典娜的指示，用浸在水中不烂的坚木造了一条华丽的大船，船上共有 50 把船桨。大船按照建筑师的名字称作阿耳戈号。阿耳戈是阿利斯多的儿子，阿耳戈号是希腊人用于航海的最大的一条船。女神雅典娜从多度那宙斯神殿前一棵会说话的大栎树上锯下一块会占卜的木板，将它安在桅杆上。华丽的大船上装饰着许多美丽的花纹板，可是船体却很轻。英雄们嘿唷一声就能把它架在肩上扛走。

等到船上一切装备就绪以后，阿耳戈号船工的水手全都参加抽签，决定自己的工作位置。伊阿宋是整个船队的总指挥，提费斯掌舵，眼力敏锐的林扣斯担任领港，著名的英雄赫拉克勒斯掌管前舱，珀琉斯和忒拉蒙负责后舱。（珀琉斯和海洋女神生下儿子阿喀琉斯，忒拉蒙是埃阿斯的父亲。）内舱里还有宙斯的儿子卡斯托耳和波吕丢刻斯。此外还有皮罗斯国王涅斯托耳的父亲涅琉斯，虔诚的妻子阿尔刻提斯的丈夫阿德墨托斯，战胜卡吕冬野猪的墨勒阿革洛斯，天才而又可爱的歌手俄耳甫斯，帕特洛克罗斯的父亲墨诺提俄斯，后来当了雅典国王的忒修斯以及他的朋友庇里托俄斯，赫拉克勒斯的年轻朋友许拉斯，海神波塞冬的儿子奥宇弗莫斯和俄琉斯，俄琉斯是罗克里斯国王、小埃阿斯的父亲。伊阿宋把他的船祭献给海神波塞冬。起航前，他们给波塞冬和一切海神祭供牺牲，虔诚地祷告，祈求保佑。

众位英雄在船中坐定。伊阿宋一声令下，有人启动船锚，50 支船桨一起划动。顺风顺水，船借风势，不一会儿便离开了爱俄尔卡斯港。英雄们斗志昂扬，他们驶过了海岛和山峦。第二天，海上起了一阵巨风，滔天的波浪把英雄们一直推到雷姆诺斯岛的港口。

阿耳戈英雄们在雷姆诺斯岛

在雷姆诺斯岛上，一年前发生了一件怪事，妇女们几乎都杀死了岛上的男人，即她们的丈夫，因为她们的丈夫从色雷斯带回了许多外乡女子，爱神阿弗洛狄忒激起了她们的妒火。妇女中只有许珀茜柏勒原谅了她的父亲托阿斯国王，将他藏在木箱里，抛在大海里，任其漂流。

从此以后，妇女们总是担心色雷斯人会来袭击雷姆诺斯，她们常常怀着戒心站在岸边眺望海上，提防有船只突然驶来。现在，当她们看到阿耳戈船快速靠近海岸，不由得惊恐起来。她们全副武装，纷纷冲出城门，像亚马孙女人国的士兵一样，在海岸上严阵以待。阿耳戈的英雄们看到海岸上聚集着一群武装的妇人，却没有一个男人，感到非常惊异。他们派出一位使者，手持和平节杖，乘一只小船靠岸，来到这支奇怪的队伍前。她们簇拥着他，带他去见女王许珀茜柏勒。使者彬彬有礼地传达了阿耳戈英雄们的请求，让他们进港休息。女王立刻把她的部下召集在城中的市场上，自己端坐在从前父亲坐过的大理石王座上，向众人报告阿耳戈英雄们的和平要求。她站起身来，说："亲爱的姐妹们，我们已经犯下极大罪孽，愚蠢地消灭了全部男人。现在，他们央求我们，我们不能摒弃朋友。但是，我们也要提防，别让他们知道我们的蠢事。因此，我建议把食物、美酒和其他的必需品送上船去，以这种友好的姿态来保障我们的安全，放这批异乡人远远地待在城外。"

女王说完又坐了下去。这时一个老得连说话都十分费劲的妇人说："给外乡人送礼，这做得很对，但也应

|| 写作看点 ||

运用对比手法写出了许珀茜柏勒的性格。又用"任其漂流"四字暗示托阿斯不明的命运。

|| 阅读看点 ||

许珀茜柏勒的做法仁义而谨慎，充分显示了女王的聪慧。

名师批注

‖ 写作看点 ‖

"赶快"一词写出了老妇人那种"机不可失，失不再来"的急切心情。

‖ 阅读看点 ‖

女王美丽，岛国富饶，对于"异乡人"来讲实在是一种巨大的诱惑。伊阿宋的拒绝更显他坚定的决心。

该想到，如果色雷斯人冲过来，那时该怎么办？要是有一位仁慈的神保佑，那我们就可以安心地睡觉，不必担心有危险。当然，像我这样的老太婆，根本用不着害怕，反正危险还没有来临，一切还没有完蛋的时候，我们就会死了。你们年轻人可不同，你们以后怎么生活呢？难道耕牛会自己套上牛轭，自己在田里耕地吗？它们会替你们去收割庄稼吗？你们是不愿意干这种苦活的。我劝你们别错过送上门的机会，赶快把一切财产交给异乡人，让他们来治理你们的城市吧！"

老人的建议赢得了妇女们的赞同。女王派出一名年轻的女子随使者一起回到船上，向阿耳戈的英雄们表达了她们的愿望。英雄们听了都很高兴，他们毫不怀疑，还以为许珀茜柏勒是在父亲死后和平地继承王位的。伊阿宋披上雅典娜赠送的紫色斗篷，动身进城了。当他穿过城门的时候，女人们涌出门来欢迎他，对这位客人感到很满意。伊阿宋按照礼仪，双目注视地上，急步朝女王的宫殿走去。侍女们打开宫门，热情地欢迎贵客。年轻的女使者把他一直领进女君主的内室。他在女王面前的一把华丽的椅子上坐下。许珀茜柏勒低垂着头，脸颊上泛起一阵红晕。她以温柔而羞涩的声音说："异乡人，你们为什么缩在城外呢，雷姆诺斯城里没有男人，你们一点也不用害怕。我们的丈夫不讲信义，背弃了我们。他们把战争中抢来的色雷斯女人纳为小妾，并且移居到她们的故乡去了，还带走了儿子和男佣，而我们却孤孤单单地被抛在这里。所以，我希望你们留在这里。假如你愿意，你可以代替我坐我父亲的王位，做我们的头头。我们的王国是大海中最富饶的岛屿，这地方你一定会喜欢。希望你回去以后把我的建议告诉你的伙伴们，你们别再停留在城外了。"

伊阿宋回答说:"啊,女王,我们怀着感激的心情接受你的帮助。我会把你的建议告诉我的同伴,我也愿意重新回到城里来。但我们都不能接受王杖和岛屿,还是请你自己执掌吧!并不是我看不起它们,而是在遥远的地方激烈的战争还在等待着我。"他说完,伸出双手向女王告别,然后急忙回到海边。

妇女们即刻驾着快车,载着许多礼物,跟着伊阿宋赶来了。船上的英雄们已经听到伊阿宋的解释,因此女人们很容易地说服他们进城并住进她们的家里。伊阿宋直接住在宫里,其他人分住在这里那里,大家都很高兴。只有赫拉克勒斯生来厌恶女色,仍然坚持跟少数几个伙伴留在船上。现在城内家家欢宴,美酒飘香,欢歌笑语,舞影婆娑。献祭的烟火缭绕,袅袅地飘上云霄。女人和客人都虔诚地膜拜岛屿的保护神赫斯托斯和他的妻子阿佛洛狄忒。出航的日期一天天地拖延。要不是赫拉克勒斯忍不住从船上下来,催促他的伙伴们动身,阿耳戈的英雄们就会一直留恋热情而又温顺的女人乐而忘返!"你们这些傻瓜,"他鄙视地说,"难道你们国家的女人还不够你们享受吗?难道你们是为妻室才到这里的?难道你们想要留在雷姆诺斯像农人一样地过日子吗?你们以为天上的神祇会取来金羊毛,放在我们脚下吗?我们干脆回去算了。按照我的意思,让伊阿宋留在这里娶许珀茜柏勒为妻,生一大堆儿子,从此听凭别的英雄创立丰功伟绩罢了!"

赫拉克勒斯生性倔强,没有人敢违抗他。众人收拾停当,准备出航。城里的妇人们猜到了他们的意图,像群蜂一样涌来缠住他们,又是抱怨,又是请求,哭哭啼啼,闹成一片。最后,她们不得不屈服于命运的安排。许珀茜柏勒含泪走上前来,握住伊阿宋的手说:"去吧,

名师批注

‖ 写作看点 ‖

伊阿宋心里只有未竟的战争,别的一切都不重要。"急忙"一词恰当地写出了伊阿宋的心情。但遗憾的是,一个英雄的坚持抵不过众人对诱惑的渴望。

‖ 阅读看点 ‖

赫拉克勒斯对住在城里的众英雄的"鄙视",让他们如梦方醒,同时也显示出了赫拉克勒斯的地位与性格。

名师批注

‖ 阅读看点 ‖

温柔乡的诱惑固然很大,但真正的英雄终究要面对前方未知的风暴和挑战。

‖ 写作看点 ‖

"马上"一词写出了国王对阿耳戈英雄的欢迎,也显示了他对"预言"的信奉。对神的虔诚是希腊人共有的特性。

愿神祇保佑你和你的伙伴,让你们如愿以偿,取得金羊毛!等将来凯旋时你还愿意回来,这岛和我父亲的王杖仍然等着你。我知道,你也许是不准备回来的,至少在远方想念我吧!"伊阿宋第一个回到船上,其他人也跟着他上了船。英雄们解下缆绳,摇动船桨。不久,就把赫勒斯蓬托斯抛在了后面。

阿耳戈英雄与杜利奥纳人

色雷斯的风吹送着阿耳戈英雄的大船,把他们一直送到夫利基阿海岸旁。那里有一座岛屿,名叫基奇科斯。跟岛上居民杜利奥纳人相邻的,还住着一些极其野蛮的土著巨人。巨人长着六只胳膊:强健的肩膀上长着两只,另外四只分别长在腰身两旁。

杜利奥纳人是海神的后裔,海神保佑他们不受巨人欺侮。他们的国王就是虔诚的基奇科斯。国王听说海上开来一艘大船,他马上率领全城人一起出来,迎接阿耳戈英雄。欢迎的气氛十分热烈、友好。大家劝说阿耳戈英雄把船停泊在港口,准备长住下来。国王曾经听到过一则预言:如果有一队高贵的英雄前来,国王应该友好地接待他们,千万不能兵戎相见、发生战争。国王牢记预言,因此给英雄们宰杀牲口,送上美酒,慷慨地帮助阿耳戈英雄。

基奇科斯国王年轻有为,他的嘴角边上还没开始长胡须。基奇科斯的王后重病在身,躺在王宫里,不能前来。基奇科斯对神仙的旨意十分虔诚,他安顿好王后,还是跟陌生人一起用膳。阿耳戈英雄告诉他此番出航的目的和意图后,他给英雄们详细指点该走的路程。第二天清晨,大家登上一座高山,观察岛屿在大海里的方位,又观赏了一阵海天相连的绝妙景色。

突然，从海岛的另外一端涌来一群巨人。他们用巨大的山石把港口封锁起来，不让船只进出。阿耳戈船由赫拉克勒斯担任守卫，他这回也没有上岸。赫拉克勒斯看到来了一批不速之客，便操起硬弓，箭不虚发，射死了许多巨人。其他的英雄们闻讯赶来，他们投枪、射箭，把巨人们打得落花流水。最后，巨人们的尸体像砍伐下来的树木一般堆塞在港口周围。阿耳戈英雄们取得了胜利，他们趁着顺风扬帆起锚，又踏上征途，驶入大海。

夜里，大海上掉转了风向。还没有等到大家明白过来，阿耳戈英雄们又被大风吹到杜利奥纳海岸，他们还以为到了夫利基阿港哩！杜利奥纳人突然从睡梦中惊醒，他们来不及看清对方原来就是昨天隆重款待的贵宾，便急忙拿起武器。双方展开了一场不幸的厮杀！伊阿宋英勇无比，他亲手把长矛刺入慷慨而又虔诚的国王基奇科斯的胸膛。杜利奥纳人大败而逃，他们紧锁城门，躲在后面，不敢动弹。直到第二天太阳升起、朝霞染红天空的时候，激战双方才发现原来是一场可怕的误会。

伊阿宋和他的英雄们内心充满了无限的悲痛，他们哀悼躺在血泊中的年轻国王。杜利奥纳人和阿耳戈英雄一起悼念了三天。后来，英雄们又起航出海了。杜利奥纳人的王后克利特却因忧伤悲愤而死。

赫拉克勒斯留了下来

在暴风雨中航行一程后，阿耳戈英雄们在奇奥斯城附近的俾斯尼亚海湾登陆。生活在这里的密西埃人友好地款待客人，燃起熊熊的篝火为他们取暖，用绿色的树叶为他们铺上柔软的床，晚餐时还送上丰富的食物和美酒。

‖ 写作看点 ‖

此处没有用过多的笔墨来直接描写英雄们英勇战斗的场面，而是用港口周围堆塞的尸体侧面反映了战斗的激烈、英雄的勇猛。

‖ 阅读看点 ‖

夜里的大海、狂风、睡梦后的厮杀，寥寥数语刻画出一场争斗的全过程，看得令人心惊胆战。由于是一场误会，更让人的内心充满哀伤。

名师批注

‖阅读看点‖

一棵大树被赫拉克勒斯连根拔起,却像被飓风吹倒一样,猛烈而利落地倒下,反衬出赫拉克勒斯的神力。

‖阅读看点‖

许拉斯到底有多美丽,文中并没有直接的描写,却用水中的仙女都被他的身影迷住这一细节,从侧面写出了许拉斯的英俊,并且给人留下遐想的空间。

赫拉克勒斯在途中放弃了一切舒适的享受。这次他又离开了同伴们,独自走进茂密的树林,去寻找一棵结实的松树,用来削制一把更好的船桨。不久,他果然发现了一棵合适的大树。他把箭袋和弓箭放在地上,解开缚在身上的狮皮,又把大木棰放在地上,然后双手抱住树干,用力将大树连根拔起,看上去大树像被飓风吹倒的一样。

这时,赫拉克勒斯的朋友许拉斯也离开了餐桌。赫拉克勒斯在征伐德律约时因争吵打死了许拉斯的父亲,后来把他领回来抚养,让他当了自己的仆人和朋友。许拉斯带了一只铁罐,到泉边去为主人和朋友们取水。一轮圆月发出清辉,年轻的许拉斯映着月光,显得更加英俊。他到了泉边,弯下腰去打水,水中的女仙,被他美丽的身影迷住了,突然伸出左手抱住他的脖子,又用右手抓住他的手臂,把他拖入水中。正在泉水附近的波吕斐摩斯,也是阿耳戈的英雄,他正在等候赫拉克勒斯。突然,他听到许拉斯的呼救声,却找不到他。正在这时,赫拉克勒斯从树林里出来。

"唉,我必须告诉你一个不幸的消息。"波吕斐摩斯急忙对他说,"你的仆人许拉斯去泉边打水,却未见回来。不知道是被强盗抓去,还是被野兽吃了,我只听到他恐怖的呼喊声。"赫拉克勒斯听到这话,愤怒地扔下松树,急忙朝泉边奔去。

启明星高高地悬挂在山峰上空。微风吹拂,送来凉意。舵手催促英雄们赶快上船。他们借着顺风,趁着月色愉快地航行了一程,突然有人发现还有两位伙伴,波吕斐摩斯和赫拉克勒斯没有上船。是回去找他们,还是继续航行,这个问题引起大家激烈的争执。他们难道能够不顾最英勇的伙伴,自顾自地走掉吗?伊阿宋一言不发,静静地坐在那里,忧心如焚。忒拉蒙沉不住气了,暴怒地对他说:"你怎么能若无其事坐在这里？也许你怕赫拉克勒斯比你强,夺去你的荣誉！你听到大家的议论了吗？即使同伴们都支持你,我也愿意独自回去寻找失落的伙伴和英雄。"他一边说,一边用手抓住舵手提费斯的衣服,眼里射出愤怒的火光。要不是北风神波瑞阿斯的两个儿子卡雷斯和策特斯抓住他的双手阻止他,他真的会逼迫大家驶回去。正在他们吵得不可开交时,从波涛滚滚的海里跳出了海神格劳科斯。他用强劲有力的手拖住船尾,对他们叫道:"英雄们,你们吵什么？你们为什么要违背宙斯的愿望,把勇敢的赫拉克勒斯带往埃厄忒斯？命运注定他另有一番英雄事业要干。而许拉斯已经被水仙抢去了。这个水仙被爱情之箭射中了。赫拉克勒斯是为了他才留下来的。"说完话,他又沉入水中,海面上留下一个急转的黑色漩涡。

忒拉蒙感到羞愧,他走到伊阿宋面前,恳求谅解似的说:"伊阿宋,别生我的气,我因忧虑失去了理智。忘掉我的粗暴行为,让我们和好如初吧。"伊阿宋握住他的手,表示和好。于是他们高高兴兴地在海上继续航行。

波吕斐摩斯留在密西埃人那里,并为他们建了一座城池。赫拉克勒斯继续去宙斯要他去的地方。

波吕丢刻斯与柏布律西亚人的国王

第二天早晨,太阳上升时,他们在伸入大海的一个半岛附近下锚。在这里阿密科斯,未开化的柏布律西亚人的国王,有着他的畜栏和房屋。他对于外乡人有一条苛刻的法律:没有和他赛过拳的人不许离开他的领土。用这个办法,他已经断送了许多邻人。这次,当船刚刚

名师批注
‖阅读看点‖

忒拉蒙的一席话反衬出赫拉克勒斯的重要。

‖写作看点‖

此段说明了波吕斐摩斯与赫拉克勒斯的状况。在章法上暂时为此段作了小结。

名师批注

‖ 阅读看点 ‖

通过对柏布律西亚国王和波吕丢刻斯神态的描写,让人能从中感受到胜负已定,因为波吕丢刻斯的宁静恰恰表明了强者的信心。

‖ 写作看点 ‖

巧妙的比喻形象地刻画出比赛双方的强弱。生动的形态描写让人有一种身临其境的感觉。

到达的时候,他也走上前去,用嘲弄的语调向摇桨的人们挑衅。"听着,你们这些海上的流浪汉。"他对他们说,"有一事你们必须知道:没有一个外乡人可以离开我的国土而不和我赛拳。挑选你们中的最能干的汉子到我那边去,否则就要判处你们的死刑。"

现在阿耳戈英雄们之中有一个希腊最好的拳手波吕丢刻斯,即勒达的儿子。激于国王的挑衅,他对国王说:"别和我们啰唆吧。我们已准备服从你的法律,而我就是你的对手。"

柏布律西亚国王看着这个勇士,他的眼睛在眼窝里转动着,就如同受伤的狮子看着它的攻击者一样。但年轻的波吕丢刻斯却如同天上的星星一样的宁静,他挥动着他的两手,看看它们是否由于长久摇桨已经变得不灵活。

当英雄们都离开船,两个拳手面对面站好位置。国王的一个奴隶丢下两副赛拳的皮套在地上。"选择你所喜欢的一副吧。"阿密科斯说,"我不愿有拈阄分配的麻烦。不久你自己的经验就会告诉你我是一个最好的硝皮匠,可以用血把面颊染成黑色。"

波吕丢刻斯冷静地微笑着,拿起离他最近的皮套,并让朋友们帮助套在双手上,柏布律西亚王也同样做。现在比赛开始了。犹如巨浪冲击小船,使舵工难于招架,国王向这希腊人袭击使他没有喘息的机会。但灵巧的波吕丢刻斯总是躲过袭击,没有受伤。不久他发现了对手的弱点,给了他不少没法躲开的突击。但国王也绝不放过可乘之机,于是随着拳击声,颚骨震动,牙齿咯吱咯吱地响着,直到两人都气喘吁吁,才站开来休息,并擦去水流一般的汗滴。第二次刚刚交手,阿密科斯就击打对方的头,但只打中了肩膀,同时波吕丢刻斯却乘机击

12

中他的耳根,将他的头骨打碎,他在痛楚中倒地。

阿耳戈英雄们欢呼着,但柏布律西亚人则持着棍棒和矛帮助他们的国王来攻击波吕丢刻斯。英雄们也拔刀加入战斗。结果柏布律西亚人被迫逃遁,躲到城里去。英雄们因此涌入畜栏,捉到许多牲口,得到丰富的战利品。他们就在岸上过夜,包扎他们的创口,并祭献神祇,通宵饮宴。从系船的桂树上,他们折下桂枝,编成花冠戴在头上。俄耳甫斯弹着竖琴,<u>大家唱赞美诗。当他们歌颂着波吕丢刻斯——宙斯的儿子的胜利时,海岸也好像在静静的欢乐中倾听着。</u>

菲纽斯和哈尔庇亦恩神鸟

早餐完毕,阿耳戈英雄登上大船,扬帆出航了。历经几回冒险,他们一路来到俾斯尼亚国。大家把船靠近海岸,抛锚休息。这里是国王菲纽斯居住的地方,他是英雄阿革诺耳的儿子,阿波罗曾经传授他预言祸福的本领。可是他滥用这套法术,所以等到后来年迈体衰时突然双目失明。一群粗鲁而又难看的哈尔庇亦恩神鸟则弄得他用膳没有安宁时刻,它们尽一切可能把他面前的饭菜抢走,而剩下的那部分也被糟蹋得几乎无法食用。

然而宙斯的另一则神谕则使得菲纽斯十分欣慰:如果北风神波瑞阿斯的儿子与一群希腊船员一起来到,他就可以安静地享用食物。现在听说来了一条船,菲纽斯急忙离开小房间来到岸边。<u>他骨瘦如柴,看上去犹如鬼魂阴影,四脚颤颤悠悠,抖动不已。</u>当他终于来到阿耳戈英雄面前时,累得精疲力竭地倒在地上。大家围住可怜的老人,为他的可怕形象感到惊讶。

国王苏醒过来的时候,恳求大家说:"英雄们,如果你们如神谕告诉我的那样,真是我的救星,那就快向我

名师批注

‖阅读看点‖

正如描写赫拉克勒斯一样,波吕丢刻斯作为众英雄中的一员,其特有的神武也得到了作者恰如其分的表现。在随后的篇章中这样的描写不断出现。目的在于让每一位英雄的形象都能在读者面前鲜活起来。

‖写作看点‖

简练的词句刻画出菲纽斯瘦弱的形象。写文章不在用词多寡,而在能否传神。

名师批注

‖ 写作看点 ‖

这是一个巧妙的过渡段。借大家的回忆交代了事情的原委，使后面的故事内容更具丰富性。

‖ 阅读看点 ‖

几句话写出神鸟的强横。来如"旋风"、十分"贪婪"，并且任由英雄们怎么吆喝，也要等享用完食物后才飞上九霄。

‖ 知识链接 ‖

宙斯，希腊神话中的天神之父。地上万物的最高统治者。

伸出援助之手。我不仅被剥夺了眼睛的光明，还被复仇女神派来的丑鸟糟蹋了饭食。你们帮助的不是一个陌生人，我叫菲纽斯，是阿革诺耳的儿子。跟你们一样，我也是希腊人，能够拯救我脱离灾难厄运的波瑞阿斯的儿子，实际上是克勒俄帕特拉的弟弟，她是我在色雷斯时的妻子。"

菲纽斯的一番话使大家想起北风神的往昔经历：波瑞阿斯曾经追求雅典国王厄瑞克透斯的女儿奥律蒂里阿但遭到拒绝。北风神恼羞成怒，他劫持姑娘从空中一直飞到遥远的色雷斯海湾，从此安顿下来，伉俪和谐，生下两个儿子：策特斯和卡雷斯；他们还生下两个女儿：克勒俄帕特拉和茜欧纳。

波瑞阿斯的儿子策特斯听完这番话急忙扑进他的怀里，答应请他的兄弟帮助，让国王最终能够摆脱哈尔庇亦恩神鸟的困扰。他们摆下一桌丰盛的宴会，借以吸引神鸟。突然，神鸟们犹如旋风一般拍扇着翅膀，贪婪地从云彩里直扑下来，奔向餐桌。英雄们大声吆喝，可是神鸟们无动于衷。它们停在桌子上，直到把一切都享用完毕，然后扶摇着身子，飞上九霄云空。餐桌上只留下一点儿味道怪异的饮料。

策特斯和卡雷斯勃然大怒。他们拔出剑来急速地追了上去。宙斯又给他们添上翅膀，让他们拥有无穷无尽的力量。兄弟俩腾空飞了起来，尾随着神鸟，几乎一伸手就能逮住它们并拧断它们的脖子了。突然，宙斯的女使伊里斯从太空中降下，朝着兄弟俩喊道："喂，你们两位波瑞阿斯的儿子，千万不能杀害伟大宙斯的猎犬——哈尔庇亦恩神鸟。我可以凭着冥河斯提克斯向你们立下高贵的神仙誓言，这批猛禽再也不会折磨阿革诺耳的儿子了。"

听到这番话,波瑞阿斯的儿子们停止追赶。他们带着伊里斯的誓言回到自己的船上去。

再说,希腊的英雄们急忙扶起年迈的菲纽斯。他们准备了一餐祭供的盛宴,邀请这位饥饿难忍、几乎奄奄一息的国王。他贪婪地吞食着清洁的食物,感到这一切似乎都在梦中。夜幕降临时,大家趁着等待波瑞阿斯的儿子回来的时刻,请年迈的国王菲纽斯为他们预言祸福,占卜未来。

"你们将来会在海洋的狭路之际遇上两堵巨型岩石,那是陡峭的海岛大山。它们不是从海底生长的,而是从远方漂来的,所以经常往一起挤。每当相挤时,两山之间潮水奔流,发出可怕的吼声。如果你们不想船破人亡,那么在经过两山之间时必须急速划动,要像鸽子般地飞速穿过。

"然后,你们又会来到玛丽安蒂纳海滨,那是通向冥府的入口。一路上,你们必须经过千山万水,穿过许多海湾,越过亚马孙女子的城市和卡律贝尔王国,看到有人汗流满面地从地下挖出铁矿。最后,你们到达科尔喀斯海滨。法瑞斯把巨大的急转的漩涡送入大海。你们在那里可以瞅见埃厄忒斯国王的宏伟宫殿,里面有一条从不睡觉的巨龙。它看守着金羊毛,金羊毛张开着悬挂在大栎树的树冠上。"

英雄们听得心里不寒而栗。他们正想仔细问时,只见波瑞阿斯的两个儿子已经从云端里降下来,站在大家的中间。他们给国王带来了伊里斯的喜讯,国王听了十分欣慰。

高山巨岩

菲纽斯深受感动,他恋恋不舍地跟大家告别,挥手看着阿耳戈的英雄又踏上了新的冒险征途。

名师批注

‖阅读看点‖

两段"预言"描绘出英雄此行的艰难凶险。这些话在本故事中是"预言"的蓝本,后面的所有描写不过是"预言"当中情节的渲染与丰富。

‖阅读看点‖

听了国王的"预言"后,神通广大的英雄们表现如何呢?一个词:不寒而栗。这个词再次说明此次行程将充满凶险与艰难。

名师批注

‖ 写作看点 ‖

这是前面国王预言到的第一部分。前面总说，现在该详细地分说了。

‖ 阅读看点 ‖

场面描写紧紧抓住了"凶险"二字，所有词语都是围绕"凶险"极力渲染。但场景愈是"凶险"，愈加显示出人物的镇静。

海面上刮起了西北风，英雄们耽搁了 40 天的航程。他们轮番向全部 12 名神仙祭祀，虔诚地恳请，最后才获得佑护，起锚航行。不一会，他们听到远方传来巨大的呼啸声。附近海面上的两堵浮动的大山又往一起挤压过来，它们发出了轰然巨响和海水哗哗流动的响声。提费斯操稳船舵，奥宇弗莫斯从船舱里站起来，他手上抓着一只鸽子。

菲纽斯曾给他们作过预言，如果鸽子能够无所畏惧地穿过两座高山之间飞出去，那么他们也可以放心大胆地随后航行。他们看到两座高山刚刚开启，各自向外移动的时候，奥宇弗莫斯瞅准机会，急忙抖手，放出鸽子。大家都把目光投向它，满怀期望地看着鸽子飞向远方。

鸽子正在展翅飞翔，两座大山又开始相互聚拢，海面上掀起万丈狂浪，发出急速的咆哮声，声震如雷，响彻海面及其上空。两座漂浮的山几乎挤压在一起，只给鸽子留下一线飞腾的空间。鸽子扇动着翅膀，终于幸运地飞了过去。

提费斯大声地鼓励众位划桨的英雄，趁着山岩现在又在开启的当儿奋勇前进。海水把船儿呼的一声吸进去。这时候，灾难铺天盖地迎面扑来：一阵巨浪黑塔一般地席卷而来。看到它，英雄们禁不住倒吸一口冷气，急忙低下头来。可是提费斯镇定如神，他命令大家握紧船桨。巨浪翻滚着钻入船底，把大船高高地举起来，几乎送上悬崖的顶峰。

英雄们齐心协力，拼命划动，船桨都弯成了弓箭一般。突然，大船又掉进峭壁间的漩涡，岩石几乎擦到了船身。佑护女神雅典娜从看不见的地方悄悄地推了一把，保护大船没有被撞得粉身碎骨。不过，相互挤合起来的岩石还是夹住了船尾的几块小板，木板被挤压成碎

16

块,掉进海水里,一会儿就被冲得无影无踪。

大家等重新见到蓝天和大海的时候,才放心地舒了口气。他们真好像是从阴司里获得拯救,重新回到人间一样。

"这不是依靠我们的力量就能取得的成功。"提费斯大声地说,"雅典娜保佑着我们,我们再也用不着惧怕了。按照菲纽斯的预言,我们还会遇上其他的诸般困难。可是,这一切困难都会迎刃而解!"

不料伊阿宋却悲伤地摇摇头,说:"好心的提费斯,我被珀利阿斯说服着委以重任时,曾经询问过各路神仙。其实,现在想起来,我还真愿意当时被他斩剁成碎末肉酱!我日日夜夜地担忧着,担忧着你们的生命危险。我们遇到的险恶如山,我能够率领大家平安地回到家乡吗?"

伊阿宋说这番话,借以考验他的众位伙伴。大家都情绪高涨,一致呼唤着,要求继续前进。

英雄们又精神饱满地行驶在一望无际的大海上。他们终于来到忒耳莫冬河的入海口。忒耳莫冬河跟地球上任何河流都不同,它发源于崇山峻岭之中的一处水洼,流淌一段后便分成许多支流,然后分96处出口流入海洋。亚马孙人就住在一条最宽的河流入海处。这个民族全是妇女,是战神阿瑞斯的后裔,生性好战。阿耳戈英雄如果从这里登陆上岸,那么,毫无疑问,将跟亚马孙妇女血战一场。她们跟善战的英雄们势均力敌,妇女们没有住在城里,而是分散在乡村地带,各个族第围聚而居。

一阵西风挡住了阿耳戈号大船的航向,让他们有利地避开了好战的亚马孙女人。又经过一天一夜的航行,他们如同菲纽斯预言的那样,来到卡律贝尔王国。卡律

名师批注

|| 阅读看点 ||

伊阿宋这段话真有一种"欲擒故纵"之妙。表面上看是主人公的泄气,实际上是一种对其余英雄的激励。

|| 阅读看点 ||

用不少的语言描写出了亚马孙人生性好战,而且与英雄们势均力敌。正在读者为英雄们担忧的时候,下面的情节却又是峰回路转。

名师批注

贝尔人既不务农,又不牧畜,整天就是在荒凉的泥地里采矿挖铁,与邻人交换食品。他们艰苦地劳动,在阴暗和浓密的烟雾中度日如年。

阿耳戈英雄来到阿瑞蒂亚(或称阿瑞岛)的时候,岛上有一位居住者竟然朝他们施放毒箭。那是一只鸟儿,它飞临大船的上空,抖动着翅膀,一根尖尖的羽毛箭一般地刺进英雄俄琉斯的肩头。俄琉斯中箭倒在船舱里,不能继续划船。周围的人给他拔出羽镞,包扎伤口。他们看到这样的飞箭十分奇怪。

‖ 阅读看点 ‖

此段显示了英雄队伍中另一位人物——安菲达姆斯的特点:久惯旅途,富有经验。

不一会儿又飞来第二只鸟。克吕蒂沃斯弯弓搭箭,嗖地射去,飞鸟应声落下,掉在船上。"看来岛屿就在眼前。"久惯旅途、富有经验的安菲达姆斯对大家说,"别去理会这些鸟儿。等到我们登陆上岸的时候,需要使用的弓箭很多。让我们思量一个办法,如何驱逐这批无理取闹却又乐于施箭的飞鸟。我建议大家都戴上头盔,上面插上高大的树枝,再用寒光闪闪的长矛和盾牌装点在船上,然后一起发出一阵阵可怕的叫唤声。鸟儿听到叫声,看到头盔上的树林,直挺挺的长矛,光闪闪的盾牌,一定会十分害怕,急忙飞走。"

英雄们称赞这是一个好主意。一切都按他的建议办理。一路上,他们连鸟毛都没有看到。等到他们靠近海岛,盾牌撞击着发出一阵阵咚咚的声响时,无数受了惊吓的鸟儿扑扑地飞起来,越过大船的上空。阿耳戈英雄用盾牌挡住自己,鸟儿们的羽箭飞蝗一般地掉落下来,可是却伤害不了任何人。无限惊恐的凶猛鸟儿穿过大海,一直飞到对面海岸上,栖息下来。阿耳戈的英雄们高高兴兴地登上了海岛。

‖ 写作看点 ‖

此段以"天涯无处不逢客"开始,巧妙地展开了下面的情节,进而交代了人物与英雄们的关系。

天涯无处不逢客。没想到他们在这里又遇到了朋友和伙伴。英雄们刚刚踏上海滨,只见迎面过来四位衣衫褴褛的年轻人。他们脚步匆忙，主动跟英雄们打着招呼，说："善良的人们，不管你们是谁，请帮助我们这些可怜的海难人，给我们一点衣服，让我们遮挡裸体；再给我们一点饭食，让我们充塞饥肠，免得我们客死他乡！"

伊阿宋友好地答应了他们的请求，然后问起他们的姓名和身世。

"你们一定听到过关于佛里克索斯的故事。他是阿塔玛斯和涅斐勒的儿子。"四位小伙子中有人开口回答，"你们知道，正是他把金羊毛送往科尔喀斯，是吗？国王埃厄忒斯把大女儿卡尔契俄珀许配给他，我们就是他的儿子。我的名字叫希腊，父亲佛里克索斯不久前去世了。我们根据他的遗愿，前去取回宝贝，那是他留在奥耳肖楣诺斯城的宝物。"

|| 阅读看点 ||
通过四位小伙子之口，道出金羊毛许多曲折的故事。

听完这番话，英雄们十分高兴。伊阿宋立即认他们为堂兄弟，因为阿塔玛斯和克瑞透斯的祖父是亲兄弟。小伙子们又继续说到他们的船如何受风浪颠簸而沉没，说他们如何抱着一块木板，最后漂泊到这座无人救助的岛屿。阿耳戈英雄们介绍了自己出海的意图，希望小伙子们一起加入冒险的行列。小伙子们听说后惊吓得瞪大了眼睛。"我们的祖父埃厄忒斯是一个残酷的人。他也许是太阳神的儿子，具有超人的力量。他统治着无数的科尔喀斯氏族，而金羊毛旁边还有一条可怕的巨龙看守着。"听到介绍，有些人顿时害怕得面如土色。

埃阿科斯的儿子珀琉斯愤然站起身来，说："你们别以为我们会败在科尔喀斯国王手下，别忘了我们也是神仙的儿子！如果他不愿意把金羊毛乖乖地交给我们，我们就把它抢走。"大家听了点头称是。接着，他们又在用膳的时候相互鼓励，增添了不少勇气。膳食自然也十分丰盛。第二天清晨，佛里克索斯的儿子穿戴一新，

|| 阅读看点 ||
又一次可怕的打击，但随之而来的是更强大的勇气与更坚定的信心。这种对比的手法得到多次应用，一次比一次深刻地刻画出英雄们的性格。

名师批注

他们酒足饭饱后，一起登上大船，又扬帆出航了。经过一昼夜的航行，大家看到了高加索山峰远远地耸立在海面上。等到暮色降临的时候，他们听到头顶上一阵阵鸟儿的噪声：那是惊扰普罗米修斯的雄鹰，它巡视着天空，从大船上端飞过。雄鹰的翅膀非常强健，船帆在它的扇动下犹如在风中摇晃。这是一只巨大的鹰鸟，一对翅膀就像鼓满风的船帆。一会儿，大家听到远方传来普罗米修斯的呻吟，那是雄鹰在啄食他的肝脏。又过了一阵，叹息声消失了，大家看到雄鹰在高空中扇动着翅膀，往回飞去。

‖阅读看点‖

菲纽斯国王预言中的一部分出现了，这种前后照应的逻辑关系是文中经常用到的。也是文章逻辑严密的表现之一。

就在当天夜晚，阿耳戈英雄们到达了目的地，他们来到法瑞斯河的出海口。有几个人高兴地攀缘上桅杆，拆了船帆，用桨把船划到河流的宽阔处。波浪似乎都在船前绕开了道路。他们看到船的左边是高加索山和科尔喀斯王国的首都基泰阿城。右面是一片无边的田野和阿瑞斯的圣林，金羊毛张开着挂在栎树树枝上，旁边是一条巨龙，瞪大着眼睛看守着。

伊阿宋立即站起来，端着满满的金杯美酒，高举着给河流、大地之母、各路神仙以及航行途中死去的英雄洒祭牺牲。他请求诸位帮助，保护阿耳戈大船。

‖阅读看点‖

最后一段既是对以上文章的一个小结，也预示着下面的故事会更加精彩。这只是英雄们的一次短暂的休憩，也是文章的一个巧妙的转折。

"看来我们已经平安地到达科尔喀斯国，"舵手安克奥斯说，"现在该是时候了，我们必须认真地讨论一下，到底是好言央求埃厄忒斯，还是用其他的办法实现我们的意图。"

"明天再说吧！"疲倦的英雄们意见一致。

伊阿宋当即下令，把船停靠在河流的阴凉处。大家争相伸着懒腰，展开四肢，躺下睡觉。这是次短暂的休息。一会儿天就要亮了，一轮红日又会把大家唤醒，投入新一天的生活。

伊阿宋在埃厄忒斯宫殿

清晨,阿耳戈英雄们正在议论纷纷地讨论。伊阿宋站立起来,说:"大家都安静地留在船上,不过要武器在手,做好准备。我想带佛里克索斯的儿子,另外再从你们中间挑选二人,一起进国王埃厄忒斯的宫殿。我将好言相问,看他是否愿意把金羊毛交给我们。毫无疑问,他会拒绝我们的请求,那么以后所可能发生的一切,都必须归咎于他。谁知道呢,也许我们的话能够改变他的主张。他那时候也曾让人说服,同意收留无辜的佛里克索斯。佛里克索斯只为逃避后母才流落野外的。"

年轻的英雄们同意伊阿宋的主张。伊阿宋手持赫尔墨斯和平杖,带着佛里克索斯的儿子以及伙伴忒拉蒙和厄利斯国王奥革阿斯离开大船。他们踏上一块大田,大田周围长满了婀娜的柳树。他们惊恐地看到树上悬挂着许多尸体,全用铁链锁捆着。死者生前不是罪犯,也不是被杀害的陌生人。在科尔喀斯,人们不准把死去的男子火化或者土葬。他们将尸体裹在粗糙的牛皮里,吊在远离城市的树木上,让尸体在空中风干,只有妇女死后才埋葬入土。

科尔喀斯是一个人口众多的大民族。为了让伊阿宋和他的随从一路上不受干扰和阻碍,阿耳戈英雄们的佑护女神施法在城内降下浓障迷雾,直到英雄们进入宫殿以后,她才把重雾驱散。他们站在宫殿的前院,啧啧连声,称赞厚实的砖墙,称赞巍峨的大门和雄伟的立柱,连大楼也镶嵌了一道突出的大理石横线脚。他们悄悄地踏过前院的门槛。高高的葡萄藤攀缘而上,正面珍珠似的点缀着四个常年流动的喷水池。奇异的是,一口井内喷出了沙沙作声的牛奶,第二口井内是酒,第三口井

名师批注

‖ 阅读看点 ‖

在进城之前,伊阿宋说了一大段话,这些语言直接显露了他的心理:有做事的思路,无成功的把握。

‖ 写作看点 ‖

作者在描写宫殿时,按照从前院到中院的空间转移,有顺序地勾勒出宫殿的奢华与坚固,充分显示建筑者高超的技艺。

名师批注

内流出了芬芳的香油，第四口井内是水，冬暖夏凉。技艺高超的赫淮斯托斯亲自完成了这座人间罕见的作品，他用矿石冶炼成公牛的艺术模型。公牛口内喷吐烈火。他又用生铁铸造耕犁。他把这些工艺品全部送给埃厄忒斯的父亲，感谢这位太阳神在巨人之役中拯救了赫淮斯托斯，让他坐进了太阳的巨车。

走过前院以后，来到了中院。左右两旁是巨大的石柱，一路往前，石柱后面有不少门厅。阿耳戈英雄们正在往前，迎面看到几座主殿。一座宫殿里住着国王埃厄忒斯，另一座宫殿里住着他的儿子阿布绪尔托斯，其他的房间里住着宫廷使女和国王的女儿卡尔契俄珀和美狄亚。小女儿美狄亚几乎很少露面，常常在赫卡忒神庙里生活，是赫卡忒的女祭司。这一回却是出于赫拉的原因。赫拉是希腊人的佑护女神，她让美狄亚留在宫殿里。

美狄亚离开自己的房间，准备去姐姐那里，在途中撞见了一批英雄。姑娘猝不及防，惊叫一声。卡尔契俄珀闻声急忙开门出来，却突然欢叫了起来，因为她看到面前站着自己的四个孩子，那是佛里克索斯的儿子。真是喜从天降。孩子们也立即扑入母亲的怀抱。

美狄亚和埃厄忒斯

最后埃厄忒斯和他的妻子厄伊底伊亚听到欢喜和悲泣的声音，引起好奇心，也走出来。立刻整个前院都充满欢腾。这边，奴隶们正在为新来的宾客宰杀牡牛，那边，别的奴隶在劈柴生火，还有一些人在用大鼎烧水，没有一个人不是在为国王服役。但所有的人都没有看见爱神厄洛斯飞翔在空中。他从他的箭袋抽出一支苦痛的箭，降落地上，蹲在伊阿宋后面，张弓射中美狄亚。

‖ 知识链接 ‖

美狄亚，希腊神话中科尔喀斯岛的会施法的公主，也是太阳神的后裔。她与伊阿宋一见钟情，帮助伊阿宋找到了金羊毛。

‖ 写作看点 ‖

三言两语就写出宫殿内家人在长久分离后终于得以团聚的欢喜场面，反衬出国王一家人此时的心理状态。

没有人看见箭在空中飞过,甚至她自己也没有,但它却在她的心中如火焰一样地燃烧起来。她不时深深地抽着气,就好像心痛的人一样,然后又偷看少年英俊、神采焕发的伊阿宋一眼。她不能再想别的事,心中充满了甜蜜的苦痛。她的脸上白一阵又红一阵。在所有这样快乐的迷惘中,没有人观察到她的心事。仆人们捧来了食物。阿耳戈英雄们在劳累的摇桨之后,已沐浴更衣,坐下来享受丰盛而精美的饮食。在饮宴中埃厄忒斯国王的外孙告诉国王他们所遭到的不幸,然后国王低声询问这些外乡人的情况。

"我并不隐瞒你,外祖父哟。"希腊低声说,"这些人到这里来是向你要我的父亲佛里克索斯的金羊毛的。有一个国王蓄意骗取他们的财产,并将他们逐出他们的国土,派遣他们作这种冒险的探求,希望他们逃不脱宙斯的愤怒和佛里克索斯的报复。帕拉斯·雅典娜帮助他们建造他们的船,那不同于科尔喀斯人所用的船。让我告诉你,我们——你的外孙的船是最可怜的,所以一阵风来,就碎成破片。但这些外乡人的船这么坚固结实,所以能抵抗暴风雨,同时他们自己也不断地摇着桨。全希腊的英雄们都集合在这船上。"最后他告诉埃厄忒斯他们中最高贵者的名字和伊阿宋的家世。

国王听到这,心中恐惧,但也十分恨他的外孙们。他认为这些外乡人是他们引到他的宫廷里来的。他的两眼在浓眉下面怒视着。他大声说:"滚开!你们这些渎神者和骗子哟!你们不是来取金羊毛,乃是来夺取我的王杖和王位!假使你们不是我席上的宾客,我真的要割掉你们的舌头,剁掉你们的双手,只留着你们的两只狗腿跑回去。"

与国王坐得最近的埃阿科斯的儿子忒拉蒙,听到

名师批注

‖阅读看点‖

此处从美狄亚的神态、动作、心理等几方面巧妙地写出她初见伊阿宋时的情境,把一个对伊阿宋一见钟情的少女形象描绘得无比传神,呼之欲出。

‖阅读看点‖

国王的这番话,十分符合其"恐惧"的心理,看来,英雄们的前途又要起波折了。

名师批注

‖ 写作看点 ‖

伊阿宋的语言紧扣"温和"二字,有理有据,体现了首领应有的能力。

‖ 写作看点 ‖

埃厄忒斯大段的语言巧妙地刻画出他此时的心理状态——犹豫中掺杂了阴暗,镇定中还有些许慌乱。他也不清楚他的伎俩能否难住英雄们。

这,心中沸腾着愤怒,忍不住要从座位上站起来,回骂比埃厄忒斯还激烈的话。但伊阿宋却推开他,并温和地回答:"请息怒罢,埃厄忒斯王。我们来到你的城里,进入你的王宫,并不是要抢劫你。谁愿意在危险的海上经过这么远的航程来夺取别人的财产呢?是命运和一个暴君的命令迫使我下这个决心的。给予我们所要求的罢!给我们金羊毛,所有的希腊人都会称赞你!并且,我们将立即报答你的好意。假使什么地方发生战争,或者你想征服邻国的人民,那么以我们为你的盟友,我们将为你而战斗!"

当伊阿宋说着这些话和埃厄忒斯和解,埃厄忒斯却在盘算究竟即刻杀死他们,还是先试一试他们的力量。细想一会,好像第二个办法比较合适,所以他比较镇定地回答:"外乡人,为什么这样怯懦呀!真的,只要你们是神祇的子孙,或者出身并不比我低下,并不妄想着别人的财产,那么取去金羊毛罢。我对于勇敢的汉子并不吝啬。但你们必须首先做我自己经常做的一种劳作,因为那会是很危险的。我有两只神牛在阿瑞斯草地上啮草。它们有着铜蹄,鼻孔喷出火焰。我用它们来耕种荒瘠的田地。当土块掀起以后,我在垄沟里种下的并不是农业女神德墨忒耳的黄金的谷粒,而是一种可怕的毒龙的牙齿。收获的是人,他们从四面八方向我拥来,但我却以枪矛刺杀他们。我天明驾驶神牛耕种,晚间收获后躺下休息。如果你能在当天完成这样的工作,啊,领袖哟,你便可以带着金羊毛回去见你们的国王。否则是不行的,因为无能的人应该对能干的人让步,这才是公正的。"

伊阿宋坐在位子上,沉默而犹豫,因他还不敢冒昧答应来做这种恐怖的劳作。但他振作起精神回答:"这工作是沉重的,国王哟,但我愿意做,即使我因此死亡。总之一个人的遭遇不会比死更坏。我将服从送我到这里来的命运。"

"好吧,"国王说,"现在去告诉你的同伴们。但要注意!除非你们预备完成我所说的这种功业,否则就让我来做,并离开我的国土!"

希腊的建议

伊阿宋和两位同伴立即从座位上站起身来,佛里克索斯的儿子中只有希腊愿意跟他们走,他们离开了宫殿。美狄亚的目光透过面纱注视着伊阿宋,她的灵魂早已跟着他一路去了。当她重新回到自己的房间时,她不禁淌下了眼泪,自言自语地说:"我干吗悲伤呢?这位英雄跟我有什么相干呢?无论他是最显赫的英雄,还是最糟糕的胆小鬼,甚至他命该死去,这都是他的事情。可是,唉,但愿他能逃脱厄运!仁慈的女神赫卡忒,保佑他平安回家吧!如果他注定要被神牛制伏的话,那么,也该让他预先知道,至少我为他可怕的命运感到担心!"

美狄亚感到烦恼的时候,阿耳戈的英雄们正走在回船的路上,希腊对伊阿宋说:"你也许不赞成我的建议,不过我还是愿意告诉你。我认识一位姑娘,她从地狱女神赫卡忒那儿学会了调制魔汤。如果我们能够争取她的援助,那么我敢肯定你准能胜利地完成这项任务。只要你愿意,我将去试试,争取得到她的支持。"

"如果你愿意去的话,我的朋友,"伊阿宋说,"我不会阻止你。可是我们得依靠一个女人才能回去,那听起来多不好听。"

说话间他们已经经来到船上,伊阿宋告诉同伴们他对

名师批注

‖阅读看点‖

美狄亚爱上了伊阿宋,伊阿宋却一无所知。美狄亚一方面为伊阿宋的一无所知感到忧伤,同时又为他的离开感到担心。这段自言自语把这种复杂的情感描绘得淋漓尽致。

‖阅读看点‖

希腊的一席话既让英雄们看到了希望,同时又为伊阿宋与美狄亚的见面埋下了伏笔。

名师批注

国王作的承诺。好一会儿他的朋友们坐在那里没吭声。最后，珀琉斯站起来打破了沉默。他说："伊阿宋，如果你想履行你的诺言，那就请你准备吧！如果你觉得没把握，那就干脆别去做。可是，在这种情况下，你要知道，你的朋友们面临的结局只有死亡，没有别的了。"

忒拉蒙和另外四个伙伴忍不住跳了起来，一想到这是一场艰难的冒险，就感到亢奋，渴求拼杀一场。希腊使他们安静下来，继续说："我认识一位姑娘，她擅长魔法。她是我母亲的妹妹，让我去说服母亲，争取那位姑娘的支持。到那时候，我们才能谈得上讨论伊阿宋如何去完成。"

写作看点

再一次呼应了前文所叙的菲纽斯的预言。

他的话刚说完，突然出现了一种预兆：一只被秃鹰追赶的鸽子，扑进伊阿宋的怀里，俯冲下来的秃鹰却像石头一样掉在船尾的甲板上。看到这情景，一位英雄突然想起，年迈的菲纽斯的预言，阿佛洛狄忒将会帮助他们返回家园。因此除了阿法洛宇斯的儿子伊达斯外，所有的人都同意希腊的计划。伊达斯暴躁地说："天哪，难道我们到这里来只是为了当女人的奴仆吗？我们为什么不找阿瑞斯，却找阿佛洛狄忒呢？难道一只鸽子就会使我们免于战争吗？"许多英雄都附和他的意见，低声地交头接耳，可是伊阿宋却同意希腊的意见。大船靠岸停泊，英雄们在船上等着希腊回来。

写作看点

希腊的央求及其母亲的应诺使伊阿宋与美狄亚的见面渐成现实，也推动了情节的继续发展。

希腊找到了母亲，请她说服她妹妹美狄亚帮助希腊英雄。卡尔契俄珀十分同情这些外乡人，可是她不敢触怒父亲。现在看到儿子恳切央求，便答应帮助他们。

美狄亚烦躁不安地躺在床上，她做了一个噩梦，梦见伊阿宋正准备跟公牛搏斗，但目的不是为了金羊毛，而是为了要娶美狄亚为妻，把她带回家乡。但跟公牛展开生死搏斗的是她自己，她战胜了公牛。不料她的父亲却失信了,拒绝履行事先对伊阿宋许下的诺言,因为应当由他而不是由她制伏神牛。为此,他父亲和这位外乡人发生了激烈的争执,双方都推她当公断人。她却袒护外乡人。她的父母痛哭流泪,突然间大叫起来,美狄亚也就从梦中惊醒了。

醒来后,她急着想去找她的姐姐。可是她由于犹豫不决,在前厅徘徊了好一阵。她四次想走进去,可又四次缩了回来。最后,她痛苦地扑在自己的床上哭了起来。她的贴身的女仆看到她在流泪,十分同情她,急忙跑去告诉卡尔契俄珀,她一听,连忙赶到妹妹这儿,看到她双手蒙面在哭泣,便关心地问:"发生什么事了?你病了吗?"

美狄亚答应帮助阿耳戈英雄

美狄亚脸上泛起一阵红晕。她十分害羞,不敢说话,可是爱情给了她勇气。于是,她绕了一个弯子,机智地说:"卡尔契俄珀,我为你的儿子们担忧,我害怕父亲会把他们连同陌生人一起杀掉。这是我在梦里见到的可怕情景。但愿神仙保佑,让梦景不得灵验。"

卡尔契俄珀听了感到十分害怕。"我就是为这个来找你的,"她说,"我向你发誓,支持他们,反对我们的父亲!"说完,她用双手抱住美狄亚的膝盖,把头靠在她的怀里。姐妹俩哭得泪人一般,无比悲伤。这时候只听美狄亚说:"凭着天地,我对你起誓:为了拯救你的儿子,只要我能做的,我都在所不辞。"

"那么,"姐姐接过话说,"为了我的孩子,你也应该给那位陌生人一个办法,让他幸运地完成那场可怕的决斗。我的儿子希腊以他的名义请求我,希望得到你的帮助。"

名师批注

‖阅读看点‖

美狄亚的梦境一方面说明她对伊阿宋的爱恋与担心,同时也是下一步情节发展的概括。这是希腊神话中常用的叙述手法。

‖阅读看点‖

美狄亚站在卡尔契俄珀儿子的角度,巧妙地表达了自己想帮助伊阿宋的想法,确实十分"机智"。

名师批注

‖ 写作看点 ‖

美狄亚的"心脏激烈地跳动""满面通红""不由自主"充分显露出她想法得到实现后的"高兴"。卡尔契俄珀哪里知道,她是"醉翁之意不在酒"呢。

‖ 阅读看点 ‖

生活的欢乐与死亡的恐惧使美狄亚的心里充满了矛盾,但爱情的力量使她从矛盾中摆脱出来。

美狄亚高兴得心脏激烈地跳动起来。她满面通红,不由自主地冲出一番话,说:"卡尔契俄珀,如果你的生命以及你儿子的生命安危不能成为我最关心的事,那么明天的曙光就不再为我照耀。明天我将赶大早去赫卡忒神殿,为陌生人取魔药,它能够缓和公牛的攻势。"

卡尔契俄珀离开了妹妹的闺房,她给希腊送去令人安慰的消息。

整整一夜,美狄亚翻来覆去,进行着激烈的斗争。"我是否答应得太多了?"她追问着自己,"为了一个陌生人,用得着我花费这么大的精力吗?对,我应该救他一命,他应该如心中所愿地去生活。可是,等到事情成功了,我却要死了,到那时一定会有人糟蹋我,说我毁掉了我们一家,因为我是为了一个陌生人而死的。那该是多么可怕的谣言啊!"她从房间里取出一只小箱子,箱里藏着生药和死药。她把箱子搁在膝盖上,打开,想要尝尝死药的味儿。突然,一切生活的欢乐一股脑儿地涌入脑海,太阳比平日里更可爱,她的心里充满了对死的恐惧。美狄亚把箱子合上,搁在地上。那是伊阿宋的佑护女神赫拉撩拨了她的心绪。她来不及等到曙光初现,便急忙要去取回已经答应了的魔药,希望带着它来到心爱的英雄面前。

伊阿宋和美狄亚

希腊忙着将可喜的信息带到船上。天刚破晓,美狄亚就从床榻上起来,梳扎好由于悲愁而披散到面颊上的她的金黄的美发,并洗去泪痕,涂上名贵的香膏。她穿上用弯曲的金钩扣紧的美丽的长袍,罩着雪白的面纱。一切的悲哀都已消失。她蹑着脚走出大厅,并吩咐她的十二个侍女为她套上经常载着她到赫卡忒神庙去的骡车。当一切都准备停当,美狄亚从匣子里取出一种叫作普罗米修斯之油的膏油。无论谁只需在祈祷地狱女神之后,身上涂抹这种膏油,在当天就不会受到刀伤或火伤,但却能击败任何敌人。这种膏油是用一种树根的黑汁做成的,树根在高加索山坡的草地上,吸着从普罗米修斯的肝脏渗滴出来的血液。美狄亚自己取了这种植物的黑汁,盛在介壳里,将它作为稀有的万应的魔药收藏起来。

套好骡车,两个侍女和她们的女主人坐了上去。女主人自己执持缰绳和鞭子,驱车出城。其余的侍女们则步行跟随在后面。一路上,人民都恭敬地站在一旁,让国王的公主通过。当她横过广阔的田野,到达神庙时,她轻捷地跳下车来,巧妙地哄骗侍女们说:

"我想我犯下了大错,没有远远避开来到我们国内的这些外乡人。现在,我的姊姊和她的儿子希腊要求我接受他们的领袖的礼物,并用魔术使他不会受到伤害。我假装允诺,并约他到这神庙里来让我独自一人和他见面。他来到时,我将接受他的礼物,留到后来我们大家平分,但却给他一种致死的药。现在你们都散去,以免引起他的怀疑,因为我曾经告诉他我是独自一人接见他的。"

侍女们听到她的计策都很欢喜。她们都退到神庙里去的时候,希腊和他的朋友伊阿宋带着预言家摩普索斯出发上路。<u>今天赫拉使伊阿宋变得这样美丽,以致从来没有一个人甚至神之子孙会比得上他。她赋予他一切美好的特点。无论何时,他的两个同伴从旁边看他,也惊奇于他的神采——就好像那是一颗化为人形的星星一样。</u>同时美狄亚和侍女们在神庙里等待他,尽管她们用唱歌来缩短时间,但因她们的女主人心里想着如此

名师批注

‖ 知识链接 ‖

普罗米修斯,在希腊神话中是泰坦神族的神明之一。宙斯禁止人类用火,他帮人类从奥林匹斯盗取了火,触怒宙斯。宙斯把他锁在高加索山的悬崖上,每天派一只鹰去吃他的肝,又让他的肝每天重新长上。

‖ 阅读看点 ‖

今天的伊阿宋到底美到何种程度?文中没有一句直接的外貌描写。而一句"从来没有一个人甚至神之子孙会比得上他"间接地描绘出伊阿宋美到极致。

名师批注

‖ 阅读看点 ‖

优美的歌声无法引起美狄亚的兴趣，而脚步声与微风却能让她焦急万分，这种对比强烈地说明了她在等伊阿宋时的急切。

‖ 阅读看点 ‖

用两棵树作比喻，巧妙地描绘出英雄与主人公初次见面时的场景：从起初的沉默到无话不说。

不同的事，没有一支歌能引起她长久的兴趣。她并不看着侍女们，只是渴望地注视着庙门外大道的那边。每一步履声，每一阵微风的响动，都使她焦急地抬起头来。

不久，伊阿宋进到神庙，高大美丽，就如同海上升起的天狼星一样。美狄亚觉到心房突突地跳动。眼前的世界变黑了，热血涌到她的面颊上。她的侍女们都离开了她。好一会儿，这个英雄和国王的女儿面对面地无言地望着。他们好像在山头上深深扎下了根的两棵互相挨近的笔直的橡树，周围宁静得没有一丝儿风声。但忽然一阵暴风雨来到，所有枝干上的叶子都在颤抖，震动，摇摆。他们两人也正是这样，由于爱的感触，突然热情活泼地交谈起来。

伊阿宋最先打破沉默。"为什么你要怕我呢？现在只有我独自一人和你在一起。"他问她。"我并不像别的男子一样自负，从来不，甚至在我自己的家里。别踌躇，问你心中所要问，说你心中所要说的话罢。只是要记住我们是在一个神圣的地方，在这里说谎便是渎神。因此，不要以空言欺骗我。我来请求你给我你答应你姊姊给我的那种神药。迫切的需要使我不能不请求你的援助。随你要求你所喜欢的报酬吧。要知道你的援助将免除我的同伴们的母亲与妻子的焦灼的忧虑，她们也许已经在我们故乡的海岸上悲悼我们了；而你的不朽的英名也将传遍希腊全境。"

这女郎让他说完。她低沉着眼皮，嘴角泛着隐约的微笑。她的心沉醉于他的赞美之中。她抬头看着他，言语涌到唇边。她恨不得立刻说出一切心事，但爱情使她的舌头变得迟滞。所以她只是从芬芳的包巾里取出小匣子。他很欢喜地即刻从她的手上接过，假使他向她要求灵魂，她也是愿意给予的，因为厄洛斯已经在伊阿宋的金色头发上燃烧起热爱的火焰,她已经沉迷于它们的光辉和气息。她的心灵就好像玫瑰花上的露珠在朝阳照耀下开始发热一样。两人都垂下眼睛,然后又相向而视,睫毛下闪着爱慕的眼光。过了很长时间,用了最大的努力,她才开始回答。

"听着,我将告诉你必须怎么做。在我父亲给你可怕的毒龙的牙齿要你播种之后,你要独自一人在河水里沐浴,穿上黑袍,并挖掘一个圆形土坑。在坑里堆上柴草,杀一只小羊羔,将它烧成灰烬。于是向赫卡忒献祭蜜的奠礼,从你的杯里倾洒蜜汁,并离开火葬场。听见步履声,听见犬吠声都不要回头,否则献祭不会生效。第二天的清晨,用这神异的膏油涂抹你自己。它会给你以巨大的威力和不可思议的膂力。你将感觉到你不仅能与人类甚至也能与神祇匹敌。你也必须涂油于你的矛,你的剑和你的盾,那便不会有任何人类的金属武器或神牛喷出的火焰可以伤害你或抗拒你了。这些只能在当天有效,但我还给你别的援助。当你已驾驭那些硕大的神牛,耕犁了土地,而种下去的毒龙的种子也已得到收成的时候,你就投掷一巨石于这些泥土所生的人当中。他们便会如狗之争食面包皮那样为争这石头而战,当他们正在自相残杀,你便可冲进去杀死他们。然后你就可以从科尔喀斯毫无阻拦地取走金羊毛,并到,是的,到你所喜欢的任何地方去。"

她一面说,一面想到这高贵的英雄就要航海远去,她的眼泪忍不住簌簌地流到面颊上。她悲伤地说下去,并用手拉着他,因为她的悲痛已使她忘形了。"当你到家,请不要忘记美狄亚的名字。你远去之后,我也将想念着你。现在告诉我你要乘着美丽的船回去的那地方的名称罢。"

名师批注

‖ 写作看点 ‖

华丽的描写,形象地比喻,语言虽不多,但已足以让人感到相爱时的美好。

‖ 阅读看点 ‖

美狄亚的叙述中包含了战斗过程的每一个细节,逻辑严密。看得出她是用尽了心思在帮自己爱的人。

名师批注

‖阅读看点‖

美狄亚与伊阿宋大段的对话充分地表达了二人相爱的心情,语言虽不华丽,但足够炽热。完全符合这种场景下的人物心理。

女郎说着话,伊阿宋已被不可控制的爱所征服。他急切地说:"尊贵的公主哟!假使我得以活命,每时每刻我都不会忘记你。我的家是海摩尼亚地方的爱俄尔卡斯,在那里,普罗米修斯的儿子丢卡利翁建筑了许多城市和庙宇。在那个地方,甚至于你们的国家都不大知名。"

"那么你是生长在希腊了,"女郎说,"或者那里的人比这里的可亲近些。别告诉他们你在科尔喀斯的遭遇,并请在你孤独的时候想念我吧。至于我,当此间任何人都忘记了你,我还是会想念你的。但是假使你忘记我,——啊,但愿那时有一阵风会带着一只鸟从爱俄尔卡斯飞到我这里来,通过它,我可以使你想起你曾由于我的援助而逃脱。啊,但愿那时我自己会在你的屋子里,亲身使你想念起我来。"她忍不住啜泣起来。

"让风去吹,让鸟去飞罢,"伊阿宋回答,"这都是闲谈。但假使你自己去到希腊并到我的家里去,所有的男人和女人将如何尊敬你,甚至崇拜你如同女神一样啊,因为由于你,他们的儿子、兄弟和丈夫们才逃脱了死亡,并平安而健全地回到故乡。而你,你将是我的,我一个人的,我们相爱一直到死。"

听到这话,她已感到销魂,但同时也隐约地感觉到离开自己的故国的可怕。不过一种强力已驱使她渴望着希腊,因为赫拉已将这种渴望安置在她的心里。这女神希望美狄亚离开科尔喀斯到爱俄尔卡斯去,带给珀利阿斯以毁灭。

‖阅读看点‖

用"忘记时间"反衬二人交谈的愉悦与畅快。

同时,侍女们等待着女主人,沉默而且焦灼,因为回家的时间早已过了。假使不是比较精细的伊阿宋提醒她,因为快乐地谈心,她自己真的要忘记回家了。当然,即使是伊阿宋,也还是很晚才想起来。"该是分别的时候了,"他终于说,"恐怕日落黄昏我们仍在这里的话,别人会疑心我们。让我们在这里再会面罢。"

伊阿宋完成了埃厄忒斯的使命

伊阿宋满怀喜悦地回到船上,见到了同伴们。美狄亚也朝女仆们走去,她们连忙迎了过来,但美狄亚却一点儿也没有注意到她们焦灼的神色,因为她的灵魂好像浮在云雾里似的。她轻捷地登上车,催动马把车一直拉到宫中。卡尔契俄珀焦虑地在宫殿里等了很久,她托着低垂的头,坐在一张小凳上,正为儿子的命运担忧。

这时,伊阿宋兴奋地告诉同伴们,美狄亚已经把魔药交给了他。阿耳戈英雄们都很高兴,只有伊达斯气得咬牙切齿。第二天早晨,他们派了两个人到埃厄忒斯那儿去取龙牙。国王把几颗龙牙交给了他们,这正是被底比斯国王卡德摩斯杀死的那条龙的牙齿。国王毫不担心,因为他相信伊阿宋绝对对付不了神牛,完不成播种龙牙的任务,也休想保住自己的命。这天夜里,伊阿宋在河水里沐浴。他按照美狄亚的吩咐,又给赫卡忒献祭。女神听到他的祈祷,从洞府中出来,头上盘着一群丑恶的毒龙,举着熊熊燃烧的栎树枝。地狱的猎犬狂吠着围着她转来转去。伊阿宋十分害怕,可是他没有忘记恋人的吩咐,头也不回地往前走去。他一回到船上,又跟同伴们在一起。这时高加索的雪顶上映着一抹朝霞,新的一天开始了。

埃厄忒斯穿上结实的铠甲,这身铠甲上次他同巨人作战时穿过。他头上戴着四羽金盔,手中拿着四层牛皮的盾牌。这盾牌很重,除了他和赫拉克勒斯以外,几乎无人能够举起。他的儿子给他牵来快马。他登上马车,如飞似的驰过城区,后面跟着一大批人。国王只是想作

名师批注

‖阅读看点‖

用侍女们以及宫里的卡尔契俄珀两方的焦灼反衬出美狄亚与伊阿宋相见的喜悦与忘我。

‖阅读看点‖

用铠甲、金盔与几乎无人能够举起的盾牌描写出埃厄忒斯也是非同一般的人物。

名师批注

‖ 阅读看点 ‖

这一段描写形象地刻画出伊阿宋在得到神助的情况下不仅英勇而且细心，脑子里充满了冷静与智慧。

‖ 写作看点 ‖

面对冲来的神牛，伊阿宋和同伴们表现出了不一样的神情，这种对比更显出了伊阿宋的英勇。

为一个旁观者去观战，但还是愿意全身披挂，好像亲自临阵一样。

伊阿宋遵照美狄亚的吩咐，用魔油涂抹了长矛、宝剑和盾牌。他的同伴们在他周围舞着枪，每个人都想跟他的长矛较量一下，但矛坚如山，无法将它弄弯。伊达斯十分恼怒，挥剑朝矛柄狠狠一击，但剑被弹了回来。英雄们看到后，欢呼雀跃。伊阿宋又用神油把自己的身体涂抹了一遍。他突然感到四肢增添了无比的力量。同伴们摇船送他们的首领到阿瑞斯田野，国王埃厄忒斯率领一群人正在等待着他们。船靠岸，停好后，伊阿宋首先跳上岸，他手执长矛、盾牌，随即接过国王递给他的盛着尖硬龙牙的头盔。他把宝剑用一根皮带斜挂在肩膀上，威风凛凛朝田野走去。地上放着套牛耕田用的轭犁和犁头，全是铁铸的。他细细地观察了这些工具，然后把枪头紧紧扎在长矛柄上，并放下头盔，然后手持盾牌，朝前走去，寻找神牛，不料关在地洞里的神牛却突然从另一端的地下钻了出来，向他冲来。它们鼻孔里喷射着火焰，全身笼罩在烟雾中。

伊阿宋的同伴们看到像怪物似的神牛冲来，都怕得发颤。但伊阿宋却镇定自若，张开双腿站定，把盾牌放在身前，等待神牛的进攻。牛低着头，昂着角，呼啸着朝他奔来，可是激烈的冲击并没有使伊阿宋后退半步。现在，神牛退回几步，咆哮着跳起双腿，鼻孔里喷着火焰，又狠狠向他冲击。伊阿宋岿然不动，姑娘的魔药保护了他。突然，他看准机会，一把抓住牛角，用尽力气，把牛拖到放轭具的地方，并踢着它的铁蹄，迫使它跪倒在地上。然后他又用同样的方法制伏了第二头牛。这时，他扔下盾牌，冒着公牛喷吐的烈火，双手按住跪在地上的两头神牛。不管公牛力气多大，现在一点也动弹不得。

看到这里，埃厄忒斯也不禁惊叹这位外乡人的神力。卡斯托耳和波吕丢刻斯兄弟俩如同事先商量好的那样，把地上的轭具给他，随即飞快地跳开。他敏捷地将它紧紧套在牛脖子上，然后套上铁犁。

伊阿宋重新拾起盾牌，把它用皮带挂在背上，然后拿起装满龙牙的头盔，手执长矛，用枪尖抵着暴怒的神牛拉犁耕田。地上犁出了深沟，土地在沟里翻起砸碎。伊阿宋一步步地跟在后面播下龙牙，同时又小心地注视身后，看看毒龙的子孙是否已破土而出，并朝着他扑来。神牛使劲拖着犁踏着铁蹄前进。下午，整块土地全部耕完了。伊阿宋解下牛轭，扬起武器猛地一挥，神牛吓得一溜烟地逃了回去。

伊阿宋看到垄沟里还没有长出龙的子孙，就回到船上，准备休息。同伴们围着他，高声向他欢呼。可是他却默不作声，只是用头盔盛满河水，畅饮起来，以解烈火般的干渴。他觉得双腿又充满力量，心里重新满怀着斗争的欲望。

现在地里冒出了巨人。阿瑞斯的田野里长枪和盾牌闪耀着银光。伊阿宋想起聪明的美狄亚的话，便举起一块巨大的圆石，远远地扔在巨人的中间，然后悄悄地蹲下，用盾牌掩护自己。科尔喀斯人大声惊叫起来，埃厄忒斯也惊得呆呆地望着那块大石头。这块石头，四个人才能移得动，可伊阿宋一个人就搬了起来。

地上冒出来的巨人开始像恶狗争食一样，厮打起来，他们怒吼着互相残杀，杀得难分难解。他们拼杀达到白热化时，伊阿宋扑过去，拔出剑，左刺右杀，把这批巨人全部砍倒。

国王大怒，一言不发地转身离开，回到城里去了。他只是想着如何才能对付伊阿宋。

名师批注

‖ 写作看点 ‖

曾经威力无比的神牛被伊阿宋扬起武器一挥，便一溜烟地逃走了，此处对伊阿宋的英勇不着一言，而伊阿宋的英勇形象却跃然纸上。

‖ 写作看点 ‖

用国王的神情巧妙地总结了这场战斗的效果，同时又承接了以下情节。他的神情表明他不会善罢甘休的。

名师批注

‖阅读看点‖

在美狄亚决定逃走之前，她的自言自语充分显示了她复杂而矛盾的心理。一方面是亲人，一方面是爱人，真是两难。

‖阅读看点‖

美狄亚逃出宫殿的情景虽然用词不多，但恰当的比喻，深刻地揭露出她那种恐惧的心理。

美狄亚抢出了金羊毛

国王埃厄忒斯连夜召集贵族们前来王宫商议对策，如何才能战胜阿耳戈英雄，因为他已经听说白天发生的这一切，都是由于女儿的参与和帮助，才使得那位希腊人获得成功。赫拉女神看到这种危险，便撩拨起美狄亚的心绪，让美狄亚内心充满着畏惧。美狄亚估计父亲已经知道她的行为，另外，她还担心女仆们也知道了事情的底细。她想来想去，决定逃走，"再见了，亲爱的母亲，"美狄亚流着泪，自言自语，"再见了，卡尔契俄珀姐姐，还有你，我的父亲的宫殿！唉，陌生人啊，要是世界上根本没有你，要是你在来到科尔喀斯之前就已经葬身大海，那该多好啊！"

她像一名逃犯似的，匆匆忙忙地离开了家乡。她用咒语念开了宫殿的大门，然后光着脚穿过一条条窄小的弄堂。她把面纱撩到鼻梁，用右手束住睡服，免得走路时受到影响。城门的守卫没有看出她来。不一会儿，她来到城外。美狄亚从小路上前往神殿，终于看到一阵阵欢乐的火光。那是英雄们为庆祝伊阿宋的胜利而通宵燃烧的篝火。

她在河岸上走到跟大船靠近的地方时，便大声地呼喊自己的小侄子弗隆蒂斯的名字，弗隆蒂斯直到第三遍呼喊时才认出是美狄亚。英雄们先是吃了一惊，接着把船摇到岸边。还没等船靠岸，伊阿宋一步跨了出去，弗隆蒂斯和阿耳戈也随后跟了上来。

"救救我吧！"姑娘大声急叫，"一切都已经败露了。现在已经无计可施，在我父亲尚未骑上快马赶过来时，赶紧驾船逃跑吧！哦，我再帮你们将金羊毛皮弄到手。我施用催眠术让龙入梦，你们就可以下手抢走金羊毛了。不过，你，陌生人，可得当着众位英雄的面向神仙宣誓，保证在那遥远的陌生地方保护我的尊严！"

伊阿宋内心一阵欢喜，他轻轻地把姑娘从地上扶起来，抱住她，说："亲爱的，让主宰婚姻的宙斯和赫拉作证，我愿意把你当作我的原配夫人带回家乡！"宣誓完毕，他把自己的手放在她的手中。

美狄亚让英雄们连夜动手，把船摇往丛林附近，准备前去抢走金羊毛。伊阿宋和美狄亚从另一条草地小路来到小丛林，努力地寻找那棵高大的栎树。那树是挂金羊毛的地方。不料他们却看到对面有一条巨龙。巨龙精神抖擞，毫无倦意地伸长着脖子，朝他们迎面游来，龙口里发出一阵阵可怕而又尖厉的吼叫，河岸和树林里响起一阵阵沉闷而又凄凉的回声。美狄亚毫无畏惧地迎上去，以恳求的声音呼唤睡神斯拉夫。斯拉夫是诸路神仙最强大的一位，具有无可阻挡的神奇本领。美狄亚请他呼唤妖魔入睡。同时，她又恳请冥府的强大女神，请求赐福，借以实现自己的计划。伊阿宋看着这一切，心里也十分害怕。

说话间，他们看到巨龙已经在昏昏欲睡的魔幻歌声中垂下了身体，它那盘旋的身子慢慢地舒展开来，只有那颗丑恶的脑袋还保持着直立。它张开大口，威胁着步步紧逼的两个陌生人。美狄亚跳上一步，用荆柏树把魔液洒滴在巨龙的眼睛里，一股香味直扑龙鼻，难以抵挡。现在，它闭上大口，伸直了身体，稳稳地躺在长长的树林里，睡着了。

美狄亚拿出魔油涂抹巨龙的额头时，伊阿宋连忙从栎树上取下了金羊毛。两个人迅速离开阿瑞斯树林。伊阿宋把金羊毛扛在肩膀上。那张大羊皮从他的脖子一直垂挂到脚跟，金光闪闪，照得田间阡陌一片亮堂。

名师批注

‖阅读看点‖

伊阿宋的誓言更使美狄亚在以后的行动中坚定了帮助伊阿宋的决心。

‖阅读看点‖

看到巨龙，连英勇的伊阿宋都十分害怕，而美狄亚却敢于"跳上一步"，二者对比，使美狄亚这个形象不单充满了智慧，而且显得勇敢。

名师批注

‖阅读看点‖

伊阿宋的一句"我相信事情还没有结束",既点明了原有的任务已经有了一个小结,又揭示了在以后的征程中还会有重重困难。

‖写作看点‖

这一句话承上启下,所谓传说,既有对以上阿耳戈夺取金羊毛的议论,又有对埃厄忒斯知道真相后会如何处置的猜测。

他连忙把金羊毛放下,卷起来,因为他担心有人或者甚至神仙会看中这块宝贝,把金羊毛抢走。天刚蒙蒙亮的时候,他们回到了大船。伙伴们围着两人问长问短,都想用手摸一下羊皮,伊阿宋却不答应。他用一件新做的大衣盖在羊皮上面,然后,又给美狄亚在后舱准备了一张舒服的眠床。他对众位朋友开口说道:"亲爱的朋友们,让我们返航,回到家乡去!由于这位姑娘的帮助,我们终于完成了使命,为表彰她的功绩,我把她接回家乡,娶她作为我的原配夫人。一路上你们应该帮助我照顾好她。<u>我相信事情还没有结束:埃厄忒斯马上就会跟踪而来,他会带领人马阻挡我们的归路。你们可以轮流替换,一半人划桨,另一半人操长矛,执盾牌,准备打退他的进攻。</u>"说完,他挥去一剑,砍断缆绳,然后全副武装地站在美狄亚和舵手安克奥斯旁边。大船箭一般地朝着河流的出海口驶去。

阿耳戈英雄带着美狄亚逃离虎口

街谈巷议,议说纷纷。

埃厄忒斯和科尔喀斯人都知道了美狄亚的爱情行为和逃跑的事。大家操着武器,聚集到集市广场上,然后急忙赶到河岸。埃厄忒斯乘坐一辆大车,驾车的马匹全是太阳神借给他的。他左手拿一块圆形盾牌,右手擎着一根巨形火把,粗大的长矛贴在他的身旁。他儿子阿布绪尔托斯亲自驾车。大队人马来到河流入海口时,阿耳戈英雄的船早已驶进大海,只剩下一个黑点在巨流中上下颠簸。国王放下盾牌和火把,把双手高高地举起,对着天空,请宙斯和太阳神见证这场罪孽,然后愤怒地对属下申明:如果他们不能把他的女儿美狄亚在水上或者岸上擒获,他们一个个必须提头前来相见。科尔喀斯人大为惊恐,连忙推船下海,升起船帆,直往前面黑点扑去。阿布绪尔托斯一马当先,率领着全体追赶的船只。

阿耳戈号大船在海洋上顺风顺水,到了第三天清晨,船已经进入哈律斯河。他们已到达巴夫拉哥尼阿海岸。按照美狄亚的吩咐,英雄们在这里摆设祭祀,感谢赫卡忒女神救了大家。英雄们突然想起来,年迈的菲纽斯曾给他们一则预言,让他们回来的时候选取另一条路,可是没有人知道路在哪里。还是佛里克索斯的儿子希腊有能耐,他从祭司文字中知道了那条路,于是大家把船驶入伊斯忒河。伊斯忒河发源于遥远的律珀恩山地,一半流入爱奥尼亚海,另一半流入西西里海。正当大家议论纷纷的时候,天空上出现了一条宽阔的长虹,给英雄们指示了方向,同时又刮起一阵大风。天上的征兆不停地启示着大家,大家毫不犹豫地拨船启航,一路来到爱奥尼亚海和伊斯忒河的交叉口。河水稳稳地流动着,似乎在欢迎英雄们凯旋。

科尔喀斯人没有放弃追赶。他们驾着轻舟,抢在英雄们的前头到达伊斯忒河的入海口,他们埋伏在岛屿和海湾里,切断英雄们的归路。阿耳戈英雄看到科尔喀斯士兵人多势众,吓得弃船逃跑,躲在河流的岛屿上,不敢露面,而科尔喀斯人到处寻找他们。一场短兵相接的遭遇战眼看着避免不了,被逼得走投无路的希腊人准备谈和。双方议定:希腊人可以携带国王允诺的金羊毛返回家乡,可是他们必须把国王的女儿送入另一座岛屿的阿耳忒弥斯神庙里去。以后再由当地国王作仲裁,确定她到底回到父亲那里去,还是追随阿耳戈英雄前往希腊。

美狄亚忧心忡忡,把心爱的人拉到一旁,禁不住双泪直下,说:"伊阿宋,你们为我做出了怎样的决定?你难道忘掉了在困难时立下的庄严誓言吗?因为相信你

名师批注

‖ 写作看点 ‖

一个"扑"字,既写出了追兵之众,又彰显出追兵在国王的威胁下劲头之狠。

‖ 写作看点 ‖

这里再一次呼应了菲纽斯的预言。

‖ 阅读看点 ‖

面对危机,美狄亚用两个情绪激烈的问句和感叹句,充分地表达了自己对伊阿宋的感情以及对未来的担心。

名师批注

‖阅读看点‖

伊阿宋的一席话显露了他作为英雄首领应有的沉静与智慧，而并没有像美狄亚担心的那样懦弱。

的话，我才轻率地离开了祖国和父母亲。我的大胆举动帮助你获得了金羊毛。为了你，我在自己的名下受尽凌辱。我像你的妻子一样跟你回希腊，你应该保护我，千万别让我任命运随波逐流！要是那个仲裁把我判给父亲，那我就完了；倘若你离开我，那么你会无限地怀念我，金羊毛也会像梦一样离开你，消失在冥王哈得斯的手中，而我的复仇的灵魂将要搅得你心神不定地离开祖国，就像我离开自己的祖国一样！"

她任凭感情淋漓尽致地流露着，越说越激动。看到姑娘时，伊阿宋又拨动了自己的良心，他安慰着说："镇静！亲爱的，我并没有认真对待这个条约。我们只是为了你才寻找一个缓兵之计，因为我们面临着一大群敌人。如果真的现在与他们开战，那我们一定会惨死战场，那么你的处境将更加没有指望。实际上这个条约只是一种伏兵，它将会把阿布绪尔托斯打得落花流水，一败涂地。"

听完这番话，美狄亚又献上一条恶毒的计策："我已经作过一次孽，惹出一场祸，"她说，"现在已经到了无法回头的地步，因此也不怕继续作恶或作孽。你应该把科尔喀斯人打败，我将愚弄一回我的兄弟，把他交在你的手上玩一通。你去准备一餐丰盛的宴会，我再争取说服传令官，让他们离开他，使得你们两人单独在一起，你可以趁机除掉他。"

英雄们给阿布绪尔托斯设下了埋伏。他们送去许多礼物，其中有一件华丽的紫金衣服，那是雷姆诺斯女王为伊阿宋特意缝制的。狡猾的美狄亚告诉使者，让阿布绪尔托斯赶黑夜前往阿耳忒弥斯神庙，她将在那里思量一个计谋，让阿布绪尔托斯重新把金羊毛抢到手，带回去交给父亲。美狄亚假惺惺地说，她已经身不由己

40

了:她是被佛里克索斯的儿子们用暴力抓住,交给陌生人的。

　　事情果然如她所预料的那样,阿布绪尔托斯对美狄亚的信誓旦旦深信不疑。他在漆黑的深夜来到神圣的岛屿,希望从姐姐口中获悉一则制服陌生人的计策。不料,伊阿宋手提寒光闪闪的宝剑从背后冲出来。美狄亚急忙转过身子,拉上面纱。她不忍观看弟弟被杀害的惨状。可怜国王的儿子像一头祭祀的牲口被伊阿宋砍杀得躺倒在地。天网恢恢,复仇女神把这一切都看在眼里。她注视着这一可恶的行为,眼神中流露出一阵阴暗。

　　伊阿宋掩埋尸体,清扫血迹的时候,美狄亚举起火把,示意阿耳戈英雄赶快前来。伙伴们蜂拥般地登上阿耳忒弥斯岛,如猛虎下山,扑向阿布绪尔托斯带来的随从。随从们没有一个逃脱死亡。

　　神话越传越神,又有人说美狄亚带着小弟阿布绪尔托斯一起逃往希腊,无奈父亲紧追不舍。美狄亚举刀杀掉了弟弟,然后把死者的尸体分段投入大海。埃厄忒斯在追赶途中发现恶情,一段段拾起小儿子的残骸,最后放弃了追赶,带着儿子的遗体无限悲痛地回到了科尔喀斯。

阿耳戈英雄们在归途中

　　由于珀琉斯的劝告,英雄们离开河口,并在残留的科尔喀斯人还没有知道发生事变以前,飞快地远去。后来科尔喀斯人知道这一切,立即出发追击敌人,但赫拉却在天上击着闪电阻挠他们。他们畏惧她的警告,但若不带着他的女儿和他的儿子回去,也怕国王发怒。因此他们就留居在河口的阿耳忒弥斯群岛。

∥阅读看点∥

　　"不忍"二字深刻地揭示了美狄亚处在爱人与亲人之间的尴尬心理,但她又必须这么做。

∥写作看点∥

　　前文写国王的追兵"扑"向英雄们,这里写英雄们"扑"向追兵,同一个字,演绎前后不同的境地,可见美狄亚的计策有多奏效。

名师批注

‖ 写作看点 ‖

本来英雄们已经快要到达他们远离多日的故乡,但一个转折又将他们带进凶险未知的世界。此处笔锋一转,又开辟了新的故事场景。

‖ 知识链接 ‖

法厄同,希腊神话中太阳神赫利俄斯与海洋女神克吕墨涅的儿子。而并非有些神话中写的是阿波罗的儿子。

英雄们继续前进,经过许多岛屿和海岸,其中有阿特拉斯的女儿卡吕普索所居住的岛屿。他们想他们已经看见远处升起的故乡的最高的山峰,但赫拉由于畏惧宙斯的计谋,激起一阵强烈的暴风雨,将船送到荒凉的安柏耳群岛。现在从多度那得来,由雅典娜镶在船首的那神异的橡树木片开始说话了。大家都惶恐地听着。"你们不能逃避宙斯的激怒,你们将漂流在海上,"橡木说,"除非请女巫师喀耳刻来禳除你们谋杀阿布绪尔托斯的罪行。让卡斯托耳和波吕丢刻斯向神祇祈祷,请求指点你们到喀耳刻——太阳神与珀耳塞所生的女儿那里去的路途。"

阿耳戈船的船头在黑夜中这么说着。英雄们听到这不幸的预言都呆坐着发抖。只有卡斯托耳和波吕丢刻斯勇敢地站起来,请求不朽的神祇保护他们。但阿耳戈船冲到伊里丹纳斯河中,正是法厄同被太阳车烧死坠海的地方。即使到现在,在河底上,他的被烧灼的创口仍然从河底喷出火焰和烟雾。因为火焰会把船舶吞没,所以船舶不易从这里通过。沿着河岸,法厄同的几个姊妹,赫利俄斯的女儿们,现在已变成白杨树,在风中叹息,并流着晶莹的琥珀泪珠,落在地上,让太阳晒干,让河水冲走。感谢他们的坚固的船,阿耳戈英雄们总算渡过险境,只是已失去一切饮食的欲望。白天他们被烧焦的尸体的恶臭所困扰,夜间听赫利俄斯的女儿们的悲叹,听着她们的金色的眼泪如蜜蜡一样渗滴到海中。他们沿着厄里达诺斯河的河岸摇桨,来到洛达诺斯河口。如果他们再前进,必然遭到毁灭。这时赫拉突然出现在岩石上,以清晰的神圣的声音叫他们离开。她降黑雾包围着船舶,他们无日无夜地航行,经过刻尔提克家族繁殖着的许多地方,后来看见提瑞尼亚海,随即安全地到

42

达喀耳刻的岛屿。

他们看见这女巫师在海岸上，伏在海边，以海水洗面。她曾经梦见她的住室，她的全部的房屋都血流成渠，一场大火烧毁了她所有的用以迷醉外乡人的药草和药酒，而她用手掬血，努力浇熄火焰。在黎明时噩梦使她惊醒并驱使她来到海边。她在这里洗浴着衣裾和头发，就好像它们真的涂染了血污一样。大群的猛兽追随着她，如同牛群之追随着牧人，但那却不是我们所习见的动物，因它们的四肢是一类动物的，而头或身体又会是别种动物的。英雄们恐慌地站着，因为他们一见到喀耳刻就知道她是残忍的埃厄忒斯的妹妹。这女神洗去了夜间的恐怖之后，她转身回家，叫唤着那些怪兽，并抚拍它们如同爱抚小狗一样。

伊阿宋让所有的水手都留在船上。只让他和美狄亚上岸。一到岸上，他就把不情愿的美狄亚拉到喀耳刻的宫殿去。这女巫师不知道外乡人来做什么。她请他们坐在华丽的椅子上，但他们却沉默而忧愁地坐在火炉的旁边。美狄亚低着头，双手蒙着脸；伊阿宋则将杀死阿布绪尔托斯的宝剑插在地上，手掌抵着剑柄，下巴支在上面，眼睛下垂。这时喀耳刻知道他们是哀求者，由于要消除罪孽，由于流亡的辛苦，他们来向她求救。为向哀求者的保护神宙斯献祭，她宰杀一只乳猪，并祈祷宙斯请允许为他们净罪。她吩咐她的仆人水中神女们收集屋子里面所有的赎罪的用具。她自己则在火炉上焚烧圣饼，不断地祈求复仇女神息怒，并请神祇赦免那些手上有着谋杀的血污的人。作完这些法事，她先让外乡人坐在椅子上，自己面对着他们坐着。她问他们旅途情况，从何处来，为什么在她的岛上登陆，并为什么请求她的保护；因为她想起了那个流血成渠的噩梦。但当美

名师批注

||知识链接||

喀耳刻，她是希腊神话中太阳神和海神女儿珀耳塞所生的孩子，国王埃厄忒斯的妹妹，是女巫师。

||阅读看点||

英雄们之所以恐慌，是因为他们看到的女巫恰恰是埃厄忒斯的妹妹，他们曾经谋杀过他的儿子，他的妹妹会放过他们吗？此处着此一笔，引人不得不往下看。

名师批注

‖ 阅读看点 ‖

此段用女巫的语言宣告了伊阿宋和美狄亚寻求保护与赎罪的失败，好在她没有加害他们。但也暗示了他们的未来并不平坦，因为"罪恶"都还没有得到谅解。

‖ 阅读看点 ‖

美丽的岛屿与媚惑的女妖，使靠近她们的人都成了牺牲者。英雄们正要停船，这不由得让人们对他们的命运担心，不过，这也是作者引出队伍中另一位特异者的惯用手法。因为在希腊神话中，总会用一物降伏另一物。

‖ 知识链接 ‖

俄耳甫斯，希腊神话中太阳神兼音乐之神阿波罗的儿子，他母亲是司管文艺的缪斯女神卡利俄珀。他具有非凡的艺术才能。

狄亚抬头回答，喀耳刻看到这女郎的两眼却大吃一惊，因为美狄亚正如同她一样是太阳神的子孙，凡太阳神的子孙都是两眼闪耀着金光的。喀耳刻注意到这，她要求这逃亡者用故乡的语言说话。美狄亚开始用科尔喀斯地方所用的语言告诉她埃厄忒斯和英雄们之间所发生的事情，十分真实地，只是隐瞒了对于她的弟弟阿布绪尔托斯的谋杀。但这女巫师甚至知道那没有说出来的事。她同情她的侄女。她说："可怜的孩子哟，你逃出家庭，留下一个坏名声，并且铸成大错。你的父亲当然会追到希腊，为他的被杀的儿子复仇。我不伤害你，因你是一个哀求者，并且是我的侄女。但你必须和这外乡人一起离开，无论他是什么人，因为对于你们的计划和你们的可耻的逃亡，我都不敢赞同。"听到这话，这女郎的心情很痛苦。她用面网蒙着脸，伤心地哭泣起来。直到伊阿宋用手牵着她，她才跟跟跄跄地跟随他离开喀耳刻的宫殿。

赫拉对于她所选择的被保护人是很同情的。她派遣她的使者伊里斯走着五色虹彩的道路，召来大海女神忒提斯，将船和英雄们交托她，要她照顾。伊阿宋和美狄亚上了船，和风就吹起来。怀着欣快的心情，英雄们拔锚，并扯上船帆。阿耳戈船乘风急进，不久他们看见一个满是花草的美丽的岛屿，这是媚惑人的女妖们的住所，她们以她们的歌声诱惑过客，然后又将他们毁灭。她们是半鸟半女人的形状，总是躺在海岸上，等待新的牺牲者。走近她们去的人没有一个可以幸免。现在她们对阿耳戈的英雄们也唱着甜美的歌声。他们正要系缆停船，这时俄耳甫斯，这特剌刻的歌手，开始从座位上站起，弹着神圣的竖琴，奏出美丽高昂的音乐，掩盖着那诱致他的朋友们趋于死亡的歌声。同时诸神也向船尾吹来一阵迅急有声的大风,使女妖们的歌声随着水流消失。只有一个英雄,忒勒翁的儿子部忒斯,听到这银样的歌曲不能自持。他从摇桨的位子上站起,跃到水里,泅泳着去追逐令人销魂的歌声。假使不是管领着西西里厄律克斯山的阿佛洛狄忒搭救,他真的要遭殃了。她从漩涡中将他提起,投掷在西西里岛的海岬上。从此以后他就居住在这里。英雄们悲悼他,以为他死去了,然后他们又冒险前进。

他们到达一处海峡,一边是斯库拉山,这是向海中伸出去的陡岩,好像要将阿耳戈船撞成碎片;一边是卡律布狄斯的大漩涡,波涛急遽下漩,好像要把船舶吞没。两者之间又有很多从深海中断裂的浮岩。过去这里曾经有过赫淮斯托斯的炼铁厂,但现在却只有从水中冒出的浓烟还弥漫在空中。当英雄们到达这里,突然海洋的女仙,涅柔斯的女儿们,从各方面来会他们,她们的女皇忒提斯亲自给他们把舵。她们在船的周围游泳,当船遇到浮岩,她们就将它推开,传给别人,如女郎们之作球戏。船忽而随着海浪飞到空中,忽而又沉到海底。赫淮斯托斯肩上荷着大铁锤,在高岩的绝顶观赏着这趣事,宙斯的妻子赫拉则在星光闪烁的苍天上眺望着。但由于禁不住眩晕,所以她紧握着雅典娜的手。最后,他们平安地通过危险,航行到大海,并来到淮阿喀亚人和他们的贤王阿尔喀诺俄斯的岛上。

科尔喀斯人追击而来

阿耳戈英雄们在岛上受到热情的接待,他们正想松弛一下,好好休息休息,这时科尔喀斯人的船队又绕道而来,突然出现在海边,大批的人上了岸。他们要求把美狄亚带回故乡,如果不答应,便要和希腊人决一死战。

名师批注

写作看点

有众神帮助,阿耳戈号尚且忽而飞到空中,忽而沉到海底,可见此时环境的凶险。希腊神话中有许多这种反衬的手法,比直接描写更具感染力。

阅读看点

神话的特征之一便是故事情节的紧凑,一环连着一环。此段便印证了这种特征。英雄们刚要放松一下,追兵却已到眼前。情节便急促地发展下去。

名师批注

阿耳戈英雄们正想迎战，善良的阿尔喀诺俄斯连忙止住他们。美狄亚抱住国王的妻子阿瑞忒的双膝说："女君主，我恳求你，别让他们把我送回故乡去。我不是轻率出逃的，实在是因为我畏惧父亲，才下决心跟伊阿宋出走的。他把我作为新妇带回家乡。请你同情我，并愿神保佑你长寿，多子多孙，并赋予你的城市不朽的荣誉。"她又向各位英雄跪下恳求。每一个英雄都摩拳擦掌，信誓旦旦地向她保证，即使国王阿尔喀诺俄斯想把她交出去，他们也要把她救出来。

深夜，国王跟他的妻子商议如何处置这位从科尔喀斯逃来的姑娘。阿瑞忒为她求情，并对他说，英雄伊阿宋愿意娶她为合法妻子。阿尔喀诺俄斯是一个好心肠的人，他听了非常感动。"当然，为了这个姑娘我也愿意亲自拿起武器把科尔喀斯人赶出海岛。"他说，"可是，我又担心这样会违反宙斯的以礼待人的神训。再说，得罪强大的国王埃厄忒斯也不是明智之举，因为他虽然住得很远，但他仍然有足够的力量去攻击希腊。所以，我的决定是这样的：如果她还是一位未婚的姑娘，那么应该把她交给她的父亲去处置；如果她已是伊阿宋的妻子，那么我不能让她离开丈夫，破坏他们的幸福，因为她已属于丈夫，而不是属于父亲。"

阿瑞忒听到国王的决定，吃了一惊，她连夜派出一名使者，把消息传给伊阿宋，并劝他赶在黎明前结婚。伊阿宋征求同伴的意见，大家都赞成这样做。他们选择一处圣洁的山洞，让美狄亚成了伊阿宋的妻子和伴侣。

第二天清晨，海岸和田野沐浴着阳光，淮阿喀亚人聚集在城里的街道上，岛屿的另一端站着科尔喀斯人，他们手执武器，随时准备开战。阿尔喀诺俄斯走出宫殿，手握金王杖来宣布对姑娘的裁决。他的身后站着一

阅读看点

国王的两全之策促成了英雄与美狄亚的婚姻。这段话既保全了双方，又呼应了段首国王妻子所说的伊阿宋愿意娶美狄亚为合法妻子的话。

批贵族和随从，妇女们也聚在一起想一睹希腊英雄的风采，还有不少人从乡下赶来，因为赫拉把这消息传遍了四面八方。

一切都准备好了，献祭的供品的香气直飘天宇。阿耳戈英雄们等了很久。最后国王坐在宝座上，伊阿宋走上前去，发誓埃厄忒斯国王的女儿美狄亚是他的合法妻子。阿尔喀诺俄斯听到这话，又传参加婚礼的证人上来，他们作证此事确实。于是国王庄严地宣判，美狄亚已是伊阿宋的妻子，因此不能把她交给科尔喀斯人。他答应保护阿耳戈英雄们。科尔喀斯人再反对也无效。国王声明，他们可以作为和平的居民，住在岛上，或者驾船离开。科尔喀斯人要不回美狄亚，害怕埃厄忒斯国王会动怒杀了他们，因此不敢再回去。他们选择了前一种做法，留在岛上。过了一个星期，阿耳戈英雄们依依不舍地告别了国王阿尔喀诺俄斯。他们带着丰盛的礼物上了船，高高兴兴地继续航行。

英雄们的最后险遇

阿耳戈英雄们又驶过了许多海湾和岛屿，已经远远地看到了伯罗奔尼撒的故国海岸。不料风云突变，一场狂暴的北风裹胁着大船，把大船推到利比亚海，漂泊了九天九夜。最后，他们来到非洲的瑟提斯海湾。海水里长着稠密的大叶藻，水面上盖着一层厚厚的泡沫，犹如一块平静的沼泽地。周围是伸展的沙滩，沙滩上没有野兽，也没有飞鸟。阿耳戈大船被潮水远远地送了上来，船身紧紧地搁在沙滩上。英雄们十分担心，纷纷跳下大船。面前是一望无际的泥淖，单调、荒凉至极。没有水源，没有通道，没有牧舍，周围只有死一般的寂静。

"我们，唉，这是什么国度？风浪把我们送到哪里

名师批注

‖阅读看点‖
国王用巧妙而又符合常理的计策化解了这场危机。既保护了英雄们，又保护了害怕埃厄忒斯的追兵。

‖写作看点‖
此段从海里到海面，再到沙滩，有序地描写出瑟提斯海湾的荒凉。

名师批注

‖ 写作看点 ‖

形象的比喻，传神地点明了伊阿宋和他的英雄们目前的困境。

‖ 阅读看点 ‖

天无绝人之路。三位半仙的女子的话让他们看到了一线生机，同时也让他们看到回家的希望。

来了？"大家纷纷抱怨，"我们还不如冒险穿越漂浮的悬崖，或者为一桩壮烈的事业而献身！"

"是啊，"舵手安克奥斯说，"潮水让我们在这里搁浅，可是却忘了接我们回去。一切继续航行或尽快回家乡的希望都化作泡影！"

如同在一个城市里被瘟疫传染的男人，他们无能为力，只好眼睁睁地看着魔鬼肆虐横行。阿耳戈英雄们已到了山穷水尽的地步。夜幕降临的时候，他们不吃不喝，和衣躺在地上，静静地等候死亡。国王阿尔喀诺俄斯作为礼物送给美狄亚的几位姑娘也惊恐地围住女主人。如果不是利比亚的保护使者，三位半人半仙的女子怜悯大家，这批人真会悲惨地客死他乡。

三位半仙的女子从脖子到脚踝骨都用山羊皮遮盖得严严实实。她们在炎热的中午时分来到伊阿宋身旁，掀开他的盖在头上的大衣。伊阿宋害怕地跳起身子，直瞪瞪地看着女仙，十分虔诚恭敬。"不幸的人啊，"她们说，"我们知道你的艰难，可是用不着难过多久的！当海洋女神驾起波塞冬的马车时，你们应该对曾把你们抱在怀里的母亲连声称谢。那时候你们就能够顺利地返回希腊了。"

仙女们消失不见了。伊阿宋把令人兴奋而又深奥莫测的神谕告诉伙伴们。正当大家苦苦思索的时候，出现了一件稀罕的神奇征兆：一匹巨大的海马从海里跳上岸来，金黄的鬃毛披散在马背上，拂去了水中的泡沫。珀琉斯高兴地欢呼起来："谜语般的话中已有一半得到解释。海洋女神驾起了马车，这匹马正好用来驾辕拉车，把我们抱在怀里的母亲就是阿耳戈号大船。现在我们应该对她表示感谢。让我们把船扛在肩膀上，扛过这块泥地，顺着海马的踪迹走。它一定会给我们指出一块停泊的地方。"

说到做到。人们果然扛着大船,在泥淖里走了十二个白天和夜晚。到处都是荒凉的沙滩,要不是有一位神仙给他们增强了信心和力量,他们也许早在第一天就被重担压垮了。他们终于来到忒律托尼海湾,大家疲倦地把船从肩膀上放下来。由于干渴难忍,他们急于要去寻找一个水源。

歌手俄耳甫斯在寻水的途中碰上夜神赫斯珀洛斯的四个女儿,她们都是善于唱歌的仙女。她们坐在圣地上,那是巨龙拉冬看守金苹果的地方。俄耳甫斯恳求她们给疲惫不堪的人指示一下,水在哪里。仙女们十分同情他们,其中有一位最为仁慈,她的名字叫埃格勒。她告诉他说:

"昨天,这里出现一个勇敢的强盗。他杀掉巨龙,抢走了金苹果,对你们会有很大帮助。这是一位野蛮无比的人,愤怒的表情,晶亮的眼神,身上披一张粗糙的狮子皮,手上拿着橄榄树枝和弓箭。他用弓箭除掉了妖孽。这个人口渴难忍,刚从沙漠中出来。因为到处找不到水喝,他用脚后跟朝一块岩壁蹬了一脚。说来奇怪,岩壁如中了魔似的,里面顿时流出了清凉的泉水。这个可怕的人平躺在地上,用两手扶着岩壁,尽心地喝了个痛快。"

埃格勒把岩泉指给大家看。一会儿,英雄们全都赶了过来。清凉的山泉浇活了他们干枯的生命,大家都很高兴。"真的,"一位英雄还用泉水湿润一下烈火般的嘴唇,"那个人是赫拉克勒斯,他救了大家!但愿我们还能遇上他!"说完,他们分头前去寻找。等到大家垂头丧气走回来时,只有洞察千里的慧眼林扣斯说是看到了他,不过他正在遥远的地方,没有人能前去接他回来。

名师批注

‖知识链接‖

金苹果,希腊神话中著名的宝物,它最早出现是在宙斯与赫拉的婚礼上,大地女神该亚带回一棵结满金苹果的树作为结婚礼物送给宙斯。宙斯派夜神的四个女儿和巨龙看守它。

‖阅读看点‖

借仙女之口,叙述了赫拉克勒斯的神勇无比,并且赫拉克勒斯在此出现,呼应了前文。

名师批注

‖ 写作看点 ‖

此段开头一句说明不仅没有找到神武的赫拉克勒斯,而且又丢失了两位伙伴,以后的征程如何,更加充满了未知。

‖ 阅读看点 ‖

队伍的残缺本来已经使伊阿宋犯愁,现在又遇上一个"天下无敌,不可战胜"的巨人,前途命运不得而知,从赫拉克勒斯出现后又消失,直到现在,短短一页的篇幅,情节却是一波三折,引人入胜。

‖ 阅读看点 ‖

美狄亚再一次在男人面前表现出了她胜过男人的智慧与勇敢,通过她的语言与动作,她的豪杰形象更加丰富起来。

可惜他们无意之中又丢失了两位伙伴,大家十分悲伤。后来,他们又终于上了船。大家想方设法,要把船开出忒律托尼海湾,进入一望无际的大海。无奈海面上刮着大风,船在港口里上下颠簸,左右摇晃。歌手俄耳甫斯建议大家重新上岸,给当地的神明祭献一副最大的三脚鼎,这是他们带在船上的备用礼物。祭献完毕,他们在回来的途中就遇到海神忒律托尼。海神装扮成少年模样,从地上捡起一块儿土块,交给阿耳戈英雄奥宇弗莫斯,表示友好。奥宇弗莫斯接过土块,将它藏在胸间。

"父亲把这块海域封赐给我,"海神说,"我成了本地保护神。你们看,那冒着黑水的地方,是一条从海湾通往大海的小道。你们往那边划船,我再给你们送上一股顺风。过去不远,你们就会看到伯罗奔尼撒了。"大家听到这一消息非常高兴,纷纷登上大船。忒律托尼扛起了三脚鼎,又消失在波涛中间。

几天航行以后,阿耳戈英雄平安地来到了喀耳巴托斯岛。他们想从这里转向,驶往克里特。岛上的守护者正是可怕的巨人塔洛斯,他是青铜时代所残留下来的唯一的人。宙斯让他把守欧洲的大门,他每天都迈开铜腿在岛上巡视一回。塔洛斯一身都是铜质的,因此天下无敌,不可战胜。只是在他的脚踝骨上有一根人肉做成的筋,还有一根流动血流的血管。谁要是知道这一点,把它打中,就能够杀害塔洛斯,因为他是凡人,没有真正的不死之身。

阿耳戈英雄朝海岛驶来。塔洛斯站在最外端的礁石上。他一看到陌生人来了,便连忙抓起石块,没头没脑地朝船上掷过去。

英雄们吃了一惊,急忙躲避。为了逃脱危险,他们尽管口渴难忍，还是准备把船停靠到岛屿的一侧。这时候，只见美狄亚站起身来，说："男子汉们，你们听着：我知道如何制服这位妖孽。把船靠拢过去，靠在石块投掷不到的地方。"说完，她拎起紫金衣衫的折边，登上大船的甲板，伊阿宋连忙跟在一旁。美狄亚以恐怖的声音念叨一番魔咒，连续三次召唤命运女神。那是冥府的快犬，到处追逐世上的活人。召唤完毕，她又使用魔术作用在塔洛斯的眼皮上。塔洛斯感到眼皮沉重不堪，终于紧紧地合在一起。黑色的梦境进入他的灵魂深处。睡梦中他跷起肉质的脚，蹬在一块尖尖的石头上，伤口里血流如注。

塔洛斯被痛醒了。他挣扎着想要立起身来，却像一棵被砍断一半的松树。一阵风起，巨人大吼一声，倒在海里，葬身鱼腹。

阿耳戈英雄们安全地来到陆地。他们在岛上舒舒服服地休息到第二天清晨。可是，等到他们刚刚离开克里特岛的时候，一场新的危险又铺天盖地席卷而来。天突然变成可怕的夜晚，没有月亮，没有星星。黑暗好像从地狱里升腾起来，连接着天空。英雄们不知道现在身陷何处，不知道是在海上，还是在顺着波浪流向地狱塔耳塔洛斯。

伊阿宋举起双手，恳请太阳神福玻斯·阿波罗，让太阳神把伙伴们从可怕的黑暗里拯救出来。太阳神听到了他的祈求，从奥林匹斯山上走下来，跳上大海里的一块岩石，双手高举起金色的弓箭。他把锃亮的光束箭一般地射过去，英雄们顿时眼明心亮，看到前面有一座小岛。他们一路过去，放下铁锚，高高兴兴地欣赏着令人欢乐的曙光。

阳光灿烂，英雄们又驾船驶入了辽阔的大海，只听

名师批注

‖知识链接‖

塔耳塔洛斯，希腊神话中地狱的代名词，也可以说是第一任地狱之神。

名师批注

|| 写作看点 ||

这一句点明阿耳戈征途中的所有的凶险已经过去,对上文做了一个明确的总结。但我们知道,伊阿宋最终的目的不是金羊毛,所以这一句话也同时表明伊阿宋与他叔父的较量还没结束。

|| 阅读看点 ||

美狄亚用如此巧妙的办法就除掉了珀利阿斯,读来大快人心,再一次感到美狄亚真是无比聪慧。

到奥宇弗莫斯正在讲述晚间的怪梦。他似乎感到忒律托尼送给他的土块在胸间活动并上下流淌起来。泥块突然变成一位少女,她开口说:"我是忒律托尼和利比亚的女儿,把我交给海神涅柔斯的女儿,让我跟阿娜弗住在一起,然后我就会靠近阳光,支配你的孙男孙女。"

伊阿宋很快明白了梦中的意思。他劝说朋友,把揣在胸口的泥块扔进大海。奥宇弗莫斯照此办理。咦,瞧!一座肥沃的岛屿刹那间就在英雄们的眼皮下长出了海面。人们把它称为卡里斯特,表示最漂亮的意思。后来,奥宇弗莫斯就住在岛上,生儿育女,香火鼎盛。

这就是阿耳戈英雄们所遇到的最后一场冒险。不久,他们就看到了伊齐那岛。驶过海岛以后,阿耳戈英雄一路平安地进入爱俄尔卡斯港口。伊阿宋把阿耳戈船搁在科任托斯海峡上祭供海神波塞冬。天长日久,大船毁了,终于成为一堆灰烬。然而它就被送上天空,在南天变成一颗亮晶晶的星星。

再说珀利阿斯,他在接到伊阿宋送上的金羊毛时,还不敢相信这一切竟是真的。在这期间,他已经除掉了伊阿宋的父亲埃宋。埃宋的妻子不胜悲痛,自尽而死。她的小儿子普罗玛库斯也遭到珀利阿斯残酷杀害。伊阿宋在美狄亚帮助下为这一笔暴行向珀利阿斯讨还血债。美狄亚杀了一头老公羊,剁成小块,然后放在滚烫的水里,用各种魔草将它煮烂。一会儿,锅里跳出一头小羊羔。珀利阿斯的女儿们亲眼看到了这一幕人间奇迹,便请美狄亚帮助珀利阿斯恢复青春。美狄亚一口答应。于是,珀利阿斯的女儿们亲自动手,杀掉了她们的父亲,剁成小块,然后放在锅里。可是美狄亚这回却用了无效的魔草,珀利阿斯当然也不能复生。

再经几番传扬,人们说伊阿宋回来的时候埃宋还活在人间。他给美狄亚传授本领,让老公羊变成小羊羔,恢复青春。珀利阿斯的女儿为了让她们的父亲年轻,果然也照此办理,结果不言而喻,中了美狄亚的计。珀利阿斯的儿子为表彰他的父亲,举办隆重的超度活动。全希腊的头面人物纷纷前来追悼。

伊阿宋的结局

伊阿宋没有得到爱俄尔卡斯的王位,尽管为了王位,他作过危险的探求,从美狄亚的父亲那里夺来美狄亚并邪恶地杀害了她的兄弟阿布绪尔托斯。他不能不将王国让给珀利阿斯的儿子阿卡斯托斯,自己与年轻的妻子逃到科任托斯去。他们在这里生活了十年,在这期间美狄亚为他生了三个儿子。开首两个是双生的,一名忒萨罗斯,一名阿尔喀墨涅斯。第三个提珊得耳年纪小得多。在这些年中,伊阿宋敬爱他的妻子,不单是因为她美,而且因为她机智多才。但后来她年老色衰,他又爱上一个美丽年轻的女子格劳刻,她是科任托斯国王克瑞翁的女儿。他隐瞒着美狄亚向她求婚,在得到国王的同意并择日结婚的时候,才告诉美狄亚,并强迫她解除婚约。他发誓说并不是他已经厌恶她,而是为着孩子们的利益他不能不和王室结亲。美狄亚悲愤地听着他的要求,她请求神祇来为他以前对她所作的誓言作证。但他不顾美狄亚的怨愤,决心和国王的女儿结婚。

美狄亚失望地徘徊在她丈夫的宫殿里。"唉,苦命的我,"她哭泣着,"但愿天上的神火将我击死吧!为什么我还要活下去呢?愿死神可怜我罢!啊,父亲哟!啊,我在羞耻中逃离的故乡哟!啊,我所害死的兄弟哟,你的血现在流到我身上了。但并不是我的丈夫伊阿宋应该责罚我!为了他我才犯罪呀!啊,正义女神哟,请

名师批注

‖阅读看点‖

这样的结局真是出人所料,却又符合逻辑。暴露了伊阿宋的人性弱点,也有人性的善良。

‖阅读看点‖

伊阿宋此种违背常理的做法,势必要引起祸端。但究竟是什么使曾经痴情的英雄抛弃了帮过自己的爱人,文中没有交代。这也是神话注重情节,不善用过多的文字叙述原委的缺陷之一。

‖写作看点‖

美狄亚用六个感叹句抒发了自己强烈的悲愤情绪。

名师批注

求你毁灭他和他的情妇！"

当她正在宫中发怒，伊阿宋的岳父克瑞翁向她走来。"你面有怒容，"他说，"你怀恨你的丈夫。即刻带着你的孩子们离开我的国土。除非将你逐出我的国境，否则我不回去。"

美狄亚隐忍着愤怒，平和地回答国王道："克瑞翁哟，为什么要怕我作恶呢？你待我没有错，我与你无冤无仇。你将你的女儿许给你所同意的人，我为什么要干涉你呢？我只恨我的丈夫，他对不起我！但事已如此，就让他们作为夫妇同居下去吧。只是让我仍然住在你的国内，因为即使我受了极大的委屈，我将保持沉默，并屈服于那些比我权力大的人。"

但克瑞翁看见她的怒容，不相信她，甚至当她抱着他的双膝并以她的情敌即他的女儿格劳刻的名字祈求他，他也不敢相信她。"去吧，"他说，"别麻烦我。"她请求他稍缓一天再驱逐她，她好为她的孩子们找一个住处。他回答道："我并不是狠心的人。许多次我因为不恰当的怜悯愚蠢地让步了。现在我也感到做得很傻，但——就让你这样办吧。"

写作看点

原来美狄亚在帮伊阿宋时也曾用到"毒计"一词，那时是她为爱人牺牲亲人，现在的"毒计"却是真正的毒计，因为她报复的是自己曾经最爱的人。

美狄亚一得到她所希求着的延期放逐，又狂暴起来了，她准备把她心中模糊想到过而尚未决心实行的毒计加以实现。但首先，她仍然作最后一次努力去让她丈夫承认他的不信和无义。"你欺骗了我，"她哭泣着，"即使我已替你生了孩子，你还是另娶别人。假使你没有儿子，我还可以原谅你，你也还有理由。但事实上你却毫无理由。你以为替你的誓言作证的那些管理世界的神祇已不存在，或者现在的人都已信奉一种新的法律，所以你敢破坏你的诺言吗？告诉我——我还将你当作朋友一样来问你，你要我到什么地方去呢？你要将我送回我的父亲那里去吗,那我曾欺骗他并为着爱你的缘故而谋杀他的儿子的父亲?或者请你告诉我在什么地方藏身?真的,假使你的前妻和孩子们如同乞丐一样地在人间飘零,那才会给一对新婚夫妇增加光彩呢!"

伊阿宋不理睬她的责难。他答应给她和孩子们黄金,并写信给朋友们收留她,但她反对这种救助。"去结婚去吧,"她说,"你的婚礼将会有一个悲惨的结局。"

伊阿宋离开之后,她很懊恨她说出了最后的一句话。并不是她的心情改变,乃是她恐怕引起他的提防,使她不能实施她的毒计。所以她又把伊阿宋请来,态度温和地婉言对他说:"伊阿宋,请你原谅我所说的话。因为我气愤得神志不清。现在我很知道你所做的都是对的。我们如同穷困的流亡者一样来到这里。由于你的新的结婚,你希望赡养你自己,你的孩子们和我。你的孩子们离开你一会,你会想念他们并让他们来分享他们的兄弟姊妹们的幸福的。来罢,我的孩子们,别怨恨你的父亲,如同我之不再怨恨他一样。"

伊阿宋真的相信她已放弃对他的怀恨。他很欢喜,并对她和孩子们作各种的保证。同时美狄亚进一步使他更加相信她的好意。她要求他留下孩子们,让她独自一人离开。为了要得到格劳刻和国王的同意,她将她所保存着的几件珍贵的金袍交给伊阿宋送给国王的女儿。起初他犹豫着,最后她说服了他,他就命令仆人将礼品送给新妇。但那些美丽的衣袍是用曾在毒药里面浸过的料子缝制的。美狄亚假装向丈夫亲爱的告别之后,就时时刻刻期待着使者来报告她的礼物如何地被接受的消息。最后使者回来并远远地叫嚷着:"美狄亚哟,快上船逃跑罢!你的情敌和她的父亲都已死去。你的孩子们进入宫殿并在他们的父亲身边时,我们仆人们都高

|| 名师批注 ||

|| 阅读看点 ||

美狄亚先是责备伊阿宋,后又诅咒他的婚礼,这时又把他请来婉言相劝,如此反复,都表明她为了定下的毒计处心积虑。

|| 阅读看点 ||

这里描写美狄亚的行为,对伊阿宋充满了情意,实际上却是一步步把伊阿宋拉进自己设计好的圈套里。

名师批注

‖阅读看点‖

使者大段的叙述显示了美狄亚的毒计最终得逞,整个复仇的过程一波三折,触目惊心。

‖写作看点‖

"硬起心肠罢",只这一句话,便显示了走进自己孩子房间的美狄亚还有更恶毒的想法,这种恶毒远远越过以前任何一次。一句话,使人心惊胆战。一心想复仇的美狄亚已经丧失人性。

兴这仇恨总算消释。年轻的公主微笑着迎接你的丈夫,但当她看见孩子们,她用面网蒙着眼睛,掉过头去,好像她很厌恶他们似的。伊阿宋勉力安慰她,为他们说好话,并将礼物拿出来给她看。这华贵的衣袍使她衷心欢喜。她变得温和了,并答应新郎同意他所要求的一切。当你的丈夫和孩子们离开了她,她马上把这美妙的衣裳拿来,将金斗篷披在身上,将金的花冠佩结在头发上,并喜悦地注视着从明洁的镜子里反映出来的发光的身影。她在房中缓步而行,儿童一样地为自己的新装骄傲。但她的心情忽然一变。她面色惨白,四肢发抖,双脚摇摆着,还没有走到座位那里,就倒了下去。她面无血色,翻着白眼,口中吐着泡沫。宫殿里一片哭声。有几个仆人跑去告诉她的父亲,别的又去告诉她的丈夫。同时她头上的花冠喷出火焰。毒药和火焰争相啮裂着她的肌肉。当她的父亲大声悲号着向她跑来,他只看见他的女儿的不成形体的尸体。在绝望中,他抚抱着她,这时杀人的衣裳上的毒药也对他发生了作用,因而他也死了。伊阿宋的情形我们还不知道。"

这可怕的叙述不但没有平息美狄亚的愤怒,相反的,更煽起她熊熊的怒火。如同复仇女神一样,她跑去给她的丈夫和她自己以致命的打击。夜间,她慌忙地去到她的孩子们熟睡的屋子里。"硬起心肠罢,"她一路上自言自语,"为什么在做这可怕而又必需的事情时要发抖呢?忘记他们是你的孩子,忘记你曾经生育过他们。只在这一瞬间忘记他们,然后用你的一生去悲恸他们吧。现在你正是替他们做一件好事。假使你不杀死他们,他们也必然会死于他们的敌人之手。"

当伊阿宋忙着回家寻觅谋杀他年轻的新妇的女人并向她复仇时,他听到他的孩子们尖声叫喊。他跑到

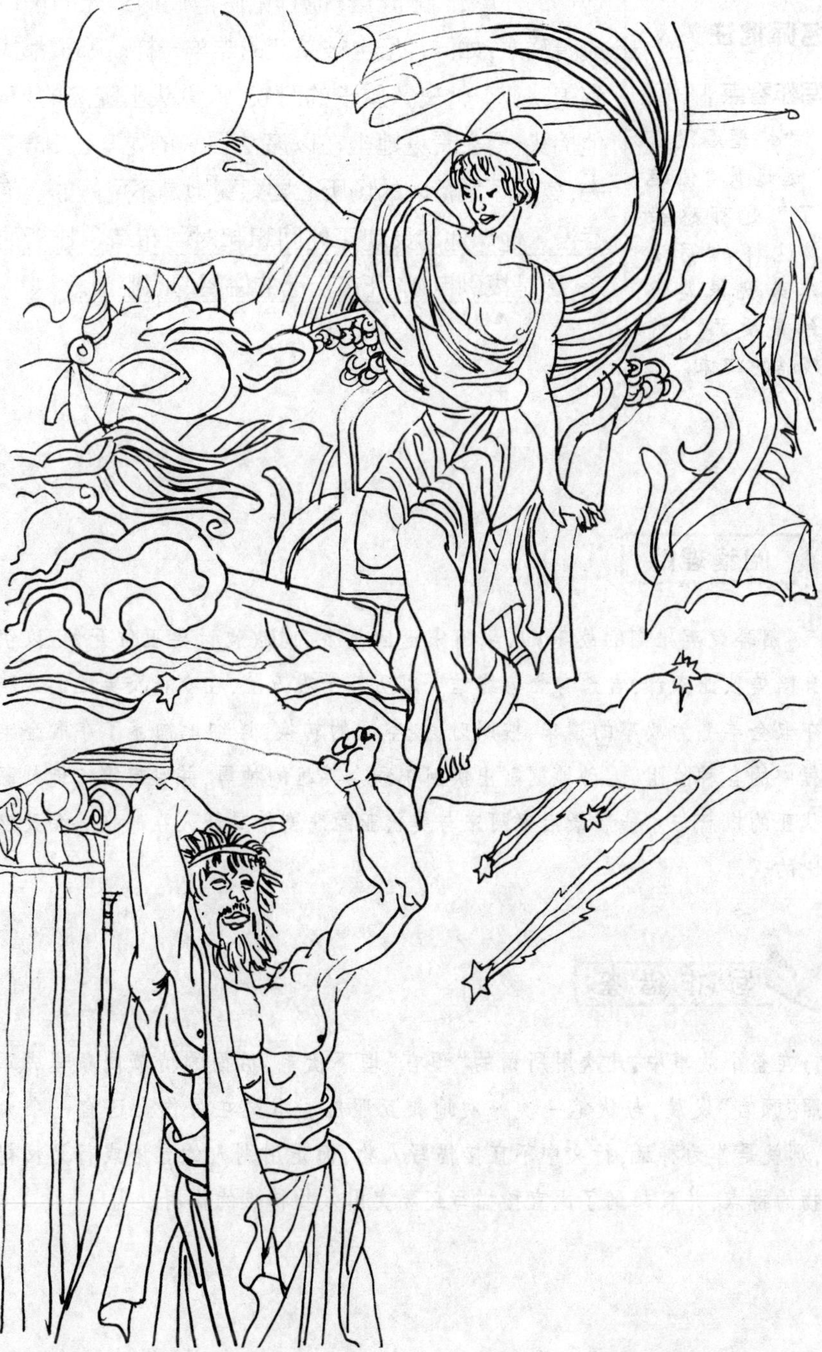

名师批注

写作看点

"绝望吞没了他"远远比"他绝望了"更有感染力。这样的写法给本来就很悲惨的结尾更添了许多残酷的回味。

他们的住屋,门敞开着,他看见使他们的致死的创口正流着鲜血,如同神坛上被杀死的羔羊一样。哪里都找不到美狄亚。他离开屋子的时候,听见头上隆隆的声音。他抬头一看,看见她坐在以魔法召来的龙车上,腾空而去,离开了她行凶的场所。要惩罚她是不可能的。<u>绝望吞没了他</u>。他的灵魂深处回想起对阿布绪尔托斯的谋杀,于是拔剑自刎,死在自己的住屋的门槛上。

阅读理解

《阿耳戈英雄们的故事》从伊阿宋返回故乡,向叔叔讨要王位开始,以伊阿宋身陷美狄亚毒计,自杀身亡为终结。以历经千难万险,在众神及英雄们的帮助下夺取金羊毛为故事的精华,按照时间、空间的转换,详细地描述了夺取金羊毛过程中的各种险阻,生动地刻画出伊阿宋和众英雄的神勇,并且有重点地刻画了美狄亚的机智与才能。最后伊阿宋与美狄亚的悲剧结局让人在悲伤之余又感到无比的叹息。

写作借鉴

在整个故事中,几次用所谓的"预言"埋下伏笔,后面的情节便顺理成章地按照"预言"发展,与伏笔一次一次地相互照应。本文在写作上还有一个大特点,那就是作为神话,行文中不直接描写人物,而是用别人的言语或行为反衬出人物的特点,并且起到了比直接描写还要突出人物特点的作用。

回味思考

1. 在夺取金羊毛的过程中伊阿宋是怎样的形象？而在夺取金羊毛之后的伊阿宋又给你留下什么印象呢？

2. 你如何理解机智多才的美狄亚在报复伊阿宋时的疯狂？

赫拉克勒斯的故事

导语

一出生就享有极高天赋的赫拉克勒斯受到了哪些良好的教育？仙女给年轻的他指出了什么样的道路？日渐神武的赫拉克勒斯经历了哪些战斗？降伏或消灭了哪些巨人或怪物？他的结局又会怎样呢？

赫拉克勒斯的出生和童年时代

赫拉克勒斯是宙斯与阿尔克墨涅所生的儿子，阿尔克墨涅是珀耳修斯的孙女，底比斯国王安菲特律翁的妻子。安菲特律翁也是珀耳修斯的孙子，是泰林斯国王，但后来离开了那个城市，移居底比斯。

宙斯之妻赫拉痛恨阿尔克墨涅当了丈夫的情妇，当然，她对赫拉克勒斯也很忌恨，因为宙斯向诸神预言，他的这位儿子前途无量，将来大有作为。当阿尔克墨涅生下赫拉克勒斯时，她担心他在宫中安全没有保障，于是将他放在篮子里，篮子上盖了一点稻草，然后放到一个地方，这地方后来被称为赫拉克勒斯田野。当然，如果不是一个神奇的机会，使雅典娜跟赫拉走到那地方，这孩子肯定活不了。雅典娜看到孩子生得漂亮，非常喜欢。她很可怜他，便劝赫拉给孩子喂奶。他咬住赫拉的奶头，贪婪地吮吸她的乳汁，吸得她的奶头生疼。赫拉生气地把孩子扔到地上。雅典娜同情地把孩子抱起来，带回城里，交给王后阿尔克墨涅代为抚养。阿尔克墨涅一眼就认出这是自己的儿子，她高兴地把孩子放进摇篮。她由于畏惧赫拉，遗弃了孩子，没想到满怀妒忌的继母竟用乳汁救活了她情敌的儿子。不仅如此，赫拉克勒斯吮吸了赫拉的乳汁，从此脱离了凡胎。但赫拉很快就明白那个吸她奶的孩子是谁，而且知道他现在又回到了宫殿。她十分后悔当时没有报复孩子，把他除掉。随即，她派出两条可怕的毒蛇，爬进宫殿去杀害孩子。

深夜，孩子沉浸在甜蜜的酣睡中。熟睡的女佣和母亲都没有发现两条毒蛇从敞开的房门里游了进来。它们爬上孩子的摇篮，缠住孩子的脖子。孩子大叫一声醒了过来。他抬起头，四面张望，只是感到脖子被缠得难受。这时他显示了神的力量。两手各抓住一条蛇使劲一捏，竟把两条蛇捏死了。

阿尔克墨涅被孩子的叫声惊醒。她赤着脚，奔了过来，大喊救命，但她发现两条大蛇已死在孩子手上。底比斯王室的贵族们听到呼救，都全副武装地涌进内室。国王安菲特律翁疼爱孩子，把他看作宙斯赐予的礼物，这时他手持宝剑跑来。当他听到并看到所发生的事情时，他又惊又喜，为儿子的神力而感到自豪。他把这件事看作一个预兆，派人找来底比斯的盲人占卜者提瑞西阿斯。这位提瑞西阿斯是宙斯赋予预言能力的人，他当着大家的面预言孩子的未来：他长大以后，将杀死陆上和海里的许多怪物；他将战胜巨人，在他历尽艰险后，他将享有神祇们的永久生命，并赢得青春女神赫柏的爱情。

赫拉克勒斯所受的教育

国王安菲特律翁从盲人占卜者的口中知道儿子天赋极高，他决心让儿子享受配做一个英雄的教育。他聘请了各地的英雄给年轻的赫拉克勒斯传授种种本领。他亲自教他驾驭战车的本领；俄卡利亚国王欧律托斯教他拉弓射箭；哈耳珀律库斯教他角斗和拳击；刻莫尔库斯教他弹琴唱歌。宙斯的双生子之一卡斯托耳教他全副武装地在野外作战；阿波罗的儿子，白发苍苍的里诺斯教他读书识字。赫拉克勒斯显示了学习的天赋和才能。可是他不能忍受折磨，而年老的里诺斯又是一个缺乏耐心的教师。有一次，他无端责打赫拉克勒斯。赫拉克勒斯顺手抓起他的竖琴，朝老师头上扔去，他即刻倒地身亡。赫拉克勒斯十分后悔，但他仍被传到法庭。为人正直而又知识渊博的法官拉达曼提斯宣布他无罪。法官颁布了一条新法，即由于自卫而打死人者无罪。可是安菲特律翁担心力大无穷的儿子以后还会犯下类似的罪过,所以,把他送到乡下去放牛。赫拉克勒斯在这里过了一年又一年,长得又高又强壮。他身高一丈多,双眼炯炯有神,犹如闪烁的炭火。他善骑会射,射箭和投枪都能百发百中。当他十八岁时,已长成希腊最英俊、最强壮的男子汉。他面临着命运的挑战,现在是看看他一身武艺和力量是用来造福还是作恶的时候了。

赫拉克勒斯在十字路口

赫拉克勒斯离开牧人们和他们的牧群去到寂静的地方,思考着他生命的路途应当是怎样的。有一次,他坐着沉思,看见两个高大的妇人向他走来。一个美丽、高贵而有礼貌,穿着雪白的长袍。另一个艳丽动人,她的雪白的皮肤搽了香粉和香水。她这样地傲岸,好像她比实际要高一些,而她的服装也尽可能的迷人。她自满地以明亮和闲适的目光看着自己,又四处望望有没有别人在注意她,并时常欣羡地顾盼着自己的影子。当她们走近,第一个人仍然安详地走着,但后面的这个人却忙上前去招呼这个青年。

"赫拉克勒斯,我看你还没有决定在生命中究竟要走什么路。假使你选择我做你的朋友,我将引导你走最平坦最安适的路。那里没有你尝不到的快乐,也没有你不能避免的不幸!你将不参加任何战争和艰难。你将不用心思,只是享受丰盛的饮食和美酒,极耳目视听之乐,极身体和肉感的满足,睡着柔软的床榻,凡这些享受都不要费事也不要费力。万一你缺少过这种生活的条件时,别担心我会强迫你去从事体力或脑力劳动。恰恰相反!你将收获别人的劳动果实,并得到一切对你有利的东西。因为我给予我的朋友这样一种权利:利用任何人或任何物来满足自己的享受。"

赫拉克勒斯听到这诱惑的诺言,他诧异地问她:"你叫什么名字?"她回答:"我的朋友们称我为'幸福',我的敌人侮辱我,给我另一个名字叫作'堕落的享受'。"

同时,前一个妇人也来到面前。"我也来了,"她说,"我知道你的父母,你的禀赋,和你所受的教养。所有这些使得我存着这样的希望,如果你选择我指示给你的路,你将成为一切善良与伟大的事业中的卓越人物。但我没有怠惰的快乐来贿赂你。我将告诉你神祇对于人类的意愿。要明白,人类不经过努力和辛苦，神祇是不会使他们有所收获的。假使你愿意神祇慈善地待你，你必须敬奉他们。假使你愿意朋友们爱你，你必须援助他们。假使你愿意全城对你尊敬，你必须为它服务。假使你愿意全希腊都称赞你的美德，你必须成为全希腊的恩人。假使你愿意收获，你必须耕种。假使你想战斗得胜，你必须学会战斗的技术。假使你想能够支配你的身体，你必须工作和流汗使它坚强。"

在这里"享受"打断了她。"现在你看，亲爱的赫拉克勒斯哟！"她说，"要达到这妇人所说的目的，要走多么遥远和艰难的路途呀！但我愿以最近便和最轻易的路引导你得到幸福。"

"可怜的生物哟！""美德"对她说，"你没有一点真正美好的东西。你怎能这样呢？你不知道真实的快乐，因为在你还没走到它们面前，你就心满意足了。你在饥饿之前饱食，在焦渴之前痛饮。为了刺激食欲，你寻找巧妙的厨师，为了加深酒瘾，你追求豪奢的美酒。在夏天你妄想着冰雪。任何柔软的床榻都不能使你满足。你让你的朋友们在夜中饮宴，在白天睡眠。这就是为什么人们在青年时享乐，在老年时苦恼，羞愧于他们的过去，而仍然背负着现在的重负。而你自己，虽然你是不朽的，却为神祇所放逐，为良善的人们所嘲弄。你从没有听过最悦耳的声音：真实的赞美！你从没有见过最悦目的事物：你自己的良好的工作！但我却为神祇和善良的人们所欢迎。艺术家称赞我是他们的安慰者，父亲们称赞我是忠实的守护人，侍仆们称赞我是他们慈善的帮助者。我是和平的正直的支持者，是战时的信实的盟友，是友情的忠贞的伙伴。饮食睡眠对于我的朋友们比对于怠懒者更有意义。年轻人受到老年人的夸奖，他们很喜欢；老年人受到年轻人的尊敬，他们很快乐。他们回忆过去的行为感到甘美，他们对于现在的作为感到快乐。由于我，神祇保佑他们，朋友爱护他们，他们的国家尊敬他们。当末日来到，他们也不会死得默默无闻。他们的光荣仍然留存人间，供后世纪念。啊，赫拉克勒斯哟，选择这种生命罢，幸福的命运将是属于你的。"

赫拉克勒斯最初的英雄行为

两位女子说完话，顿时消失了，赫拉克勒斯独自一人留在原地，他决心选择"美德"的路。不久,他找到了行善做好事的机会。众所周知,那时,希腊丛林密布,沼泽遍野,到处是凶恶的猛狮、公猪以及其他作恶的野兽。因此,清除这些孽障,把希腊从这类危害人的野兽中解放出来,乃是古代英雄们的伟大目标之一。赫拉克勒斯注定面临这一艰巨的任务。当他听说,在基太隆山脚下,国王安菲特律翁的牧场,有一头可怕的狮子为非作歹时,年轻的英雄耳畔响起"美德"的声音,他立即做出了决定,并全副武装,爬上了荒山,打死了狮子,剥下狮皮,披在肩上,然后又把狮头割下来作头盔。

当他打猎凯旋时,途中遇到了明叶国王埃尔吉诺斯派出的使者,他们向底比斯人收取年贡,这是一种既不合理又令人感到屈辱的沉重负担。赫拉克勒斯把自己作为一切受压迫人的解救者,迅速地把这些滥施淫威的使者们打翻在地,然后,把使者们捆起来,送回去给他们的国王。埃尔吉诺斯蛮横地要求底比斯国王交出凶手。底比斯国王克瑞翁畏惧对方的权势,准备满足对方的要求。赫拉克勒斯动员了一批勇敢的青年同他一起抵抗敌人。可是,民间却没有一件武器,因为明叶人为防止底比斯人叛乱,收缴了所有的武器。雅典娜女神看到这情况,便把赫拉克勒斯召进神庙,用自己的盔甲将他武装起来,神庙里还有不少武器,那是他们的祖先在战争中缴获的武器,作为战利品来献祭诸神的。随赫拉克勒斯一同前来的青年们纷纷拿起武器,跟着赫拉克勒斯一起出征。他们只有一小队人马,而明叶人则是庞大的军团,兵力强大。两支部队在一处狭路相逢,在这块弹丸之地,明叶的士兵虽多,但根本无法施展,埃尔吉诺斯的军队被彻底击溃,自己也战死沙场。可是,赫拉克勒斯的后父安菲特律翁也在战争中中箭身亡。战争结束后,赫拉克勒斯迅速挺进明叶京城奥耳科墨诺斯,他冲进城里烧毁了王宫,毁坏了城池。

全希腊人都赞颂他的丰功伟绩。

底比斯国王克瑞翁为嘉奖他,把女儿墨伽拉许配给他,后来墨伽拉为他生了三个儿子。诸神也送给这位半神半人的英雄许多礼物:赫尔墨斯送给他一把剑,阿波罗送给他一把弓,赫淮斯托斯送给他金箭袋,雅典娜送给他崭新的青铜盾。他的母亲阿尔克墨涅却改嫁了,嫁给了法官拉达曼堤斯。

赫拉克勒斯与巨人之战

赫拉克勒斯受到众位神仙的热情馈赠,心中感激不尽。不久,他就寻得了机会,准备报答他们的知遇之恩。

原来大地女神该亚给天空神乌拉诺斯生下一群巨人。这批巨人儿子脸面狰狞,杂乱的胡须,长长的飘发,身后拖着一根带鳞的龙尾巴,就成了他们的脚,真是一批妖怪。母亲唆使他们前去反对宙斯,因为宙斯当了世界新的主宰,把该亚从前生下的一群儿子,即诸位提坦巨人全部送入地狱塔耳塔洛斯。几年以后,他们冲破了地府,又像春苗一样撒布在帖撒利的大地上。魔鬼出世,天地惊慌,日月减色,连福玻斯都掉转了太阳车的行驶方向。

"去吧,孩子们,为了我,为了往昔的神仙之子去报仇。"大地之母平静地说,"让雄鹰啄食普罗米修斯的肝脏,提堤俄斯也应该受到惩罚,他竟敢伸出罪恶的手触摸勒托的神仙玉体。宙斯用闪电击中了他,他僵硬地平躺在地府的地板上。派去两头雄鹰,啄食他的肝脏!阿特拉斯必须肩扛天庭;提坦巨人必须一一地被捆绑起来。去吧,去报复,去拯救他们!你们应该使用我的肢体,那是一座高山峻岭,用它作阶梯,用它作武器!攀登上满天星斗的城堡!阿耳克尤纳宇斯,你去扯下暴君手中的权杖和闪电!恩克拉多斯,你去征服海洋,将波塞冬赶走!律杜斯前去夺下太阳神的缰绳,珀耳菲里翁去占领特尔斐的神殿!"

巨人们听到命令一阵欢呼,好像已经取得了胜利一样。他们纷纷上了帖撒利山,准备从那里向天空发起冲击。

再说专为神仙通风报信的彩虹女神伊里斯。她看到大事不好,便连忙召集众位天神天仙,水神水仙以及地府的亡灵们,让他们一起前来,共同商议对付的办法。冥后珀耳塞福涅离开了阴森森的王国,而她的夫君,即沉默的国王也骑着畏光的骏马爬上了金光闪闪的奥林匹斯神仙山。如同一座被包围的城市,居民们从四面八方聚拢过来,保卫自己的城堡家园。神仙们也聚集在奥林匹斯山上,形态各异,跃跃欲试。

"诸位神仙,"宙斯召唤道,"你们看到了,大地之母如何起劲并又恶毒地反对我们。大家起来进行战斗!她给我们派来多少个儿子,我们就要给她送回多少具尸体!"

神仙之父刚把话讲完,天空中就响起了阵阵雷鸣声。该亚积极响应,在下面掀起一阵轰隆隆的地震,大自然又像造物时一样陷于一片混乱。巨人们拔掉一座又一座高山,把帖撒利的俄萨山,把佩利翁、俄塔、阿拖斯全部推倒。然后,他们又利用赫贝罗斯河的一半源泉冲走了罗杜泼山。巨人们沿着山势一步步地朝着神仙住地攀缘而上,他们把燃烧着的栎木大棒和高峨挺拔的大山抓在手上,武装自己,开始向奥林匹斯山冲击。

神仙们得到一则神谕,如果没有一名凡人参与战斗,那么神仙们就不能伤害前来侵犯的巨人。该亚听到消息,急忙寻找一种方法,以保证自己的儿子们面对凡人不受伤害。天下果然有一种草。不料,宙斯捷足先登,不让朝霞、月亮和太阳露出光芒。正当该亚在黑暗中到处寻找药草时,宙斯却把药草收割起来。他请雅典娜将药草交给自己的儿子赫拉克勒斯,并要求儿子前往参战。

奥林匹斯山上燃起了熊熊的战火。战神阿瑞斯端端正正地坐在战车上,车前的骏马高声嘶鸣,他驾着马车朝着密集的敌人冲了过去。阿瑞斯手执金盾,金盾闪闪发光,比火焰还要亮。他的头盔也闪烁着光芒,在风中呼啸作响。鏖战时,他一枪刺穿了巨人珀洛罗斯,珀洛罗斯的两只脚实际上是两条蠕动的活蛇。后来,战神又驾着战车在地上碾碎许多人的肢体。突然,他看到凡人赫拉克勒斯已经从下面爬到奥林匹斯山顶,阿瑞斯连忙吹送出去三个灵魂。赫拉克勒斯在战场上环顾四周,要为自己的弓箭寻找一个目标:他一箭把阿耳克尤纳宇斯射翻在地,让他沿着无底的深渊滚落下去。可是,等到他接触到家乡的土地时,他又生气勃勃地站立了起来。按照雅典娜的主意,赫拉克勒斯追了下去。他把阿耳克尤纳宇斯拖出了故国地界,可怜阿耳克尤纳宇斯在异国他乡还没有站立起来,便已经呼的一声断了气。

这时候,巨人珀耳菲里翁气势汹汹地朝赫拉克勒斯和赫拉猛扑过来,要跟他们决一死战。宙斯看着这一切,立即让巨人心里引起一股仰望天空,观看神仙颜面的悬念。正当珀耳菲里翁撕扯赫拉面纱的时候,宙斯用炸雷击中了他,赫拉克勒斯射出一箭,使他当场毙命。巨人的战斗行列里又奔出了眼中直喷火花的埃菲阿耳忒斯。

"来得正是时候,他已经成为我们射箭的明靶,"赫拉克勒斯大笑着对身旁的福玻斯·阿波罗说。于是,阿波罗和半仙一起动手,嗖嗖两箭,埃菲阿耳忒斯顿时双目失明。酒神狄俄尼索斯举起酒神杖,将欧律托斯打翻在地。赫淮斯托斯抖手扔出一把烧得通红的铁浆,一阵灼热的铁雨迎头浇下,巨人刻吕提俄斯当场死去。帕拉斯·雅典娜抓起西西里岛,猛地朝着正在逃跑的恩克拉托斯砸过去,将他压住。巨人波吕波特斯被波塞冬在大海上追赶得无处躲藏,一直逃到爱琴海的可斯岛,波塞冬撕下海岛的一角,将他埋在里面。赫尔墨斯头戴普路同的隐身帽,举手打死了希波吕拖斯,另外两位巨人也被命运女神的铁棒砸得粉碎。宙斯大发神威,用雷电把其他巨人全都打翻在地,赫拉克勒斯再用弓箭把他们一一射死。

战斗结束了,天神们十分称道赫拉克勒斯的赫赫战绩。宙斯把众仙中参与战斗的一律称作奥林匹斯人,借以表彰有功之神。他把这一荣誉称号也封赐给凡间女子为他生育的两个儿子,即狄俄尼索斯和赫拉克勒斯。

赫拉克勒斯与欧律斯透斯

在赫拉克勒斯出世之前,宙斯曾经在神仙会议上宣布,让珀耳修斯的第一个孙子主宰所有其他的珀耳修斯的子孙。他是想把这份荣誉给他和阿尔克墨涅所生的一个儿子。可是赫拉十分嫉妒这种光荣归于自己情敌的儿子,于是她施展诡计,让珀耳修斯的另一位孙子欧律斯透斯提前出世,本来他要比赫拉克勒斯晚出世。因此,欧律斯透斯成了迈肯尼的国王,后来出生的赫拉克勒斯成了他的臣民。国王注意到他的那位年轻的兄弟声名显赫,于是如召见臣民一样把他召来,给他布置了一大堆困难的任务。赫拉克勒斯不愿服从。但宙斯又不想违背自己的规定,于是命令儿子执行国王的命令。这半神半人的英雄不甘当凡人的奴仆,便离开家来到特尔斐,请求神谕。神谕昭示说:欧律斯透斯由于赫拉的诡计骗取了王位,诸神将予以纠正,但赫拉克勒斯必须完成国王交给的十项任务。等到这些任务完成以后,他就可以升格为神。

赫拉克勒斯听到这神谕,心头郁闷,深深地陷入悲哀之中。替一个比他低微的人服务,实在有损他的尊严,降低了自己的身份。可是他又不敢违抗父亲宙斯的旨意。赫拉仍然妒恨赫拉克勒斯,虽然他在与巨人作战中援助过神们。她乘机让赫拉克勒斯心头的郁闷变为野性的狂暴。赫拉克勒斯控制不了自己,他甚至想要杀害他所珍爱的侄儿伊俄拉俄斯。这位侄儿吃了一惊,连忙逃走。赫拉克勒斯在狂暴中用箭射死了他和墨伽拉所生的孩子们,并想象他是用箭射杀巨人。他疯狂了很久才解脱出来。他看到自己闯下了大祸,陷入更深的悲哀和不幸之中。他闭门不出,不见任何人。随着时光的流逝,他心头的痛苦才有所减轻。他重新振作起来,决心去完成欧律斯透斯交给的任务。

恶斗尼密阿巨狮

国王交给赫拉克勒斯的第一件任务是,赫拉克勒斯必须剥下尼密阿巨狮的兽皮,把它交给国王。这头巨兽居住在伯罗奔尼撒半岛的密林里,位于亚哥利斯的尼密阿和克雷渥纳村之间。狮子厉害无比,人间武器根本不能伤害它。有人说,狮子本是巨人堤丰和半人半蛇女怪厄喀德那生下来的儿子。另有部分人则说,狮子是从月亮掉到地球上来的。

赫拉克勒斯动身征服狮子去了。他一路奔波,来到克雷渥纳,遇见一位可怜的短工,名叫莫洛耳库斯,受到了热情的接待。莫洛耳库斯正想宰杀一头牲口,祭供宙斯。"好朋友,"赫拉克勒斯说,"让你的牲口再苟且偷生一个月吧!如果那时我能顺利地打猎回来,那么你就可以给宙斯救星宰杀牲口;如果我失败了,那么你应该把牲口给我作祭,把我当作列入神仙行列的英雄。"

说完,赫拉克勒斯又往前走了。他把箭袋背在背上,一只手里拿着弓,另一只手上提了根大棒,那是用他在赫利孔山上亲自寻得的一棵野生橄榄树做成的。当时他把橄榄树连根拔起,把树干部分削成这根大棒。走了几天以后,他来到尼密阿的树林里。他在树林里慢慢地寻找,希望发现这头巨兽,而且必须抢在被狮子看到自己之前。可是周围到处没有狮子活动的痕迹。树林、田野上也没有人。恐惧像浓雾一样,笼罩着这块地方。家家闭门锁户,不敢出门槛一步。

傍晚时分,狮子终于在一条林中小路上出现了。它刚刚捕食回来,准备回狮穴去休息。狮子吃得腰腹滚圆,狮子头上、狮鬣和胸脯上滴落着点点鲜血。它用舌头舔着上嘴唇,赫拉克勒斯看到它一步步靠近,连忙躲进茂密的树丛,悄悄地等它过来。狮子越走越近,赫拉克勒斯立起身,拉开弓箭,嗖的一声从侧面射去一箭。可是箭镞却近不了狮身,它射在像一块石头一样的地方又弹了回来,软软地掉落在森林的沼泽地上。

狮子抬起了血淋淋的狮头,圆睁着眼睛向四面张望,露出一排凶恶的巨牙。这样,它正好把胸脯暴露在赫拉克勒斯面前。赫拉克勒斯不失时机,又朝狮子的心脏射去第二支箭。可是这回也失败了。箭掉在狮子脚下。赫拉克勒斯正要拉第三箭时,狮子已经看到了他。突然,狮子暴怒地伸展着长长的尾巴,脖子间剧烈地上下起伏着,发出一阵阵沉闷的狮吼,鬣毛早已竖了起来。狮子弯曲着背,瞪着血红的大眼,狂怒地朝它的冤家走了过来。

赫拉克勒斯放下手中的箭,还没等到狮子跳起身来,他就一把按住狮背,右手拿着木棒朝着狮头猛烈地挥打下去。狮子正要转动,他又拦腰狠命一击。狮子疼痛得跳起来,又扑倒在地上,狮腿都在发抖。赫拉克勒斯没有等它恢复过来,又悄悄地接近了它。他干脆把弓箭全扔在地上,无所畏惧地从后面朝巨兽扑了过去。他用双手一把抱住狮子的脖子,狠命地捏住狮子喉咙,直到狮子挣扎着断气为止。

狮子死了,赫拉克勒斯花费了很大的周折,也没有把狮子皮剥下来,因为任何铁石都无法在狮子身上划出一道口子。最后,他尝试着用巨兽的利爪撕划狮皮,想不到立即起了作用。后来,他用这张奇特的兽皮缝制了一件盔甲,又用狮头做了一只新头盔。赫拉克勒斯收拾一下衣服和武器,把尼密阿巨狮的狮皮带上,动身回泰林斯去。

赫拉克勒斯回到约定的朋友莫洛耳库斯身边时,时间正好过去了30天。老朋友正在忙碌着准备给赫拉克勒斯摆上亡灵祭供,不料这位英雄却一步踏进屋来。他们惊喜地重逢,于是一起给救世主宙斯祭供礼品。祭毕,赫拉克勒斯友好地告辞,又往家乡走去。

国王欧律斯透斯看到赫拉克勒斯带着可怕的狮皮回来时,被英雄具有的神仙般的力量惊恐得连腿也站不直了。从此,他再也不让赫拉克勒斯走近自己,而是请珀罗普斯的儿子库泼洛宇斯替他转达各项命令。

杀死九头蛇许德拉

　　国王交给赫拉克勒斯的第二件任务是杀死九头蛇许德拉。许德拉是堤丰和厄喀德那的女儿。她是在阿耳利斯的勒那沼泽地里长大的，时时爬到岸上，糟蹋庄稼，危害牲畜。她凶猛异常，身躯硕大无比，是个九头的蛇怪，其中八个头可以杀死，而第九个头，即中间直立的一个却是杀不死的。

　　赫拉克勒斯勇气十足地去冒险。他驱车前往，为他驾车的是他的侄儿伊俄拉俄斯，即他的堂兄弟伊菲克勒斯的儿子。伊俄拉俄斯一直伴随着他，是他不可或缺的左右手。车子急匆匆地朝勒那驶去。到了阿密玛纳泉水附近的山坡时，他们看到许德拉蛇怪正在洞内。伊俄拉俄斯急忙拉住马缰绳，赫拉克勒斯跳下马车。他一连射了几箭，把九头蛇许德拉蛇怪引出了洞。许德拉嗞嗞地嘘着气冲到赫拉克勒斯的面前，咄咄逼人地昂着九个头，样子十分可怕。赫拉克勒斯无所畏惧地迎上去，用力一把抓住她，卡得紧紧的。但她却猛地缠住赫拉克勒斯一只脚。赫拉克勒斯举起木棒使劲打她的头，但是打碎了一个，马上又长出一个来。她的一只巨蟹跑来参战，帮助许德拉。它用巨钳咬住赫拉克勒斯的脚。赫拉克勒斯怒不可遏地挥棒将它打死，同时，呼喊伊俄拉俄斯来援助他。伊俄拉俄斯执着火把，把附近的树林点着，然后用熊熊燃烧的树枝灼烧刚长出来的蛇头，不让它长大，这时，赫拉克勒斯乘机砍下许德拉的那颗不死的头，将它埋在路旁，上面压着一块沉重的石头。接着，他又把蛇身劈作两段，并把箭浸泡在有毒的蛇血里。从此以后，中了他箭的敌人再也无药可医。

刻律涅亚山上的牝鹿

　　欧律斯透斯布置的第三件任务是，赫拉克勒斯必须生擒刻律涅亚山上的牝鹿。这是一头漂亮的动物，金角钢蹄，自由地生活在亚加狄亚的山坡上。它是女神阿耳忒弥斯在首次打猎时捕捉到的五头牝鹿之一，女神只把这一头鹿放回树林。这也是命运所定，准备让赫拉克勒斯为捕捉它而追赶得疲惫不堪。

　　赫拉克勒斯接到任务以后日夜追赶，一直来到极北浮土族人和伊斯忒河的地界。极北浮土人是北极地区传说众多的民族。据诗人们叙述，这里的太阳在一年之间只出来一回，庄稼地里的果实迅速成熟。这里也没有狂风暴雨，在阿波罗的佑护下，这是一块没有纷争、没有烦恼的地方。人们在那里千年如一，过着幸福的生活。赫拉克勒斯终于在拉同河边抓住了牝鹿，那里离安诺埃城不远，就在亚加狄亚的阿耳忒弥斯山上。可是，他也迫不得已射去一箭，然后把受伤的牝鹿扛在肩膀上，一路走回去。

途中，赫拉克勒斯遇到女神阿耳忒弥斯和阿波罗。阿耳忒弥斯斥责他，问他为什么伤害放生了的牝鹿。她准备夺下这头猎物。

"伟大的女神，这不是我的恶作剧，"赫拉克勒斯辩解着回答，"我也是迫于无奈，否则我怎么完成欧律斯透斯交代的任务呢？"

一番话缓和了女神的愠怒。赫拉克勒斯扛着活牝鹿一路往迈肯尼走了回去。

活捉厄律曼托斯山上的野猪

赫拉克勒斯又接到第四项任务：活捉厄律曼托斯野猪，把它完好地带回迈肯尼，交给国王欧律斯透斯。这头野猪是用来献祭给女神阿耳忒弥斯的圣物，可是它在厄律曼托斯一带糟蹋庄稼，危害甚大。

赫拉克勒斯在前往厄律曼托斯的途中，来到西勒诺斯的儿子福罗斯的家中，半人半马的福罗斯是肯陶洛斯人，他热情地端出一盆烤肉招待客人，自己则吃生的。赫拉克勒斯希望用美酒伴佳肴，福罗斯听后笑着说："尊贵的客人，在我的地下室里有一桶酒，它属于我们全体肯陶洛斯人。我不敢把它打开，因为我知道我们半人半马的肯陶洛斯人并不慷慨。"

"打开吧，"赫拉克勒斯说，"我答应你，保护你不受他们的攻击。我现在真是口渴难忍！"

原来，这桶酒是酒神巴克科斯亲自送给一个马人，即肯陶洛斯人的，并吩咐他不能提前打开，直到第四代马人后，赫拉克勒斯到来时才能打开。于是，福罗斯走到地下室。他刚把酒桶打开，马人们闻到一股扑鼻的酒香，都蜂拥而来。手拿石块或木棒，把福罗斯的地下室团团围住。赫拉克勒斯拿起火棒把第一批肯陶洛斯人打回去，又射箭追击余下的人，一直追到伯罗奔尼撒半岛东南角的玛勒河，那是赫拉克勒斯的老朋友喀戎居住的地方。肯陶洛斯人纷纷投奔喀戎。赫拉克勒斯朝他们射去一箭，箭头擦过一个肯陶洛斯人的手臂，射中喀戎的膝盖，这时他才发现他射中了幼时的好朋友。他从朋友的膝盖上拔下箭，然后又用精通医道的喀戎自己调制的药膏敷在伤口上。但因为箭已浸过许德拉的毒血，伤口是无法医治的。喀戎吩咐他的兄弟把他抬回洞穴，希望能够死在朋友的怀里。可惜这个愿望也是空幻的，因为他忘掉自己是不死的，他的伤痛也将永远忍受。赫拉克勒斯含泪告别了喀戎，答应不管花多大的代价，也要请死神满足老朋友的愿望，让他解脱痛苦。我们知道，他实现了自己的诺言。

赫拉克勒斯重新回到福罗斯那里，他看到这位朋友已经死了。原来福罗斯从一个肯陶洛斯死者的身上拔出一支箭，不禁惊叹这支短箭竟有如此大的力量，能杀死一条生命。他顺手把箭丢到地上，不料箭划破了自己的脚，他即刻毙命。赫拉克勒斯十分悲伤，将朋友葬在一座山下，这座山从此就叫作福罗山。

赫拉克勒斯继续上路去寻找野猪。他大声吼叫，把野猪赶出丛林，又在后面追赶，一直赶到地里，终于用活结把精疲力竭的野猪套住。他遵照国王欧律斯透斯的命令活捉了厄律曼托斯山上的野猪，将它活生生地送到迈肯尼。

奥革阿斯牛圈

国王欧律斯透斯立即送来了第五项命令。这项任务似乎跟一位英雄的身份不相匹配。赫拉克勒斯必须在一天时间内把奥革阿斯牛圈彻底打扫干净。奥革阿斯是厄利斯的国王，拥有大量的牧群。他的畜群全都按年份分类，圈在宫殿门前的牲口棚内，里面共有三千多头牛。多年来里面堆积了许多牛粪，赫拉克勒斯不知道该如何奋力，才能在短短的一天时间内把牛粪铲尽运完。

赫拉克勒斯来到国王奥革阿斯面前，答应给他清理牛圈，不过他没有提到欧律斯透斯委托的任务。奥革阿斯听说有这等便宜事，非常高兴。他满意地打量着眼前这位魁梧的男子汉，看他穿着狮子皮的衣服，禁不住笑了起来。他不知道一位高贵的武士怎么会答应干这类仆人的脏活。他想：私欲引诱着多少人走上歧途，这位武士也许想在我身上发一笔小财，那么他真是打错了算盘。他如果真能在一天之内把牛圈打扫干净，那么我肯定会给他一笔丰厚的报酬。可是，这么多牛粪怎能在一天内铲除干净呢？这是不可能的。

想罢心思，国王开口说："听着，陌生人，如果你真能做到在一天时间内，把宫殿门前的牛圈铲除干净，并冲洗一遍，我将把牲口的十分之一送给你作为奖励。"

赫拉克勒斯答应了这桩交易。国王想，陌生人一定得马上开始劳动。没想到赫拉克勒斯却拉上奥革阿斯的儿子菲洛宇斯，请他为这桩协议作证，然后才走出宫殿。他在牛圈的一边掘松了下面的地基，然后又通过一条运河把阿尔弗俄斯和佩纳俄斯河水引来，让它流经牛圈。把里面的牛粪冲刷得干干净净。结果，他连手都没有弄脏，就完成了任务。

奥革阿斯这时才听说，赫拉克勒斯原来是奉欧律斯透斯的命令前来执行任务的，于是他便想赖账，否认作过任何允诺，否认给赫拉克勒斯任何报酬。此外，他还扬言，赫拉克勒斯如有不服，他们可以对簿公堂，直接打官司。等到法官审理官司的时候，奥革阿斯的儿子菲洛宇斯出庭作证，说他的父亲答应给赫拉克勒斯一笔报酬。

奥革阿斯大失所望。他没有等到判决词下来，就立即凶恶地下达命令，请陌生人和他的儿子一起，立即离开他的王国。

驱赶斯廷法罗斯湖的怪鸟

赫拉克勒斯完成了任务，高高兴兴地回到欧律斯透斯的王国，可是国王宣布这次任务因赫拉克勒斯要求报酬，所以不能算数。他又派赫拉克勒斯去完成第六项任务，即赶走斯廷法罗斯湖的怪鸟。这是一种巨大的猛禽，铁翼，铁嘴，铁爪，十分厉害。它们栖息在阿耳卡狄亚的斯廷法罗斯湖畔。它们抖落的羽毛犹如射出的飞箭，它们的铁嘴甚至能够啄破青铜盾，在那儿它们伤害了无数的人畜。

赫拉克勒斯动身前往斯廷法罗斯湖，不久，来到四周是密林的湖畔。一群怪鸟在林中惊恐地飞来飞去，好像害怕被狼吃了似的。赫拉克勒斯眼睁睁地看着鸟在空中飞，却无法制伏它们。突然，他感到有人在肩膀上轻轻地拍了一下，回头一看，原来是雅典娜，她交给他两面大铜钹，那是赫淮斯托斯为她制造的。她教赫拉克勒斯怎样使用铜钹驱赶怪鸟。说完话，她突然不见了。于是，赫拉克勒斯在湖旁爬上一座小山，使劲敲起铜钹恐吓怪鸟，它们经受不了这刺耳的声音，都仓皇地飞出树林。赫拉克勒斯乘此机会，弯弓搭箭，连射几箭，几只怪鸟应声落地，其余的也急忙飞走。它们飞越大海，一直飞到阿瑞蒂亚岛，从此再也没有回来。

驯服克里特岛上的公牛

克里特的国王弥诺斯答应海神波塞冬，要把海里出现的第一只动物当作祭品献给他，因为弥诺斯认为在他的领土内没有一种动物值得献给这位伟大的神灵。波塞冬很受感动，特地让一头健壮的公牛从海浪里浮现出来。弥诺斯看到这头公牛，非常喜欢，实在舍不得把它献给海神，于是将它悄悄地藏在自己的牛群里，然后用另一头公牛代替它献祭。

海神非常生气，他让海里来的这头公牛变得疯狂起来，让它在克里特岛为非作歹，大肆破坏。赫拉克勒斯得到的第七项任务便是驯服克里特岛上的公牛，并将它带回献给国王欧律斯透斯。

赫拉克勒斯来到克里特岛，见到了国王弥诺斯。弥诺斯十分高兴，他已经为这头公牛伤透了脑筋，巴不得有人为他除掉这个祸害。国王甚至亲自帮助赫拉克勒斯把这头疯狂的公牛抓住。赫拉克勒斯有非凡的力量，他把狂暴的公牛制服得规规矩矩，然后骑在牛背上，像是乘船航行一样，从这里回到了伯罗奔尼撒。

欧律斯透斯国王对他做的这件工作十分满意，但他看了公牛后又把它放了。公牛一旦脱离了赫拉克勒斯的控制，又发起狂来。它跑遍拉哥尼亚和拉加狄亚地区，然后穿过地峡，到达阿堤喀州的马拉松，到处作恶，如同过去在克里特岛上一样。直到很久以后才被希腊英雄忒修斯制伏。

狄俄墨得斯的牝马

赫拉克勒斯又获得了第八项任务。他必须把色雷斯人狄俄墨得斯的一群牝马赶回迈肯尼。狄俄墨得斯是女战神阿瑞斯和皮斯托纳人的国王生下的儿子,强悍而又好战。

狄俄墨得斯养了一群牝马,马儿凶猛狂野,人们必须把它们用铁链条紧锁在铁制的马槽上。喂养牝马的饲料不是给寻常马儿的燕麦等,而是不幸误入国王城堡的陌生人。武士们将生人干脆扔在马槽里喂马。

赫拉克勒斯来到以后做的第一件事,就是把无道的昏王投入马槽。当然,在这以前他得首先制服看守马匹的战士。马儿吃过国王以后,立即变得驯服起来。它们老老实实地听从赫拉克勒斯的指挥,一直被赶到汹涌澎湃的大海边上。突然,他听到背后人声嘈杂,原来皮斯托纳人全副武装地从后面追赶上来,眼看着一场恶战在即。赫拉克勒斯连忙做好一切准备。他把马儿交给同来的阿珀特洛斯看管。阿珀特洛斯是众神的使者、亡灵的接引神赫尔墨斯的儿子。

等到赫拉克勒斯离开以后,牝马又都变得疯狂起来。它们食欲大振,想吃人肉。后来,赫拉克勒斯打退了皮斯托纳人重新回来的时候,看到自己的朋友已被马儿撕吃干净了。赫拉克勒斯十分悲哀,他在附近建造了一座城池,为纪念自己的朋友,把这城市称作阿珀特拉。然后,他又制服了牝马,将马儿一直顺利地交到欧律斯透斯手上。欧律斯透斯将牝马全部祭供给天后赫拉。牝马繁衍成群,一直延续到很久以后。马其顿的国王亚历山大曾经骑过的一匹马就是其中的后裔。

赫拉克勒斯完成这项任务以后,随同伊阿宋一伙前来科尔喀斯征讨金羊毛,那又是一段后话。

征服亚马孙人

赫拉克勒斯跟随伊阿宋东讨西伐,转战一场。他重新回到欧律斯透斯身旁的时候,又接过任务,开始了第九场冒险。原来欧律斯透斯有一个女儿,名叫阿特梅塔。欧律斯透斯命令赫拉克勒斯前往亚马孙女王希波吕忒处,夺取她的腰带,然后把腰带交给阿特梅塔。

亚马孙人居住在本都的特耳莫冬河的两岸。这是一个巨大的女子民族,她们经营男子的手工艺。她们把生下的女孩留下,养大成人。自古以来,这就是一个尚武好战的民族。她们的女王希波吕忒腰束一根战神亲自赠送的剑带。这是显示女王权力的标志。

赫拉克勒斯召集了一批志愿参战的男子汉。经过一番周折以后,他们乘船下了黑海,最后来到特耳莫冬河的入海口。大家驾船顺流而上,进了亚马孙人的港口特弥斯奇拉,在这里遇到了亚马孙人女王。女王看到赫拉克勒斯相貌魁梧,十分欢喜和敬重。她听说英雄前来的目的时,一口答应将腰带送给赫拉克勒斯。

可是天后赫拉是赫拉克勒斯的女仇敌。她扮作一位亚马孙女子的模样,混杂在人群中,散布谣言说,陌生的男子想要劫持她们的女王。亚马孙人一听大怒,立即跳上马背,朝赫拉克勒斯率领的士兵营房扑杀过来。

好一场恶战!勇敢的亚马孙女人与赫拉克勒斯的士兵激烈地战斗。另一批久经沙场的女子则一直冲了过来,准备抓获赫拉克勒斯。与赫拉克勒斯交手的第一个女子因为手脚敏捷,人们称她为阿埃拉,又称风快姑娘。可是她看到赫拉克勒斯比她更为敏捷,正想逃跑,却被赫拉克勒斯一记打下马来。第二位女子刚一交手,就被打倒。这时上来了第三位女子,她的名字叫珀洛特埃,取得过七回决战的胜利。可惜这一回也死了。在她以后又上来八位女子,其中的三位是伴陪阿耳忒弥斯打猎的女友,另一些也是百发百中的投枪手,不过在这场战斗中却无论如何也显示不出能耐和威风,失去了目标。立誓独身一辈子的阿尔奇泼也血染战场。最后,连亚马孙女人的首领,英勇善战的麦拉尼泼也被赫拉克勒斯生擒活捉。亚马孙女子眼看着大事不好,如鸟兽散,一窝蜂地逃了出去。

女王希波吕忒急忙解下了腰带,如同战前她已经答应的那样,交了出去。赫拉克勒斯收下腰带,把麦拉尼泼放了回去。

赫拉克勒斯高高兴兴地回迈肯尼去了。途中,他在特洛伊海岸上又遇到一场新的冒险。原来特洛伊国王拉俄墨冬的女儿赫西俄涅被捆绑在一块岩石旁,准备送给一个妖怪吞食。海神波塞冬曾经给拉俄墨冬在特洛伊造了一堵城墙,结果却受骗没有得到报酬。为了报复,他就使特洛伊地界上出现一头海怪。它蹂烂土地,危害人畜,一直折磨得连国王拉俄墨冬也不得不绝望地交出了自己的女儿,以求得自身和地方的太平。赫拉克勒斯经过那里的时候,国王连忙招呼,请求帮助,而且还一口答应,为酬谢他救自己的女儿,他将送给赫拉克勒斯一群漂亮的骏马,那还是拉俄墨冬的父亲从宙斯那里领来的礼物。

赫拉克勒斯埋伏在海怪出没的地方,等待它出现。不一会,妖怪果然来了。它张开血盆大口,准备吞食姑娘。这时,只见赫拉克勒斯猛地蹿上去,他自己跳进妖怪的大口,进入妖怪的腹腔。进去以后,他挥着刀,把妖怪内脏切得粉碎,然后从妖怪的尸体上剁了一个洞,安然无恙地从洞口走了出来。可是拉俄墨冬这回又不遵守诺言,赫拉克勒斯威胁了他一通,悻悻地离开了。

牵回巨人革律翁的牛群

赫拉克勒斯把女王希波吕忒的腰带献在国王欧律斯透斯的脚下。欧律斯透斯没有让他休息,随即又派他去牵回革律翁的牛群。革律翁是住在伽狄拉海湾厄里茨阿岛上的巨人,他有一群棕里透红的牛,由另一个巨人和一只双头猎犬替他看管。他高大如山,长着三头六臂,并有三个身体,六条腿。世上没有一个人敢和他作战。赫拉克勒斯深知要完成这项艰巨的任务需要周密的准备,因为革律翁的父亲是世界上闻名的富户,他的外号叫"黄金宝剑",是全意卑利亚的国王。意卑利亚后来分成西班牙和葡萄牙。除了革律翁以外,他还有三个身体高大的勇猛的儿子,每人统率一支威武善战的军队。正因为如此,欧律斯透斯国王才交给赫拉克勒斯这样一个任务,他希望赫拉克勒斯在征伐这个国家时被打死在那里,再也不能回来。可是赫拉克勒斯对此任务并不畏惧,他像从前一样组建军队,在克里特岛上召集那些他从野兽口中救出的军队,然后乘船在利比亚登陆。在这里他和巨人安泰俄斯作战。

安泰俄斯是海神波塞冬和地母该亚所生的儿子。凡经过利比亚的过路人,都必须跟他格斗。可是,在格斗的时候,安泰俄斯只要不离开大地,就能从大地母亲的身上汲取力量。赫拉克勒斯把他打倒三次,终于发现他恢复力量的秘密。于是他用强有力的手臂把安泰俄斯举在空中,然后将他掐死。他又清除了利比亚凶猛的动物。

在沙漠地区经过长途旅行,他终于来到一个富庶的河网地区。在这里他建立了一座巨大的城市,把它称作赫卡托姆皮洛斯,意为百座城门。最后,他又来到了大西洋,在这里他树立了两根石柱,这就是有名的赫拉克勒斯石柱。这里骄阳似火,酷热难忍。赫拉克勒斯抬头望着天空,威胁地举起弓箭,想把太阳神射下来。太阳神惊叹他的大无畏精神,于是借给他一只金钵。这是他夜间旅行所用的宝物。赫拉克勒斯乘坐金钵渡海到意卑利亚。他的战船张着船篷,紧跟在他的身边航行。在那里,克律萨俄耳的三个儿子率领三支军队严阵以待,准备迎敌。赫拉克勒斯勇猛地冲上岸去。他不必和军队对阵,而是把他们的首领一个个打翻在地,杀死他们,然后占领了他们的国土。随后,他来到厄里茨阿岛,革律翁和他的牛群就在这里。岛上那只双头狗发现了赫拉克勒斯,吠叫着扑了上来。赫拉克勒斯挥动木棒,打死了恶狗。看守牛群的巨人看到狗被打死,想上来援助,也被一棒打死。赫拉克勒斯急忙赶着牛群,离开了那里。可是,革律翁在后面追了上来,随后进行了一场激战。赫拉来帮助巨人革律翁。赫拉克勒斯不客气地射去一箭,射中她的胸部。赫拉大吃一惊,急忙逃走。再说巨人虽然有三个身体,可是他在三个身体连接的腹部中了致命的一箭,倒地死去。

在凯旋的途中,赫拉克勒斯赶着牛群经过意卑利亚和意大利,一路上他又创立了许多英雄业绩。当他到了意大利南部的勒奇翁姆时,有一头公牛逃走,渡过海峡到了西西里岛。赫拉克勒斯立即赶着其余的公牛下了水。他抓住一只牛的角,泅水到了西西里,又立下了许多功绩,终于顺利地穿过意大利、伊利里亚和特拉刻,最后到了希腊。

现在,赫拉克勒斯已完成了十项任务,但有两件欧律斯透斯却认为不能算数,因此他不得不再补做两件。

摘取赫斯珀里得斯的金苹果

很久以前,宙斯跟赫拉结婚时,所有的神都给他们送上礼物。大地女神该亚也不例外,从西海岸带来一棵枝叶茂盛的大树,树上结满了金苹果。夜神的四个女儿,名叫赫斯珀里得斯,被指派看守栽种这棵树的圣园。帮助她们看守的还有拉冬,它是百怪之父福耳库斯和大地之女刻托所生的百头巨龙,它从不睡觉。它走动时,一路上总会发出震耳欲聋的响声,因为,它的一百张嘴发出一百种不同的声音。按照欧律斯透斯的命令,赫拉克勒斯必须从巨龙那儿摘取赫斯珀里得斯的金苹果。

赫拉克勒斯踏上了漫长而艰险的旅途。他漫无目的地走着,走到哪儿是哪儿,全靠运气和机遇,因为他不知道赫斯珀里得斯到底住在哪里。他首先来到帖撒利,那是巨人忒耳默罗斯居住的地方。他有坚硬的头颅,碰到过往旅客就追上去用头将他们顶死。但是这次他的脑袋撞在赫拉克勒斯的头上却被撞得粉碎。赫拉克勒斯又继续赶路,来到埃希杜罗斯河附近,遇到了一个怪物,那是阿瑞斯和波瑞涅的儿子库克诺斯。赫拉克勒斯不知他的底细,向他打听赫斯珀里得斯的圣园在哪儿。他没有回答,并向赫拉克勒斯挑战,当场被赫拉克勒斯打死。这时候,战神阿瑞斯急忙赶来,要为死去的儿子报仇。赫拉克勒斯不得不迎战。可是宙斯却不愿意看到他们当中有一个流血,因为他俩都是他的儿子。他用一道雷电把他们隔开了。赫拉克勒斯继续前进,穿过伊利里亚,跨过埃利达努斯河,来到一群山林水泽女神的面前。她们是宙斯和忒弥斯的女儿,居住在埃利达努斯河的两岸。赫拉克勒斯向她们问路。"你去找年老的河神涅柔斯。"女神们回答,"他是一位预言家,知道一切事情。你要趁他睡觉的时候袭击他,将他捆起来,然后他就会告诉你真情。"

尽管河神本领高强,能够变成各种模样,但赫拉克勒斯按照女神的建议制服了河神。赫拉克勒斯直到问清了在哪里可以找到赫斯珀里得斯的金苹果才放了他。

后来,他又穿过利比亚和埃及。统治那里的国王乃是海神波塞冬和吕茜阿那萨的儿子波席列斯。在连续九年的干旱后,塞浦路斯的一个预言家宣布了一个残酷的神谕:只有每年向宙斯献祭一个外乡人,才会使土地变得肥沃。为感谢他所说的神谕,波席列斯国王把他作为第一个祭品杀死。后来,这个野蛮的国王对于这每年的残暴的祭礼很感兴趣,以致到埃及来的外乡人全遭杀害。赫拉克勒斯也被抓了起来,被捆绑着送到祭供宙斯的圣坛前。赫拉克勒斯挣脱了捆绑的绳子,把波席列斯国王连同他的儿子和祭司统统杀死了。

赫拉克勒斯继续前进，一路上又遇到许多险事。他在高加索山上释放了被缚的普罗米修斯，又顺着这个被解放了的提坦神启示的方向，来到阿特拉斯背负青天的地方。那附近是赫斯珀里得斯看守金苹果的圣园。普罗米修斯建议赫拉克勒斯不要亲自去摘金苹果，最好派阿特拉斯去完成这个任务。

赫拉克勒斯一想也对，于是他答应在阿特拉斯离开的这段时间里亲自背负青天。阿特拉斯肩扛天空的重担交给了赫拉克勒斯，然后朝圣园走去。他想法引诱巨龙昏昏入睡，并挥刀杀死了它，又骗过看守的仙女们，摘了三个金苹果，高高兴兴地回到赫拉克勒斯的面前。

"不过，"他对赫拉克勒斯说，"我的肩膀尝够了扛天的滋味，也感到没有重负的轻松，我不愿再扛了。"说完，他把金苹果扔在赫拉克勒斯脚前的草地上，让他扛着沉重的青天站在那里。赫拉克勒斯想出了一条计策来摆脱肩上的重负。"喂，我想找一块软垫搁在头上，"他对阿特拉斯说，"否则，这副重担都快把我的脑袋压炸了。"

阿特拉斯认为这是一个合理的要求，因此同意先代他再扛一会儿。他接过了担子，如果他要等赫拉克勒斯来接替他，那可不知道要等多长时间了，因为赫拉克勒斯早已从草地上拾起金苹果，迅速地走开了。

赫拉克勒斯把金苹果带给了国王欧律斯透斯。国王感到懊丧的是这次赫拉克勒斯又活着回来了，他原希望他会在摘取金苹果时丧命。其实他并不喜欢金苹果，因此，就把金苹果送给了赫拉克勒斯。他把它们供在雅典娜的圣坛上。女神再把这些圣果送回原来的地方，让赫斯珀里得斯继续看管。

冥府之狗——刻耳柏洛斯

迄今为止，欧律斯透斯不但没能除掉讨厌的竞争对手，反而帮他名扬四海，让许多人对赫拉克勒斯感激不尽，因为他免除了人们的许多苦难。狡猾的国王费尽心机，又想出了最后一个冒险任务。赫拉克勒斯这回不能施展他的英雄神力了。那是一场与地府阴暗势力的斗争：他必须从冥王那里牵回地府的看门狗——刻耳柏洛斯。这条狗生有三个脑袋，狗嘴难看无比，里面滴出剧毒的口液。狗的身子下面长着一条龙尾巴，狗头和狗背上盘缠着条条毒蛇。

为了准备这次旅行,赫拉克勒斯来到阿提喀州的埃琉西斯城,那里的祭司精通阴阳世界的秘密之道。他首先在神圣之所洗涤了自己杀害肯陶洛斯人的罪孽,然后由祭司奥宇莫尔珀斯传授秘道。

赫拉克勒斯获得了神秘的力量,不再惧怕地府的恐怖。他在伯罗奔尼撒半岛上转战奔波,来到岛的南端,那是传说众多的忒那隆山地。那里有一座城市叫忒那罗斯,是通往地府的入口处。他在这里由亡灵接引神赫尔墨斯带着沿地缝深渊一直往下,来到冥王普路同,亦即哈得斯的城池。哈得斯城前转悠着许多悲哀的阴影——阴间不像阳间,那里没有欢乐的生命——阴影们见到来了一个有血肉之躯的生人,惊恐地四散奔逃。只有戈耳工墨杜萨和墨勒阿革洛斯的灵魂能够经得住这一眼的考验。

正当赫拉克勒斯想要朝戈耳工挥去一剑时,赫尔墨斯急忙抓住他的手臂,正色告诫说,亡者的灵魂是空洞的阴影图像,是不会遭受损伤的。此外,赫尔墨斯还跟墨勒阿革洛斯的幽灵进行了友好的交谈,幽灵请他回到阳间以后,给他的姐姐达埃阿尼拉致以殷切的问候。

就在哈得斯城池门口附近,赫拉克勒斯看见了他的朋友忒修斯和庇里托俄斯,后者是陪着忒修斯来地府向珀耳塞福涅求婚的。他们两人由于这场罪孽而被普路同拴锁在岩石上,最后,不得已才筋疲力尽地住了下来。

两人看到老朋友赫拉克勒斯经过身旁,便伸出手来,大声向他呼救,希望通过赫拉克勒斯的力量重新回到阳间。赫拉克勒斯果然抓住了忒修斯的手,把他从捆绑之中救了出来。他又想解救庇里托俄斯时,不料脚下的大地开始剧烈地抖动,可惜这回的努力没有取得成效。后来,赫拉克勒斯又认出了阿斯卡拉福斯。他曾经告发珀耳塞福涅偷吃哈得斯的红石榴,从而被珀耳塞福涅的母亲得墨忒耳把他变作猫头鹰。得墨忒耳由于女儿的损失迁怒于他,把一块大石头滚来压在阿斯卡拉福斯身上。赫拉克勒斯搬开了石头,救出了受难的阿斯卡拉福斯。

普路同的牧群就在附近。赫拉克勒斯杀了一头牛,想让亡灵们喝一口牛血。牧牛人墨诺提俄斯却不答应,要求跟赫拉克勒斯进行摔跤决斗。赫拉克勒斯拦腰抱住他,把他的肋骨捏得粉碎。地府的王后珀耳塞福涅急忙出来求情，赫拉克勒斯才重新放下了墨诺提俄斯。

冥王普路同站在亡灵城的门前，拦住赫拉克勒斯，不让他进去。赫拉克勒斯嗖地射去一箭，正中冥王的肩胛，痛得他如同凡人一样乱跳乱叫。赫拉克勒斯要他交出地狱恶狗刻耳柏洛斯，他略微犹豫了一阵便答应了。不过，他还是提出了一个条件，赫拉克勒斯不能使用武器。赫拉克勒斯听从了这个条件，只穿了胸甲，披着狮皮，准备前去捕捉恶狗。

赫拉克勒斯在冥河河口看到那条三头狗。他不管三只狗头如何吠叫，也不管周围传过来犹如打雷的回声，一把抓住狗腿，把狗拎了起来，同时用手臂挟住狗脖子，不让它得空逃走。狗尾巴完全变作一条活蛇，弯曲着盘绕起来，妄图回过头来咬他。赫拉克勒斯紧紧地捏住狗脖子，最后终于制服了这倔强的动物。他用双手抱住狗，通过哈得斯的另一个出口，在亚哥利斯的特律策恩重新返回了阳间。

地狱之狗刻耳柏洛斯一见到阳光，立即从口中流出了毒汁，毒汁流到地上以后变作剧毒的乌头草。赫拉克勒斯用铁链拴住刻耳柏洛斯，把它带到提任斯，交给欧律斯透斯。欧律斯透斯惊愕不已，都不敢相信自己的眼睛了。现在，国王再也不敢相信能够最后摆脱讨厌的宙斯的儿子，只得屈服于命运，命令英雄赫拉克勒斯赶紧把地狱之狗送回地府，交给它的主人。

赫拉克勒斯和欧律托斯

在这些辛苦和努力之后，赫拉克勒斯终于不必再给欧律斯透斯服役并回到底比斯去。他再不能和他的妻子墨伽拉相处，因为她为他所生的几个孩子已为他发疯时所射杀。现在他得到她的同意，将她给予他所爱的侄儿伊俄拉俄斯，自己开始寻求一个新的妻子。现在他梦想着欧玻亚的俄卡利亚国王欧律托斯的美丽的女儿伊俄勒。当赫拉克勒斯在童年的时候，欧律托斯曾教他射箭。欧律托斯宣布，谁和他以及他的儿子们比赛箭术，箭术比他们高强，就可以得到他的女儿。听到这，赫拉克勒斯忙着来到俄卡利亚，混在许多竞赛者之中，并即刻证明自己不愧是年老的欧律托斯的青出于蓝的学生，因为他终于得到胜利。国王优礼这个贵宾，但心中却忧虑着，因为他想起墨伽拉的遭遇，恐怕他的女儿也会得到同样的命运。因此他一天又一天回避赫拉克勒斯,并说他需要充分的时间来考虑这件婚事。同时欧律托斯的长子伊菲托斯正与赫拉克勒斯同年,他豁达地赞美赫拉克勒斯的强力和勇敢,一点也不妒忌,成为这英雄的好友,并设法影响他的父亲对于这个高贵的外乡人产生好感。但欧律托斯仍固执地拒绝他。

受到这沉重的打击,赫拉克勒斯离开王宫,长时期地在异地漫游。当他离开之后,有人来报告欧律托斯说有一个强盗偷去了王家的牛群。这犯人乃是恶徒奥托吕科斯,他的偷盗是远近驰名的。但国王正在恼怒中,他说:"除了赫拉克勒斯没有别人敢做这事!因为我没有将我的女儿许配他,他就做出这样卑鄙的报复,这亲手杀死自己孩子的刽子手!"伊菲托斯温和而婉转地为他的朋友辩护,并提议自己去寻找他,以便在他的帮助下,寻到已失的牛群。赫拉克勒斯殷勤地接待国王的儿子,并愿和他一起去寻找失去的牛群。但是他们没有成功,并且当他们爬上提任斯城墙想从高处眺望失去的牛群时,赫拉克勒斯的疯病突然发作,因为愤怒的赫拉又使他失去了理智。他将他的忠诚的朋友伊菲托斯当作欧律托斯的恶意的同谋者,将他从城头上扔了下去。

赫拉克勒斯与阿德墨托斯

赫拉克勒斯非常懊丧地离开了俄卡利亚的王宫,到处漂泊,四海为家。与此同时,方方面面又发生了一系列的变化,出现了一系列的事端:

在帖撒利的弗赖生活着高贵的国王阿德墨托斯,他的妻子阿尔刻提斯年轻、漂亮,对丈夫十分忠诚,爱丈夫胜过一切。有一回,宙斯用闪电把神奇的医生阿斯克勒庇俄斯击死,那是因为宙斯担心,这位医药神仙连死人都能医活。阿斯克勒庇俄斯是阿波罗的儿子,阿波罗悲痛万分,一举杀掉了为主神锻造霹雳锤棒的独眼巨人。为避免宙斯降怒,他急忙逃出奥林匹斯山,在人间寻找避难所。

那时候,斐瑞斯的儿子阿德墨托斯友好地接待了他。阿波罗为他看管牛群。等到宙斯宽恕他的罪行时,弗赖国王阿德墨托斯一直受到神仙的荫护。后来,阿德墨托斯年迈体衰,将近大限,他的朋友阿波罗劝说诸位命运女神,准备拯救阿德墨托斯,免得他沦受哈得斯地狱之苦。条件只是,如果有一个人愿意为他去死,代替他进入冥府。

阿波罗离开奥林匹斯山,来到弗赖,告诉老朋友,说命中已经注定,老朋友必死无疑。不过,他又透露了一个秘密,借此可以改变老朋友的命运。阿德墨托斯是一个正直的人,他热爱生活。不过,他的家人和仆人听说这个秘密,都吃了一惊。于是,阿德墨托斯希望寻得一个愿意为他去死的朋友,可是没有一个人显示这样的兴趣。尽管他们一再听说阿德墨托斯危在旦夕,他们还是一再拒绝履行这样的义务,包括国王的父亲,年迈的斐瑞斯以及同样上了年纪的母亲。死神已在他们门前转悠,随时可能降临他们的生活,然而他们还是希望保持这么一丁点儿弱如游丝的生命,不愿把生命献给自己的儿子。只有他的妻子阿尔刻提斯,那个朝气蓬勃,热烈向上的女人,表示愿意为丈夫去死。她还没有把想法讲完,可怜死神塔那托斯就已经接近宫殿的大门,准备把他搜寻的对象带到地府去。

阿波罗是一位活神。他看到死神来临,急忙离开国王的宫殿,免得在他的近旁亵渎神圣。虔诚的阿尔刻提斯却开始沐浴,穿上节日的衣衫。她又从箱子里取出首饰,穿戴齐整,然后在家庭祭坛前向阴府女神祷告,愿意充当死神的祭礼。说完,她一一地拥抱孩子和丈夫,然后,替代丈夫和孩子,走进小房间,准备在那里迎接冥府的使者。

"我愿意坦白地告诉你,"她对丈夫说,"你的生命比我的宝贵,因此我愿意为你去死。可是没有你,我也不愿意生活。你的父亲和母亲背叛了你,他们其实是应该为你做出牺牲的。那样,你就用不着孤苦伶仃地剩下一个人,还要抚养那些孤儿。可是,既然是神决定的事,那么我只得央求你,别忘掉给我祭供。而且,你还应该答应我,你既然喜欢我们的孩子,那就不要再为他们寻找另一位母亲了,她会虐待这些可怜的孩子的。"

阿德墨托斯含着眼泪,向他的妻子发誓说,即使在她死了以后,她仍然是他唯一的妻子,正如她活着的时候一样。阿尔刻提斯把泪汪汪的孩子交给了阿德墨托斯,自己则不省人事地晕了过去。

宫殿里正在准备丧事的时候,赫拉克勒斯来到弗赖,直奔国王的宫殿。阿德墨托斯强忍着自己的痛苦,热情地接待了远方来的朋友。赫拉克勒斯看到他身穿孝服,问宫殿里到底发生了什么事。阿德墨托斯支支吾吾着,为了不使朋友难过，没有直接回答。赫拉克勒斯一时糊涂，还以为宫中死了一位无足轻重的远房女子，于是，仍然乐滋滋的。他让一位仆人陪着来到餐厅，又叫人打来了美酒。他看到仆人也很悲哀，便斥责地说："你为什么如此严肃而又认真地盯着我看？一个仆人对待陌生人必须十分友好！你们这里只是死了一个陌生的女子，情况并不严重。这只是人的命运。对苦难的人来说，生活只是一种折磨，去吧。像我一样头上戴个花环，跟我一块来喝杯酒。满满的一杯美酒自会抚平你额间的皱纹。"

仆人悲伤地转过脸去。"我们遭受了命运的打击，"他说，"以至于我们都没有心情欢笑一声。"

赫拉克勒斯不停地追问，直到把真实情况彻底盘查清楚。"难道这是真的吗？"他大叫起来，"他失掉了一个光彩照人的妻子，怎么还能慷慨大方地招待客人？我在举办丧事的人家还头戴花环，大声欢呼，举杯畅饮，唉！但是请告诉我，这位虔诚的妻子到底葬在哪里？"

"你如果要去寻找这条路的话，那就沿着那里萨的方向一直走下去，"仆人回答说，"途中你会看到为她竖立的纪念碑。"说完，仆人悲伤地离开了客人。

赫拉克勒斯立即作出决定，"我必须，"他自言自语，"救出这位已死的女子，将她领回家来。否则，我就不配享受阿德墨托斯的厚爱。我去找墓碑，然后在那里等候死神塔那托斯。他一定会前来汲收祭品的鲜血，我就从他的身后跳出去，一把抓住他，用双手捏住他，在他答应把猎物交出来前，我绝对不会松手，不让他逃脱。"想罢心思，他不声不响地离开王宫，独自走了。

阿德墨托斯回到自己的房间，跟失去母亲的孩子们一起，十分悲伤，任何安慰都难以减轻他的苦痛。突然，他看到赫拉克勒斯跨进了门槛，后面跟着一个遮着面纱的女人。"你连妻子去世的消息都不告诉我，"他走进房间说，"那是不对的。你让我住在王宫里，好像只是遇到一件小事，好像是别人家的丧事一样。我因为不知道事实，做出许多违反礼仪的事来。我在丧户人家喝酒取乐，忘乎所以。可是，我不愿让你继续痛苦下去。听着，我告诉你为什么又来到这里。我在一场比武中赢得一位年轻的妇女，我把她交给你，给你当个女佣，直到我重新回来，你一定得多多关心她的生活。"

阿德墨托斯吃了一惊，急忙解释说："那不是因为我轻视朋友或者不认朋友，我没有把妻子去世的消息告诉你，那是我不愿意看到你为此再搬到另一位朋友那里去住。现在我请你把这位姑娘带到弗赖城的另一位居民家中去，我怎么能每天不含着眼泪看这位女王呢？我难道可以把亡妻的房间腾出来给她住吗？此外，我还担心弗赖人风言风语，担心我那亡妻的责备！"

不过，阿德墨托斯还是抑制不住奇怪的渴望，朝着遮盖得严严实实的女人又看了一眼。"不管你是谁吧，"他叹息一声，"你的个儿和模样跟我的妻子阿尔刻提斯十分相像。我当着众位神仙向你起誓，赫拉克勒斯，把这位女人从我的眼前带走，别再苦苦地折磨我了。"

赫拉克勒斯继续地装模作样，他悲痛地回答说："唉，要是宙斯授予我法力，从地府把你勇敢的妻子接回来，那该多好啊！"

"我不知道你有这种本领，"阿德墨托斯回答说，"可是，你听说过一个死人能从地府回来的故事吗？"

"呶，"赫拉克勒斯兴高采烈地接口回答说，"因为这是不可能的，因此时间可以减轻你的痛苦。亡妻已经无法召回。也许你稍过一阵能够再娶一个妻子，她会让你的生活变得欢乐。还是让我把这位高贵的姑娘送进你的房间去吧，你至少可以尝试一番。如果事实证明，她不能让你的生活轻松愉快，那么她可以再离开你的家！"

阿德墨托斯不想羞辱他的客人，很不情愿地命令仆人，把这位姑娘送进内房去，赫拉克勒斯却不同意，他说："国王陛下，请别把我的宝贝交在仆人们的手上！你应该亲自带她过去。"

"不行，"阿德墨托斯说，"我不碰她一下。否则我就亵渎了自己的诺言，那是我对亲爱的亡妻亲口答应的。她可以走了，可是不能由我陪着。"

赫拉克勒斯却一再坚持，阿德墨托斯被纠缠得没有办法，只得朝蒙面的女人伸出一只手去。"呶，"赫拉克勒斯高兴地说，"你就收留她吧，你仔细瞧瞧这位年轻的姑娘，看看她跟你的妻子是否相像？"

说完，他伸手揭开女子头上的面纱，把重新活转的妻子交给了惊讶得目瞪口呆的国王。阿德墨托斯高兴地扑进妻子的怀抱，她却缄默着，一声不吭。无法对丈夫深情的呼喊作出回答。"再过三天，"赫拉克勒斯告诫说，

"等到给她的亡灵祭供结束以后,你就能听到她的讲话声音了。你尽可以放心地把她带回房间去,她又回到了你的身边,那是因为你对陌生人显示了如此大的热情和慷慨!"

赫拉克勒斯服务于翁法勒

尽管是在疯狂发作的时候干的事,但赫拉克勒斯毕竟亲手从城墙上推下了伊菲托斯。这一场杀害人的罪孽如同一重债务,深深地压在赫拉克勒斯的心头。他恳求着从一位祭司转到另一位祭司,希望洗涤自己的良心,可是大家都拒绝帮助他。后来,他找到了得伊福波斯,那是阿弥克勒的国王,国王同意为他洗涤罪行。不过,神仙们为惩罚赫拉克勒斯而让他身患重病。

赫拉克勒斯曾经叱咤风云,是个大英雄,浑身充满了力量,洋溢着健康,现在却忍受不住重病缠身。他转悠着来到特尔斐,希望在深奥的神谕中寻得自己痊愈的灵丹妙方。女祭司们却不理睬他,因为他是杀人凶手,不给他解释神谕的条文。赫拉克勒斯恼怒之下扛走了庙前的三足香炉,搁在野外田地上,在那里给自己造了一座神庙。阿波罗对他的这番侵犯权益的举动十分不满,便出现在赫拉克勒斯面前,提出挑战,要求决一雌雄。

宙斯这一次又不愿意看到他的儿子们流血。他抖手扔出一道霹雳,挡住了争斗的双方,平息了一场血战。直到这时,赫拉克勒斯才获得一则神谕:他只有卖身为奴,当三年苦差事,并且把这笔卖身银交给死者的父亲,那样才能解除罪孽。赫拉克勒斯遵照这一苛刻的要求,带领几个朋友,乘船来到亚洲,把自己卖给翁法勒为奴。翁法勒是伊阿尔达奴斯的女儿,梅俄尼恩的女国王。梅俄尼恩就是后来小亚细亚的吕狄亚。

有一位朋友给欧律托斯送上了卖身钱,欧律托斯拒绝收纳,后来只得把钱交给了伊斐托斯的儿子。直到这时,赫拉克勒斯才恢复了气力和道德,感到精力旺盛,因此在开始时不仅为翁法勒当奴仆,而且还继续当英雄,给人们做好事。他制服了所有危害和扰乱当地的强盗,维护了女主人和周围邻居们的安全。当时住在以弗所的克耳库泼人肆意劫掠,做尽了坏事。赫拉克勒斯起而反对,把他们彻底打败。他把那些俘虏来的人用绳子捆起来,押送到翁法勒的面前。根据另外一种传说,人们知道克耳库泼原来是两个侏儒般的妖魔。他们趁赫拉克勒斯熟睡的机会企图偷去他的武器。赫拉克勒斯及时醒来，一把抓住两个妖魔小偷，用绳子捆住他们的双手和双脚，用一根杆子穿在当中挑起来就走。他走了很长一段路，两位小偷虽说头往下脚朝上地被他挑着走，可是在途中仍然戏耍不止。最后他们逗得赫拉克勒斯满心欢喜，他竟哈哈大笑着把他们松绑放了回去。

奥丽斯的国王茜洛宇斯原是波塞冬的儿子。他捕捉过往行人，强迫他们在他的葡萄园里劳动。赫拉克勒斯对他的霸道十分气恼，挥拳将他打死，又用铁锹把葡萄藤连根拔掉了。

翁法勒经常遭到伊托纳人的骚扰。赫拉克勒斯奋起反击，把伊托纳人彻底征服，把他们变作奴隶，为翁法勒服务。

当年在吕狄亚有一个名叫里蒂埃塞斯的人，是弥达斯的儿子。他作恶多端、危害乡里。大家对他十分讨嫌。平日里，他无事可干，凭借家中财富，坐在门口招揽过往客人，热情地把他们请回家来，视若贵宾。等到饭后，他强迫客人跟着他一起外出，趁着夜深人静的时候，把客人们一个个砍头杀死。赫拉克勒斯把这位乡霸拧作两段，尸体丢在密安得河水里。

赫拉克勒斯有一回转战来到杜利奇岛，看到沙滩上躺着一具尸体，波浪不时地从尸体上冲刷而过，原来这就是不幸的伊卡洛斯。他跟父亲一起驾着蜡翼离开了克里特的迷宫，可是他忘记了忠告，离太阳过近，以至于蜡翼融化，一头栽到大海里。赫拉克勒斯同情地掩埋了他的尸体。为纪念这位朋友，他把这座岛称作伊卡里尼。伊卡洛斯的父亲，建筑师和雕刻家代达罗斯为感谢赫拉克勒斯的功德，在伊利斯的比萨建造了一座赫拉克勒斯纪念碑。一天，赫拉克勒斯来到比萨，由于夜晚天黑，把纪念碑前的雕像当作一个活人，可见雕像功夫之深。赫拉克勒斯误认有人向他寻衅，于是抓过石块，把石像砸得粉碎。

赫拉克勒斯在为翁法勒服务的时间里还参加了围猎卡吕冬公猪的活动。

翁法勒十分赞赏她的仆人的英雄业绩，估猜这位仆人一定是位有名的英雄。她听说仆人就是宙斯的儿子赫拉克勒斯时，立即恢复了赫拉克勒斯的自由身份，并且与他婚配成亲。从此以后，赫拉克勒斯过着东方式的花天酒地的生活,逐渐忘掉了美德在他年轻时期所给予的教诲,耽于享乐,不思进取,甚至连妻子翁法勒也开始瞧不起他了。她自己披上英雄的狮皮大毡,把女人的衣服却给赫拉克勒斯穿上了。

赫拉克勒斯迷醉于爱情,竟至于愿意坐在妻子的脚旁,专心致志地赶纺羊毛。他在原先几乎能够扛得动天空的脖子上挂了一条金项链,两只健壮的英雄胳膊上戴上玉石手镯,头上戴顶法冠,身上披了一件女人宽大的衣袍。他跟女佣们坐在一起,面前挂了一根纺纱杆,瘦骨伶仃的手指摇纺纤细的纱线。他担心完不成任务会遭到女主人的嘲笑和责骂。有时,翁法勒情绪好的时候,让穿起女人服饰的丈夫给她和女佣们讲赫拉克勒斯年轻时的英雄事迹,例如他是怎样在摇篮里就捏死了大蛇,年轻时如何制服革律翁,如何砍下许德拉的仙蛇头?如何从哈得斯那里牵回地狱之狗刻耳柏洛斯。女人们如同听说精彩的童话一样,十分高兴。

赫拉克勒斯给翁法勒服务的期限即将到头时,突然从沉沦中清醒过来。他惭愧地脱掉穿在身上的女人衣服,顿时又恢复了宙斯儿子的强健模样,浑身充满了力量。他愿意充分使用重新获得的自由,向他往昔的敌人挑衅报复。他实在忘不掉他们。

赫拉克勒斯以后的功业

首先,他出发去惩罚特洛伊国王拉俄墨冬,拉俄墨冬曾建筑特洛伊城,是一个傲慢而专制的统治者。因为当赫拉克勒斯和阿玛宗人战争回来的时候,曾从毒龙口中救出拉俄墨冬的女儿赫西俄涅。拉俄墨冬不但违约,不给他所许诺的宙斯的骏马作为报酬,反而以侮蔑的言语辞退了他。现在他带着六只船,和一小队战士,其中包括几个希腊最著名的英雄如珀琉斯、俄琉斯和忒拉蒙。赫拉克勒斯穿着狮皮去看忒拉蒙,他正坐在甲板上。他站起来招待客人,并用金杯酌酒献给他。赫拉克勒斯很为他的盛情所感动,于是举起双手向天祈祷:"父亲宙斯呀,假使你过去曾慈爱地倾听过我的祈求,现在也请倾听我吧。我请求你给忒拉蒙一个勇敢的男儿,一个嗣子,他将如同穿着这身狮皮的我一样的无畏。让他永远为高贵的精神所鼓舞!"

他刚刚说完这话,神祇就打发一只鸷鹰,鸟中之王,飞翔在他的头上。

这英雄满心欢喜,并用狂喜的心情和有力的声音如同预言家一样地说道:"是的,忒拉蒙,你将得到你所希望的儿子,他将和这只威严的鹫鸟一样威风凛凛。埃阿斯是他的名字,他将在神圣的战争中取得声望。"

说完这话,他在甲板上坐下。不久,他和忒拉蒙以及别的英雄们就出发远征特洛伊。

当他们登陆后,赫拉克勒斯吩咐俄琉斯看守船只,他和其余的人向城里走去。拉俄墨冬即刻率领队伍攻击船只并在战斗时杀死俄琉斯。但当他动身归来时却发现已为赫拉克勒斯的勇士们所包围。同时英雄们也围困了特洛伊城。忒拉蒙首先攻破城垣并攻进城里。赫拉克勒斯随后攻入。在这半神人的一生中,他落于人后还是第一次。深深的嫉妒蒙蔽了他的灵魂,一种恶毒的阴谋在他心中滋长。他举起剑来,正要挥击走在他前面的朋友,忒拉蒙回头一看,由他的姿态看出他的用意。他极其沉着地开始堆积身边的石头。当他的对手问他这是什么原因,他回答说:"我为赫拉克勒斯,这胜利者建立圣坛!"这话消融了他的嫉妒和愤怒。两个英雄又重新并肩作战。赫拉克勒斯用箭射杀拉俄墨冬和他的几个儿子,只有一个儿子除外。特洛伊城征服以后,他把拉俄墨冬的女儿赫西俄涅送给忒拉蒙,作为胜利的奖品。他许可她选择一个她所心愿的俘虏释放。她选择他的弟弟波达耳刻斯。"这很好,"赫拉克勒斯说,"他将属于你,但首先他得忍受耻辱,并为别人的奴隶。然后你可以用钱将他赎回。"这孩子被卖为奴之后,赫西俄涅摘下头上的金冠,用以赎取他的兄弟。以后他更名为普里阿摩斯,意即被卖的人。

赫拉嫉恨这半神英雄的胜利。在他回去时,使他遭遇猛烈的暴风,但宙斯却搭救他,使她的阴谋不能实现。此后经过别的一些冒险,赫拉克勒斯决定第二个必须报复的人是奥革阿斯国王。他也曾拒绝给他所许诺的报酬。他攻入他的国内,杀死他和他的儿子们。他将厄利斯王国赠给了那个由于和他友好而被放逐的费琉斯。

这场战争得胜之后,赫拉克勒斯恢复了奥林匹克竞技会,并建立了一个圣坛献给竞技会的开创者珀罗普斯,另建六个圣坛献给别的十二位神祇,每两人一个。在这时候,据说宙斯曾化身为人与赫拉克勒斯角力,却遭受失败,并祝愿他的儿子以非凡的力量而获得幸福。然后赫拉克勒斯出发征讨皮罗斯及其国王涅琉斯,因为他曾拒绝为他净罪。他攻入他的城,杀死他和他的十个儿子。只有年幼的儿子涅斯托耳幸免,因为这时他正远在革瑞尼亚地方读书。在这次的战争中,赫拉克勒斯甚至杀伤了冥王哈得斯,因他也来帮助皮罗斯人作战。

现在唯一剩下来要惩罚的人是斯巴达的希波科翁,另一个不为赫拉克勒斯净罪的人。此外希波科翁的几个儿子的敌意也增加了赫拉克勒斯的仇恨。因为有一次,赫拉克勒斯和他的舅父兼好友俄俄诺斯来到斯巴达,当俄俄诺斯正在观看宫殿的时候,有一只巨大的摩罗西亚猎狗袭击他。俄俄诺斯拾起一块石头掷去,国王的几个儿子们就涌出来用棍棒打死这个外乡人。现在为他自己的恼恨和朋友的死而报仇,他召集一队人去进攻斯巴达。当他们经过阿耳卡狄亚时,他邀请刻甫斯国王和他的二十个儿子加入他的远征,最初他拒绝,因为恐怕他的邻邦希腊人乘虚侵入。雅典娜曾赠给赫拉克勒斯一束墨杜萨的头发,盛在铜罐子里。现在他将它赠给刻甫斯的女儿斯忒洛珀,并对她说:"当希腊人逼近的时候,你只要在城头上高举起这束头发三次,而你自己却不看它,这时你的敌人就会逃跑。"刻甫斯听到这话,就亲自参加这次的征战。但是,虽然希腊人真的被迫逃跑,他自己却接连惨败,最后,他和他所有的儿子都被杀死。赫拉克勒斯的兄弟伊菲克勒斯,也在战斗中阵亡。但赫拉克勒斯自己征服了斯巴达,杀死希波科翁和他的儿子们,并使卡斯托耳和波吕丢刻斯的父亲廷达瑞俄斯回到城里,重登王位。但他保留着将来由自己的子孙继承他所给予廷达瑞俄斯的王位的权利。

赫拉克勒斯和得伊阿尼拉

赫拉克勒斯在伯罗奔尼撒做过许多英勇的作为以后,他来到埃托利亚的卡吕冬,来到国王俄纽斯那里。俄纽斯有一个美丽的女儿得伊阿尼拉。比之于埃托利亚的别的女人们,她总是被一个最不受欢迎的求婚者所烦扰。在她来到卡吕冬以前,她居住在她父亲的领域内的另一个城普琉戎,那里的阿刻罗俄斯河曾变为三种形象向她求婚。最初变形为一只牡牛,其次变形为有着闪光的龙尾的龙,最后则是一个有着牛头的人形,在多毛的面颊上流着泉水。得伊阿尼拉看着这奇形怪状的求婚者十分苦恼。所以她祈祷神祇但愿一死。她在长时期中坚执地拒绝他。但他变得更加放肆而固执,她的父亲也好像并非不愿意将他的女儿嫁给这古代神祇后裔的河川之神。

现在第二个求婚者虽然出现较晚,但也还正是时候。这便是赫拉克勒斯。他的朋友墨勒阿革洛斯曾经对他说过得伊阿尼拉如何美丽。这英雄已经料到这个美丽的女郎是不会轻易赢得的,所以做好战斗准备。当他向宫廷走来,微风吹着他背上的狮皮,箭在箭袋里震响着,他在空中抡着他的木棒。河神看到他走来,牛头上青筋暴涨,低下头,企图用利角突击他。俄纽斯看着他们两人都有大力而斗志激昂,并不想干涉他们,只是应允将他的女儿嫁给在战斗中得胜的人。

凶猛的斗争开始了,国王、王后和他们的女儿都在那里旁观。赫拉克勒斯用铁拳猛击,用箭连射,但这河神的巨大的牛头却一再躲开,并寻伺着要以利角狠狠地冲刺他的敌手。最后这种斗争转为肉搏。手臂扭抱着手臂,大腿绞缠着大腿。两人都满身是汗,并如雷鸣一样地喘息着。最后宙斯的儿子占了上风,将大力气的河神摔在地上。他即刻变形为毒蛇。但赫拉克勒斯正是捉蛇的好手,假使不是阿刻罗俄斯又突然变为牡牛,他真的会将他打死。但即使这样,也没有使赫拉克勒斯张皇失措。他紧握着他的一只角,要他跪下,因用力过猛,这只角折断在他的手里。河神承认失败,得伊阿尼拉遂成为胜利者的锦标。至于阿刻罗俄斯的角,过去女仙阿玛尔忒亚曾送给他一只丰饶的角,满装着各种的果子如石榴、葡萄之类。现在他将这只角赠给赫拉克勒斯,赎回他自己的角。

赫拉克勒斯的结婚并没有改变他的生活态度。仍如同以前一样,这里那里地漫游冒险。一次,当他回到俄纽斯的宫殿,在食饭时不幸杀死一个正递水给他洗手的侍童。因此他又不能不逃亡。他的年轻的妻和她为他所生的儿子许罗斯也伴随着他。

赫拉克勒斯和涅索斯

他们从卡吕冬来到在特剌喀斯的朋友刻宇克斯那里。在这里,赫拉克勒斯遭到生平最危险的事,因他到达欧厄诺斯河时,他遇到马人涅索斯,他按规定价钱背负着旅行的人渡过河去。他说神祇们将这任务委托给他,表示相信他的诚实。赫拉克勒斯自己是不需要这种服务的,因为他能够用大而有力的脚跨过那打漩的河水。但是他将得伊阿尼拉交给涅索斯,他将她放在肩上,带她过河。在半渡的时候,他迷惑于她的美丽,开始拥抱她。赫拉克勒斯在对岸听到她的呼救,立即回转过来。他看见这多毛的半人半马的怪物欺凌他的妻子,就毫不迟疑地从箭袋中抽出一支箭,在涅索斯快要上岸的时候一箭射去,射穿他的胸脯。得伊阿尼拉从涅索斯的手中逃脱,正向丈夫奔去,这时候涅索斯虽已濒于死亡,仍然满怀仇恨,他叫她回来,并用谎言欺骗她。

"听我说,俄纽斯的女儿!因为你是我背负的最后一个人,所以你应从我的服役得到一些好处,只要你照我所说的去做。收集从我那致死的伤口里流出的鲜血。在浸过许德拉的毒血的箭所射入的地方,血液凝结,容易拾取。你可以用它作为一种魔药来管束你的丈夫。假使你用它来涂染他的紧身衣,除你以外他就不会再爱别的妇人。"他说完这个阴毒的劝告之后,即刻毒发而死。得伊阿尼拉虽然对于丈夫的爱并不怀疑,但也终于如他所说地收集这些凝结的血。盛在她所带的一只小瓶子里,并保存着,不让赫拉克勒斯知道。他离得很远,也看不见她所做的事。经过别的一些冒险之后,他们到达特刺喀斯,并和国王住在一起,并带着那些无论到哪里总跟随着赫拉克勒斯的阿耳卡狄亚好汉们。

赫拉克勒斯的结局

赫拉克勒斯经历的最后一次冒险是讨伐俄卡利亚国王欧律托斯,以前国王曾允诺凡是射箭胜过他和他儿子的人,可以娶他女儿伊俄勒为妻,可是后来他又拒绝了。赫拉克勒斯为了报复他,召集了一支强大的军队,围困了俄卡利亚,并攻破城池,打死了国王和他的三个儿子,俘虏了年轻美貌的伊俄勒。

得伊阿尼拉在家里焦急地等待着丈夫作战的消息。这时王宫里发出一阵欢呼声,一名使者飞奔回来,报告说:"你的丈夫大获全胜,即将回来了!他的仆人利卡斯正在向城外的人民宣布胜利的喜讯。赫拉克勒斯要推迟几天才能回来,因为,他在欧玻亚的刻奈翁半岛上准备给宙斯献祭。"

不久，随从利卡斯带了一群俘虏回来了。"问候你，尊贵的夫人。"他对得伊阿尼拉说，"赫拉克勒斯的正义事业已经取得了胜利。我们攻占了城池，抓获了一批俘虏。你的丈夫说，请你善待这些俘虏，尤其是这位跪在你脚下的不幸女子。"

得伊阿尼拉同情地看着这位年轻的女子。她把姑娘从地上扶起来，说："你是谁呢，可怜的女人？你好像还没有结婚，而且一定出身于高贵家庭！利卡斯，告诉我，这位年轻姑娘的父亲是谁？"

"我怎么知道呢？你为什么要问我呢？"利卡斯躲躲闪闪地回答，他的表情透露出他似乎隐瞒了一桩秘密。"自然，这个女子，"利卡斯踌躇了一会又说，"决不会出身于俄卡利亚的小户人家。"

听到这里，年轻的姑娘长叹一声，仍保持沉默。得伊阿尼拉感到奇怪，但不便再问，只是叫人把姑娘送进内室，不要亏待她。利卡斯去执行她的吩咐时，起先进来的那名使者走近女主人，悄悄地对他说："得伊阿尼拉，你不要相信利卡斯的话。他对你隐瞒了事情的真相。他曾经亲口说过，赫拉克勒斯只是为了这位年轻的女子才讨伐俄卡利亚的。她就是伊俄勒，即欧律托斯的女儿。赫拉克勒斯认识你以前，对她十分爱慕。她这次来可不是当你的女佣，而是成了你的竞争对手。她是赫拉克勒斯的情妇。"

得伊阿尼拉十分悲伤。可是她马上又镇静下来，命令丈夫的仆人利卡斯前来见她。利卡斯指着苍天向宙斯发誓，他说的都是真话，而且他确实不知道姑娘的父亲到底是谁。得伊阿尼拉请求他别作弄她。"即使我可能责怪丈夫的不忠，也决不会仇视这位姑娘，因为她从来没有伤害过我。我很同情她，她的容貌给她招来了苦难，也毁了她的国家。"利卡斯见夫人如此通情达理，便把一切都告诉了她。得伊阿尼拉一点也没有责备他，只是让他稍等片刻，她要为丈夫准备一件礼物，来回报他送给她这些俘虏。

按照肯陶洛斯人涅索斯临死前的吩咐，她把他的毒血制成血膏，藏在不见阳光的地方。她以为那是无害的，只是一种唤回赫拉克勒斯的爱情和忠心的魔药。现在她悄悄地钻进那间小房间，取出血膏，用羊毛蘸着将它涂在一件珍贵的衣服上。然后，她把衣服折起来，锁在一只漂亮的小盒子里。做完这一切后，得伊阿尼拉把使用过的羊毛随手扔在地上，然后走到外面，把礼物交给仆人利卡斯。

"请把这件衣服带给我的丈夫，"她吩咐道，"这是我亲自缝制的。除了他以外，谁也不能穿这件衣服。他在穿这件衣服祭拜神前，不能把它放在火旁或阳光底下，这是我的愿望。我交给你一枚戒指作为信物，他就会知道这确实是我真实的口信。"

利卡斯答应照她的吩咐去做。他带着礼物赶到欧玻亚，送给准备献祭的主人。过了几天，赫拉克勒斯和得伊阿尼拉所生的长子许罗斯前去看望父亲，他要说服父亲迅速回家。得伊阿尼拉偶然走进盛放血膏的小房间，看见地上涂过魔药的羊毛在阳光下已化为灰烬，不禁大吃一惊，预感事情不妙。她吓得在宫里团团转，不知道怎么办才好。

儿子许罗斯终于回来了，可是身旁却没有父亲。"唉，母亲哟，"他充满仇视地对母亲叫喊着，"我真希望世界上从来就没有你，希望你从来就不是我的母亲！"她听了儿子的话，吃了一惊，连忙问道："孩子，你这是怎么啦？"

"我刚从刻奈翁回来，母亲，"儿子抽泣着说，"正是你毁了父亲的生命！"

得伊阿尼拉面色惨白，但仍镇静地问他："这是谁告诉你的，我的儿子？谁敢诬蔑我做下这种伤天害理的事？"

"不，没有人告诉我，是我亲眼看到父亲的悲惨结局，"儿子说，"我在刻奈翁遇到他时，他正忙着宰杀牲口，准备给宙斯献祭。这时利卡斯来了，他带来了你的礼物，那是一件该受诅咒的衣服。父亲立刻把它穿在身上，对这件漂亮的衣服他很喜欢。他开始献祭。那天一共宰十二头公牛。开始时，父亲十分安详地做着祷告。但是，当祭坛上的火焰升腾时，他浑身冒出了豆粒大的汗珠，那件紧身衣像是用铁铸在他身上的一样，他一阵阵颤抖，好像毒蛇在咬他似的。父亲大声呼唤利卡斯。利卡斯其实是无辜的，他忠实地转交了你的那件有毒的紧身衣。利卡斯来了，他重复了一遍你吩咐他的话。父亲马上抓住他，把他在海滨的岩石上摔死，又把他的尸骨扔进大海。他疯狂的举动使人不敢靠近他。他在地上痛苦地嚎叫打滚，然后又突然跳了起来。他诅咒你和你们的婚姻。最后，他对着我喊道：'儿子，如果你同情父亲的话，那就赶快送我上船回去。我不能死在异乡。'我们将他抬到船上，他痛苦得大声吼叫，但总算回到了故乡。你马上就能看到他，不是活着，就是死了。这就是你干的好事,母亲,你可耻地谋害了人间最伟大的英雄!"

得伊阿尼拉对儿子的责备没有辩解。她绝望地离开了他。有几个仆人听她说过涅索斯送给她的那种爱情魔药,他们告诉了这个孩子,说他在愤怒中错怪了母亲。儿子听说后急忙朝不幸的母亲追去。可是他来得太晚了。得伊阿尼拉直挺挺地躺在丈夫的床上,死了。她的胸口上插着一把利剑。儿子伏在母亲的身旁,痛哭着抱住母亲的尸体,为自己过激的语言深深地感到后悔。突然,他听说父亲回到了宫殿,吓得连忙跳起身来。

"儿子,"赫拉克勒斯大声地叫着,"儿子,你在哪里呀?拔出宝剑来,对准你的父亲,对准我的脖子,杀死我吧!这样才能解脱你的母亲赐予我的痛苦!"然后,他又绝望地转向站在一旁的人,向他们伸出双手,大声地说:"没有一杆长矛,没有一头野兽,没有一支巨人的队伍能够制服我。可是一个女人的手却征服了我!我的儿子哟,杀死我吧,然后再去惩罚你的母亲!"

许罗斯告诉他,母亲是无意之中害了他,并且为了抵罪,已经拔刀自尽了。赫拉克勒斯顿时惊呆了,由悲愤转为悲哀。他立即让儿子许罗斯同他以前爱过、并成了他的俘虏的伊俄勒结婚。因为,特尔斐的神谕中说,赫拉克勒斯必将死在特拉奇斯地区的俄塔山上,所以,他不顾身体疼痛,仍然叫人把自己抬到俄塔山的山顶上。他又叫人架起了一堆木柴,把他搁在木柴堆上,并命令点火,可是没人愿意执行这一命令。最后,经不住他再三恳求,他的朋友菲罗克忒忒斯看到他痛苦难忍,才站出来准备点火。赫拉克勒斯为感谢他,特地把自己战无不胜的弓箭送给他。小柴刚被点燃,天上就闪起了闪电,助长了火势。最后,降下一朵祥云,在隆隆的雷声中将这位不朽的英雄送到奥林匹斯圣山。当木柴烧成灰烬时,伊俄拉俄斯和别的一些朋友准备捡拾他的遗骨,然而他们什么也没有找到。毫无疑问,赫拉克勒斯应了神的谶语。他已从凡人变成了天神。他们给他献祭,尊奉他为神。后来,所有的希腊人都把他当神来崇拜。

在天上,他碰到女神雅典娜。她把这位英雄引入诸神的行列,赫拉宽恕了他,还把自己的女儿赫柏嫁给了他。赫柏是永恒的青春女神,他们住在奥林匹斯圣山上,生育了很多美丽的永生的孩子。

回味思考

1. 故事中,赫拉克勒斯降伏或消灭了许多怪物,你认为哪一段描写得最为精彩?摘抄精彩的词句段加以体会。

2. 赫拉克勒斯最终成了诸神中的一员,你认为哪些意志品质和性格特征最终让他从一个人变成一个天神?

忒修斯的故事

导语

忒修斯在当上国王之前经受了哪些挫折？凭着自己的聪明才智与神力做了哪些为民除害的事？在他当上国王后又会施行了哪些利国利民的措施呢？他又遇到了什么样的内外威胁？最后,他能摆脱别人对他的陷害吗？

忒修斯的出生和少年时代

雅典国王忒修斯是埃勾斯和埃特拉所生的儿子。埃特拉是特洛曾国王庇透斯的女儿,他的父系先祖是年迈的国王埃利希突尼奥斯以及传说中从地里长出来的雅典人;母亲的先祖是伯罗奔尼撒诸王中最强大的珀罗普斯。珀罗普斯的儿子庇透斯建立了特洛曾城。有一次,他亲自接待了在伊阿宋出发寻求金羊毛前20年就已经统治雅典的国王埃勾斯。

埃勾斯没有儿子,因此,埃勾斯十分惧怕有50个儿子并对他怀有敌意的兄弟帕拉斯。他想瞒着妻子,悄悄再婚,希望生个儿子,安度他的晚年,并继承他的王位。他把自己的心思吐露给朋友庇透斯。幸运的是,庇透斯正好得到一则神谕,说他的女儿不会有公开的婚姻,却会生下一个有名望的儿子。于是庇透斯决意把女儿埃特拉悄悄地嫁给埃勾斯,尽管埃勾斯已有妻室。埃勾斯与埃特拉结了婚,在特洛曾待了几天后回到雅典。他在海边跟新婚的妻子告别,告别时他把一把宝剑和一双绊鞋放在海边的一块巨石下,说:"如果神祇保佑我们,并赐给你一个儿子,那就请你悄悄地把他抚养长大,不要让任何人知道孩子的父亲是谁。等到孩子长大成人,身强力壮,能够搬动这块岩石的时候,你将他带到这里来。让他取出宝剑和绊鞋,叫他到雅典来找我!"

埃特拉果然生了一个儿子,取名忒修斯。忒修斯在外公庇透斯的扶养下长大。母亲从未说过孩子的生身父亲是谁。庇透斯对外面说,他是海神波塞冬的儿子。特洛曾人把波塞冬看作城市的保护神,对他特别尊重。他们把每年采下的新鲜果实拿来献祭波塞冬。而波塞冬手中的三叉戟就是特洛曾城的标志。因此,国王的女儿为一位受人敬仰的神生了一个儿子,这完全不是一件不光荣的事。

孩子渐渐长大,不仅健壮英俊,而且沉着机智,勇猛过人。一天,母亲埃特拉把儿子带到海边的岩石旁,向他吐露了他的真实身世,并要他取出可以向他父亲埃勾斯证明自己身份的宝剑和绊鞋,然后带上它们到雅典去。

忒修斯抱住巨石,毫不费力地把它掀到一旁。他佩上宝剑,又把鞋子穿在脚上。尽管母亲和外祖父一再要求他走海道,可是他却不愿意乘船。那时候从哥林多地峡前往雅典的陆路到处有拦路的强盗和恶徒。有几个强盗虽然已被赫拉克勒斯打死了,可是他在吕狄亚的女王翁法勒手下当奴隶的时候,希腊的暴力活动又猖獗起来,那是因为没有人能够制止他们。从伯罗奔尼撒到雅典的旅途上充满了危险。外祖父庇透斯给忒修斯一一描述了这批强盗和恶徒,特别强调他们对外乡人非常残暴。可是忒修斯决心以赫拉克勒斯为榜样。当忒修斯只有五岁的时候,赫拉克勒斯前来拜访过他的外祖父。忒修斯也荣幸地跟大英雄同桌用餐。赫拉克勒斯用餐时把披在身上的狮皮解下来,放在一旁。其他孩子看到狮子皮时都吓跑了,可忒修斯却一点儿也不怕。他走出去,从一位仆人手上接过斧子,大胆地朝狮子皮扑了过来。他还以为眼前是一头真狮子呢!自从这次见了赫拉克勒斯以后,他一直仰慕这位英雄,并想着将来怎样像他一样建立功绩。此外,赫拉克勒斯和忒修斯还有亲戚关系。他们的母亲是表姐妹,因此,十六岁的忒修斯怎么能眼看着自己的表兄到处建功立业,而自己却回避斗争呢?"人们把我当作海神的儿子,如果我从海上安全渡过去,如果我的信物鞋子上没有沾上征战的灰尘,宝剑上也没留下血迹,我真正的父亲又会怎么说呢?"忒修斯的这些话讲得慷慨激昂,外祖父听了很高兴,因为他过去也是一位勇敢善战的英雄。

母亲听了儿子的话,连忙为儿子祝福。忒修斯整理了行装,勇敢地踏上征途。

忒修斯在寻访父亲的路上

忒修斯在寻访父亲的路上最先遇到的人是大盗佩里弗特斯,他舞着一根棒,常常把路人打成肉饼,他的外号叫"舞棍手"。

当忒修斯来到埃比道罗斯地带时,这个穷凶极恶的强盗猛地从密林里蹿出来,挡住他的去路。忒修斯面无惧色,对他大喝一声:"你来得正好!"说着便向强盗扑去。两人斗了几个回合,舞棍大王便被打死了。忒修斯拾起死者的铁棍,带在身旁,作为一种胜利的纪念品和武器。

到了科任托斯,他又遇到了另一个恶徒,即扳树贼辛尼斯,因为他力大无穷,两手能同时把两棵松树扳下来。他把捕捉到的过往行人绑在树梢上,然后让树梢猛地向上弹去,使他的肢体撕为两半。忒修斯愤怒地挥舞着铁棍,很快就打死了这个恶棍。辛尼斯有一个漂亮而温柔的女儿珀里吉纳,她看到父亲被杀,便惊恐地逃走了。忒修斯追上去到处寻找。情急之下,姑娘藏在灌木丛里,天真地祈求树丛救她一命。她发誓,如果树丛愿意救她,掩护她,那么今后决不损伤或焚烧树林。忒修斯喊她出来并保证不伤害她,这时她才走了出来。从此以后她就在忒修斯的保护下生活,后来忒修斯把姑娘嫁给俄卡利亚的国王,欧律托斯之子达埃阿纳宇斯为妻。她的子孙们都遵循她的诺言,从来不焚烧树林。

忒修斯不仅消灭了沿途的强盗,而且还像赫拉克勒斯一样,无所畏惧地征服了凶猛的野兽。

他在克罗米翁战胜了一头凶猛的野猪费亚。到达墨伽瑞斯边界时,他又遇到无恶不作的大盗斯喀戎。这强盗通常出没于墨伽瑞斯和阿提喀山林地区,住在高大的岩洞之中,他有一个恶劣的习惯,抓住了外乡人就命令他们给他洗脚。趁洗脚时,他就飞起一脚,把他们踢进大海里淹死。忒修斯这次也如法炮制,把他一脚踢进大海里淹死。

后来他进入阿提喀地区,在埃琉西斯城附近遇到了强盗刻耳库翁。刻耳库翁强迫过往行人同他角力,败给他的人就被杀掉。忒修斯接受了他的挑战,并战胜了他,为地方除了一大祸害。

不久,忒修斯遇到了此行最后一个,也是最残酷的拦路大盗达马斯特斯,外号叫铁床匪。这个强盗有两张床,一张很长,一张很短。如果过往的外乡人是个小个子,他就把他带到大床跟前。说:"你看到,我的床太长了,朋友,还是让我把你拉长吧,让你努力适合这张床!"说完,就用力把外乡人的身体拉长,直到他断气为止。如果来的客人是高个子,他就让客人睡小床,然后说:"真对不起,好朋友,这张床太小了,不是为你做的。这样吧,我来帮你一下。"说着就把客人的脚砍掉,砍得正好跟床一样长。忒修斯抓住这个高大的强盗,强迫他睡在小床上,用利剑砍断了他的身体,直到他痛苦地死去。

忒修斯在艰难的旅途中几乎没有遇到一个热情友好的人。后来,他来到菲索斯河,碰到了几个菲塔利腾族人。他们热情地接待了忒修斯。应他的要求,主人们按照传统的风俗给他洗礼,让他涤除沾染的血迹,并在家中招待他吃喝。当他恢复精力后,他衷心感谢正直的主人,然后朝着父亲的故乡一路走去。

忒修斯在雅典

在雅典,这年轻的英雄没有得到所希望的幸福与和平。城市在混乱中,居民自相残杀。他父亲埃勾斯家中的情形也似乎不宜于他的到来。美狄亚自从离开科任托斯和不幸的伊阿宋分手后,就乘着毒龙拖曳的车子流亡到雅典。她蛊惑年老的埃勾斯接待她,答应用她的一种魔药恢复他的气力和青春。因此她与国王同居度日。因为她是一个女巫师,所以在忒修斯到来的消息还没有传入宫中以前,她就知道他来了。埃勾斯由于城内的党争,正怀疑一切新来的人,自然也不认识自己的儿子,因此她挑唆他说,这个外乡人是极危险的探子,最好的办法乃是假意欢迎他进来,然后将他毒害。

忒修斯进宫早餐,却没有将自己的实情说出。他满心欢喜,以为他的父亲会发现面对着他的是谁。毒酒安置在他的面前。美狄亚怕他会将她逐出宫去,正在焦急地等待着这新来的客人喝酒,因为她已经安排好,哪怕微小的几滴也可以使他丧命。但忒修斯热望着父亲的拥抱更甚于饮酒。他拔出那曾经为他留在大石头下面的宝剑,好像要用它切肉的样子,但实际上是要使埃勾斯看见,并知道这正是他的儿子。国王一看到这宝剑,知道是他的故物,立刻将忒修斯面前的酒杯掀在地上。他略略向他询问,知道这真是他从命运女神那里祈求得来的儿子,他紧紧地拥抱着他。忒修斯被介绍给周围的人民,他告诉他们在旅途上所经历的冒险故事。这青年人这样年轻就如此坚毅果敢,他们都向他欢呼表示欢迎。国王觉得不忠的美狄亚几乎破坏了他的新找到的幸福,因此对于这残酷的女巫师只感到厌恶,遂将她驱逐出境。

忒修斯和弥诺斯

忒修斯当上了王子,并被视为阿提喀王位的继承人。后来,他开始的第一件事便是斩杀叔父帕拉斯的 50 个儿子。他们早就窥视王位,所以对突然到来的这位陌生人十分恼恨。陌生人将来还要管他们,治理国家,50 个儿子拿起武器,准备袭击初来乍到的忒修斯。

可是他们的传令兵,一位陌生的男子,把这一阴谋全给忒修斯披露了。忒修斯立即袭击了他们的埋伏地点,把 50 个人统统杀死。经过这场自卫战后,忒修斯生怕人民起来反抗他,于是立刻主动外出,干一件有利于大家的险事:征服马拉敦野牛。这头野牛正是赫拉克勒斯从克里特捉过来,后来又奉欧律斯透斯之命放出来的。它给四个阿提喀的乡镇造成巨大的危害。忒修斯把野牛捉住,带回雅典,供人观看,后来又将它宰杀,祭供太阳神阿波罗。

这时候,克里特岛的国王弥诺斯已经三次派使者来取讨贡物。原来情况是这样的:弥诺斯的儿子安德洛革俄斯在阿提喀山地里被人谋害。弥诺斯起兵为儿子报仇,给那里的居民一次毁灭性的打击。神仙们也把旱灾和瘟疫降在那里,让那里成了荒凉世界。阿波罗神庙降下预言:雅典人如果能够平息弥诺斯的愤恨,取得他的谅解,那么雅典人的灾难和神仙们的愤怒都会立即停止。雅典人请求弥诺斯息怒,并且答应每九年时间向他提供七对童男童女,送往克里特岛,作为贡物,如此才取得了弥诺斯的谅解。

弥诺斯接到童男童女时将他们关在有名的克里特迷宫里,再由丑陋的弥诺陶洛斯把他们一一杀死。弥诺陶洛斯是个半人半牛的怪物。他的头部是牛，身子像人，是个吃人的妖怪。

现在又到了第三回交纳贡物的时间。未婚的青年男女们面临着可怕而又残酷的命运。居民们开始埋怨，说埃勾斯是祸端，他把一位不知何处来的私生子任命为王位继承人，对别人家的孩子则无所谓，反正不关自己的痛痒。埋怨声传到忒修斯的耳中，他十分心痛。趁着大家集中的当儿，他毅然站起来，说自己用不着抽签就算一个。雅典人称赞他的勇气和高尚。埃勾斯听到这话，跌跌撞撞奔了过来。可是忒修斯丝毫不动摇自己的意志，尽管父亲再三要求他收回刚才的话。忒修斯安慰埃勾斯，说他一定能够制服弥诺陶洛斯。迄今为止，装载着悲惨祭物的船都挂黑帆开往克里特。埃勾斯听到儿子的豪言壮语，便交给舵手一张白帆。他命令说，如果忒修斯活着回来，立即把船上的黑帆换成白帆，以示吉庆。

抽签完毕，年轻的忒修斯带着抽签决定的童男童女首先来到阿波罗神庙，以众人的名义向阿波罗神祭供白羊毛包裹的橄榄枝，这是寻求保护的祭物标志。然后，他们又一起来到海边，登上了悲哀的大船。特尔斐的神谕建议他应该选用爱情女神为向导，忒修斯对此不太理解。他给爱与美的女神阿佛洛狄忒祭供牺牲，结果却很理想。因为忒修斯到达克里特岛，出现在国王弥诺斯面前时，他的青春活力和英武美貌深得国王那位妩媚动人的女儿阿里阿德涅的欢心。

阿里阿德涅向忒修斯吐露了爱慕之意，并且交给他一只线团，让他把线团的一端拴在迷宫的入口，然后跟着滚动的线团一直往前走，直到丑恶的弥诺陶洛斯站岗守卫的地方。另外，她又交给忒修斯一把剑，这把剑可以用来斩杀弥诺陶洛斯妖怪。

弥诺斯把忒修斯一行送入迷宫。忒修斯首当其冲，走在前面。他手上的两件宝贝大展神效，他们战胜了弥诺陶洛斯，并且顺着线团又幸运地钻出了迷宫的鬼路怪径。忒修斯带着童男童女急忙逃了出来。阿里阿德涅跟他们一起出逃。忒修斯听从她的建议，把克里特人的船底全部砸碎，不让弥诺斯追赶上来。

上船以后，他们以为太平无事了，于是便无忧无虑地驾船来到迪亚岛。

这座海岛后来被称作那克索斯。忒修斯在梦中突然见到酒神巴克科斯。酒神声称阿里阿德涅跟他早就订过婚,进而威胁忒修斯,如果不把阿里阿德涅留下来,那就会降下无限灾难。

忒修斯从小跟外祖父一起长大,接受敬仰神灵的教育。他害怕神仙迁怒于他,只得将悲哀的公主留在荒凉的小岛上,自己乘船走了。深夜时分,酒神巴克科斯来到小岛,把阿里阿德涅劫到德里沃斯山。到了山上,神仙首先隐身而去,一会儿,阿里阿德涅也悄然不见了。

忒修斯一行见失去了姑娘阿里阿德涅,都十分狼狈、颓唐。悲哀之余,他们竟然忘掉了船上仍然张着黑帆。他们就是这样离开阿提喀海岸的。他们忘掉了现在应该张挂白帆。海船飞快地朝家乡的海岸驶了过去,显得无限的悲哀沉痛。

埃勾斯自从儿子离开以后,寝食不安。他正在码头上翘首期望,突然看到远方驶来一条海船。等到从黑色的船帆上意识到儿子已经死了时,老人顿时绝望了,便纵身顺着岩石跳入大海。从此以后,希腊国和小亚细亚之间的海就被称作埃勾海(爱琴海),意为埃勾斯海洋。不一会儿,忒修斯率领众人上岸了。他在码头上向神仙祭供了许诺过的供品,又派了一名使者前往城里,把童男童女们获救的消息告诉大家。使者不知道城里人接待他的气氛究竟是什么意思。他看到有些人对他的到来表示热烈欢迎,而另一些人则沉浸在无限的悲哀之中。谜底终于显露了,国王葬身鱼腹的消息渐渐地传了开来。使者回到海滨,看到忒修斯正在庙中祭供牺牲。他站在门前,丝毫没有声张,生怕悲伤的消息中断了神圣的仪式。最后等到烧奠了火祭之后,他才把埃勾斯国王的结局告诉忒修斯。忒修斯就如触电一样,顿时倒在地上,不省人事。

忒修斯当了国王

忒修斯怀着悲痛埋葬了父亲,然后将阿提喀的童男童女乘坐的那艘船献给阿波罗,那是一只能容纳30个水手的船。雅典人为怀念这次神奇的历险,设法保全这只船,把船上的朽木不断地更换。因此,许多年以后,在亚历山大大帝时还可以看到这一古老而珍贵的纪念物。

忒修斯当了国王。事实表明他不仅在战斗中是位英雄,而且在治理国家方面也是天才,他让人民安居乐业,得到幸福。在这方面他甚至超过了自己树立的榜样赫拉克勒斯。在他执政之前,阿提喀的居民大多数居住在雅典小城和周围的农庄以及稀稀落落的村庄里。如果要把村民们召集起来,那真是一件十分困难的事。忒修斯把整个阿提喀地区的居民全部集中在城里,把零星的村庄组织起来,建成一个统一的国家。他并没有使用武力完成这一伟大的事业,而是周游各方,亲自去各个村镇,找各方人商谈,征得他们的同意。说服穷人或低贱的人并不费事,因为他们和富人联合起来并不吃亏。为了说服富人和有权势的人,忒修斯宣布限制国王的权力,并答应制订一部保障他们自由的宪法。"至于我本人,"他说,"我只愿在战争时当你们的首领。平时当一名保护宪法的人。我认为我们所有的居民都应该享受平等的权利。"许多贵族认识到这种改革可能会对他们带来利益,因此持欢迎态度,还有一些守旧的人,畏惧忒修斯在民众中的威信,畏惧他的权力和惊人的胆量,因此,趁着忒修斯还没有强迫他们的时候,也纷纷表示愿意接受他的劝说。

忒修斯取消了各个市镇的单独的市议会和独立的机构,他在市中心建立一个共同的市议会。他还给全体居民规定了一个假日,并称为泛雅典节,即全体雅典人的共同节日。从此,雅典才发展成为一个真正的城市,被越来越多的人所接受、传诵。从前它只是一座国王的城堡,建造的人把它称作开克罗帕斯堡,周围只有几间居民的住房。为了更加扩大这一城市,他保证所有居民享有同等权利,以此吸引新的移民,他希望雅典成为一个多民族聚居的中心。可是为了避免大量的人涌来造成混乱,他在新城内把居民分为贵族、农民和手工业者三大阶级,并为各阶级规定了独自的权利和义务。作为国王,他也限制自己的权力。正如他亲口答应的那样,他让国王的权力受到贵族议会和人民会议的限制。

亚马孙战争

忒修斯把国家置于女神雅典娜的庇护下,对波塞冬也十分敬仰。他自己就是波塞冬特别看护的宠儿,为此他在哥林多地峡引进了神圣的摔跤搏斗运动。那时雅典又面临一场罕见而奇异的战争。

原来忒修斯在年轻时曾在讨伐途中到达亚马孙河岸。奇怪的是,那些亚马孙女人见到魁梧的英雄不仅没有吓得四处逃窜,还一反常态地给他赠送许多礼物。忒修斯不但喜欢这些珍玩珠宝,还看中了一名美丽的亚马孙女子,并且把她骗走了。女子名叫希波吕忒。忒修斯邀请她上船,等到姑娘上船以后,忒修斯马上解缆开船。希波吕忒并不反对给这样的英雄当妻子,可是好战的亚马孙女子族人却对无理抢劫感到愤怒。长期以来,她们一直思量寻机报复。

一天,她们突然带了一支船队,开过来占领陆地,围困城市,并且攻陷城池,在雅典城的中心地带扎下营盘。居民们早已惊恐地逃进了城堡。双方防守严密,好久都不敢贸然进攻。后来,忒修斯给威吓神祭供牺牲,按照神谕开始赶出城堡,组织战斗。开始时,雅典的男子汉们遭到亚马孙女子的猛烈攻击,一直败退到复仇女神厄里倪厄斯的神庙旁边。后来,亚马孙女人的右翼被一直逼赶到她们的中心大营,许多人被杀死在地。王后希波吕忒在战斗中跟丈夫一起抗击亚马孙人。一枝飞镖飞过忒修斯旁边击中了她,把她击倒在地。为纪念这位亚马孙女子,人们造了一根大柱。战争结束了,双方缔结和约,亚马孙人离开了雅典,回到自己的祖国。

忒修斯与庇里托俄斯

忒修斯身强力壮,勇敢无比,英名在外,令人十分敬仰。那时候还有一位闻名于世的英雄庇里托俄斯,是伊克西翁的儿子。他饶有兴趣地希望跟他比试一番,于是故意偷走忒修斯的几头牛。他听说忒修斯全副武装地追赶过来时,觉得正中下怀,于是就在一旁守候。

两位英雄猛然见面,相互赞赏对方的英武和胆略。如同一重命令,他们都把手中的武器放在地上,各自朝着对方奔了过去。庇里托俄斯伸出手,要求忒修斯自己充当仲裁,处决偷牛的事。而忒修斯眼中则闪烁着欢乐的光芒,说:"我希望获得的唯一满足就是,你能成为我的朋友和战友!"两位英雄立即拥抱在一起,相互立誓,永远忠实于他们的友谊。

后来,庇里托俄斯与拉庇泰族人希波达弥亚结婚时,他也邀请战友忒修斯参加婚礼。拉庇泰人是帖撒利地区的有名部落。他们是凶猛、粗犷,犹如野兽一般的山里人,是第一批学习驯马的凡人。新娘却是一位身材修长的女子,面孔标致,生性善良。她为客人们祝福。庇里托俄斯感到由衷的高兴,帖撒利地区的王侯们全都应邀贺喜。一起前来参加婚礼的还有庇里托俄斯的亲戚,肯陶洛斯人。他们是一群半人半马的怪物,是从云端里诞生并降落下来的,说起来还跟庇里托俄斯的父亲伊克西翁有着密切的关系。

伊克西翁原来是拉庇泰国王,第一个残杀亲戚的人。有一回,他克扣通常的彩礼,岳父达埃翁心中不满,特地前来催讨。伊克西翁却恶意地将他推入熊熊燃烧的火炭洞穴。后来,他逃到宙斯那里,宙斯收留了他,他却又向神仙王后赫拉提出无礼的要求。宙斯为惩罚他,将他打入地府,绑在一只带翼的转轮上。转轮以飞快的速度永远不停地旋转,让他受尽了折磨。

当时在云端里的时候,宙斯用一片乌云冒充赫拉骗伊克西翁,不料这位情神却与乌云媾和,生下了那批非人非马的怪物。肯陶洛斯人所以又称为云朵的儿子,是拉庇泰人的仇敌。这回由于跟新娘的亲戚关系,他们忘却了旧恨,安安静静地一块前来欢度节日。

拉庇泰人和肯陶洛斯人的纷争

婚礼在热烈的气氛中欢乐地进行。由于喝酒过多,肯陶洛斯人中最野蛮的欧律提翁醉意朦胧地看到美丽的新娘希波达弥亚时顿生歹意,想抢她占为己有。谁也不知道怎么回事,谁也没有注意到,客人们却突然看到,怒气冲冲的欧律提翁一把抓住希波达弥亚的头发,转过身子,在地上拖着。希波达弥亚竭力挣扎,大呼救命。欧律提翁的暴行对其他一些酒醉糊涂的肯陶洛斯人无疑是个动员令,要他们照样行事。两位英雄和拉庇泰人还没有从座位上站起来,每一个肯陶洛斯人早就搂住一位帖撒利姑娘。这些姑娘都是宫殿里的使女或者前来参加婚礼的客人。妇女们的惊叫声、闹喊声乱作一团,连宫殿都快要震塌了。新娘的亲戚朋友们都异常愤怒地从座位上跳了起来。

"你中了什么邪,欧律提翁!"忒修斯大声呵斥道,"你竟敢当着我的面刺激庇里托俄斯,这不是同时侮辱两位英雄吗?"说完,他一把抢回强盗手中的新娘。欧律提翁不知道说什么好了，抬手便朝忒修斯当胸一拳。忒修斯手上没有武器，顺手抓起一只金属罐，朝对手劈面砸过去。欧律提翁躲闪不及，被打倒在地，脑浆和血从头部伤口里喷涌而出，十分狼狈。

"快拿武器！"各个角落里声震如雷。刹那间杯盏飞舞，酒瓶碰撞，乱作一团。突然，一位肯陶洛斯人从祭坛前抓起牺牲供品，另一个人举起烛台朝人群中扔了过来，第三个人摘下挂在墙上的鹿角。这是装饰神坛，供做祭品用的物品。拉庇泰人遭到了惨重的损失。

庇里托俄斯勃然大怒，把手中的长矛扔了出去。长矛刺中了大个子肯陶洛斯人珀特勒奥斯，珀特勒奥斯当时正想从地上拔起一棵大栎树来充当武器。第二位肯陶洛斯人狄克提斯被希腊英雄打得重重地跌倒在地，摔倒时压断了一根粗大的木头。第三位急忙上来报仇，被忒修斯挥上一棍，打成肉饼。契拉罗斯是肯陶洛斯人中生得最漂亮的一个，披一头金黄的卷发，蓄着胡须，年轻的脸上一团和气，脖、肩、双手和胸部都长得十分匀称，身体的下半部虽然是马，却也长得无可挑剔。他这回带着情人，美丽的肯陶洛斯女子许罗诺默一起前来赴宴。席间他们就已经黏黏糊糊地纠缠在一起，现在更是互相支持、共同战斗。契拉罗斯被飞箭射中，凄惨地倒在情人的怀抱里，奄奄一息。许罗诺默朝他弯下腰去，吻着他，拔出射中契拉罗斯心脏的飞箭，急忙冲了出去。

战斗还激烈地进行着，最后肯陶洛斯人被彻底打败，逃跑的时候互相践踏，又被追赶的人杀掉不少。直到这时，庇里托俄斯才稳稳地占住了自己的新娘。忒修斯在第二天清晨跟他告别。共同的战斗经历使得这种兄弟般的情谊更为坚强，牢不可破。

忒修斯和淮德拉

忒修斯已达到他的幸福的顶端和转折点了。他企图在自己的身边建立幸福，而不是从勇敢和不断的冒险去追求，这才使他陷于抑郁和痛苦。当他年轻的时候，他从克里特劫得弥诺斯的女儿阿里阿德涅，而她的幼小的妹妹淮德拉也伴随着她。后来巴克科斯带走阿里阿德涅，淮德拉不敢回去见暴戾的父亲，随着忒修斯到雅典来。直到弥诺斯逝世，她才回到她的克里特的故居。在这里,在她的哥哥即弥诺斯的长子,正在执政的丢卡利翁的宫殿里,她长成一个女郎,美丽而且聪慧。忒修斯自从希波吕忒死后就没有再娶,现在听到各方面的人都赞美淮德拉美丽动人,希望看到她像他的第一个情人即她的姐姐阿里阿德涅一样的可爱。克里特的新王丢卡利翁对于这个英雄发生了好感。当他从庇里托俄斯的大流血的婚宴回来之后,这两个国王遂结成攻守同盟。这时忒修斯要求和淮德拉结婚,得到国王的同意。不久他就和淮德拉从克里特航海回国。真的,她的面貌和她的态度这样地和她姐姐相像,在忒修斯看来,就好像他青年时候的希望在晚年得到实现一样。

倾满他的幸福的金杯,淮德拉在结婚的头一年就为他生了两个儿子,阿卡玛斯和得摩福翁。但她并不是像她的美丽一样地贞洁贤淑。国王的一个年轻的儿子希波吕托斯,刚和她同年,她喜爱他更甚于他的年老的父亲。他是忒修斯从亚马孙拐骗来的希波吕忒所生的儿子。希波吕托斯在儿童时代就被送到特洛曾,在祖母埃特拉的兄弟们那里教养。长成以后,这个纯洁而美丽的青年决定献身给处女神阿耳忒弥斯,并永不对女人发生欲望。后来他来到雅典和厄琉西斯,并在那里参加神圣的庆典。就在这里,淮德拉第一次看见他。她看着他就好像是面对着青年时代的忒修斯一样。这青年的美丽的身体和纯洁的灵魂点起了她心中的火焰,她热爱着他。但她隐藏着她的感情,她沉默着。青年走了之后,她就在雅典的卫城上建立了一座神庙奉祀爱情女神。站在这里可以眺望特洛曾,后来这庙遂被称为远眺的阿耳忒弥斯神庙。她每天在这里眺望着大海。后来忒修斯旅行到特洛曾看望亲戚和他的孩子,她伴随着他,并在这里留住很久。开头,她和她的热情挣扎,逃避到孤独中,在桃金娘树下流着相思泪。后来,她将她的苦恼告诉她的年老的乳母,一个狡黠而无知的妇人,她只是以盲目的无理性的忠实侍奉她的女主人。她向这个青年传达他的继母对于他的热爱。当希波吕托斯接到她的信,他有些厌恶,而当不义的淮德拉提议他推翻他的父亲和她分享王位时,就变得十分憎恶她。由于他的极端憎恶,他诅咒一切妇人。在他看来,仅仅听到这罪恶的提议也就感到亵渎。这时忒修斯恰好不在特洛曾,他的不贞的妻子大可利用这个机会。但希波吕托斯宣称他不能和她片刻相处。他将他的回答告诉了年老的乳母之后,就跑到野外狩猎,为他的神圣女神阿耳忒弥斯服役,远离宫殿,住居在大森林里,直到他父亲回来,他希望那时他能向他倾吐他的痛苦的心情。

淮德拉不能忍受她的爱情和计划被人拒绝。良知和私欲在内心中交战着。但最后受伤的骄傲所引起的仇恨终于得胜。

当忒修斯归来,他发现她已自缢。右手紧握着她在临死前写下的一封信。信上说:"希波吕托斯要侮辱我。这是逃避他的唯一的方法。与其不忠于丈夫,不如一死。"

很久很久,忒修斯在恐怖和激动中,站着发呆。最后他清醒过来,他高举双手向天祈祷,"波塞冬,我的父呀!你总是爱护我如同你自己的儿子一样。从前你说过可以满足我三个愿望。现在我请求你实行!我只有一个愿望渴求满足:让我的儿子就在今天毁灭!"他刚刚说完他的诅咒,希波吕托斯就从狩猎回来,知道他的父亲已归,立刻进入宫殿。他顺着悲声,来到他的父亲和已死的继母的尸体的面前。他温婉地宁静地回答他的父亲的责问:"我的良心是清白的。我知道我自己无过。"但忒修斯好像没有听见,只是将他继母的信递给他,并将他驱逐。希波吕托斯只有呼求他的保护女神阿耳忒弥斯为他的纯洁作证,悲叹着流着眼泪离开养育他的故乡——特洛曾。

就在这天的黄昏,一个使者来到宫殿,当他被带到国王的面前,他说:"啊,国王和主人哟,你的儿子已经离开人间!"

忒修斯冷淡地听着这消息并苦笑着说:"他是因为污辱了别人的妻子,正像他想污辱他父亲的那样,所以被人杀害的么?"但使者回答:"否,国王!是他自己的马车和你亲口所说的诅咒杀害了他。"

忒修斯举手向天感谢。"啊,波塞冬呀,"他说,"今天你对我真的如同自己的父亲一样,听从我的请求。但告诉我,使者,我的儿子是怎样死去的?报应的力量怎样处死了这个逆子?"

使者告诉他这故事:"我们正在海边给我们年轻的主人希波吕托斯洗刷马匹,我们听到他已被逐,不久他在一大群儿时的朋友簇拥下来了,大家都流泪悲叹。他告诉我们为他预备旅行的马车。当一切都准备好,他举手向天祈祷:'宙斯哟,请毁灭我,假使我是有罪的人!无论我是死是活,也让我的父亲明白他斥责我是没有理由的。'于是他执着马鞭，跃上车，紧握缰绳，向着希腊和厄庇道洛斯驰去，我们都跟随在后面。大家到达荒旷的海岸，右边是大海，左边是从山上突出来的岩石。突然我们听到闷雷般的深沉的隆隆声。马匹都惊诧地竖起耳朵，我们也警惕地四面观望，寻觅着响声所来自的地方。当我们看到海上的时候，发现可怕的事：巨浪排空，遮断了前面的海岸和地峡。排山倒海的雪白的浪涛吼叫着，向我们的马匹所走的道路汹涌而来。接着浪涛分开涌出一个怪物，一只巨大的牡牛，它的鸣叫使山岳响震。看到这怪物，马匹都惊吓得狂奔。我们的主人是最善于驾驭马匹的，他双手紧握缰绳，就如同有经验的水手把握着船舵一样。但马匹已不可控制，它们咯咯地咬着马嚼子，拼命狂奔。当它们沿着平坦的道路奔走时，水怪阻拦着去路，当它们转向岩边，它又紧紧地追迫。这样终于逼使车子碰在岩石上。你的不幸的孩子倒栽下来，马匹仍然拖曳着他和倾覆的车子在砂石上狂奔。事情发生得这样快，所以我们都来不及援助他。但他虽然肢体残破，仍然叫呼着他的平素很听话的马匹，并向空中哭诉他被父亲诅咒的悲哀。后来他在山道的转弯处消失。海怪也不见了，就好像大地把它吞食了一样。别的仆人正力竭声嘶地去追赶车子，我忙着回来把你儿子的遭遇告诉你。"

忒修斯沉默地盯着地板。过了一会他才说话，好像他很悲伤并有些怀疑。"对于他的不幸我并不欢喜，也并不悲哀，"他说，"但我愿他还活着在我的面前，我可以问问他并和他谈谈关于他所做的事情。"他的话为一老妇人的喊叫所打断。她衣服撕破，白发散乱，排开仆人们跑来，并跪在国王的面前。这是王后淮德拉的老乳母，她因为听到希波吕托斯的死讯，为自己的良心所责，不能再隐瞒，所以哭泣着跑来揭发她的女主人的罪过，和他的儿子的纯洁。不幸的父亲还没有清醒过来，希波吕托斯已躺在担架上被抬进宫殿，虽然肢体破碎，但还可以呼吸。忒修斯悔恨而悲痛地伏在临死的儿子的身上。他以最后的残喘问着："我的无辜被证明了吗？"身边一个人默默地点了点头回答了他的询问并安慰了他。"父亲呀！你被人欺骗了！"这青年呻吟着，即时气绝身死。

忒修斯将他埋葬在桃金娘树下，这正是淮德拉在树荫下与爱情挣扎的同一棵树。由于感情的不安，她常常用手指拉扯它的小枝和揉碎它的发光的绿叶。因为这是她所喜爱的地方,她也被埋葬在这里并仍然保留不动,国王并不想羞辱他的已死的妻子。

忒修斯抢夺女色

忒修斯因为与年轻的小英雄庇里托俄斯结下了深厚的友谊,虽然上了年纪,却仍然激发了大胆、任性、甚至放浪不羁的冒险欲望。庇里托俄斯的妻子希波达弥亚在婚后不久就死了,忒修斯现在也独身在家,两个光棍相约着出去抢夺妇女。

那时候有一位姑娘还年轻,那就是后来闻名于世的美女海伦,是宙斯跟勒达的女儿。勒达是在后父斯巴达国王廷达瑞俄斯的宫殿里长大的。忒修斯和庇里托俄斯在前往斯巴达抢劫妇女的征途上看到她在阿耳忒弥斯神庙里跳舞,两位男子汉抵挡不住爱情的欲火,便大胆地闯进神庙,抢出女子,先把她送往亚加狄亚的特格阿。他们在这里抽签决定海伦归谁。两个人兄弟般地相约,帮助抽签输掉的人再去抢一位漂亮的女人。结果忒修斯抽签胜利,他把姑娘送往阿提喀地区的阿弗得纳,由母亲埃特拉陪伴海伦,让自己的朋友保护她。

安顿完毕,忒修斯又跟自己的老朋友一起外出,两人商量着去进行一场伟大而又惊人的事业。庇里托俄斯决定从地府里骗出冥王普路同的妻子珀耳塞福涅,并占有她。这就为抽签没有得到海伦作了抵偿。可是这个计划遭到了彻底的失败,两个人被普路同永远拘留地府。赫拉克勒斯想要救出他们俩,最后也只能拉回了忒修斯。这段故事早在前面讲过了,不再赘述。

忒修斯被镇压在哈得斯的地府时,海伦的两位兄长,卡斯托耳和波吕丢刻斯,来到雅典。他们礼貌地要求归还海伦,雅典人回说年轻的公主不在雅典,而且人们不知道忒修斯将她藏在哪里。兄弟俩勃然大怒,威胁说要动用武力。雅典人十分害怕,其中有个名叫阿卡特摩斯的,知道忒修斯的秘密,于是他向兄弟俩泄密说,海伦藏在阿弗得纳。卡斯托耳和波吕丢刻斯立刻赶到城前,并且很快就攻陷了城池。

这时候雅典城里也发生了几桩不利于忒修斯的事。厄瑞克透斯的孙子梅纳斯透斯担当了群众的发言人。他反对王位始终虚设,为此,他鼓动城里的贵族们说，国王让他们从乡下迁来城里，其实是让他们当臣仆作奴隶。他答应人民群众享受梦寐以求的自由，让他们摆脱乡间神庙和神仙，让他们不再依赖当地的大小主人，而现在却只能侍候一位陌生的暴君。刹那间，阿弗得纳被廷达瑞俄斯族人占领了，雅典城也危机四伏。梅纳斯透斯利用人民的情绪，说服居民，从卫士那里抢出海伦，然后给廷达瑞俄斯的儿子们打开城门，友好地迎接他们入城，因为卡斯托耳和波吕丢刻斯只是反对忒修斯抢夺姑娘才诉诸武力，发动战争的；另外，那些外来人的行为证明梅纳斯透斯的话说对了，因为那些士兵虽然从打开的城门里冲了进来，控制了一切地区，可是他们却不伤害任何人。他们救出了海伦，又在居民的陪同下离开了城市，回到自己的家乡去了。

忒修斯的结局

忒修斯从哈得斯的地狱里回来后，成了一位严肃的老人。他听到海伦被她哥哥救了回去，反而如释重负，因为他为从前的行为感到惭愧。他虽然重新执政，但国内一片混乱，梅纳斯透斯是叛乱的首领，而且得到贵族的支持。贵族们为纪念忒修斯的叔叔帕拉斯及其儿子们，自称为帕拉斯族人。那些过去仇恨他的人，现在也对他无所畏惧了。普通人在梅纳斯透斯的怂恿下也不愿服从国王的命令。

开始，忒修斯企图动用武力镇压，可是由于或暗或明的反对，他的努力归于失败。于是，不幸的国王决定彻底放弃这座无法控制的城市。事先他已经把儿子阿卡玛斯和得摩丰送往攸俾阿，让他们投奔国王埃勒弗诺阿。他在阿提喀的一个小镇伽尔盖托斯庄严宣布对雅典人的诅咒，直到很久以后他当年诅咒人民的地方仍然被标明着。他拍去了身上的灰尘，乘船前往斯库洛斯。他把这座岛上的居民看成自己特殊的朋友，因为那里的国王保存了忒修斯的父亲留给他的大笔财产。

那时统治斯库洛斯的国王是吕科墨德斯。忒修斯要他归还他父亲的遗产，以便让他能在那里居住下来。然而命运却把他引上了一条绝路。也许是吕科墨德斯惧怕这位英雄的名声，也许是他和梅纳斯透斯订有秘密协议，总之，他计划把忒修斯这个不速之客除掉。

他把忒修斯带到岛上的一座高峰的悬崖边,谎称让忒修斯看一下他父亲从前的财产。他乘忒修斯不备,猛地从背后一推,把他推下悬崖,忒修斯倒栽着跌入大海。

在雅典,不知感恩戴德的雅典人在忒修斯死后不久就把他遗忘了。梅纳斯透斯上台执政,他好像合法地继承了祖先的王位一样。忒修斯的儿子们被当作普通士兵,跟随英雄埃勒弗诺阿一起出征特洛伊,直到梅纳斯透斯死后,他们才重新执掌王杖。几百年以后,雅典人在马拉松与波斯人作战。忒修斯这位大英雄的灵魂又从地底下显了出来,他率领人民击败了入侵的波斯人。于是,特尔斐的神谕要雅典人取回忒修斯的遗骸,隆重地为他安葬。可是,人们该到哪里去寻找他的遗骸呢?而且,即使在斯库洛斯岛上找到了他的坟墓,他们又怎能从野蛮人的手中夺回遗骸呢?

这时候,希腊出了一位有名的人,那是密尔策阿特斯的儿子西门。他在一次新的讨伐中征服了斯库洛斯岛。正当他起劲地寻找那位民族英雄的坟墓时,他看到一座山坡上空盘旋着一头雄鹰。雄鹰突然像箭一般地直冲下来,用爪子刨开一座坟墓的泥土。西门把这个现象看作是神意。他命人在那里挖掘,在泥土深处,他们果然发现一座大棺,棺旁埋葬着一根铁矛,一把宝剑。西门和随从们都不怀疑,这是忒修斯的墓。他们把神圣的遗骸抬到三橹战船上,运回雅典。雅典人列队迎接忒修斯的遗骸,就像忒修斯活着回到故乡似的。忒修斯死了几百年以后,子孙们才向这位给了他们自由并创建了雅典宪法的英雄表示了无限的感谢和尊敬,而当年无礼的同时代人却反对他,实在是欠了他一笔宿债。

回味思考

1. 文中让你感受最深的是哪一部分?为什么?

2. 忒修斯从一个受人尊敬的有智有勇的国王到被人陷害,葬身海底的诡秘,给我们什么启示?

俄狄甫斯的故事

导语

俄狄甫斯出生后得到了什么样的对待？所有这一切的原因他明白吗？知道神谕实现之后，他又是怎样处置这些罪恶的人，如何对待自己的？

俄狄甫斯杀害父亲

底比斯国王拉布达科斯是卡德摩斯的后裔。他的儿子拉伊俄斯后来继承王位，娶底比斯人墨诺扣斯的女儿伊俄卡斯特为妻。拉伊俄斯和伊俄卡斯特结婚后，很长时间内未曾生育。他渴求子嗣，于是到特尔斐的阿波罗神庙求得一则神谕："拉伊俄斯，拉布达科斯的儿子：你会有一个儿子。可是你要知道，命运之神规定，你将死在他的手里。这是克洛诺斯之子宙斯的意愿。他听信了珀罗普斯的诅咒，说你抢去了他的儿子。"拉伊俄斯在年轻的时候犯了这个错误，当时他被赶出故国，后在伯罗奔尼撒长大，住在国王珀罗普斯的宫殿里，受到宾客的礼遇。可是，他恩将仇报，在尼密河的赛会中拐走了珀罗普斯的儿子克律西波斯。克律西波斯是珀罗普斯和女神阿刻西俄刻的私生子。他长得漂亮，但命运不幸。父亲发动了一场战争把他从拉伊俄斯的手里救了出来，可是他的异母兄弟阿特柔斯和提厄斯忒斯受了母亲希波达弥亚的唆使，把他杀害了。

拉伊俄斯知道自己的罪孽深重，对这个神谕深信不疑，所以长期以来一直跟妻子分居，以免生育小孩。可是深厚的爱情又使他们不顾神谕的警告，常常同床共寝，结果伊俄卡斯特为丈夫生了一个儿子。孩子出世的时候，父母亲又想起了神谕。为了阻止预言的实现,他们在孩子生下后三天,就派人用钉子将婴儿双脚刺穿,并用绳子捆起来,放在喀泰戎的荒山下。但执行这一残酷命令的牧人可怜这个无辜的婴儿,把他交给另一个在同一山坡上为科任托斯国王波吕玻斯牧羊的牧人。执行命令的牧人回去后向国王和他的妻子伊俄卡斯特谎称已执行了命令。夫妇两人相信孩子已经死掉,或者给野兽吃掉了,因此认为神谕不会实现。他们心里想,儿子已死,无法杀父了。他们以此安慰自己,依然平静地过日子。

国王波吕玻斯的牧人解开孩子脚上的绳索。因为不知道他的来历,因此给孩子起名为俄狄甫斯,意为肿疼的脚。他把孩子带到科任托斯,交给国王波吕玻斯。国王可怜这个弃婴,就把孩子交给妻子墨洛柏。墨洛柏待他如亲生儿子。俄狄甫斯渐渐长大,他相信自己是国王波吕玻斯的儿子和继承人,而国王除了他以外也没有别的孩子。

可是一件偶然的事使得他从信心的顶峰跌到了绝望的深渊。有一个科任托斯人一直妒忌他的特殊地位,在一次宴会上,他因喝醉了酒,大声叫着俄狄甫斯,说他不是国王的亲生子。俄狄甫斯深受刺激。第二天清晨,他来到父母面前,向他们询问这件事。波吕玻斯和他的妻子对搬弄是非的人很生气,并用话设法排解儿子的疑虑。俄狄甫斯听出他们的话中充满爱心,他虽然感动,但怀疑仍在咬食他的心,因为那个人所说的话太使他悲哀了。最后,他悄悄地来到特尔斐神庙,祈求神谕,希望太阳神证明他所听到的话完全是诽谤。可是福玻斯·阿波罗并没有给他答复,相反,给了他一个新的更为可怕的不幸的预言:"你将会杀害你的父亲,你将娶你的生母为妻,并生下可恶的子孙。"

俄狄甫斯听了,无比惊恐,因为他始终认为慈祥的波吕玻斯和墨洛柏是自己的生身父母。他再也不敢回家去,害怕命运之神会指使他杀害父亲波吕玻斯。另外,他担心,神祇一旦让他丧失理智,他会邪恶地娶母亲墨洛柏为妻。这是多么可怕啊!他决定到俾俄喜阿去。当他走到特尔斐和道里阿城之间的十字路口时,看到一辆马车朝他驶来,车上坐着一个陌生的老人,一个使者,一个车夫和两个仆人。

车夫看到对面来了一个人,便粗暴地叫他让路。俄狄甫斯生性急躁,挥手朝无礼的车夫打了一拳。车上的老人见他如此蛮横,便举起鞭子狠狠打在他的头上。俄狄甫斯怒不可遏,他用力挥起身边的行杖朝老人打去,把老人打得翻下了马车。于是发生了一场格斗,俄狄甫斯不得不抵挡三个人,但他毕竟年轻有力,结果把那伙人打倒在地,他独自走了。

他以为,他只是为了自卫才报复了那个卑鄙的俾俄喜阿人,因为那个人仗着人多势众企图伤害他。但实际上被他打死的老人正是底比斯国王拉伊俄斯,即他的生身父亲。就这样,父亲和儿子都在小心回避的神谕,还是悲惨地应验了。

俄狄甫斯娶母为妻

俄狄甫斯杀父后不久,底比斯城外出现了一个带翼的怪物斯芬克斯,她有美女的头,狮子的身子。她是巨人堤丰和蛇怪厄喀德那所生的女儿之一。

斯芬克斯盘坐在一块巨石上,对底比斯的居民提出各种各样的谜语,猜不中谜语的人就被她撕碎吃掉。这怪物正好出现在全城都在哀悼国王被不知姓名的路人杀害的时候。现在执政的是王后伊俄卡斯特的兄弟克瑞翁。斯芬克斯危害严重,连国王克瑞翁的儿子也给吞食了,因为他经过时未能猜中谜底。克瑞翁迫于无奈。只好公开张贴告示,宣布谁能除掉城外的怪物,就可以获得王位,并可娶他的姐姐伊俄卡斯特为妻。

正在这时,俄狄甫斯带着行杖来到底比斯。危险和奖励都在向他挑战,另外,由于他承受着一个不祥的神谕的压力,所以他也不看重自己的生命,于是他爬上山岩,见到斯芬克斯盘坐在上面,便自愿解答谜语。斯芬克斯十分狡猾,她决定给他出一个她认为十分难猜的谜语。她说:"早晨四条腿走路,中午两条腿走路,晚上三条腿走路。在一切生物中,这是唯一用不同数目的腿走路的生物。用腿最多的时候,正是力量和速度最小的时候。"

俄狄甫斯听到这谜语,不禁微微一笑,觉得很容易。"这是人啊,"他回答说,"人在幼年,即生命的早晨,是个软弱无力的孩子,他用两条腿和两只手在地上爬行;他到了壮年,正是生命的中午,当然只用两条腿走路;但到了老年,已是生命的迟暮,只好拄着拐杖,好像三条腿走路。"

他猜中了,斯芬克斯羞愧难当,绝望地从山岩上跳下去,摔死了。克瑞

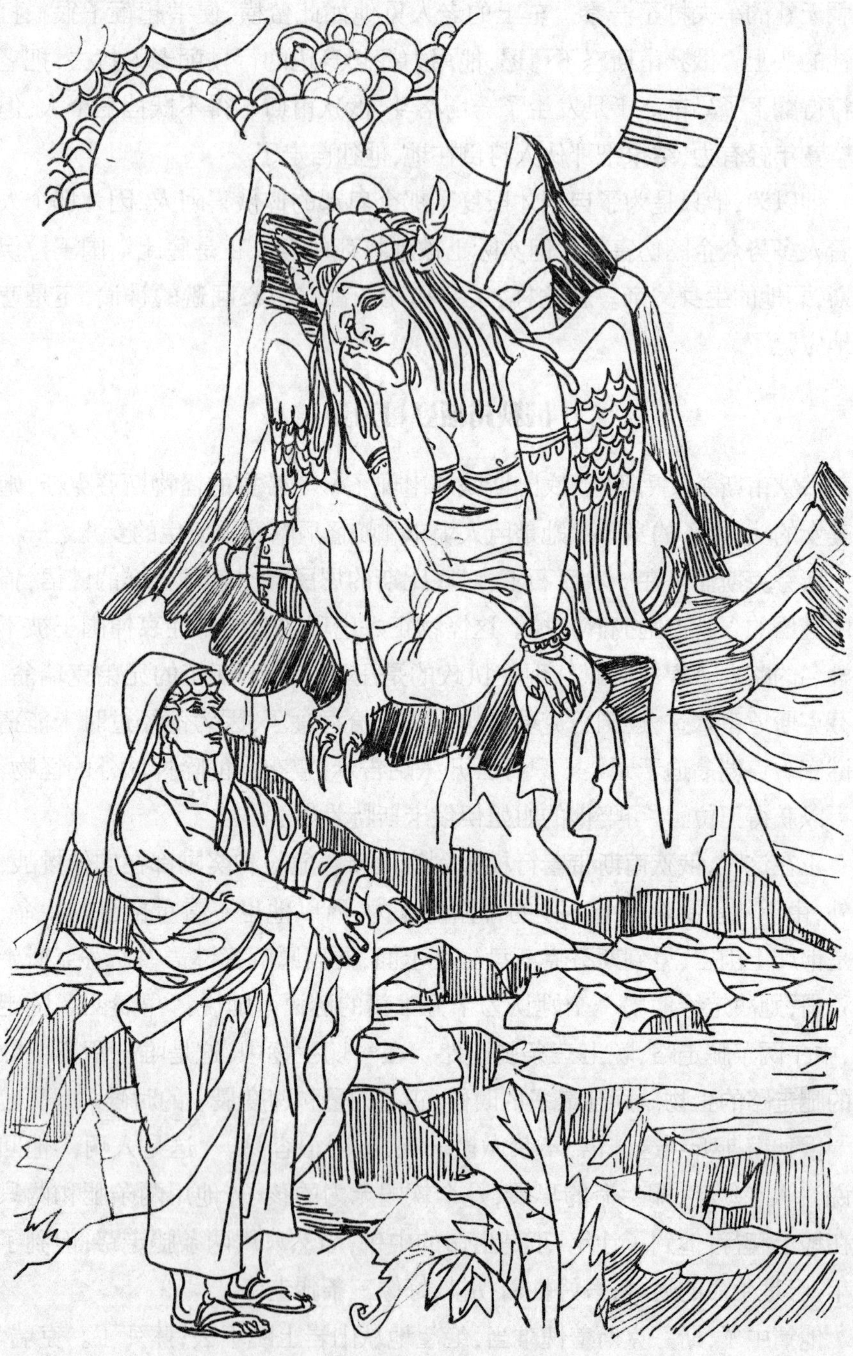

翁兑现了他的诺言，把王位给了俄狄甫斯，并把伊俄卡斯特，国王的遗孀，许配给他为妻。俄狄甫斯当然不知道她是自己的生母。

婚后，伊俄卡斯特给俄狄甫斯生下四个儿女，起先是双生子，厄忒俄克勒斯和波吕尼刻斯；后来是两个女儿，大的叫安提戈涅，小的叫伊斯墨涅。这四个既是俄狄甫斯的子女，也是他的弟妹。

发觉

多少年以后这可怕的秘密仍然没有被揭露。俄狄甫斯虽然有着罪过，却是一个纯良而正直的国王，他与伊俄卡斯特共同治理底比斯，很是得到人民的爱戴和尊敬。但后来神祇在国内降下瘟疫，这使人民受害，且无法可以施救。底比斯人以为这种灾害是神降的惩罚，认为国王是为神祇所宠爱的，所以都向他要求庇护。大队的男女老少为祭司们率领着，手中持着橄榄枝，涌到宫殿来，坐在宫门外神坛的周围和台阶上，要求谒见国王。俄狄甫斯听到人声喧哗，走出来询问原因，并问为何全城都缭绕着献祭的熏烟，到处都听到人民的悲泣。年纪最大的祭司代表众人回答国王。"啊，主人哟，你可亲眼看见，"他说，"我们遭受着怎样的灾祸。干旱和炎热烧焦了田野和山林，瘟疫流行到我们每一个人的家宅。血海和悲惨使这城池抬不起头来。所以我们特来求你庇护，啊，敬爱的国王哟！你曾经使我们免于斯芬克斯的灾难，这一定有神力在冥冥中帮助你。所以我们信任你，相信通过神力或人力你可以再一次救援我们。"

"我的可怜的孩子们，"俄狄甫斯说，"我明白你们的祈求。我知道你们正陷于疾病。我的心情比你们更悲痛，因为我不是为一两人悲哀，而是为全城悲哀。你们来这里于我并不是突然的，因为我并没有熟睡！我深虑你们的忧患，正设法补救，我想我终于找到了办法。我已派遣我的内弟克瑞翁到特尔斐去请求阿波罗的神谕，问问这城要如何才可以得救！"

俄狄甫斯正说着，克瑞翁在人丛中出现，当着所有的人民向国王报告阿波罗的神谕。但那神谕并不能使人民十分安心。"神谕吩咐我们抉除正藏匿在国内的一桩罪恶，"克瑞翁说，"别姑息它，因它不是净罪可救赎的。杀害国王拉伊俄斯的血腥的罪恶使全国陷于沉沦。"国王俄狄甫斯再怎样也想不到正是由于他杀死了那个老人，神祇才迁怒于他的人民的。他要他们告诉他这谋杀的故事，但听完之后，他的心里仍然不明白这事实的真相。他宣布由他亲自来处理这个问题，并遣散集合着的人民。然后他向全国宣告，无论谁，只要知道杀害国王拉伊俄斯的凶手的情形，都应尽其所知前来报告；假使是别国的人来报告，底比斯城将给以感谢和重赏；但如为袒护朋友而沉默，或隐匿同谋，则将拒绝其参加各种宗教仪式，不得享受圣餐，并不许与国人交往。对谋杀者本人，他要用恶毒的诅咒咒骂他，使他一生困苦不幸，得到悲惨的结局。即使他隐藏在王宫里，也不能逃脱毁灭。此外俄狄甫斯又派遣使者去邀请盲目的预言家提瑞西阿斯，他预测未来和见所未见的能力差不多可以和阿波罗媲美。即刻，这年老的预言家来到国王和围集着的人民的面前。一个孩子牵着他的手为他领路。俄狄甫斯告诉他全国人民所遭到的灾祸，并请他用他的神异的能力帮助找出杀害国王拉伊俄斯的凶手。

但提瑞西阿斯悲叹着，并向国王伸开两手，好像要挡开一种可怕的东西似的。他大声呼叫："这种知识是恐怖的！它带给那个知道它的人悲痛！让我回去罢！啊，国王哟，背负你的重担，让我也背负着我自己的！"这隐晦的言语使俄狄甫斯更加坚持，所有的人也跪下来要求这预言家说个明白。但他拒绝。国王很愤怒，辱骂他是谋杀者的心腹甚至是帮凶。他说假如他不是老朽的瞎子，他会以为就是他本人犯了这桩罪行。这种责骂迫使提瑞西阿斯不能不说真话。"俄狄甫斯呀，"他大声喊道，"服从你自己所宣布的命令！别再和我说话，别再和人民说话。那正是你呀！你的罪恶使全城遭殃！是的，那正是你，你杀害了国王，而和你所爱的人在罪恶中一起生活！"

但俄狄甫斯还是不明白这事实的真相。他称这预言家为恶汉和骗子，并责备他和克瑞翁合谋篡夺王位，所以设此谎言，要将对于解救全城有功的国王推翻。现在提瑞西阿斯再也不含糊地称他为谋杀父亲的刽子手和娶母亲为妻的人；一面说，一面就牵着引他走路的孩子的手，悻悻地离开宫殿。同时克瑞翁听到国王对他的毁谤，也冲到俄狄甫斯的面前。两人激烈地争辩起来，伊俄卡斯特用尽方法也不能使他们安静。结果他们各人怀着各人的苦痛和恼怒分开。

伊俄卡斯特比国王更不明白这事实的真相。当她一听到提瑞西阿斯说他是拉伊俄斯的杀害者,她就表示不同意这预言家和他的言过其实的才能,"现在事实证明,"她轻蔑地说,"这些预言家如何的无知!譬如说:神谕曾经说过我的前夫拉伊俄斯将死于自己的儿子的手。但实际他却在十字路口为强盗所杀害。而我和拉伊俄斯的唯一的儿子却在出生三日后就捆绑着手脚放置在荒山上。神谕所说的话原来就是这样实现的!"

王后讥嘲地笑着,但她所说的话却得到与她的意图极端相反的结果。"在十字路口吗?"俄狄甫斯震恐地询问。"你不是说拉伊俄斯死在十字路口吗?他多大岁数?他的样子如何?"伊俄卡斯特并未发觉丈夫的激动,仍然爽利地说:"他是高大而头发灰白。有点儿像你。"

现在俄狄甫斯真的感到恐怖。就好像闪电劈开了他心中的疑团。"提瑞西阿斯并没有盲目!"他叫道,"他看到一切,他知道一切!"他虽然心里已明白一切真相,但仍然问了又问,希望有充分的答案能证明他所发现的是一种错误。但回答却使它更坚定不移。最后他听说一个逃回的仆人曾叙述过国王被杀害时的情形,这仆人在俄狄甫斯即位时,请求远离城市,到最遥远的牧场上为国王放牧。现在,他被召回来,但是当他到达的时候,从科任托斯来的一个使者也来了,后者报告俄狄甫斯说他的父亲国王波吕玻斯已死,要他回去接受王位。

当王后听到这,她很得意地说:"神谕呀,你所说的真实在哪儿呢?被认为横死的俄狄甫斯的父亲,现在证明是平安地寿终正寝的。"但更敬畏神祇的俄狄甫斯,所想到的恰恰相反。他愿意相信波吕玻斯是他的父亲,但又不能相信神谕是不真实的。同时他还为另一理由踌躇着不想到科任托斯去。因为神谕的第二部分还值得考虑!他的母亲墨洛柏还在活着,命运还可以迫使他与她结婚。但他的怀疑也随即被来召他的那位使者打消,因为他就是多年以前在喀泰戎山上的那个牧人,他从拉伊俄斯的仆人那里接受婴儿,并解开那些捆扎被刺伤他脚踝的皮带。所以由他来证明即使是科任托斯嗣王的俄狄甫斯也不过是波吕玻斯的养子,乃是一件极容易的事。当俄狄甫斯追问将婴儿交给牧人的那个仆人是谁时,他发现那正是在国王被杀时逃遁了,后来一直在国土边境放牧的仆人。

当伊俄卡斯特听到这,她离开丈夫和围集着的人,绝望地大声痛哭着走开了。俄狄甫斯仍然想逃避这桩不可避免的事。他对于她的走开做这样解释:"她害怕,"他对人民说,"她是一个高傲的妇人,恐怕我会是出身卑贱的人。在我,我认为我是幸运的骄子,我并不惭愧我生于这样的家世。"现在被召的牧人已经来到。从科任托斯来的使者即刻认识他正是过去将婴儿交托给他的那个仆人。这老人恐惧得脸色发白,并绝对否认。但俄狄甫斯使他戴上镣铐,并威吓他,他终于说出了真相:俄狄甫斯乃是拉伊俄斯与伊俄卡斯特的儿子,因为神谕曾经预言他会杀害他的父亲,所以他们将他舍弃,但他由于怜悯而救了他。

忏悔记

一切怀疑都消除了!恐怖的事实揭晓了!俄狄甫斯狂叫一声,冲出人群。他在宫殿里到处奔走,寻找宝剑。他要从地球上除掉那个妖怪。她既是自己的母亲,又是自己的妻子。凡是见到他的人早就让开了,他又寻到自己的卧室,踢开了紧锁着的门,冲了进去。眼前是一副阴森森的悲惨景象:

他看到伊俄卡斯特散乱的头发,她在床的上方已经悬梁自尽了。俄狄甫斯久久地盯着死者,然后大叫一声,呜咽着走上前去。他解开绷紧拉直的绳子,把伊俄卡斯特的尸体放在地面上,又从妻子衣服上撕下了漆成金色的胸针。他用右手把胸针高高地举起,诅咒自己的眼睛竟然看到这样一幅图像。然后用胸针刺穿了自己的两只眼球。他愿意在全体居民面前承认自己是杀父凶手,是娶母的丈夫,是天的诅咒,地的妖孽。底比斯人并不嫌弃这位他们从前热爱和尊敬的国王,反而对他表示由衷的同情,连他的妻弟克瑞翁也放弃前嫌赶了过来,把这位灾难重重的男人引进内室。心神破碎的俄狄甫斯大受感动,他把王位交给妻弟克瑞翁,让他代替自己两位年幼的儿子执掌王权。此外他又请求为他不幸的母亲建造一座坟墓,还把无人照应的女儿交给新国王。至于自己,他希望大家把他赶出这个国家,因为他以双重罪孽玷污了这块土地。他说自己应该被烧死在喀泰戎山顶上,那里有父母亲为他指定的坟墓,而他现在是生是死,皆由神仙作数,由天决定了。

最后他又一次召唤女儿,希望听到女儿的声音。他用手抚摸着无辜女儿们的脑袋,还为克瑞翁祝福,感谢他对自己的深情厚谊,希望他和全体居民永远地保护神明。

俄狄甫斯和安提戈涅

当俄狄甫斯终于知道可怕的真相时,他只求速死。他觉得要是全体人民起来反抗他,把他用石块击死,那真是一件好事。只因为他求死不成,所以他请求把他放逐,并且很高兴接受这样的惩罚。可是,当他自怨自艾的狂乱心情逐渐平静时,开始感到盲目地漂泊异乡实在是件可怕的事,他心中重新泛起对故乡的留恋之情。他想,自己无意犯下了罪孽,已经得到足够的惩罚,伊俄卡斯特悬梁自尽,他也用胸针戳瞎了自己的眼睛。因此,他想留在家里。他把这个心愿对克瑞翁和双生子厄忒俄克勒斯和波吕尼刻斯说了。可是,克瑞翁对他的态度好像已经变了,他的两个儿子也变得自私无情。克瑞翁强迫他按原来的决定去做。两个儿子也要他离去。他们塞给他一根讨饭棒,逼他从宫中出去,只有两个女儿同情他。小女儿伊斯墨涅留在两个哥哥的家中,借以维护被赶走的父亲的权益。大女儿安提戈涅与父亲一起流放,她牵着盲人,四处漂泊。她赤着双脚,忍饥挨饿,不顾日晒雨淋,跟父亲穿过了不少森林。如果跟哥哥住在一起,她会过上多么舒服的生活呵!

俄狄甫斯开始时打算在喀泰戎的荒野上寻死。但因为他是一个敬畏神祇的人,一切都听命于神的意志,没有得到神祇的吩咐,他不敢这样做,所以他决定先去阿波罗神庙请求神谕。

他在这里得到一则使他感到安慰的神谕。神祇们知道俄狄甫斯并非有意地违犯了天伦,破坏人类神圣的法律。尽管是误犯,但罪孽必须抵偿。然而惩罚也不会永无止境。神谕向他启示:经过很长一段时间后,他可以期待到赎罪的一天。那时他将到达命运女神指定的那个国家,严厉的复仇女神将会解脱他。神谕仍像谜一般神奇。俄狄甫斯会得到复仇女神的饶恕吗?但他相信神祇的喻示,把命运交给神谕安排。于是,他在希腊到处流浪,乞讨度日。他生活节俭,需求极微,但感到心满意足,因为他的长期放逐,他的苦难生活和高贵精神已教会他知足常乐。

俄狄甫斯在库洛诺斯

经过漫长的流亡后,一天晚上,俄狄甫斯和他的女儿安提戈涅来到一个美丽的村庄。夜莺在树林里鸣啭,开花的葡萄藤散发着阵阵清香,橄榄树和桂花树下凉风习习,俄狄甫斯虽然眼睛看不见,但他感觉到这里平和、安详。听了他女儿的描述,他更相信这儿一定是个神圣的地方。前面不远处,一座城市的城堡高高耸起。安提戈涅打听后知道,他们现在离雅典不远。

俄狄甫斯感到疲倦,便坐在一块石头上休息。一个村民走过来,叫他离开这块圣地,告诉他这里是任何人的足迹都不能玷污的。直到这时,两个流亡的人才知道,他们到了库洛诺斯。这里是欧墨尼得斯的圣林,欧墨尼得斯是雅典人尊敬的复仇女神的称号。俄狄甫斯知道,他已经到达流亡的终点,他们困厄的命运将得到解脱。库洛诺斯人见了他的风采吃了一惊,不敢再把这位坐在石头上的外乡人赶走,只想赶快去向国王报告。

"你们的国王是谁?"俄狄甫斯问道。因为他长期流浪,对世界上的事已感到陌生了。"你听说过强大而又高贵的英雄忒修斯吗?"村民问他,"他的声名传遍了世界。""如果你们的国王真的如此高贵,"俄狄甫斯回答说,"那么请告诉他,让他到这儿来一趟。我以最大的报酬回报他的这一点好意。"

"一位双目失明的人能给我们国王什么报酬呢?"村民既同情又嘲弄地问了一句,"对,"他又继续说,"如果你不是双目失明的话,你的一副仪容真是又威武又高贵,足以使我尊重你,所以我愿意把你的要求告诉我们的同胞和国王。"

俄狄甫斯单独同他女儿在一起时,他站起来,然后伏在地上。虔诚地祈求复仇女神。"威严而又仁慈的女神,"他说,"请实现阿波罗的神谕吧!请告诉我终生的前途吧!黑夜的女儿哟,请可怜我吧!尊敬的雅典城哟,请可怜俄狄甫斯吧!虽然他还在你们面前,但他的肉体已经不复存在了!"

他们单独待了没有多久。当一位神态高贵的瞎子坐在复仇女神的圣林里的消息传开时,村里的老人吃了一惊,立即围聚过来,想制止他们亵渎圣地。但当他们知道这盲人是被命运女神驱逐的人时,他们更是吃惊。他们害怕神也会迁怒于他们,所以不敢让这个遭到神惩罚的人继续留在圣地,要他立即离开。俄狄甫斯请求他们不要把他从神亲自指定的流亡终点赶走。安提戈涅也一再央求他们:"如果你们不愿意原谅白发苍苍的老人,那么就请原谅我吧,我是无辜的。"

村民们既同情父女俩,但是又敬畏复仇女神,正在踌躇不定时,安提戈涅突然看到一位姑娘骑着一匹马向他们走来。姑娘头上戴了一顶遮阳帽,后面跟着一个仆人,也骑着马。"这是我妹妹伊斯墨涅,"安提戈涅惊喜地叫起来,"她一定给我们带来了家乡的消息!"伊斯墨涅下了马,站在他们面前。

她带了一名忠实的仆人,离开底比斯来告诉父亲国内的情况。他的两个儿子在那里遭到了自己招来的灾难。起初由于他们家族的厄运威胁着他们,他们愿意把王位让给舅父克瑞翁。可是,后来他们对父亲的记忆逐渐淡漠了,又渴望统治权和国王的威仪,兄弟两人互相嫉妒起来。波吕尼刻斯先登上王位,然而年幼的厄忒俄克勒斯心里不满,他不愿意跟哥哥轮流执政,于是煽动民众叛乱,并驱逐了哥哥。据说哥哥已经到了亚各斯,在那里娶了国王阿德拉斯托斯的女儿,并得到朋友和盟国的帮助,准备兴兵报复。这时又流传了另一则神谕:国王俄狄甫斯的儿子们如没有父亲将会一事无成。假如他们要求幸福,必须找回俄狄甫斯,无论他是死是活都要找到。

库洛诺斯人听到伊斯墨涅带来的消息都惊讶不已。俄狄甫斯站起身来。"原来如此,"他说,脸上露出国王的威仪,"他们要向一个流亡者,一个乞丐寻求帮助?现在,我一钱不值,难道我是他们所请的人吗?"

"是的,正是这样,"伊斯墨涅继续说,"舅父克瑞翁也会马上来到这里,我是赶在他前面过来的。他想要说服你,甚至劫持你回到底比斯边境,这是为了满足神谕的要求,这有利于他和我的哥哥,但又不致亵渎底比斯城。"

"你怎么知道我们在这里的?"俄狄甫斯问。

"那是前往特尔斐朝圣的人告诉我们的。"

"如果我死在底比斯边境,"俄狄甫斯继续问,"你们会把我葬在底比斯的土地上吗?"

"不!"女儿回答说,"你血腥的罪恶使他们不会这样做。"

"那么,"老国王愤怒地说,"他们永远得不到我了!如果我的儿子权欲大于孝顺,神将永远使他们成为死敌。如果要我裁定他们的争端,那么,现在执掌权杖的人应该让出王位,被驱逐出去的人也不应该重新回到故国!只有两个女儿才是我忠实的孩子!她们不应该受我罪孽的牵累。我为她们向苍天祈福,并为她们请求你们的保护。仁慈的朋友们。向她们和我伸出援助的手吧，你们自己的城市也将得到有力的保护！"

俄狄甫斯和忒修斯

俄狄甫斯虽在穷困和放逐中仍然保持着国王的风度，库洛诺斯的人民都十分尊敬这盲目的老人，并劝他举行灌礼救赎污渎圣林的罪过。直到此时村中的长老们才知道这国王的名字和他无心的罪恶。假使忒修斯没有在这时得到消息从城里赶来，由于老人的行为所引起的畏惧，很难说会不会使他们再硬着心肠来驱逐他。忒修斯有礼貌而严肃地走到这盲目的外乡人面前，同情地对他说话。"不幸的俄狄甫斯哟，我知道你的遭遇。你的刺瞎的眼睛已充分向我说明你是什么人。你的不幸使我感动。现在请你告诉我，你怎样找到了我的城，你召我来有什么事。无论你要求什么，我是不会拒绝你的。我并未忘记，我和你一样，是在异地生长并历尽了艰难和危险的。"

"由你的简单的几句话，"俄狄甫斯说，"我已看出了一个高贵的灵魂。我到这里来向你作一个请求，这请求同时也正是一个赠礼。我将自己的疲倦的身子交付给你，这是一种微不足道但却宝贵的财产。请你埋葬我，你的仁爱和公正将得到丰裕的酬报。"

"你所要求的好意是极轻微的，"忒修斯惊奇地说，"提出更多更大的要求吧，我会遵命的。"

"这要求并不如你所想的那么轻微，"俄狄甫斯继续说，"为了我的苦命老朽的骸骨，你将不得不进行一场战争。"于是他将自己遭到放逐的原委以及他的亲属为着自私的理由企图找到他的情况告诉他。然后他要求忒修斯给他慷慨的援助。

忒修斯用心倾听着。"单从我的厅堂要迎接每一个客人来说，"他严肃地说，"我就不能将你除外。何况你是神祇引到我的身边并愿意祝福我和我的国家的宾客，我又怎能不接待呢？"因此他请求俄狄甫斯自己选择或者随他到雅典去，或者就留在库洛诺斯做他的上宾。俄狄甫斯选择后者。因为命运女神规定他要在那里克服他的仇敌，并度过他的高贵而荣耀的晚年。忒修斯答应充分保护他，说完就回到城里去了。

俄狄甫斯与克瑞翁

不一会儿，国王克瑞翁带着他的武装从底比斯涌入库洛诺斯。"你们被我的部队吓得想要逃往阿提喀地区去，"他对乡民解释说，"可是别担忧也别生气，我不是年轻气盛的人，所以不会凭着血气方刚就大胆地进入希腊国最强大的城市。我是一位老人，市民们派我来为了说服这个人，让他跟我一起回底比斯去。"说完，他又转过身子，看着俄狄甫斯，假惺惺地表示同情。

俄狄甫斯举起乞丐棒，朝克瑞翁国王指过去，示意他不得靠近。"无耻的骗子，"他大声地说，"你还嫌我经历的折磨不够，想把我劫持走！你休想通过我让你的城市免除即将到来的灾难，我不到你们那里去。我会给你们降下复仇的妖魔，我的两个不争气的儿子在底比斯土地上只要占有两块坟墓的地方，以便死后能有葬身之处，其余的土地不是属于他们的！"克瑞翁想用暴力劫持瞎了眼的国王，可是库洛诺斯的居民则寸步不让。忙乱之中，克瑞翁打了一个眼色，底比斯人把伊斯墨涅和安提戈涅从俄狄甫斯身旁抢夺下来。他们不顾库洛诺斯人的反抗，把两位姑娘拖拽着带走了。克瑞翁嘲笑着说："我夺走了你的寄托，瞎子老兄，现在你一个人去转悠吧！"他因为抢夺姑娘得手，愈发大胆起来，甚至重新走近俄狄甫斯，还把手放在他的身上。

正在不可开交的时候，忒修斯赶了过来，底比斯人武装进入库洛诺斯的消息激起他的巨大愤怒。他立即命令仆人们兵分两路，骑马的和步行的前去追赶底比斯人劫持的两位姑娘。同时，他对克瑞翁说，他只要将俄狄甫斯的两个女儿交出来，便能获释回去，否则休怪无礼。

"埃勾斯的儿子，"克瑞翁带着谄媚的口气说，"我不是来跟你、跟你的城市打仗的。我事先不知道你的居民竟会如此捍卫我的瞎姐夫，我不知道他们如此地钟爱杀父凶手，娶母的乱伦汉，而且还不准他返回故乡。"

忒修斯命令他闭嘴，让他立即指出藏匿两位姑娘的地方。不一会，忒修斯把救回的两个姑娘交到深受感动的俄狄甫斯手上。克瑞翁只得带着仆人悻悻地离开了库洛诺斯。

俄狄甫斯与波吕尼刻斯

可怜的俄狄甫斯始终难得安宁。

一天，忒修斯给他带来消息，俄狄甫斯的一位血亲来到库洛诺斯。他不是从底比斯过来的，现在正在波塞冬庙旁的神坛边请求保护。

"这是我的儿子波吕尼刻斯。"俄狄甫斯叫了起来，"我不跟他讲话！"安提戈涅却不一样，她忘不掉自己的胞兄，于是努力安慰父亲，让俄狄甫斯平静下来，要他至少听听波吕尼刻斯会说些什么。俄狄甫斯担心儿子动用武力劫持他，事先又一次请求忒修斯保护自己，然后让波吕尼刻斯走近过来。

波吕尼刻斯凭着进来的模样就表明，他的意图不同于克瑞翁。安提戈涅把自己的印象告诉瞎眼的父亲："我看到他没有带任何随从，而且脸上还滚着泪珠。"

"难道真是他吗？"俄狄甫斯问了一句，转过头去，不愿意理睬波吕尼刻斯。

"是的，父亲。"安提戈涅回答说，"你的儿子波吕尼刻斯正站在你的面前。"波吕尼刻斯扑倒在父亲的面前，双手抱住他的膝盖，无限同情地看着父亲褴褛的乞丐衣衫，看着他深深陷落的大眼，看着他那随风飘散的银丝。"我罪孽深重，很难得到你的宽恕，父亲！你能原谅我吗？你不理睬我，是吗？哦，亲爱的妹妹，帮助我，让父亲饶恕我吧！"

"说吧，哥哥，你为什么而来？"安提戈涅平静地问了一句，"也许你的话能让父亲张开嘴唇说话。"

波吕尼刻斯原原本本地叙述了以往的历史，讲到弟弟如何驱逐他，亚各斯的国王阿德拉斯托斯如何收留他，招他为驸马，又说他在那里聚结了7路诸侯，统率7支部队，而且大军已经把底比斯地区围得水泄不通。他涕泪俱下，请求父亲跟他一起回去，答应推翻骄横的弟弟以后，把王冠重新从儿子头上摘下来，让父亲第二次执掌王权。

不管儿子多么后悔，俄狄甫斯始终不让步："当王位和权杖在你手上的时候，"他说，"你亲自将父亲赶出了故国家园，你和你的弟弟，你们都不是我的真正的儿子。要是依靠你们，我早就死了。只是因为女儿们的帮助，我才活到今天。你们应该受到神仙的惩罚,你不能毁灭你父亲的城市,你将会躺在你的血泊之中,如同你弟弟躺在他自己的血泊之中一样。这就是你应该给那些同盟者带去的回答!"

听到父亲的诅咒,波吕尼刻斯惊讶地从地上跳了起来,往后倒退了几步。"波吕尼刻斯,你应该听从我的劝告,"安提戈涅由衷地劝说着,"你应该率领队伍回到亚各斯,决不能跟父亲的城市发生战斗!"

"那是不可能的,"波吕尼刻斯踌躇着回答说,"父亲的咒骂将陷我于不名誉和堕落的境地!如果我们两个人都必须身败名裂,那么我的兄弟和我永远也不能成为朋友。"说着,他从妹妹的怀中挣脱出来,绝望万分地走了出去。

俄狄甫斯的结局

俄狄甫斯抵挡住亲戚们的种种诱惑,诅咒他们必将遭受神仙们的报复,而他个人的厄运也悄悄地接近了尾声。

一天,天空中响起了阵阵的雷声。老人听明白了这个声音,便要求与忒修斯会面。顿时,整个地区都笼罩在漆黑的乌云之中。瞎眼的国王十分担忧,生怕不能再活着见到忒修斯,因为有许多话要跟忒修斯讲,感谢他的善心保护。忒修斯终于来了。俄狄甫斯衷心地为雅典城祝福,然后,又要求忒修斯国王响应神的号召,陪他前往一个地方。他在那里不容凡人染指,可是却会当着忒修斯的面安然死去。忒修斯不能告诉任何人关于俄狄甫斯死处的秘密。他的墓地是保密的,所以任何雅典的敌人都无法伤害他。他得到了安全的保证。俄狄甫斯同意他的女儿和库洛诺斯的乡民们陪伴他走一程。于是一队人马踏上了可怕的复仇女神小树林的阴暗之地,任何人不能用手碰一下俄狄甫斯。迄今为止他一直是个瞎子,由女儿牵着他走路。现在他却突然成为一个目光明亮的人,挺直腰板,站在最前列,给大家指示自己命运终极的道路。

到了复仇女神小树林深处的时候,人们看到那里有一个隐秘的地洞,洞口有一道铁门槛,洞旁有许多通道,左右盘绕。关于这个地洞历来就有传说,说它是通向地府的一处入口。俄狄甫斯不让随从们走近洞口,他在一棵蛀空的树前停下来,然后,坐在一块岩石上,解下乞丐衣衫的腰带,要来了流动的洁水,洗涤了身上长期漂泊所积存的污垢,又穿上女儿们从附近住地给他拿来的整洁的衣裳。等他穿好衣服,重新站在那里的时候,地下又传来了阵阵的隆隆雷声。俄狄甫斯拥抱着女儿,吻着她们,说:"孩子们,再见了!从今天开始你们将没有父亲了!"

突然,他们又听见一阵隆隆的响声。大家不知道这响声是来自天空,还是来自地狱。"俄狄甫斯,你还犹豫什么?你怎么还在耽搁?"清清楚楚地传来一声呼喊。

盲人国王松开了怀中的孩子,请来忒修斯,把自己的双手放在忒修斯手中,表示决不离开。然后,他命令其他人全部转过身,迅速离开,只有忒修斯可以跟他一起跨过铁门槛。他的女儿和随从背过身子站在那里,很久以后,他们才重新转过脸来。眼前真如奇迹一般,俄狄甫斯已经踪影全无,天空中既无闪电,又无雷声,连一丝风也没有。周围出奇地安静,忒修斯一个人孤零零地站在那里,用一只手掩住眼睛,好像看到了神仙的面孔一样。经过一阵祈祷以后,忒修斯国王来到两位姑娘面前,带着她们一起回到雅典。

回味思考

1. 当俄狄甫斯知道了自己杀父娶母的罪恶的真相后,文中是如何描写他的"忏悔"的?

2. 俄狄甫斯面对自己的结局时的所思所为是怎样的,你怎样理解他此时的所思所为?

底比斯战争

导语

亚各斯国王真要按神谕把两个女儿嫁给狮子和公猪吗？七英雄在攻打底比斯的征途中又会遇到哪些险阻？底比斯会被他们攻打下来吗？

波吕尼刻斯、堤丢斯和阿德拉斯托斯

亚各斯国王阿德拉斯托斯是塔拉俄斯的儿子。他自己生有五个孩子，其中两个漂亮的女儿，名叫阿尔琪珂和得伊皮勒。关于女儿们的命运他曾经得到一则奇怪的神谕：他会将女儿嫁给一头狮子和一头公猪做妻子。国王思来想去，不知道这句莫测高深的话究竟有何意义。等到姑娘长大成人以后，他愿意把姑娘嫁人，使得十分令人担忧的神谕根本无法实现。

有一天，两个逃难的人同时到达亚各斯城门前，请求避难。他们是波吕尼刻斯和堤丢斯，底比斯的波吕尼刻斯被他的兄弟赶出家园，堤丢斯是俄纽斯和珀里玻亚的儿子，墨勒阿革洛斯和得伊阿尼拉的继兄弟，得伊阿尼拉是赫拉克勒斯的妻子。堤丢斯从卡吕冬逃了出来，他在围猎时不经意中伤害了一位亲戚。

两个逃难的人在亚各斯的宫殿门口相遇了。夜色朦胧，他们各自都把对方当作敌人，于是相互间格斗起来。阿德拉斯托斯听到门外武器的撞击声，便出来分开了正在激战的两位勇士，等他看到两位格斗的英雄站在自己左右手下时，不禁大吃一惊。他看到波吕丢刻斯的盾牌上画着一只威武的狮子脑袋，而在堤丢斯的盾牌上是一只勇猛的公猪头。波吕尼刻斯用这个图形纪念赫拉克勒斯，另一位则是纪念卡吕冬围猎野猪并借以纪念墨勒阿革洛斯。

阿德拉斯托斯现在理解了神谕的曲折含意，便把两个逃难的英雄招为驸马。波吕尼刻斯娶了大女儿阿尔琪珂，小女儿得伊皮勒嫁给堤丢斯。国王同时又庄重地答应两位娇客，帮助他们征服原先属于父亲的王国。

首先决定攻打底比斯。阿德拉斯托斯召集了各方英雄，这里有七路人马。他自己当然也是一方，共同率领七支部队。七路诸侯的名字为阿德拉斯托斯，波吕尼刻斯，堤丢斯，安菲阿拉俄斯，卡帕纽斯，最后，还有两兄弟，希波迈冬和帕耳忒诺派俄斯。其中安菲阿拉俄斯是阿德拉斯托斯的姻兄，卡帕纽斯是他的侄子。安菲阿拉俄斯从前曾经是国王的仇敌，有未卜先知的本领，知道这场征战的结局悲惨。他反复劝说国王阿德拉斯托斯和其他的英雄们放弃这场战争，可是各种努力均告失败，他只得找了一块隐蔽的地方躲了起来，闭门不出。那块地方只有他的妻子厄里费勒，即国王阿德拉斯托斯的姐姐知道。

英雄们到处打听，可是找不到他。国王阿德拉斯托斯却不敢少了他相陪左右，因为他把安菲阿拉俄斯看作是整个军队的眼睛，所以他也不敢贸然出征。

波吕尼刻斯逃离底比斯时曾经带出一条项链和一方头巾。两件著名的灾难性的礼物，是女神阿佛洛狄忒送给哈耳摩尼亚与卡德摩斯举行婚礼的贺礼。卡德摩斯是底比斯城的缔造者，戴上这份礼物的人就会惨遭厄运。它们已经使得哈耳摩尼亚、酒神巴克科斯的母亲塞墨勒以及伊俄卡斯特都遭受了灭顶之灾。最后，它们又转落在波吕尼刻斯的妻子阿尔琪珂手上。波吕尼刻斯尝试着用项链贿赂厄里费勒，要她说出丈夫藏匿的地方。

厄里费勒早就垂涎这条项链，那是陌生人送给侄女的首饰。当她看到闪闪发光的宝石、黄金胸针时，实在抵挡不了这巨大的诱惑。她叫上波吕尼刻斯跟在自己身后，将他一直带到安菲阿拉俄斯的秘密藏身之处。安菲阿拉俄斯的确不敢恭维未来的那场征战。不过，他从前曾答应阿德拉斯托斯，遇到有任何争议的问题时，一切由妻子厄里费勒做主。为此，他才能够娶了阿德拉斯托斯的姐姐为妻。现在妻子带人寻了过来，安菲阿拉俄斯只得召集武士，披挂上阵。可是，他在出发前正式把儿子阿尔克迈翁叫到跟前，庄重地叮嘱，要儿子在他死后别忘了向不忠诚的母亲报仇雪恨。

七英雄在远征途中

其他的几个英雄也整装待发。不久，阿德拉斯托斯组建了一支强大的军队，分成七队，由七位英雄分别率领。他们充满了信心和希望，离开了亚各斯。可是在途中他们碰到了第一个灾难。他们到达尼密阿的森林，那里的河流、小溪和湖泊都已干涸。他们饱受炎热之苦，干渴难忍，盔甲、盾牌都成了沉重的累赘。走路扬起的尘土纷纷落在他们焦枯的嘴唇上，连马匹也渴得在嘴边泛出了层层涎沫。

阿德拉斯托斯带了几个武士在森林里到处寻找水源，可惜枉费心机。他们遇到一位绝顶漂亮，却又十分可怜的女人。她抱着一个男孩，身上的衣服褴褛，头发飘散。她坐在树荫下，气质高雅，好像女王一样。阿德拉斯托斯吃了一惊，他以为遇到了森林女神，连忙向她跪下，请求神祇指点迷津，让他逃离苦难。可是女人低垂着眼帘，回答说："外乡人，我不是女神。如果你看出我的外貌有什么非凡之处，那是因为我一生忍受的苦难比世间任何凡人都多。我叫许珀茜柏勒，以前是雷姆诺斯岛上亚马孙人的女王，父亲是威武的托阿斯。后来我被海盗劫持拐卖，成了尼密阿国王来喀古士的奴隶。这个男孩不是我的儿子。他叫俄菲尔特斯，是我的主人之子，我是他的保姆。我很愿意帮你们找到你们所需要的东西。在这片干旱荒凉的地方，只有一处水源。除了我以外，谁也不知道这个地方。那里泉水丰富，足够你们全军人马解渴！"

妇人站起来，把孩子放在草地上，哼了一支摇篮曲，把孩子哄睡了。英雄们招呼全军人马跟着许珀茜柏勒走。他们穿过茂密的森林，不一会来到一处怪石嶙峋的峡谷，这时，泉水倾泻在岩石上的声音清晰可闻。

"有水了！"山谷间回荡起欢乐的喊声。"有水了！有水了！"全军将士欢呼雀跃，都扑在溪水边，张开干枯冒烟的嘴，大口大口地喝着甜美的泉水。后来，他们又赶着车，牵着马，穿过树林，干脆连车带马一直走到水里，让马浸在水中冲凉。现在全军人马从干渴中解脱出来，又恢复了精神。

许珀茜柏勒带领阿德拉斯托斯和他的随从们回到大路上。可是,还没有到原先那块地方,她凭着乳母的本性,敏锐地听到远处传来孩子可怜的哭声。一种可怕的预感攫住她的心,她飞快地往前奔去。可是,赶到放孩子的地方,孩子却不见了。许珀茜柏勒朝四周看了一眼,顿时明白了,前面不远的地方有一条大蛇盘绕在树上,蛇头搁在鼓鼓的肚子上。许珀茜柏勒悲痛地惊叫起来。英雄们急忙赶了过来。第一个看到恶蛇的是英雄希波迈冬,他马上搬起一块大石头朝蛇掷去,可是石头扔在有鳞甲的蛇身上被弹回来,碎得像泥土一样。他又把长矛投去,正好击中大蛇张开的嘴里,矛尖一直从蛇头上冒了出来。蛇痛得把身子陀螺似的在矛杆上缠绕,最后终于吱吱地叫着断了气。

大蛇被打死后,可怜的许珀茜柏勒才鼓起勇气追寻孩子的踪迹。她看到一副悲惨的景象。草地被孩子的鲜血染红了,地上是零乱的孩子的尸骨。许珀茜柏勒绝望地跪下,拾起那些尸骨,交给站在一旁的英雄们。英雄们隆重地埋葬了为他们丧命的孩子。为了纪念他,他们举行了神圣的尼密阿赛会,并崇拜他为半人的神祇,称他为阿尔席莫洛斯,意即早熟的人。

许珀茜柏勒被孩子的母亲欧律狄刻关入监狱,并要被残酷地处死。幸好许珀茜柏勒的儿子们已经出来寻找她,不久救出了他们的母亲。

围困底比斯

"这也许是这次远征结局的一种预兆吧!"预言家安菲阿拉俄斯神色阴郁地说。可是其他人却以为打死毒蛇这是一种胜利的前兆,因此都很高兴,他们甚至还嘲笑预言的失灵。安菲阿拉俄斯心情沉重,唉声叹气,却毫无办法。全军人马从干渴中恢复过来,又精神振奋,于是日夜兼程,几天后就来到底比斯城下。

城里也在紧张地备战。厄忒俄克勒斯和他的舅父克瑞翁准备长期防守。他对集合起来的市民们说:"你们应该牢记对国家和城市的责任。你们,无论是青年还是壮年,都应该保卫城市,保卫家乡的神坛!保卫你们的父母、妻子、儿子和你们脚下自由的土地!我号召你们,快拿起武器,到城头上去!据守城垛!仔细地监视每一条通道,不要害怕城外敌人众多!城外有我们的耳目。我相信他们随时会给我们送来确切的情报。我将根据他们的情报来决定我们的行动。"

这时，安提戈涅也站在宫殿城墙的最高处，这边站着一位老人，他是她祖父拉伊俄斯的卫士。父亲去世后，安提戈涅思念家乡，因此谢绝了雅典国王忒修斯的庇护，带着伊斯墨涅回到了往昔统治的城市。克瑞翁和她的兄长厄忒俄克勒斯张开双臂欢迎她们，到处闪烁着金属盔甲和武器的冷光。步兵和骑兵呐喊着冲到城门口，把一座城池像铁桶一般围困得严严密密。

安提戈涅不禁倒吸一口冷气。老人却在一旁安慰她说："我们的城池高大厚实，栎木城门都配有大铁栓，城池坚固，并由勇敢的士兵坚守，所以用不着担心。"然后，他又把前来围城的各路英雄的情况向姑娘作了介绍和叙述："那边戴着闪亮头盔的人就是希波迈冬！再过去，右边的那一个，一身外乡人的战衣，看上去像一个野蛮人似的，他就是堤丢斯，他是你嫂子的妹夫。"

"那个人是谁？"姑娘问道，"那个年轻的英雄？""那是帕耳忒诺派俄斯，"老人告诉她说，"阿塔兰忒的儿子。阿塔兰忒是月亮和狩猎女神阿耳忒弥斯的女友。可是你看那里两个英雄，他们站在尼俄柏女儿的坟旁。年龄大的是阿德拉斯托斯，他是这支远征军的统帅。那个年轻的你认识他吗？"

"我看到了，"安提戈涅怀着痛苦的心情说，"我只看到他身体的轮廓，可是我认出他了：这是我的哥哥波吕尼刻斯！呵，但愿我能像片云朵一样飞到他的身旁，拥抱他！可是那个驾驶一辆白色车子的人是谁呢？"

"他是预言家安菲阿拉俄斯。"老人说。

"那个绕墙走动的人，在测量着，在寻找合适的攻城地点，他是谁呀？"

"这是骄横的卡帕纽斯。他嘲笑我们的城市，并威胁要把你和你的妹妹掳走，送到勒那泽当奴隶。"

听到这话，安提戈涅吓得脸色刷白。她转过身子，不敢往下看了。老人用手搀扶着她，一步一步地走下楼梯，送她回内室。

墨诺扣斯

同时克瑞翁和厄忒俄克勒斯在举行军事会议，决定派遣七个领袖分别把守底比斯的七道城门。这样，七个底比斯的王子将抵抗波吕尼刻斯和他的六个同盟军。但在开战以前,他们希望从鸟雀的飞过可以看出一种预兆,可以推测未来的结局。在底比斯城中住着预言家提瑞西阿斯,他是欧厄瑞斯与女仙卡里克罗的儿子。在他年轻的时候,曾和她的母亲出乎意外地去探望雅典娜,他偷看了他所不应看见的事情,结果遭受女神惩罚,使他双目失明。卡里克罗恳求她的女友使她儿子的眼睛恢复,但雅典娜无能为力。她怜悯他,在他的耳边念着一种神咒,突然他可听懂鸟雀的语言。从此以后,他就成为底比斯人的预言家。

克瑞翁派遣他的小儿子墨诺扣斯引导这年老的预言家到王宫里来。不久提瑞西阿斯来到国王的面前,双膝哆嗦着站在他的女儿曼托与这孩子的中间。他们逼他说出飞鸟所给予这城池的预兆,他沉默了好一会。最后他说了,但他的话是很悲哀的。"俄狄甫斯的儿子们对他们的父亲犯下大罪。他们将带给底比斯苦恼和忧愁。希腊人和卡德摩斯的子孙互相屠杀,兄弟死于兄弟之手。我知道拯救这城的唯一的办法,但即使这城得救,这办法也是极可怕的。我的嘴不敢说出来。再会罢!"说完转身就走。但克瑞翁严厉地要求他,最后提瑞西阿斯终于让步。"你一定要听么?"他严肃地问,"那么,我只好说出来。但先告诉我,引导我来的你的儿子墨诺扣斯在哪里呀?"

"他站在你身边呢,"克瑞翁说。

"那么在我说出神祇的意愿之前,让他尽快地跑开吧!"

"为什么呢?"克瑞翁问,"墨诺扣斯是他父亲的忠实的孩子。必要时,他会保持沉默的。让他知道可以拯救我们全体的办法也是好事。"

"那么,请听我说我从飞鸟所知道的事,"提瑞西阿斯说,"幸福女神会再降临,但她必须跨过的门槛是可悲的。龙的子孙中最小的那一个必得死亡。在这次会战中,只有由于他的死你才可以得到胜利。"

"哎呀!"克瑞翁叫道,"老人,你说的话是什么意思?"

"如要全城得救,卡德摩斯后裔中最小的一个必得死去。"

"你要求我的可爱的儿子,我的儿子墨诺扣斯死亡吗?"克瑞翁傲慢地向前一步。"滚你的罢!离开我的城池!我没有你悲观失望的预言也过得去!"

"因为真情使你悲愁,你便觉得它是无用的吗?"提瑞西阿斯严肃地问。

现在，克瑞翁感到恐惧，他跪在他的面前，抱着他的双膝，指着他的白发请求他收回他的预言。但这预言家很坚定。"这牺牲是不可免的，"他说，"在毒龙曾经栖息的狄耳刻泉水那里，必须流着这孩子的血。从前大地曾用毒龙的牙齿把人血注射给卡德摩斯，现在你必须以血债偿还，使它接受卡德摩斯亲属的血，它才会同你友好。假使墨诺扣斯同意为全城牺牲自己，他将由于他的死成为全城的救主，阿德拉斯托斯和他的军队便不能平安回去。现在只有这两条路，克瑞翁，请你选择罢。"

提瑞西阿斯说完，就和他的女儿离开宫廷。克瑞翁深深地沉默着。最后他苦痛地大声喊道："如果我自己为祖国而死，我是如何高兴啊！但要我献出我的儿子，……唉，去吧，我的儿子，飞快地跑开罢。离开这可诅咒的地方，这个对于你的纯洁不适宜的罪恶的地方吧。取道特尔斐、埃陀利亚和忒斯普洛提亚到多度那的神坛，就住在那里的圣殿里。"

"好的，"墨诺扣斯说着，两眼放着光辉，"给我在路上所必需的东西，你可以相信我自会寻路走去。"克瑞翁对于儿子的恭顺感到安慰，所以自己忙去处理自己的要事。这时墨诺扣斯伏在地上，对神祇们做热诚的祈祷："你们永生的，请原谅我，即使我说了谎话，即使我用谎话免除了我的父亲的不必要的恐惧！对于他，对于一个老年人，恐惧不会是可耻的。但那是如何懦怯啊，假使我出卖这个我从而得到生命的城市，听着我的誓言，啊，神祇哟，并且慈爱地接受它罢。我将以一死拯救我的国家。逃避是太可耻了。我将爬上城头，并跳到深邃黝黑的毒龙之谷，因为据预言家说，这样我就可以拯救底比斯城。"

这孩子匆忙地走到宫墙的最高处。略略看了一眼敌人的阵容，并对他们说着庄严的诅咒。于是他抽出藏在紧身服里面的短刀，割断自己的喉咙，从城头上滚落下去。他的粉碎的肢体，正落在狄耳刻泉水的边上。

攻打底比斯

墨诺扣斯做出了牺牲，神谕实现了。

克瑞翁忍住巨大的悲伤，厄忒俄克勒斯指挥七位首领把守七座城门，使得容易遭受进攻的地方处处有人守卫。亚各斯人也开始了进攻，攻打和防守底比斯城的战争开始了。

战歌嘹亮,双方部队同时吹起战斗的号角。女猎手阿塔兰忒的儿子帕耳忒诺派俄斯一马当先,率领部队带着盾牌攻打第一座城门,盾牌上画着他的母亲英武的神像,表现母亲用飞箭征服挨陀利亚野猪的场面;具有先知预言本领的安菲阿拉俄斯冲至第二座城门下,在战车上装着祭供的牲口,盾牌上朴实无华,没有任何图案和色彩;希波迈冬攻打第三座城门,他的盾牌上画着百眼巨人希腊,他是看守被赫拉变成母牛的伊俄姑娘的;堤丢斯率领部队攻打第四座门,他在盾牌上画着一张蓬乱的狮皮,右手野蛮地挥舞着一个火把;被赶下台的国王波吕尼刻斯指挥攻打第五座城门,他的盾牌上画着愤怒直立的车前骏马;卡帕纽斯带领士兵来到第六座城门下,他甚至敢于和神仙阿瑞斯试比高下,盾牌上画着一位顶天立地的巨人,巨人把城池从根基上掀翻,扛在自己的肩膀上;最后,也就是第七座城门前,站着阿德拉斯托斯,亚各斯人的国王,他的盾牌上画着百条巨蛇,蛇口里衔着底比斯的儿童,可见用心良苦。

双方士兵逐渐接近的时候,首先投扔一气,然后又对射飞箭,舞弄长矛。第一次围攻被底比斯人打败了,亚各斯人急忙后撤。堤丢斯和波吕尼刻斯大声命令:"步兵、骑兵、战车等通力合作,分小股攻击城门!"命令传遍了部队。亚各斯人重整旗鼓,又加大力度开始进攻,可是不久又失败了。进攻者在防守者脚下的城门前头破血流,一排排地倒在城墙脚下死去。

这时候,亚加狄亚人帕耳忒诺派俄斯如旋风一般冲向城门,大声呼喊拿火和斧子,准备砸开城门。底比斯人珀里刻律迈诺斯坐镇城门,观察着对方的动静。他命令把铁制的胸墙拉开一点,正好容得下一辆战车进出,然后猛地砸下去,帕耳忒诺派俄斯就惨死城下。第四座城门前堤丢斯气得如同一条妖龙,他的头在飞转的头盔下摇动着,盾牌后面发出嗷嗷的战斗声。堤丢斯用右手挥舞长矛,朝着最高的城墙冲了过来。底比斯人见他来势凶猛,吓得差点儿逃离城门。正在关键时刻,厄忒俄克勒斯来到门口。他召集士兵,带领大家重新登上雉堞,然后又逐个城门检查过去,碰上了咆哮如雷的卡帕纽斯。卡帕纽斯扛来了一架高大的梯子,气势汹汹地吹嘘,即使是宙斯闪电也不能阻挡他彻底攻陷固若金汤的城池。他把梯子靠在墙上,举着盾牌作保护,不管上面的投石如雨,勇猛地攀登上去。宙斯这时亲自动手,前来惩罚他的胆大妄为。卡帕纽斯攀登城墙快要成功了,天上落下炸雷。霹雳声震得地动山摇,卡帕纽斯肢体飞散,着火的头发冲着蓝天熊熊燃烧。

国王阿德拉斯托斯从这些预兆中看出,宙斯是反对他们攻城的。他带领自己的士兵退出战壕,组织他们撤退。底比斯人或驾车,或步行,冲出城门,感谢宙斯降给的福旨,他们的步兵们冲入对方步兵阵营,用战车去撞战车。底比斯人大获全胜,直到把敌人追赶很远以后才班师回城。

两兄弟对阵

第一次攻打底比斯的战斗结束了。当克瑞翁和厄忒俄克勒斯率领队伍退回城内后,亚各斯的士兵又重新集合,准备再次攻城。面对强大的敌人,厄忒俄克勒斯做出了一个重大的决定,他派出一名使者前往驻扎在城外的亚各斯人的兵营,请求罢兵息战。然后,厄忒俄克勒斯站在最高的城头上向双方的士兵喊话。他大声说:"远道而来的亚各斯的士兵们,还有底比斯人,你们双方犯不着为我和波吕尼刻斯牺牲自己的生命!让我自己来经受战斗的危险,和我的哥哥波吕尼刻斯单独对阵。如果我把他杀掉,那么我就留在底比斯的王位上;如果我败在他的手下,那么国王的权杖就归他所有。你们亚各斯人仍然回到自己的国土上去,不必再在异国流血牺牲了。"

波吕尼刻斯立即从亚各斯人的队伍里跳出来,朝着城头上呼喊,声明愿意接受弟弟的挑战。双方士兵欢声雷动,赞成这个提议。双方签订协议,两个首领立誓,遵守协议。

在决战之前,双方的占卜者都忙碌地向神祇献祭,从祭祀的火焰中看出战斗的结局。他们得到的预兆都很模糊,好像双方都是胜利者,又都是失败者。波吕尼刻斯转过头来,看看远方的亚各斯国土,举起双手祈祷:"赫拉女神,亚各斯的保护神啊,我在你的国土上娶妻,在你的国土上生活。祈求你保佑我取得战斗的胜利吧!"

厄忒俄克勒斯也回到底比斯城内的雅典娜神庙,祈求说:"啊,宙斯的女儿啊,保佑我舞动的长矛刺中敌人,让我取得最后的胜利!"

他刚说完,战斗的号角吹响了。兄弟俩向前冲出,开始了一场残酷的血战。他们的长矛在空中飞舞,向对方猛刺,但被盾牌挡住,发出铿锵的声音。他们又把长矛朝对方猛烈掷去,但仍被坚固的盾牌弹了回来。一旁观看的士兵们紧张得汗水直流,看得眼花缭乱。最后,厄忒俄克勒斯控制不住自己了,因为他在拼刺时看到路上有块石头挡住了他。他用右脚把石头踢到一边去,不料却把脚暴露在盾牌之外。波吕尼刻斯挺起长矛冲过去,用利矛刺中他的胫骨。

亚各斯的士兵们高声欢呼,以为可决定胜负了。可是受伤的厄忒俄克勒斯忍住疼,寻找进攻的机会。他看到对方的肩膀暴露,便掷出一矛,正好刺中。随即他退后一步,拾起石头,用力掷去。把波吕尼刻斯的长矛砸断。这时,战局不分上下,双方各失去了一件武器。他们又抽出宝剑,挥舞砍杀。盾牌相击,叮当作响。厄忒俄克勒斯忽然想起一种攻击的方法,那是他在帖撒利学到的一种绝招。他突然改变姿势,往后退一步,用左脚支撑身子,小心防护身体的下半部。然后用右脚跳上去,一剑刺中波吕尼刻斯的腹部。波吕尼刻斯遭到这突如其来的一剑,受了重伤,倒在地上,血流如注。厄忒俄克勒斯以为取得了胜利,便丢下宝剑,向垂死的哥哥弯下腰去,想摘取他的武器。波吕尼刻斯虽然倒在地上,却仍然紧握剑柄。他见厄忒俄克勒斯弯下腰来,便挣扎着用力一刺,刺穿了弟弟的肝脏。厄忒俄克勒斯随即倒在垂死的哥哥的身旁。

父亲俄狄甫斯的诅咒成了现实。

底比斯的七座城门统统打开。女人和仆人们冲了出来,围着他们国王的尸体放声大哭。安提戈涅扑倒在哥哥波吕尼刻斯的身上,她要听听他的遗言。厄忒俄克勒斯几乎即刻就死了,他只是发出一声低沉的叹息便断了气。波吕尼刻斯仍在喘息,他朝妹妹转过脸来,眼睛迷糊地看着妹妹,说:"我该如何悲叹你的命运,妹妹,也悲叹死去的弟弟的命运!从前我们友爱,后来成为仇敌,直到临死我才感到我是爱他的!亲爱的妹妹,我希望你把我埋葬在家乡的土地上,请求愤怒的家乡人原谅我,至少满足我的这一遗愿。"说完话,他就死在妹妹的怀里。这时,人群中传来争吵声。底比斯人认为他们的主人厄忒俄克勒斯取得了胜利,而对方却认为波吕尼刻斯取得了胜利。因为争论激烈,又要动武。但底比斯人占了先,因为刚才兄弟对阵,底比斯人仍然列队，拿着武器，在一旁观看。而亚各斯人以为自己必胜无疑，全都放下了武器，在一旁呐喊助威。现在，底比斯人突然朝亚各斯人冲了过来。亚各斯人还来不及拿起武器，只好四散逃窜，成百上千的士兵死在底比斯人的长矛下。

亚各斯人逃跑时出了一件怪事。底比斯英雄珀里刻律迈诺斯把预言家安菲阿拉俄斯一直追到伊斯墨诺斯河岸。这时，河水高涨，马车不能过河。底比斯人已经追来，在绝望中，安菲阿拉俄斯只得冒险渡河。可是，马车还没下水，追兵已经到了河边，长矛几乎刺到了他的脖子。宙斯把这一切都看在眼里，他不愿意让他的预言家耻辱地死去，于是降下一道雷电，把土劈开。裂开的大地张着黝黑的口，把安菲阿拉俄斯和他的战车全吞没了。

不久，底比斯四周的敌人也被消灭。勇敢的英雄希波迈冬和强大的堤丢斯都已阵亡。底比斯人打扫战场，带着死者的盾牌和其他的战利品，从四面八方涌来。他们满载着战利品凯旋进城。

克瑞翁的决定

经过这一次胜利的庆祝，他们想着要埋葬他们的死者。因为俄狄甫斯的两个儿子都已战死，所以他们的舅父克瑞翁成为底比斯的国王，同时他也就有责任监督埋葬他的外甥。他即时为保卫城池的厄忒俄克勒斯举行一种庄严的葬礼，如同国王的葬礼一样，人民都列队送葬。但波吕尼刻斯的尸体则被弃置和暴露着。克瑞翁派遣一个使者向全底比斯人宣布，对于他们国家的敌人，那个企图以战火来毁灭这个城，残杀自己的人民，驱逐神祇并奴役所有幸存的人民的敌人，大家不得哀悼他的死，也不能将他安葬；他的尸体应被暴露，由鸟雀和野兽吞食。同时他命令人民小心谨慎地服从他的命令，并派人看守死尸，使人不能将它偷去或埋葬。如有人违反命令，就在城里的大街上将他用石头击死。

安提戈涅听到这个在她看来是极残酷的命令，同时想起自己对于临死的哥哥所作的诺言。怀着沉重的心情，她去找她的妹妹伊斯墨涅，企图劝她帮助移去波吕尼刻斯的尸体。但伊斯墨涅是软弱而胆小的人，在她的血管中没有一滴英雄的热血。"姐姐哟，"她回答她，眼中饱含着眼泪，"你忘记了我们的父亲和母亲的可怕的死了么？我们两个哥哥的不幸的毁灭你已经淡忘，因而你要我们这剩下的人也都得到同样的结果么？"

安提戈涅冷淡地从怯懦的妹妹那里转过身来。"我不要你的援助，"她说，"我将独自一人埋葬我的哥哥。做完这事之后，我愿意死去，死在他——我一生挚爱的人的旁边。"

不久，一个看守尸体的人飞快地苦着脸来到国王的面前。"你要我们看守的尸体已被人埋葬，"他喊道，"我们不知道是谁做的这件事，并且不论他是谁，他已经逃跑了。我们真不知道为什么这是可能的！在白天看守的人告诉我们发生这事情的时候，我们大家都发怔。只有薄薄的一层土盖着尸体，刚足以为地府的神祇们所接受，认为这已是一个被埋葬的人。那里没有锄铲和车轮的痕迹。我们互相争论，互相归咎于对方并彼此动武。但最后，国王啊，我们决定将这事情向你报告，而这报信的使命却落在我头上！"

克瑞翁十分愤怒。他威胁所有看守尸体的人，要即时交出罪犯，否则他们就全得绞死。听到这命令，他们立即将尸体上的泥土扒去，并恢复看守。由日出到正午，他们都在烈日下坐着。这时突然吹起一阵暴风，灰尘弥漫在空中。当看守兵还在思忖这光景的意义时，他们看见一个女郎走来，偷偷地啜泣，如同发现自己的小巢被倾覆了的鸟雀一样。她手中提着一只铜罐，飞快地在铜罐里装满泥土，小心翼翼地走到尸体的附近。她没有看见远远站在高处监视的人们。因为久未埋葬，尸体的腐臭使看守的人不敢逼近。这时她走到尸体面前，向尸体倾撒泥土三次，以此代替埋葬。看守们立刻走上前去，捉住她。他们拖曳着这个当场被捕的罪犯来见国王。

安提戈涅和克瑞翁

克瑞翁即时看出这是他的外甥女安提戈涅。"蠢孩子呀！"他喊道，"现在你垂头丧气地站在那里！你究竟是忏悔还是否认所被控的罪行呢？"

"我承认！"这女郎一面说一面倔强地抬起头来。

"你知道我的命令吗？"国王继续审问她，"如果知道，却又这么大胆地明知故犯吗？"

"我知道，"安提戈涅从容坚定地回答，"但这不是永生的神祇所发的命令。而我知道别的一种命令，那不是今天或明天的，而是永久的，谁也不知道它来自何处。无人可以违犯这种命令而不引起神祇的愤怒；也就是这种神圣的命令迫使我不能让我的母亲的死去的儿子暴尸不葬。假使你认为我这种行动愚蠢，那么骂我愚蠢的人才真是愚蠢呢。"

"你以为你的顽强的精神不会被折服吗？"克瑞翁问，并因女郎的反抗而更加愤怒，"越是不曲的钢刀越容易折断。落在别人手中的人就不应该再那么傲慢！"

"充其量你不过是杀死我，"安提戈涅回答，"为什么迟延呢？我的名字不会因被杀而不光荣。而且我知道，国内的人民只是惧怕你才保持沉默。在他们的心中他们都是赞成我的，因为一个妹妹的首要责任就是爱护她的哥哥。"

克瑞翁大声叫道："好呀！假使你必定要爱护他，那么到地府里去爱护他罢！"他正要吩咐仆人们将她拖下，伊斯墨涅（她已知道姐姐被捕）怒冲冲地冲进宫来。她好像已经摆脱了她的软弱和怯懦，勇敢地走到舅父的面前，宣称她已知道埋葬尸体的事，要求和安提戈涅一起处死。但她提醒克瑞翁，安提戈涅不单是他的姐姐的女儿，也正是他自己的儿子海蒙的未婚妻，因此如果他杀死她，他便迫使嗣王不能与所爱的人结婚。克瑞翁没有回答，只是命令仆人将她们姐妹都带到内廷里去。

海蒙和安提戈涅

当克瑞翁看见他的儿子慌忙向他走来，他知道必是他听说了关于安提戈涅的判罪，所以出来反抗他的父亲。但海蒙却恭顺地回答他父亲的怀着疑虑的询问，只有在对他的父亲表明他的心迹之后，他才冒昧请求对于他的爱人的怜悯。"你不知道人民正说些什么话，父亲哟！"他说，"你不知道他们正在口出怨言，由于你的严厉的颜色，他们才不敢当面说你所不愿听的话。但这一切我却知道得很清楚！我可以告诉你，全城正为安提戈涅的遭遇不平；每一公民都认为她的行动是永久值得尊敬的；没有人会相信，一个妹妹不让野狗咬兄长的骨头，不让鸟雀啄他的肉而应该处死。所以，亲爱的父亲，听听民间的舆论罢！防民之口甚于防川。不听他们的话，洪流会溃决的呀。"

"这孩子是来教训我吗?"他轻蔑地说。"好像你是在袒护着一个女人,所以来反抗我。"

"是的,如果你是一个女人!"这青年热情而激昂地抗议着,"因为我说的这些话都是维护你的。"

"我十分清楚,"他父亲仍然恼怒地回答,"对于罪犯的盲目的爱情将你的精神束缚住了。但是只要她活着你就不能向她求爱。这是我的决定:在最远的远方,没有人迹可到的地方,她得囚禁在一个石头的坟墓里,只给她以必要的粮食,免使杀戮的血污来渎辱底比斯城。在那里她可以向地府的神祇们祈求自由。她会知道,与其听从死人,不如听从活人,但这对于她已是太晚了。"他说着就掉过头去,下令即刻执行他的决定。现在公开地当着底比斯人民,安提戈涅被带到墓地去了。她祈告神祇,呼唤着她希望能够团聚的亲爱的人们,毫不畏惧地走进那作为她的茔墓的岩洞。

同时波吕尼刻斯的尸体已渐渐腐烂,但仍然被暴露着。野狗和鸟雀啃食他的尸体并将腐肉带到城里使各处都满是恶臭和污秽。过去曾进谒过俄狄甫斯的年老的预言家提瑞西阿斯出现在克瑞翁的面前,并从献祭的香烟和飞鸟的言语预告灾祸的来临。他曾听到饥饿的恶鸟的鸣叫,而神坛上的祭品也在熏烟中烧焦了。"这是显然的,神祇对我们很愤怒,"他这样作结论,"因为我们对于俄狄甫斯的被杀的儿子处置不当。啊,国王哟,请不再坚持你的命令。请顾念死者并停止杀戮。荼毒已死的人,这算是什么光荣呢?我说还是收回成命罢!我说这话正是为着你的利益!"

但正如同过去的俄狄甫斯一样,克瑞翁也不听这预言家的劝告。他咒骂他说谎,企图骗取金钱。为此这预言家很愤怒,他无情地当着国王面前揭示未来的事情。"那么,你看罢,"他严厉地说,"除非你为这两个死者牺牲掉一个你的亲骨肉,否则太阳将不会沉落。你已犯了两重罪过:既不让死者归于地府,又阻止应该活在光天之下的生者留在世上。快些,我的孩子,引领着我离开这里。让这人凭他的命运去吧,我们不必理他。"说着他拄着杖,由他的引领人牵着走开。

克瑞翁的报应

国王看着盛怒的预言家提瑞西阿斯的背影,心中突然升起一股难以名状的恐惧。他召集了城里的老年人聚在一起,向他们请教该怎么办。

"从石牢中放出姑娘,埋葬暴尸的王子遗体!"这是众人的一致意见。

刚愎自用的国王十分为难,不愿意做出让步。可是,他又对自己的勇气发生怀疑。国王动摇不定,最后,他只得同意,这是避免他全家走向毁灭的唯一途径。提瑞西阿斯的预言已经说得明明白白了。他率领仆人、随从和士兵先来到波吕尼刻斯尸体躺着的地方,然后再去关押姑娘安提戈涅的坟墓石牢。夫人独自留在宫中。不久,她听到街上人声嘈杂,一片呜咽声。夫人急忙离开内室,来到前厅,碰上迎面过来的使者。

"我们向阴间的神仙作了祈祷,"使者叙述着,"给死者洗了圣浴,然后火化了他的遗骸,用故乡的泥土给他立了一个坟丘。然后,我们就去石穴,那里关着安提戈涅,她应该饿死其中的。还没到那里时,有一个仆人就听到了恸哭声。国王马上就从声音上听出了,那是他的儿子在悲悼。仆人们遵照他的命令赶了过去。透过石缝朝里张望。在死穴的深处,我们看到了安提戈涅,她用面纱裹住了自己,已经上吊死了。你的儿子海蒙躺在她面前,抱着她的尸体不放。他哭泣着,悲哀未婚妻惨死其中,咒骂父亲的残酷无理。

"这时候,国王朝着打开的门走了进去。他大声呼喊着:'我的孩子,快回到父亲身边来吧!我跪下来求你了!'儿子绝望地看了他一眼,不作回答,从剑鞘里拔出两边锋利的宝剑。父亲急忙退出石洞,躲避剑刺。这时候,海蒙猛地扑向了锋利的宝剑。"

欧律狄刻听到这消息呆住了,匆忙离开了宫殿。国王克瑞翁绝望地回到宫殿,仆人们抬着国王唯一的儿子的尸体,陪着他。不一会儿,人们又给他报来消息,他的王后也已经躺在内室的血泊之中,死了。

安葬亚各斯英雄

俄狄甫斯一族中,只剩下伊斯墨涅幸免于难了。据神话传说,她始终没有结婚,没有孩子。等到她死了,这一不幸的族弟也就最后熄灭了烟火。

在围困底比斯的七位英雄中，只有国王阿德拉斯托斯逃脱了不幸的冲击和最后的战役。那是他的神马乌睢阿里翁救了他的一条生命。他幸运地回到雅典，在神坛旁恳求避难，希望雅典人大发慈悲，帮助他讨回在底比斯城下丧身的诸路英雄和士兵，要给他们隆重安葬。

雅典人听从了他的愿望，忒修斯亲自率兵出征。底比斯人只得掩埋了那些阵亡的冤魂屈鬼。阿德拉斯托斯给阵亡的英雄设了七座柴堆，并为纪念阿波罗举办了一次赛马。当点燃卡帕纽斯的柴堆时，他的妻子奥宇阿特纳突然跃身扑入火堆，跟丈夫一起烧成灰烬。被大地吞食了的安菲阿拉俄斯的尸体始终未有下落。国王十分悲痛，因为他不能亲自为朋友送葬。"从此以后，"他说，"我失掉了军队的一只眼睛。他是勇敢的战士，又是超人的预言家，一身两职。"

等到隆重的安葬仪式过后，阿德拉斯托斯在底比斯城前，给报应女神涅墨西斯造了一座神庙，然后带着他的联盟弟兄雅典人，又离开了那片地方。

后辈英雄厄庇戈诺伊

十年过去了，底比斯城前阵亡的那批英雄后继有人。他们的儿子长大成人，决定再度征讨底比斯，为他们的死难父亲报仇。他们通称为厄庇戈诺伊，那是后辈英雄的意思。其中共有八条好汉，他们是：安菲阿拉俄斯的儿子阿尔克迈翁和安菲罗科斯，阿德拉斯托斯的儿子埃癸阿勒俄斯，堤丢斯的儿子狄俄墨得斯，帕耳忒诺派俄斯的儿子普洛玛科斯，卡帕纽斯的儿子斯忒涅罗斯，波吕尼刻斯的儿子忒耳珊特罗斯和墨喀斯透斯的儿子欧律阿罗斯。墨喀斯透斯本不是七位英雄中的人物，可他是国王阿德拉斯托斯的兄弟。年事已高的国王阿德拉斯托斯也跟他们一起行动，可是他不担任统帅。八位英雄一起请示阿波罗神庙，希望知道选谁担任主帅为好。神谕告诉他们，合适的人选是阿尔克迈翁。

阿尔克迈翁心中无数，不知道在为父亲报仇雪恨之前，他能不能担任这份职务。于是他亲自造访，观察天意。阿波罗回答说，他应该让两件事同时进行。而他的母亲厄里费勒不仅占有了晦气的项链，还获得了阿佛洛狄忒的第二项倒霉的礼物，即一方面纱。波吕尼刻斯的儿子忒耳珊特罗斯，作为遗产继承了这方面纱，现在又用来贿赂厄里费勒，要她说服儿子，参加讨伐底比斯的战争。

遵循神谕的要求，阿尔克迈翁担任主帅，把为父报仇的事推迟到回来以后再说。他在亚各斯建立了一支强大的军队。另外，邻近城市里还有许多英勇好斗的武士也跟他联合起来。于是，一支浩浩荡荡的部队杀向底比斯城来。如同十年前父辈们的行动一样，底比斯城门前又展开了一次激烈的战斗。他们要比父辈们幸运，阿尔克迈翁稳操胜券。白热化的战斗高潮中只有一位厄庇戈诺伊族人饮恨沙场，那是国王阿德拉斯托斯的儿子埃癸阿勒俄斯。他死在底比斯人拉俄达马斯手下。拉俄达马斯是厄忒俄克勒斯的儿子，后来又被厄庇戈诺伊的主帅阿尔克迈翁打死。

底比斯人见丧失了首领和很多士兵，便迅速撤离战场，退归城内，闭门不出。大家来到盲人提瑞西阿斯跟前，向他讨教对策。预言家提瑞西阿斯那时也许一百来岁，不过他还生活在底比斯城内。他建议大家先派出一名使者去亚各斯营内议和，权作缓兵之计。其他人则撤退城里，备奔前程，逃命为上策。

底比斯人采纳了这一建议，派了一名使者前往敌营。趁着谈判的空隙，他们把老婆孩子通通装在车上，逃离了底比斯城。当天深夜，他们到了俾俄喜阿的一座城内，跟随众人一起逃命出来的提瑞西阿斯由于喝冷水受寒，不幸去世。聪明的预言家到了阴间以后也受到器重。他那高超的感觉和占卜的本领保存了下来。他的女儿曼托没有一起外逃。她留在底比斯城内，落入占领者的手上。占领者在进城前立下重誓，将把在城内发现的最后的战利品祭献给阿波罗。现在一致认为神仙肯定喜欢女预言家曼托，她继承了父亲的神仙般的本领。厄庇戈诺伊把曼托带到特尔斐，将她献给神。曼托受到热烈的欢迎，大家赞赏她的预言术和智慧。不久，曼托就成了当时最有名的预言女子。人们常常看到跟她一起进进出出的还有一位老人。她把美丽的歌谣教会老人。不久，那些歌便在希腊国内到处流行。老者就是著名的梅俄尼恩人荷马。

阿尔克迈翁和项链

阿尔克迈翁从底比斯凯旋，他决定实行神谕的第二部分，即为他的父亲报仇。当他发现他的母亲不仅以受贿赂出卖她的丈夫,并以受贿赂而欺骗她的儿子时,他对她就更加怨恨了。他不假思索拔剑杀死他的母亲。最后他带着项链和面纱离开父母所住的他所厌恶的屋子。虽然神谕要他为他的父亲报仇,但杀害母亲也违反了自然法则,神祇对于这事不会不惩罚的。他们使复仇女神追袭他,使他陷于疯狂。他丧失了理智,流浪到亚加狄亚国王俄依克琉斯那里去,但复仇女神仍然使他不能安宁,所以他又被迫继续流浪。最后他逃避到在亚加狄亚的另一个城——普索菲斯,这里的国王是斐勾斯。国王为阿尔克迈翁净罪,并使他和他的女儿阿耳西诺厄结婚,因而又成为那不祥的项链和面纱的所有人。阿尔克迈翁的疯病已愈,但灾祸并没有离开他,他所居住的地方因他的缘故遭到大旱。他祈求神谕,得到的回答却不能令人满意。神谕以为他只有去到在他杀害母亲时还没有在地面上出现的国家,他才可以得到安宁。因此他绝望地离开他的妻子和幼小的儿子克吕提俄斯,漫游到远方去。经过长久的漫游以后,他明白神谕的指示,来到阿刻罗俄斯河,发现不久以前才在水中出现的一个岛屿。他住在这里才摆脱了灾祸。

但他的得救和幸福只是使他变得傲慢不逊。他忘记阿耳西诺厄和他的幼子,另与河神阿刻罗俄斯的女儿卡利洛厄结婚,并生了两个儿子阿卡耳南和安福忒洛斯。因为到处传说阿尔克迈翁有着无价的宝物,所以他的妻子要求看一看这灿烂的项链和精致的面纱。但当他秘密地离开他的前妻时,这两件宝物却留存在她的手里。他不愿卡利洛厄知道他过去的婚事,所以臆造出一个遥远的地方,假说宝物藏在那里,他可以去将它们取来。因此他又回到普索菲斯的前妻那里。为了给自己的久别找借口,他告诉她和她的父亲,因为疯病发作,失去理智,所以迫使他离开了他们,现在这病还没有复原。"只有一个办法可以使我完全摆脱这个灾难,"他狡猾地说,"有人告诉我,假使我将过去给你的项链和面纱带到特尔斐去作为一种献神的礼物,就一切都会好转。"斐勾斯和他的女儿相信他的欺骗的谎话,将两件宝物给他。阿尔克迈翁欢喜地带着宝物离开,绝想不到这宝物会使他毁灭,如同它已使别人毁灭一样。他的一个仆人知道这秘密,报告国王说他已第二次结婚,他这次正是将项链和面纱带给他新婚的妻子。因此被遗弃的阿耳西诺厄的兄弟们追踪着他,在路上狙击他,使他在毫无防备的情况下被杀。他们将这两件宝物夺回,仍带回给他们的妹妹,并夸耀着他们业已为她复仇。但阿耳西诺厄仍然热爱着阿尔克迈翁,即使知道了他的不义和负心,所以她怨恨她的哥哥们将他杀害。现在这不祥的礼物也将证明它对于阿耳西诺厄一样的发生作用。她的愤怒的哥哥们觉得对于她的忘恩负义即使给以最苛酷的惩罚也不为过。他们将她捉住,锁闭在一只柜子里,将她带到忒革亚,送给对他们很友好的阿伽珀诺耳国王。后来,她在这里很悲惨地死去。

同时卡利洛厄知道了她丈夫不幸的结局,她在悲哀中渴望着要为她的丈夫复仇。她俯伏在地,祈求宙斯降下奇迹,使她的幼小的儿子阿卡耳南和安福忒洛斯突然长大成人,向杀害他们的父亲的敌人报仇。因为她是无罪而虔诚的,所以宙斯接受了她的祈祷。她的儿子,临上床睡觉时还是两个孩子,但第二天醒来已是成人,充满强力和复仇的欲望。他们出发报仇,首先到忒革亚去。他们到达那里时,斐勾斯的儿子们也刚刚带着他们的不幸的妹妹阿耳西诺厄来到,并准备到特尔斐去,将阿佛洛狄忒的不祥的宝物献给阿波罗的神坛。当这两个青年向他们冲上去要为被杀死的父亲报仇时,阿革诺耳与普洛诺俄斯还不知道这攻击者是谁。而且在知道原因之前,即已惨死刀下。阿尔克迈翁的两个儿子于是向阿伽珀诺耳为自己的行为辩护,并告诉他过去所发生的一切事情。随后,他们又旅行到亚加狄亚的普索菲斯,并一直进入宫廷,杀死国王斐勾斯和王后。他们逃避追击,安全地到达他们的岛上,并告诉他们的母亲,他们已为父亲复仇。他们听从外祖父阿刻罗俄斯的劝告,出发到特尔斐,将项链和面纱都献给阿波罗的神坛。当这事完成以后,安菲阿拉俄斯家族所遭逢的不祥才最后终止。他的孙儿,即阿尔克迈翁与卡利洛厄的两个儿子,后来在厄庇洛斯招募移民,建立阿卡耳那尼亚。在父亲被杀以后,阿尔克迈翁与阿耳西诺厄所生的儿子克吕提俄斯也怀恨地离开母亲方面的亲戚们,逃避到厄利斯地区,并居住在那里。

回味思考

1. 第一次底比斯战役之后又发生了哪些事？

2. 后辈英雄厄庇戈诺伊决定在底比斯战役十年后再度讨伐底比斯，为他们的死难父亲报仇，他们成功了吗？

特洛伊的故事 [精读]

导语

帕里斯为了爱情劫回了海伦,没想到引来一场持续良久、激烈而又残酷的特洛伊战争。希腊集结哪些英雄来攻打特洛伊?特洛伊的将士们能抵挡得住吗?哪些英雄在战争中建立了卓绝的功勋?哪些英雄因此而献出了宝贵的生命?特洛伊最后是如何被攻打下来的?它的破灭又给了我们哪些思考呢?

特洛伊城的建立

在很古的时候,伊阿西翁和达耳达诺斯统治爱琴海的撒摩特剌岛,他们都是宙斯与海洋女神普勒阿得斯所生的儿子。伊阿西翁自以为是神祇的儿子,竟敢于窥视奥林匹斯圣山上的一位女子,并以狂热的感情追逐女神得墨忒耳。为惩罚他的胆大妄为,宙斯用雷电把他击死。达耳达诺斯对兄弟的死十分悲伤,因此离开了家乡,前往亚细亚大陆,来到密西埃海湾。那是西莫伊斯河和斯康曼特尔河入海的汇合处。高峻的爱达山脉越远越小,一直消失在大平原上。这里的国王是透克洛斯,土著的克里特人,所以这个地区的牧民也被称为透克里亚人。

国王透克洛斯热情地接待了他,赏赐给他一块土地,并把女儿许配给他。这块地方以他的名字而得名,

名师批注

‖知识链接‖

得墨忒耳,希腊神话中的大地和丰收女神。她是宙斯的姐姐,掌管农业,给予大地生机,教授人类耕种。

名师批注

‖阅读看点‖

以简练的语言介绍了特洛伊城的来历，开篇即点明故事的主地点，直接明了。

‖阅读看点‖

特洛伊城与神谕不谋而合，看来是受到神的指点与保护的，但它的命运由此就平安稳固了吗？由此引发思考，吸引读者往下看。

称为达耳达尼亚，居住在这个地区的透克里亚人从此改称达耳达尼亚人。达耳达诺斯死后，他的儿子厄里克托尼俄斯继承了王位，后来特洛斯又继承厄里克托尼俄斯的王位。从此以后，特洛斯统治的地区则称为特罗阿斯，特罗阿斯的都城则称为特洛伊。现在透克里亚人和达耳达尼亚人自然都称为特洛伊人，或称为特洛埃人。

国王特洛斯死后，长子伊罗斯继承了王位。有一次他访问邻国夫利基阿。国王邀请他参加角力竞赛。伊罗斯取得了胜利，得到了 50 名男孩、50 名女孩以及一头花斑母牛的奖赏。国王还告诉他一则神谕：在母牛躺下休息的地方，他必须建立一座城堡。

伊罗斯赶着母牛走去，因为母牛休息的地方正是自特洛斯以来被作为国都的地方，即特洛伊。于是，他就在那里的山上建立了一座坚固的城堡，称为伊利阿姆，又称伊利阿斯，或柏加马斯。后来，这个地方有时称为特洛伊，有时称为伊利阿姆，有时又称为柏加马斯。在建城前，伊罗斯祈求先祖宙斯的兆示，看神祇是否同意他的建城计划。第二天，伊罗斯在自己的帐篷前捡到从天上落下的女神雅典娜的肖像，它被称作帕拉斯神像。像高六尺，两脚合拢，右手执一长矛，左手拿着纺线杆和纺锤。这神像的来历是这样的：据说，女神雅典娜出生后就由海神特里同收养。特里同另有一个女儿，名叫帕拉斯，正好和雅典娜同龄。这两个女孩一起游戏玩耍，成了要好的朋友。一天，两位年轻的姑娘举行一场游戏比赛，看看谁更强一些。当帕拉斯摆出一副姿态准备刺杀她的女友时，宙斯担心女儿受伤，就在她面前挡了一面神盾。那是山羊皮做的，十分坚实。帕拉斯一见，吃了一惊，露出一处破绽，被雅典娜一枪刺中。对她的死，女神深感悲痛。为纪念女友，她为女友帕拉斯造了一尊像，并把一副和羊皮盾一样的胸甲围在神像上。雅典娜把这神像放在宙斯的神像前，以此表示敬重。从这时起，她自称为帕拉斯·雅典娜。现在，宙斯征得女儿的同意，把帕拉斯神像从天空降落下来，暗示伊利阿姆城堡处在他和他女儿的保护之下。

　　国王伊罗斯的儿子拉俄墨冬是个专横武断、凶恶残暴的人，他不仅欺骗国人，也欺骗神祇。他看到特洛伊城没有牢固的设防，便想在周围建造一堵城墙，把城围住。那时，阿波罗和波塞冬因反对宙斯而被逐出天国，在人间漂泊。宙斯把这一切都看在眼里，他想让两个神帮助国王拉俄墨冬建造城墙，让他和他的女儿所保护的城市有一座坚不可摧的城墙。命运女神把他们送到特罗伊城区。因为他们无所事事，便向拉俄墨冬自荐，只收低廉的报酬，为国王干一年重活。国王同意了。波塞冬帮助建造城墙。城墙造得又高又宽，十分坚固。而福玻斯·阿波罗在爱达山的山谷和河岸间为国王放牧，一年过去了，雄伟的城墙已经完成。可是国王拉俄墨冬赖账，不给他们报酬，为此他们和国王争论起来。阿波罗激烈地责备国王不守信义，国王下令把他们两人驱逐出境，并威胁说，要把阿波罗的手脚捆住，并把两人的耳朵割下来。两个神祇发誓，与国王不共戴天，从此他们成了特洛伊人的冤家。雅典娜也不再保护这座城市，后来赫拉也参加进来，反对这座城市。在宙斯的默许和支持下，这座城市将听凭诸神去毁灭，它的国王和人民也要跟着遭殃。

普里阿摩斯、赫卡柏和帕里斯

　　关于拉俄墨冬与他的女儿赫西俄涅所遭遇的事情在别处已有叙述。拉俄墨冬的儿子普里阿摩斯继承王

名师批注

‖ 知识链接 ‖
　　波塞冬，希腊神话中的主神之一，是天神宙斯的哥哥，地位仅次于宙斯。掌管海洋，拥有强大的法力。

‖ 阅读看点 ‖
　　一个"可是"不光使语气出现转折，更为重要的是让特洛伊城与众神处在对立面，城市的命运出现了转折。

名师批注

‖ 写作看点 ‖

此处借赫卡柏的梦境埋下伏笔,点明特洛伊城最终的命运。我们所思考的是,它真会以此种方式毁灭吗?

‖ 阅读看点 ‖

逃过一劫的帕里斯逐渐成为一位俊美神勇而又敢于伸张正义的青年,从人们尊称他为"人类的救助者"上来看,他对未来的影响让人期待,他会干出一番什么事业呢?短短一段叙述再次把读者的目光吸引住。

位,他的后妻赫卡柏乃是夫利基阿国国王迪马斯的女儿。赫卡柏生了一个儿子赫克托耳。当她怀第二个孩子的时候,她做了一个可怕的梦。她看见自己诞生一只熊熊的火炬,燃烧着整个特洛伊城,并将它烧成灰烬。在惊怖中她将这事告诉她的丈夫。普里阿摩斯即刻召来他前妻的儿子埃萨科斯。他是一个预言家,曾从他的外祖父墨洛普斯那儿学会占梦的技艺。埃萨科斯宣称他的后母赫卡柏将诞生一个儿子,这儿子将引敛本国城池的毁灭。因此他劝告在这儿子出生时就将他遗弃。王后果然像他所预言的那样生了一个儿子。对于国家的关心胜过了母子之爱,她许可普里阿摩斯将新生的幼儿交给一个奴隶将他弃置在伊得山上。这奴隶的名字叫作阿革拉俄斯。他如命将婴儿弃置荒山,但一只母熊却哺乳这个幼儿,五天之后阿革拉俄斯再到原地方去,看见幼儿仍然躺在草地上吃得饱饱的。他将他抱回来,作为自己的儿子,在自己的一小块土地上抚育他,为他取名为帕里斯。

在牧人的看顾之下这国王的儿子成长为一个青年,以身体的俊美和膂力引起人们的注意。他保护伊得山的牧人们反抗在这些地方出没的强盗,因此人们尊称他为阿勒克珊德洛斯,即人类的救助者。

帕里斯的判断

一天,帕里斯在无路可循的山谷里放牧,山谷顺着爱达山绵延展伸。帕里斯靠在一棵大树上,坐了下来。他交叉着手臂,透过朦胧的山势,朝特洛伊的宫殿和远方的大海张望着。突然,他听到一位神仙的脚步声,直震得地动山摇。帕里斯回过头去,看到赫尔墨斯站在跟前。赫尔墨斯是众位神仙的使者,他说身后还有神仙过来。果然，奥林匹斯山的三位女神体态轻盈地穿过柔软的草地，款款走来，帕里斯心里升起一股神圣的惊悸。

身上长着翅膀的神仙使者开口对帕里斯说："你别害怕，三位女神前来找你，那是因为她们选中你当她们的仲裁。你需要判定，她们中间谁是最漂亮的女子。宙斯传下命令，让你担当此一重任。他不会忘掉以后给你佑护和帮助。"

说毕，赫尔墨斯展开翅膀，升腾在狭窄的山谷上空。他的话使得牧人勇气倍增。他大着胆子，抬起目光，仔细地打量三位神仙女子的优美身段。乍一看，他觉得三位神仙都可以摘取最漂亮女子的桂冠。可是再仔细观察，他就开始动摇了原来的判断。他一会儿觉得这位女子漂亮，又一会转向另一位女子，越看越漂亮，越漂亮越想看。最后他的眼光盯在最年轻、最妩媚的仙女身上。他感到这位女神显得尤其可爱、动人。

这时候，三名女子中最骄傲的一位开口说话了，她无论在身材或是威仪方面都超过了另外两人。"我是赫拉，宙斯的姨妹和妻子。你们瞧这个金苹果，它是不和女神厄里斯参加珀琉斯英雄与忒提斯婚礼上当众投下的礼物，上面写着'最漂亮人'的字样！如果你把它判给我，你就可以统治地球上最美丽的国家，虽然你只不过是一名从王宫里驱逐出去的牧人。"

"我叫帕拉斯，智慧女神。"另一位女子说，她的额角宽敞洁净，明亮而又蔚蓝的眼睛，美丽的脸庞上呈现出少女的骄矜，"如果你把胜利判给我，你将通过智慧和男子汉的道德赢得人间最高的荣誉。"

这时候，第三位女子朝牧人投来一束甜蜜的微笑。直到目前为止，她始终是用美丽的眼睛说话的。"帕里斯，你千万不要受礼物的蛊惑，那两位女子包藏祸心，是

名师批注

‖写作看点‖

"神圣的惊悸"这个词值得玩味。既有尊敬在里面，又很吃惊，体现了帕里斯此时复杂的心理状态。

‖知识链接‖

赫尔墨斯，希腊神话中奥林匹斯十二神之一，宙斯与玛亚的儿子，由于他穿有飞翅的凉鞋，故成为宙斯的传旨者和信使。

‖写作看点‖

人物的语言要符合人物的身份，赫拉的语言从两个"最"字和"只不过是"可以看出她的"最骄傲"。

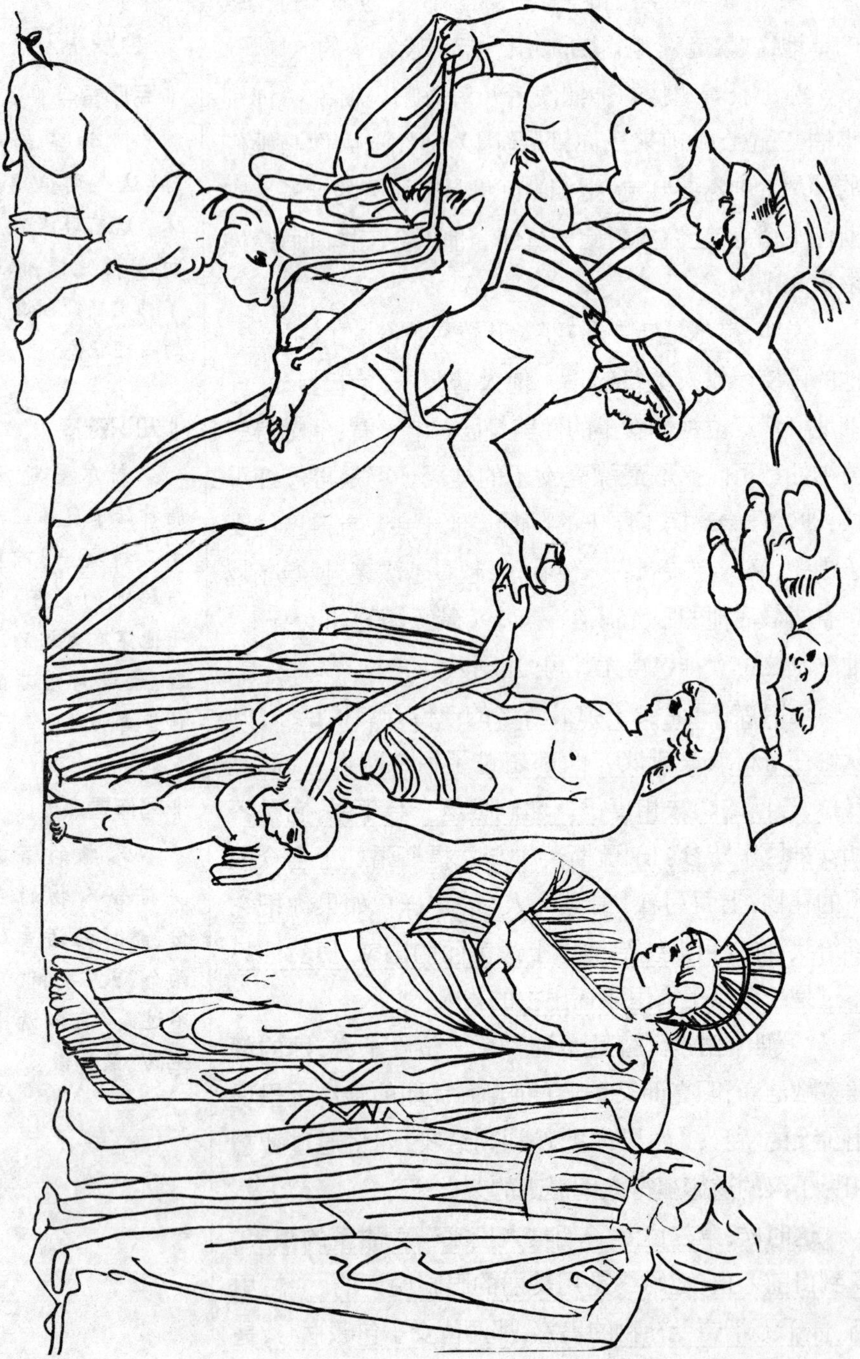

不可靠的。我愿意送给你礼物，它会愉快地让你懂得爱情。我愿把世界上最漂亮的女子引入你的怀抱！我是阿佛洛狄忒，专司爱情的女神！"

阿佛洛狄忒站在牧人面前，她身系腰带，使她具有无以名状的魔术般的诱惑。其他两位女子的魅力在爱情女神的熠熠光泽下顿时显得苍白无力。帕里斯把金苹果判给了阿佛洛狄忒。他先从赫拉女神的手中接下了这个黄金宝物。赫拉和雅典娜愤怒地转过身去，发誓不忘今日的奇耻大辱，要对他、他的父亲普里阿摩斯、对特洛伊人和他们的王国报仇雪恨，使之彻底毁灭。尤其是赫拉，她从这一刻起跟特洛伊人结下了不共戴天之仇。阿佛洛狄忒以深深的祝福告别惊悸不安的牧人，以庄严的神仙誓言重申刚才许下的承诺。从此以后，帕里斯满怀希望地作为一名不起眼的牧人生活在爱达山上，可是女神给他许的愿一直没有得到实现。他就娶了一个漂亮的姑娘，名叫俄诺涅，她是河神与一位女仙生下的女儿。婚后，帕里斯与妻子俄诺涅在爱达山上牧群旁厮守相伴，生活很幸福。一天，帕里斯听说国王普里阿摩斯为一位死去的亲戚举办比赛活动，便饶有兴致地赶进城去。迄今为止，他还没有进过城哩！

普里阿摩斯为这场运动比赛设立一项公牛奖，让仆人去爱达山牧群中牵来一头公牛，准备奖给运动比赛的优胜者。没料到这头公牛正是帕里斯最喜爱的。可是他无法阻止主人和国王牵走它。于是，他决心至少要在比赛中赢得这项奖励。比赛时，帕里斯灵活机智，英勇无比。他战胜了每一个对手，甚至战胜了高大的赫克托耳。赫克托耳是普里阿摩斯和赫卡柏的儿子。兄弟中间，数他最勇敢。国王普里阿摩斯的另一个好斗勇猛的儿子得伊福玻斯见状，不禁又羞又恼。他挥舞长矛，要

名师批注

‖阅读看点‖

对于帕里斯这位英俊神勇的青年来说，爱情或许是当下最需要的，希腊神话的艺术特征之一便是神性与人性的统一，帕里斯的评判符合人性心理。

‖阅读看点‖

帕里斯与俄诺涅结婚，但前文说爱情之神给他的许愿一直没有实现，暗示后文还会有让帕里斯更加动心的爱情。此处暂时埋下伏笔。

名师批注

‖阅读看点‖

此段承上启下，暂时概括了上文，帕里斯结束了流浪的生活，与父母团聚，成了王子。又因为有国王的任务展开了后面的情节。

‖写作看点‖

文中用"胸有成竹"一词描写帕里斯说话的神情，显示了他那种对自己勇猛及得到神祇的帮助非常自信的气概。

‖阅读看点‖

这则预言再一次将特洛伊的命运揭示出来，在这时候，人物的心理开始变得复杂，去还是不去？这是个问题。

把牧人挑翻刺死。帕里斯大为惊恐，逃到宙斯神坛旁边，遇到普里阿摩斯的女儿卡珊德拉。卡珊德拉得到神仙传授，有占卜预言的本领，一眼就看出面前的牧人正是从前被遗弃的兄弟。父母亲听说后，立即抱住了失散多年的儿子。他们高兴得忘掉了从前孩子出生时关于厄运的神谕，收留了他。

作为王子，帕里斯得到一幢华丽的住房。住房就在爱达山上。他高高兴兴地回到妻子和牧群旁。不久，他获得了一次机会，要去完成一项国王交给的任务。

劫走海伦

当普里阿摩斯还是童年的时候，赫拉克勒斯攻占了特洛伊城，杀死了拉俄墨冬，抢去了赫西俄涅，然后把她送给他的朋友忒拉蒙为妻。虽然赫西俄涅成了统治萨拉密斯的王后，可是普里阿摩斯及其一家仍然对这场抢劫耿耿于怀，感到受了侮辱。有一天，宫里在议论这件事时，国王普里阿摩斯十分怀念他在远方的姐姐。这时他的儿子帕里斯站起来说，如果让他率领一支舰队，开到希腊去，那么在神祇们的帮助下，他一定能用武力从敌人手中夺回父亲的姐姐。他讲话时胸有成竹，因为他没有忘掉爱情女神阿佛洛狄忒给他的许诺。帕里斯向父亲和兄弟们叙述了那天在放牧时的奇遇。普里阿摩斯毫不怀疑他的儿子帕里斯受到神祇们的保护。

普里阿摩斯的另一个儿子赫勒诺斯精通占卜，是个预言家，他站起来说了一串预言：他的兄弟帕里斯如果从希腊带回一名女子，那么希腊人就会追到特洛伊，踏平城市，并会杀死国王和他所有的儿子。

这则预言引起大家的议论。小儿子特洛伊罗斯是个血气方刚的青年，他毫无顾忌地表示不相信这类预

158

言,甚至嘲笑他哥哥胆怯,并劝大家不要被这种预言吓得失去了主张。其他人还在沉思,权衡利弊,普里阿摩斯却大胆地支持儿子帕里斯的建议。

国王召集市民宣称,过去他曾派使节在安忒纳沃斯带领下前往希腊,要求希腊人对抢劫姐姐赫西俄涅表示赔罪,并将她归还回国。那时候安忒纳沃斯受尽屈辱,被赶了回来。现在,他想让儿子帕里斯率领一支强大的部队,用武力来实现用礼节无法实现的目的。安忒纳沃斯支持这一建议,他站起来回忆了那时作为使节在希腊遭受的侮辱,指责希腊人都是和平的狂人,战争的懦夫。他的讲话激起了人民对希腊人的愤怒,他们一致要求战争。

但普里阿摩斯是个贤明的国王。他不愿轻率地过早地做出决定,而是要求大家畅所欲言,发表自己的意见。这时一位年事已高的特洛伊人潘托斯从人群中站出来。他在童年时曾听父亲奥蒂尔斯说过,如果将来拉俄墨冬家族中有一位王子从希腊带回一个妻子,所有的特洛伊人就会面临灾难。据说他父亲是听了神谕的暗示。"因此,"老人在结束时说,"我们不能受战斗的荣誉的迷惑。朋友们,让我们还是在和平和安宁中生活,别把我们的生命在战争中作赌注孤注一掷。最后,也许连自由也会失掉。"

人群中发出一片嘟哝声,大家对这项建议表示不满,纷纷要求国王普里阿摩斯不要理睬一位老人的恐吓的话,而要大胆地把心中决定的事付诸实行。

普里阿摩斯下令建造船只,工场就设在爱达山上。同时,他派儿子赫克托耳到夫利基阿去,并派帕里斯和得伊福玻斯到邻国珀契尼亚去,争取这些王国的支持并结成同盟。特洛伊的青壮年纷纷报名人伍。不久,组成

名师批注

‖阅读看点‖

众所周知,老人的智慧与经验相对丰富,这位老人的一番话让局面变得更加复杂起来。几次坚持,几次反对,真是一波三折。

名师批注

‖ 写作看点 ‖

此处用希腊显赫王侯的赞赏从侧面描写了帕里斯船队的强大。

‖ 知识链接 ‖

海伦,希腊神话中是宙斯与勒达的女儿,勒达是斯巴达王廷达瑞俄斯的妻子。由于出身隐晦,据说海伦一生皆受诅咒。她是希腊古典美的化身。

了一支强大的军队。国王任命他的儿子帕里斯为军队的统帅,并指派他的兄弟得伊福玻斯、潘托斯的儿子波吕达玛斯以及埃涅阿斯为参将。强大的战船出发了,朝着希腊的锡西拉岛航行。帕里斯想在那里首先登陆。半路上,他们遇到斯巴达国王墨涅拉俄斯的船队。他正要到皮洛斯访问贤明的国王涅斯托耳。他看到迎面驶来的浩浩荡荡的战船,赞赏不已。而特洛伊人看到他的装饰豪华的船也非常惊奇,他们知道这一定是希腊显赫的王侯乘坐的船只。可是双方互不认识,因此两支船队在海面上相擦而过。特洛伊的战船平安地到达锡西拉岛。帕里斯想从这里登陆到斯巴达去,准备与宙斯的双生儿子卡斯托耳和波吕丢刻斯交涉,要求归还他的姑母赫西俄涅。如果希腊人拒绝交出赫西俄涅,那么帕里斯准备直航萨拉密斯湾,用武力夺回王后。

帕里斯在动身前往斯巴达之前打算在爱神阿佛洛狄忒、月亮以及狩猎女神阿耳忒弥斯的神庙里献祭。这时岛上的居民也把来了一支强大战船的消息传到斯巴达。因为墨涅拉俄斯已外出访问,政事由王后海伦主持。海伦是宙斯和勒达的女儿,卡斯托耳和波吕丢刻斯的妹妹,她是当时世界上最漂亮的女子。她还是个姑娘的时候,被忒修斯抢走,后来被两位哥哥重新夺了回来。后来她在继父斯巴达国王廷达瑞俄斯的宫中长大。姑娘的美貌吸引了大批求婚的人。国王担心如果他选择其中的一个为女婿,便会得罪其他众多的求婚者。后来聪明的伊塔刻国王奥德修斯建议他让所有的求婚者都发誓,将来跟有幸选中的女婿建立同盟,共同反对因未选中而怀恨在心,并企图危害国王的人。廷达瑞俄斯接受了他的建议,他让所有的求婚者当众发誓。后来,他选中了阿特柔斯的儿子,阿伽门农的兄弟,亚各斯国王墨涅拉俄斯作他的女婿,继承了他的王位。海伦为他生了一个女儿赫耳弥俄涅。当帕里斯来到希腊时,赫耳弥俄涅还只是一个躺在摇篮里的婴儿。

美丽的王后海伦在丈夫外出期间孤零零地住在宫殿里,过得十分单调、乏味,感到非常寂寞,这时她听说一位外国王子即将率领强大的战船来到锡西拉岛,便怀着女性的好奇心,想看看这位王子和他的武装随从。于是,她动身前往锡西拉岛,准备在阿耳忒弥斯神庙里隆重献祭。她走进神庙时,帕里斯正好献祭完毕。他看到端庄的王后走进来,说不出的惊羡,那双高举起向天祈祷的手不禁垂落下来。他几乎不能控制自己,因为他感到好像又见到了他在牧场放牧时曾经见到过的爱神阿佛洛狄忒。他早就听说海伦美艳动人,他觉得爱情女神给他送来的这位女子要比传说中的美女海伦还要美丽得多。他原想爱情女神许诺给他的美女一定是个处女,没有想到她会是别人的妻子。现在,斯巴达的王后站在他的面前,她能与爱情女神媲美,这时他顿时明白,这便是爱情女神赠给他的美女,他一心想得到她。父亲的委托,远征的计划顷刻间都被抛到九霄云外。他觉得带领着成千上万的士兵远征的目的就是为了得到海伦。正当帕里斯默默地沉思时,海伦也在打量这位从亚细亚来的俊美的王子。他一头长发,穿着东方闪亮的金丝长袍,身材魁梧,十分动人。顿时,她丈夫的形象从意识中消失了,取而代之的是这位年轻而英气勃勃的外乡人,他深深地烙在她的心上。

献祭完毕,海伦回到斯巴达的宫中,她竭力想要从心中抹去那个异国王子的形象,强使自己想念仍然逗留在皮洛斯的丈夫墨涅拉俄斯。但不久帕里斯带着几个随从来到斯巴达,进入王宫。王后海伦按照礼节热情地

‖ 名师批注 ‖

‖ 写作看点 ‖

用帕里斯的神情与行为能不能自控反衬出海伦美艳惊人,给人留下许多遐想。

‖ 写作看点 ‖

从帕里斯的心理活动再一次反衬出海伦之美和她所具的诱惑。得到海伦可抵消他父亲的委托和远征计划,海伦该有多美啊!而写到这里,文中没有直接描写海伦的容貌,而是通过侧面烘托达到更好的效果。

‖ 写作看点 ‖

此处站在海伦的角度,以一个"烙"字写出帕里斯的英俊对海伦的吸引力。

名师批注

接待了前来造访的王子,帕里斯王子讲话温文尔雅,言词动听,眼睛里燃烧着激情的火焰,他又弹得一手好琴,琴音美妙,使海伦迷醉得不能自制。帕里斯见到海伦心神摇荡,便忘了父亲的委托和此行的使命,心中只有爱情女神迷人的许诺。他召集跟他一起来到斯巴达的全副武装的士兵,答应满足他们的任何条件,说服他们帮助他。然后他带领他们冲进王宫,把希腊国王的财富掳掠一空,并劫走了美丽的海伦。海伦表面上在反抗,可是,心底里并非不愿意跟他走。

帕里斯带着战利品驶过爱琴海时,海面上突然风平浪静。在载着帕里斯和海伦的船只前面,波浪自动分开,年老的海神涅柔斯从水中伸出戴着芦花花冠的头,胡须和头发上滴着水。船只像被钉子钉在水面上一样。涅柔斯大声向他们宣布了一个可怕的预言:"不祥的鸟飞翔在你们的船前!希腊人带着军队追来,他们将拆散你们罪恶的结合,摧毁普里阿摩斯的古老帝国!唉,达耳达尼亚人要为你们付出多少生命!帕拉斯·雅典娜已戴上战盔,执着盾牌了!这一场血战要经历多年,只有一位英雄的愤怒才能阻挡你们的城市的毁灭!一旦等到指定的时日来临时,特洛伊人的家宅将被希腊人烧成灰烬!"

年老的海神说完预言又潜入海里。帕里斯听到这预言,心里非常恐惧。一会儿,海面上又吹起了欢快的顺风。海伦躺在他的怀里,他马上把这可怕的预言忘得一干二净。后来战船来到克拉纳岛,他们在岛前下锚登陆。轻率而薄情的墨涅拉俄斯的妻子海伦自愿跟帕拉斯结婚。他们举行了隆重的婚礼,沉浸在新婚的快乐中,两个人都忘掉了家庭和祖国。他们依靠带来的财宝,在岛上过着豪华奢侈的生活。好几年过去了,他们

‖ **阅读看点** ‖

预言再次出现。反复多次出现的灾难性预言在行文中加剧了读者的心理感受,使人时刻有一种紧张的心理体验。

才航行回到特洛伊去。

希腊人

帕里斯作为一名使者前往斯巴达,可是他的行为严重地违背民法和宾主之道,不久就产生了恶果。

斯巴达国王墨涅拉俄斯和他的哥哥阿伽门农,即迈肯尼的国王,是希腊英雄中最强大的王室王族。两人都是宙斯的儿子坦塔罗斯的后裔,他们是珀罗普斯的孙子,阿特柔斯的儿子。这是一个高贵的家族。除了统治亚各斯、斯巴达外,他们还主宰着伯罗奔尼撒的其他王国,希腊的许多君主都是他们的盟友。

墨涅拉俄斯听到妻子被劫走的消息后,怒不可遏。他即刻离开皮洛斯,赶到迈肯尼,把事情告诉了哥哥阿伽门农和海伦的异父姐妹克吕泰涅斯特拉。他们两人为他分担痛苦与屈辱。阿伽门农安慰他,并答应敦促从前曾向海伦求婚的王子履行他们的誓言。兄弟两人遍游希腊各地,要求所有的王子都参加讨伐特洛伊的战争。首先答应这个要求的是特勒帕勒摩斯,他是罗德岛上有名的国王,赫拉克勒斯的一个儿子。他愿意装备九十只战船出征。其次是亚各斯国王,神仙堤丢斯的儿子狄俄墨得斯答应率八十条海船参战。宙斯的两个儿子,即海伦的两位兄长卡斯托耳和波吕丢刻斯听到妹妹被劫的消息后便立即扬帆出海,跟踪追击,并已逼近特洛伊海岸的列斯堡岛。不料他们遇到风暴,船只失踪。传说他们并没有溺死,而是被父亲宙斯召回天上,变作两颗星星。他们从此成为海上水手的保护神。

现在,几乎全希腊都响应阿特柔斯的儿子的号召。只有两个国王还在犹豫不决,一个是狡黠的奥德修斯,另一个是阿喀琉斯。

名师批注

‖ 写作看点 ‖

开段以"恶果"为落点,下面情节的发展便以"恶果"为核心。到底是什么样的恶果呢?吸引人往下读。

‖ 阅读看点 ‖

这么多人愿意参加讨伐特洛伊,一方面预示着特洛伊命运之惨,一方面也说明了大家对帕里斯行为的反对。

名师批注

‖ 阅读看点 ‖

　　奥德修斯与帕拉墨斯的较量文字虽简，但充分体现了奥德修斯的"狡黠"与帕拉墨得斯的"聪明绝顶"。这种精彩的行段又是不可多见的。

‖ 知识链接 ‖

　　珀琉斯，希腊神话中宙斯的孙子，阿耳戈英雄之一。

‖ 写作看点 ‖

　　通过预言描写出阿喀琉斯在特洛伊战争中的地位及作用。

　　伊塔刻国王奥德修斯是珀涅罗珀的丈夫。他不愿为了斯巴达王后的不忠而离开自己年轻的妻子和幼小的儿子忒勒玛科斯。当他看到帕拉墨得斯带着斯巴达国王前来访问他时，便佯装发疯，驾了一头驴极不协调地去耕地。后来，他把盐当种子撒在田里。帕拉墨得斯聪明绝顶，能看透一切凡人的诡计。当奥德修斯正在耕地时，他偷偷地走进宫殿，抱走婴儿忒勒玛科斯，把他放在奥德修斯正要犁的地上。奥德修斯小心翼翼地把犁头提起来，从儿子旁边让过去。这下暴露了他神智很清楚，他完全在装疯。现在他无法再固执地拒绝参加征战了，最后只得答应献出伊塔刻及其邻近岛屿的八条战船，听候墨涅拉俄斯国王的调遣。但从此他对帕拉墨得斯心怀不满，有了成见。

　　阿喀琉斯也迟迟没有答应参加征战。他是阿耳戈英雄珀琉斯和海洋女神忒提斯的儿子。当他初生时，他的女神母亲也想使他成为神人。她在夜里背着父亲把儿子放在天火中燃烧，要把父亲遗传给他的人类成分烧掉，使他圣洁。到了白天，她又用神药给儿子治愈烧灼的伤口。她一连几夜都这样做。有一次，珀琉斯暗中偷看。当他看到儿子在烈火中抽搐时，不禁吓得大叫起来。这一来妨碍了忒提斯完成她的秘密使命。她悲哀地扔下了儿子，也不愿回宫去，而是躲进海洋王国，和仙女涅瑞伊得斯住在一起。珀琉斯以为儿子受到严重的伤害，便把他送到著名的医生喀戎那里。半人半马的喀戎是个聪明的肯陶洛斯人，收留并抚养过许多英雄。他仁慈地收养了这个孩子，用狮肝猪胆以及熊的骨髓喂养他。当阿喀琉斯九岁时，希腊预言家卡尔卡斯预示，远在亚细亚的特洛伊城没有珀琉斯的儿子参战是攻不下的。他的母亲听说了这预言，知道这场征战将会牺牲她儿子的生命，因此连忙浮上海面，潜入丈夫的宫殿，给儿子穿上女孩的衣服，把他送到斯库洛斯岛，交给国王吕科墨得斯。吕科墨得斯见他是个女孩，便让他跟自己的女儿们一起生活、玩耍。后来，他在下巴上长出毛茸茸的胡子时，他向国王的女儿得伊达弥亚说出了自己男扮女装的秘密。两人于是萌生了爱情。岛上的居民还以为他是国王的一个女眷，实际上他已悄悄地当了得伊达弥亚的丈夫了。现在，他成了特洛伊征战取胜的必不可少的人物，预言家卡尔卡斯知道他居住的地方，也知道他在征战中的作用，所以透露了他的住处。于是他们派奥德修斯和狄俄墨得斯去动员他参战。两位英雄到了斯库洛斯岛，见到国王和他的一群女儿。可是，无论两位英雄眼力如何敏锐，仍然认不出哪个是穿着女装的阿喀琉斯。奥德修斯心生一计，他叫人拿来一矛一盾，放在姑娘们聚集的屋子里。然后，他命令随从吹起战斗的号角，好像敌人已经冲进宫殿一般。姑娘们大惊失色，逃出了屋子。只有阿喀琉斯依然留下，勇敢地拿起矛和盾。这下他暴露了自己的身份，只得同意率领密耳弥冬和帖撒利人出征，并带着他的教练福尼克斯和朋友帕特洛克罗斯同行。帕特洛克罗斯是同他在珀琉斯宫殿里一起长大的。现在，他们率领五十只战船驶入希腊海，前往奥里斯。奥里斯是俾俄喜阿国的一座港口城市，位于攸俾阿海湾，那是阿伽门农为所有的希腊王子和战船选定的集合地点。阿伽门农被推选为联军统帅。奥里斯港聚集的英雄除了上述的王子外，还有别的英雄们，其中最主要的有忒拉蒙和厄里玻亚的儿子大埃阿斯，以及他的异母兄弟、著名的弓箭手透克洛斯；从洛克里斯来的俄琉斯的儿子小埃阿斯；雅典的梅纳斯透斯；战神的儿子阿斯卡拉福斯和伊阿尔梅诺斯；从俾俄喜阿来的

名师批注

‖阅读看点‖

奥德修斯的计策再一次显示了他的"狡黠"。

‖阅读看点‖

大段的文字罗列了来自各处的英雄豪杰，人数之多，队伍之强，前所未有，说明特洛伊战争在希腊神话中绝对是一场足够大的战争，不光场面会大，影响也更大。

名师批注

几位英雄;从佛西斯和攸俾阿来的几位英雄;亚各斯和伯罗奔尼撒人中有斯忒涅罗斯、卡帕纽斯和欧阿德涅,以及墨喀斯透斯的儿子欧律阿罗斯;从皮洛斯来的三朝元老,年老的涅斯托耳;从亚加狄亚来的安刻俄斯的儿子阿伽帕诺耳;从厄利斯和其他城市来的安菲玛库斯、塔耳庇俄斯、迪俄瑞斯和波吕克珊诺斯;尼利斯国王奥革阿斯的孙子梅革斯;此外,和挨陀利亚人一起来的托阿斯;从克里特来的伊多墨纽斯和迈里俄纳斯;从罗德岛来的赫拉克勒斯的后裔特勒帕勒摩斯;从西马岛来的尼瑞乌斯,他是希腊将士中最英俊的男子;从卡吕冬来的赫拉克勒斯的后裔菲迪普斯和安底福斯;从菲拉克来的伊菲克洛斯的儿子帕达尔克斯和帕洛特西拉俄斯;从弗赖来的阿德墨托斯和贞洁的妻子阿尔刻提斯的儿子奥宇梅洛斯;从特里卡来的两兄弟帕达里律奥斯和马哈翁,兄弟两人医术高明,是阿斯克勒庇俄斯的儿子;从奥尔门尼翁来的欧律皮罗斯;从阿格律萨来的波吕帕特斯,他是庇里托俄斯的儿子,忒修斯的好友;从克福斯来的古诺宇斯以及从马克纳西亚来的帕洛托乌斯。

他们就是除了阿特柔斯的儿子奥德修斯和阿喀琉斯以外的希腊王子和国王。他们每人率领一支战船在奥里斯港集合。那时希腊人有时称为丹内阿人,因曾在伯罗奔尼撒的亚各斯居住过的埃及国王丹内阿斯而得名;有时称为亚各斯人,因希腊强大的亚各斯人而得名;有时称为阿开亚人,因古代希腊被称为阿开亚。直到后来,他们才被称为格莱库斯人,那是因忒萨罗斯的儿子格莱库斯而得名;他们还称为希腊人,那是因丢卡利翁和皮拉的儿子希腊而得名。

希腊人知会普里阿摩斯

希腊人紧张准备的同时,又在阿伽门农主持下召开

阅读看点

看来,讨伐队伍也深知先礼后兵之道,但这种方式也只是整个事件中的一个小环节,在情节安排上起到了缓冲的作用。

会议，做出决定，不放弃使用和平的方式解决问题。于是，他们决定派出使团前往特洛伊，知会普里阿摩斯国王，谴责特洛伊王子违反民法，抢劫希腊王后，要求归还墨涅拉俄斯国王的妻子以及一切被掠夺的财物。会议推选帕拉墨得斯、奥德修斯和墨涅拉俄斯为使团代表。奥德修斯尽管心里跟帕拉墨得斯势不两立，可是为了他们共同的利益，还是服从这位诸侯的见解。帕拉墨得斯由于经验丰富，阅历广泛，在希腊军队中深受爱戴。因此，奥德修斯同意他担任发言人，一起前往普里阿摩斯国王的宫殿。

特洛伊人和他们的国王看到威风凛凛的战船上走下一个外交使团，吓得惊慌失措。因为帕里斯跟他抢的妻子还一直住在克拉纳岛，特洛伊人感到他们失踪了。普里阿摩斯及其居民们都认为帕里斯率领的军队在希腊国全军覆没了。他本来应该接回姑母赫西俄涅，现在却弄得下落不明了。姑母没有接回来，希腊人却全副武装地奔特洛伊来了。因此，希腊使团接近城市的消息使得宫殿里一片紧张。可是他们却情愿打开大门，三位诸侯迅速被带进宫殿，来到国王普里阿摩斯面前。国王召集他众多的儿子和城市的头面人物共商大计。

帕拉墨得斯在发言中，以全体希腊人的名义谴责普里阿摩斯的儿子帕里斯，说他抢劫王后海伦，伤天害理，公然破坏民法和宾客权利。接着，他指出了战争的危险，它将给普里阿摩斯的王国造成无限的损失。他列举希腊国所有强大诸侯的名字，说他们率领一千多条战船，已经出现在特洛伊城前的海面上。他要求在这种形势下和平解决，希望归还被抢夺的王后。"希腊人，"最后，他强调指出，"宁愿赴死，也不愿让他们的任何同胞忍受陌生人的侮辱和欺凌。他们都怒火中烧，决心洗雪

名师批注

||写作看点||

特洛伊人和国王的"惊慌失措"反衬出战船及外交使团如何威风。同时也是特洛伊人不明就里的心理反应。

||阅读看点||

从宫殿里"一片紧张"，他们"情愿"打开大门、三位使团的人"迅速"被带进宫殿等一系列表现来看，特洛伊人被突如其来的阵势搞蒙了，他们此次的做法一来想弄清楚缘由，二来也算是缓兵之计。

名师批注

‖ 阅读看点 ‖

帕拉墨得斯的发言有理论有事例,有逻辑更有语言,不怒而威,暗藏锋芒,不愧为经验丰富、阅历广泛的使团发言人。

‖ 阅读看点 ‖

普里阿摩斯大段的语言有理有节,充分呼应了前文所说的他是一名贤明的国王,在强敌面前不屈不阿,具有一种理性的智慧。

强加在他们人民头上的耻辱。因此,我们的最高统帅,全希腊的第一国王,强大的亚各斯国王阿伽门农,以及跟随他一起的希腊英雄和诸侯都委托我们告诉你们:交出被你们偷窃而来的希腊女人,否则便是你们的彻底灭亡!"

听到这一番狂妄自大的讲话,普里阿摩斯的儿子们怒火冲天,特洛伊城的老人们也拔出宝剑,斗志昂扬地敲击着盾牌。普里阿摩斯要求大家安静,从王位上站起身来说:"陌生的人们,你们以你们人民的名义向我们发出如此威胁性的话,请允许我首先从我的惊讶中缓过神来,因为我们对这样一桩罪行并不知晓。相反,正是我们应该谴责你们的恶行,你们却把它强加在我们头上。你们的首领赫拉克勒斯在和平时期袭击我们的城市,把我无辜的姐姐赫西俄涅当作俘虏一样押解回去。然后,又把她送给朋友当女奴。他的朋友是萨拉密斯的国王忒拉蒙。感谢忒拉蒙的好意,把我的姐姐升级为他的夫人,才让她避免了卖身作奴的命运。可是它仍然挽回不了这一抢劫的罪行。现在,我们已经派出了两个使团,这回派我的儿子帕里斯去你们的国家,希望接回受辱抢去的我的姐姐。我的儿子帕里斯如何执行我的任务,他究竟做了些什么,而且他现在住在哪里,我的确不清楚。在我的宫殿和城市里并没有任何的希腊女子。关于这一点,我完全是清清楚楚的。我现在不能答应你们的要求,即使想干也不行。如果我的儿子平安地回到特洛伊,而且真的带回劫来的希腊女子,那么可以把她交给你们,不过还得看她是否主动要求我们的庇护。可是,你们无论如何,而且绝不会在把我的姐姐赫西俄涅归还我家之前得到那位女子!"

特洛伊人的会议一致同意国王的讲话,而帕拉墨得斯却顽固地坚持："实现我们的要求是不以任何条件为前提的。我们相信你的讲话，墨涅拉俄斯的妻子不在你的城内。可是，你不要怀疑，她会回来的。你那个不名誉的儿子抢夺她，那可是事实。我们的父辈在赫拉克勒斯时所干的事，我们已经无法对它负责。而你的一个儿子肆意侮辱我们，对他所干的事，我们要求你赔偿。赫西俄涅以前自愿跟忒拉蒙一起出去，这回还派儿子前来参战，那就是强大的国王大埃阿斯。海伦是被迫遭受耻辱的，你们可以感谢苍天，它让你的儿子逗留在外，你们也因此赢得了思考的时间。还是做出一项明智的决定，借以避免你们的彻底毁灭吧！"

普里阿摩斯和特洛伊人认为帕拉墨得斯的挑衅性的讲话是一场羞辱，可是他们却尊重公使的权利。会议结束了，特洛伊城的一位老人，即通情达理的安忒诺尔保护使者迎着一片痛骂声走出宫殿。他把使者带回家，按照客人礼遇款待他们，直到次日早晨。然后，老人陪他们来到海滩，看到他们登上闪亮的战船，看着他们扬帆拔锚，渐渐地驶入大海。战争，已经不可避免了。

阿伽门农和伊菲革涅亚

当大批战船会集在奥里斯港口时，阿伽门农外出狩猎消磨时光。有一天，一头献给女神阿耳忒弥斯的梅花鹿进入他的射程之内。国王围猎兴致正浓，一箭射中了这头漂亮的动物。他还夸口说，即使是狩猎女神阿耳忒弥斯本人也不一定射得比他准。女神听到他如此无礼的话十分生气。她让港口前风平浪静，船只根本无法从奥里斯海湾开出去，可是战争却该开始了。希腊人束手无策，只好去找大预言家忒斯托耳的儿子卡尔卡斯，向他请教摆脱困境的办法。卡尔卡斯是随军祭司和占卜

名师批注

‖ 写作看点 ‖

自从使团到来后，双方便都有大段的语言交锋，这正符合了使团交涉的特点：各有立场，针锋相对。帕拉墨得斯的此番话更显出他有很高的外交水平。

‖ 写作看点 ‖

短短的一句话承上启下，既点明了谈判的失败，又点明了战争即将开始，情节朝着交战的方向逐步发展。

‖ 知识链接 ‖

阿耳忒弥斯，希腊神话中的月亮女神与狩猎的象征。她是宙斯与勒托的女儿，也是太阳神阿波罗的孪生妹妹。

名师批注

‖阅读看点‖

阿伽门农的反复正是他犹豫不决、复杂难断的心理反衬，可是早知如此又何必当初呢？轻狂是要付出代价的。但正是如此写才使情节一波三折，更加吸引人。

‖阅读看点‖

墨涅拉俄斯的这一大段话点中了阿伽门农的要害，也反映了此时阿伽门农在亲人与权势之间做出选择时的复杂心理。

人，他说："如果希腊人的最高统帅，即阿伽门农愿意把他和克吕泰涅斯特拉所生的女儿伊菲革涅亚献祭给阿耳忒弥斯女神，那么女神就会宽恕我们。那时海面上将会刮起顺风，神再也不会阻碍你们攻占特洛伊城了。"

阿伽门农听了预言家的话，陷入了绝望之中。他派来自斯巴达的传令官塔耳堤皮奥斯向全体参战的希腊人宣布，阿伽门农辞去希腊军队最高统帅一职，因为他的良心不允许他杀害自己的女儿。希腊人听到这个决定，十分恼火，扬言要反叛。墨涅拉俄斯急忙来到他的住处，告诉他的兄弟这个决定所产生的严重后果。阿伽门农经过劝说，终于同意做这件可怕的事：把女儿献祭给女神。他写了一封信给迈肯尼的妻子克吕泰涅斯特拉，让她把女儿伊菲革涅亚送到奥里斯来。为了解释这件事，他向妻子谎称，为女儿跟珀琉斯的小儿子，光荣的英雄阿喀琉斯订婚，因为阿喀琉斯与得伊达弥亚的秘密婚事是没人知道的。可是，送信的使者刚出发，父女感情又使阿伽门农的良心受到自责。他感到痛苦，后悔作出了轻率的决定。于是他又在当天夜晚叫来可靠的老仆人，要他另送一封信给他的妻子，信上吩咐她不要把女儿送到奥里斯来，因为他已改变了主意，要把女儿订婚的事推迟到明年春天。

忠诚的仆人拿着信急忙走了，但他没有能到达目的地，因为墨涅拉俄斯对哥哥的迟疑不决早有觉察，已密切注视着他的行动。清晨，老仆人刚离营，就被墨涅拉俄斯抓住，信被搜去。他读完信就拿着信来找他的哥哥。

"真见鬼，你又动摇了！"他大声地责备他哥哥，"你还记得，当时你是如何渴望当远征军的统帅？你当时显得多么谦恭，多么亲切，跟每个人握手。当时，你的大门向每一个愿意进来的人敞开着,哪怕他是最平常的人,这些友好的表示只是为了得到指挥权。现在,指挥权到手了,这些事情又顿时变成了过去。你不再像从前一样是你老友们的朋友了。在军中你也很少露面,大家很难再见到你的人影。当你带着军队来到奥里斯港,当军队遭到神祇的阻挠,当我们的人开始抱怨,并且说:'我们希望扬帆起航,不愿老守在奥里斯港!'这时,你却举棋不定,只是徒劳地指望刮顺风。你来找我,要我想办法,出主意,找出路,只是为了不丢掉你引以为豪的统帅地位。后来当预言家卡尔卡斯要你向阿耳忒弥斯献祭你的女儿时,你勉强答应了。可是现在你又变卦了。有千千万万的人像你一样,他们渴望地位,孜孜不倦地想要权势,可是一旦看到需要做出个人牺牲才能获得权势时,他们又畏缩了。没有理智和见识的人,在艰难面前丧失了这些品质的人,是不配统率一支军队的,也不配掌管一个国家。"

"你为什么如此激动呢?"阿伽门农说,"是谁惹了你呢?你为什么这样恼怒?是为了你那美丽的妻子海伦吗?你为什么不把她好好看住呢?我理智地纠正轻率做出的决定,难道是愚蠢?倒是你更愚蠢,因为你要追回一个不忠实的妻子。其实你应该感到高兴,你终于幸运地摆脱了她。不!我决不能杀死我亲生骨肉!"

兄弟两人争论起来,互不相让。突然一名仆人进来向阿伽门农报告,说他的女儿伊菲革涅亚已经来到,随同前来的还有她的母亲和弟弟俄瑞斯忒斯。仆人刚离开,阿伽门农突然觉得自己陷于完全绝望的境地。墨涅拉俄斯连忙握住他的手表示安慰。阿伽门农痛苦地说:"兄弟,胜利是你的,你把她带走吧!"

名师批注

‖阅读看点‖

此番话虽然稍嫌尖刻,但或许这种尖刻说到了墨涅拉俄斯的心窝里,让他反思,才会有下面他决定放弃牺牲阿伽门农的女儿的想法。

名师批注

‖阅读看点‖

兄弟重归于好,但阿伽门农的女儿的命运却无法改变。这让阿伽门农在短暂的高兴之后不得不重新考虑这个事关亲人与希腊命运的问题。

‖写作看点‖

阿伽门农的神情"既冷漠又尴尬",这几个字恰当地写出他决定献出女儿后与女儿相见时的心理状态。

‖写作看点‖

一句话未完,哽咽不能出声。阿伽门农与女儿离别时的痛苦非同一般。

但墨涅拉俄斯却改变了主意,他不愿意为了海伦而杀掉伊菲革涅亚。"如果神谕让我决定你女儿的命运,"他大声地说,"那么我愿意放弃她,并把我的那位拿来取代伊菲革涅亚。"

阿伽门农拥抱他的兄弟。"我感谢你,"他说,"亲爱的兄弟,你的高尚的精神使我们重新和好。我的命运已定,女儿的惨死是无法避免的。全希腊要求这样做。卡尔卡斯和狡黠的奥德修斯已达成默契,他们在争夺人民,甚至要谋害你和我,然后牺牲伊菲革涅亚。如果我们逃到亚各斯,他们也会追来。把我们从城里抓走,最后,还会踏平古老的希腊城。因此我请求你,兄弟,千万别让克吕泰涅斯特拉知道这件事,以便保证神谕的顺利实现。"

正在这时,妇人们走了进来。墨涅拉俄斯心情忧郁地走开了。夫妻两人略微寒暄了几句,阿伽门农显得既冷淡又尴尬。女儿衷心地拥抱父亲。她看到父亲脸上愁云满面,便关心地问道:"为什么你的眼光如此不安?父亲,难道你不高兴见到我吗?"

"不,亲爱的孩子,"国王心情沉重地说,"一个国王责任重大,总有许多烦恼!"

"可是你哭了,父亲?"伊菲革涅亚说。

"因为我们要长久分离!"父亲答道。

"呵,如果我能够跟你一起去,"女儿高兴地叫喊起来,"那该多幸福啊!"

"是的,你也要作一次远行。"阿伽门农神情严峻地说,"首先我们必须献祭——亲爱的女儿,这次献祭,你是必不可少的!"他说话时,哽咽得几乎不能出声。但她毫不知情,最后他让女儿住到为她准备的帐篷里去。孩子带着一批随从走了。为了应付妻子克吕泰涅斯特拉,阿伽门农也像演戏似的,向她介绍新郎的身世和命运,等他打发妻子走后,他立即去找卡尔卡斯,跟他商量这一场不可避免的献祭。

然而,一件偶然的事使得克吕泰涅斯特拉碰到了年轻的王子阿喀琉斯。因为他的士兵不愿再干等下去了,所以他前来找阿伽门农。克吕泰涅斯特拉像对待未来的女婿一样问候他,阿喀琉斯惊讶得往后缩去。"你说的是谁的婚姻大事啊,王后?"他问道,"我从未追求过你的女儿。而且,你的丈夫也从来没有对我提过这方面的事情!"

克吕泰涅斯特拉这才知道她受骗了。她站在阿喀琉斯面前,满面羞愧,心里怀疑。阿喀琉斯却以年轻人的天真说:"请不要难过,王后,一定是有人拿我跟你开玩笑。别把它当一回事。而且,如果我坦率的话伤害了你,也请你多多原谅。"说完,他正想离开,这时,阿伽门农的那个忠实的老仆人正好走来。他那天早晨被墨涅拉俄斯抢去了信函。他把克吕泰涅斯特拉叫到一边,悄悄地对她说:"阿伽门农想要亲手杀死你的女儿!"现在母亲终于知道了神谕的具体内容。她痛不欲生,转过身扑在阿喀琉斯的面前,抱住他的双膝,向他哭诉起来:"哦,女神的儿子,快救救我,救救我的孩子!我把你当作她的未婚夫,我给她戴上花冠一直送她到军中。我虽然已被蒙蔽,可是仍把你当作她的新郎!我当着一切神祇,当着你的女神母亲的面,请求你,救下我的女儿。向我们伸出双手吧,如果你肯援救我们,一切还会好转!"

阿喀琉斯满怀敬意地扶起了跪在面前的王后,对她说:"请放心,王后!我是在一个虔诚而慈爱的家庭里长大的人,我向喀戎学会了朴实而又灵活的思考方式。当阿特柔斯的儿子们引导我走向光荣之路时,我愿意服

∥ 名师批注 ∥

∥ 写作看点 ∥

当母亲的终于知道事情的真相,一个"扑"字,体现出母亲痛不欲生、救女心切的急切心情。

∥ 阅读看点 ∥

阿喀琉斯的一番话把那种良善与正直显露出来,他的庄严的保证真能改变阿伽门农的女儿的命运吗?

名师批注

从他们的指挥,却不愿听从罪恶的命令,因此,我愿意保护你。我要尽我的力量,把你的女儿从她父亲的刀下救回来。你的女儿已被认为是我的妻子,如果由于那个骗她来这儿和我结婚的诡计而导致她死,那我也会感到自己是有罪的。如果我不能救出你的孩子,那就让我自己去死!"

珀琉斯的儿子对伊菲革涅亚的母亲作了庄严的保证后离开了。克吕泰涅斯特拉也怨恨地走去找丈夫阿伽门农,丈夫不知道她已经知道了秘密,还一语双关地对她说:"把你的孩子叫出来,因为面粉、水和婚宴前的祭品都已经准备好了。"

"哼!"克吕泰涅斯特拉叫起来,眼里闪着仇视的光,"出来吧,女儿,带着你的弟弟俄瑞斯忒斯一起来!"女儿伊菲革涅亚从内室出来时,她又接着说:"看吧,她就站在这里,准备听从你的吩咐。现在,我只要你回答我,坦率而诚实地告诉我,你真的要杀害我们的女儿吗?"

国王站在那里,久久地沉默着。最后,他终于绝望地叫起来:"啊,命运女神啊!你泄露了我的秘密,一切都完了!"

"现在你听我说,"克吕泰涅斯特拉说,"我们的婚姻是以罪恶开始的。你用暴力劫持了我,把我的前夫杀死。我原来嫁给坦塔罗斯,那是堤厄斯忒斯的儿子。那时候,你把我的孩子从怀中抢走,而且残酷地把他杀害了。我的哥哥卡斯托耳和波吕丢刻斯带兵追击你。你向我年迈的父亲廷达瑞俄斯请求保护,他见你可怜,才救了你,并使你成了我的丈夫。我一直信守结婚时的誓言,做一个忠贞的妻子,使你在家感到幸福,在外感到骄傲,我为你生下三个女儿和一个儿子。你现在却要抢走

写作看点

国王被问得无言,只能"久久地沉默"。而之后的"绝望"更是充分地显露出阿伽门农的精神状态。

我的大女儿,是吗?为什么呢?为了让墨涅拉俄斯能重新夺回他那不忠实的妻子!你愿意杀死自己的女儿吗?你在这时候将怎样祈祷呢?你在杀害女儿时指望从祈祷中得到什么呢?祈求不幸地返回故乡,就像你出发时一样,对吗?或者你要我为你祈福吗?但我决不会为一个谋杀者祈福。为什么拿你亲生的孩子充当祭品呢?你为什么不对所有的希腊人说:如果你们愿意顺利地征服特洛伊,那么就抽签决定谁家的女儿该作牺牲吧。你为墨涅拉俄斯征战,难道为了让他保全自己的女儿赫耳弥俄涅,却要我牺牲自己的女儿?你说,我讲的话哪一句不真实呢?如果我讲的全是事实,那么就不要杀害我的女儿,你自己想想吧!"

伊菲革涅亚听到这些话也跪倒在父亲面前,泣不成声地说:"父亲哟,假如我有俄耳甫斯的神奇的竖琴,假如我可以发出感动顽石的声音,那么我就能说出雄辩的话引起你的同情!但我没有这个能力,只有眼泪才是我的唯一的武器。请求别人怜悯的人都在手上拿一根橄榄枝,我只好用双手来代替橄榄枝,抱住你的双膝。父亲,别让我这么年纪轻轻就死去!你真的要杀死我?呵,千万别这样。我当着母亲的面恳求你。我的母亲十月怀胎生下了我,现在她想到我的死就感到更大的痛苦。海伦与帕里斯的事与我有什么相干?帕里斯来到希腊,而我为什么就该死呢?啊,看着我的眼睛,可怜可怜我吧!"

阿伽门农已下定决心,冷酷得像一块石头,他站在那里说:"只要法理允许我同情,我就会同情,因为我爱自己的孩子,否则我就连禽兽都不如。我现在以沉重的心情做着可怕的事情,可是我必须这样做。你们看到了,多么大的一支船队由我统率,多少王子身穿盔甲,站

|| 阅读看点 ||

　　阿伽门农的妻子连问十几个问句质问阿伽门农,责备的情绪达到极点。

|| 阅读看点 ||

　　女儿在父亲面前也用一连串的问句,更是让阿伽门农满心的痛苦难以自抑。

名师批注

‖ 阅读看点 ‖

听到阿喀琉斯的到来，母女俩一喜，以为救兵到了。但随着阿喀琉斯的进来，能不能获救又成了未知的事，因为阿喀琉斯也几乎被众人的乱石击死。事情再次迷茫起来。

‖ 阅读看点 ‖

正当大家都处在痛苦的挣扎中时，伊菲革涅亚的一番话，让事情出现了转机。但这种转机却是建立在牺牲她自己的基础上。这种勇敢与坚定是需要经过多么强烈的内心挣扎才能做出的啊！

在我的周围。我的孩子，如果我不按照神谕的预示牺牲你，那么特洛伊将不能被攻陷。英雄们全都希望希腊妇女今后再也不会遭到特洛伊人的劫持，他们都下了这个决心。如果我不遵照神谕去做，他们就会杀掉你们，也杀掉我。我的权力到此为止，已经无能为力了。我不是向弟弟墨涅拉俄斯妥协，而是顺从全希腊人的要求。"

说完，国王就离开了她们。她们在哭泣中突然听到了兵器撞击的声音。"那是阿喀琉斯！"克吕泰涅斯特拉高兴地喊了起来。珀琉斯的儿子大踏步地跨进来，身后跟着一群随从。"全军都乱套了，他们要求牺牲你的女儿，"他大声地对王后说，"我反对他们，几乎被他们用乱石击死。"

"我的家乡的士兵呢？"克吕泰涅斯特拉屏住气问道。

"他们带头起哄，"阿喀琉斯继续说，"骂我是个害相思病的吹牛大王，我带着这些忠诚的伙伴来保护你们，不让奥德修斯等人伤害你们，我将用生命保护你们。而且，我倒想看看，他们是否敢于进攻一个与特洛伊的命运息息相关的女神的儿子。"

这时，伊菲革涅亚突然从母亲的怀里挣脱出来。她抬起头来，勇敢而坚定地面对王后和阿喀琉斯。"听我说吧！"她沉着坦然地说，"亲爱的母亲，不要惹你的丈夫生气了。他不能违反众人的意志。我佩服这位外乡人的高尚勇敢。可是他将为此付出代价，他将会遭到辱骂。我已经下了决心，准备去领受死亡。我驱逐了心头任何胆怯的念头，愿意了结这件事情。希腊人都把目光盯着我。战船的出发，特洛伊的攻陷都取决于我，希腊女人的荣誉都系在我一个人身上。我的名字将载誉千秋万代，我将被称为解放希腊的救星。我是一名凡人，女神阿耳忒弥斯要我为祖国献身。我甘愿献出自己的生命。牺牲自己而征服特洛伊，这就是我的纪念碑，就是我的结婚盛典。"

伊菲革涅亚目光炯炯，如同一位女神站在母亲和阿喀琉斯面前。这时，年轻而勇敢的阿喀琉斯突然跪在她的面前，说："阿伽门农的女儿，如果我能享受你的爱情，那么我就是神祇赐予的天下最幸福的人。我妒忌你许身给希腊，我仰慕希腊养育了你这样的女子，我爱你，渴慕你，请好好考虑一下吧！死是可怕的！我愿意给你创造良好的条件，愿意将你带回家乡，让你过上幸福的生活。"

伊菲革涅亚微笑着回答："由于海伦，女人的美貌引起了够多的战争和残杀。我亲爱的朋友，你也不该为了我而死，也不该为了我而去残杀别人。不，让我来拯救希腊吧，我是自愿的！""高尚的心啊，"阿喀琉斯大声地说，"你按照自己的心愿去做吧！但我要带着武器赶到祭坛去阻止你死。也许你在临死前还能想起我的话。"说完，他匆忙赶在姑娘的前面朝祭坛走去。姑娘心怀坦荡，为了拯救祖国，她愉快地接受死神的挑战。母亲悲恸地倒在地上，她无法跟随女儿前去，眼睁睁地看着她死。

希腊所有的军队都集中在女神阿耳忒弥斯的圣林里。圣林位于奥里斯城外。祭台已经搭好，祭司和预言家卡尔卡斯站在祭坛旁。伊菲革涅亚在一群使女的陪同下走进圣林，步伐坚定地朝父亲走去，士兵中腾起一阵同情的呼声。阿伽门农垂下了目光，姑娘走到他面前说："亲爱的父亲，我遵从神谕，为了军队，为了祖国，在女神的祭坛前献出我的生命。我很高兴，但愿你们都能幸运而又胜利地返回故乡！"

名师批注

‖写作看点‖

"目光炯炯"强化了伊菲革涅亚的勇敢与坚定，她不是女神，却胜似女神。

‖写作看点‖

"阿伽门农垂下了目光"，这短短的一句话，一个动作体现了他此时此刻多么复杂的心情：心疼、惭愧、不得已……

名师批注

‖写作看点‖

用"大家都能清楚地听到挥刀的声音"写场面之静,大家心情之紧张!奇迹之后,大家终于可以松一口气了,包括读者。

‖阅读看点‖

围绕着祭祀展开的相当长的篇幅至此已结束,这一部分中有精彩的对话、复杂的心理描写和鲜明的行为,情节上一环扣一环,引人入胜,最后,勇敢与正义感动了神,让邪恶的预言也失去了效力。

　　军队中又响起一阵赞叹的低语声,这时传令使塔耳堤皮奥斯叫大家肃静并祈祷。预言家卡尔卡斯抽出一把锋利而雪亮的钢刀,将它放在祭坛前的金匣子里。这时,阿喀琉斯突然全副武装,挥着宝剑,走上祭坛,姑娘朝他看了一眼,顿时地改变了主意,把剑扔在地上,用圣水浇奠祭坛,然后用双手捧起金匣,像祭司一样环绕神坛走动,祈祷说:"啊,高贵的女神阿耳忒弥斯,请仁慈地接受这一自愿而又神圣的祭礼吧!那是阿伽门农和全希腊给你献祭的。让我们的船一帆风顺吧,让特洛伊降伏在我们的长矛下。"

　　士兵们全都默默地听着,并低头致敬。卡尔卡斯拿着钢刀,念着祷词。大家清楚地听到他挥刀的声音,可是这时出现了奇迹!姑娘在全军面前突然不见了。原来阿耳忒弥斯怜悯她,将她带走了,代替她的是一只美丽的牝鹿躺在地上,在祭坛前的血泊中挣扎。

　　"希腊联军的首领们。"卡尔卡斯喊道,"看吧,看看这里的祭品吧,这是女神阿耳忒弥斯送来的,她宁愿牺牲这只梅花鹿而不愿牺牲那位姑娘。祭坛不需要用姑娘的热血浆洒了,女神已经原谅了我们,她将使我们的船顺利地航行,并保佑我们征服特洛伊。拿出勇气来吧,海上的战友们,我们今天就要离开奥里斯港!"他一边说,一边看着献祭的鹿在火中慢慢地烧成灰烬。等到最后一点火星熄灭的时候,祭台前的寂静立即被呼啸的风声打破了。士兵们抬头望着海港,他们看到船只在海面上晃动着,大家发出欢呼声,离开了圣林,回去整装待发。

　　阿伽门农回到住地,他没有看到妻子克吕泰涅斯特拉。早在他回来之前,他的心腹仆人就赶来了,把她女儿遇救的好消息告诉了她,王后高兴地举起双手,但没

178

有说感谢上天的话。她痛苦地呼喊:"我的孩子被抢走了!他葬送了我的幸福,我不愿看见这个杀人凶手!我要离开这里。"仆人马上为她叫来了马车和随从。等到阿伽门农完成了祭礼回来时,他的妻子早已在回迈肯尼的路上了。

菲罗克忒忒斯被遗弃

希腊人当天就扬帆起航,一阵顺风使他们飞快地航行在辽阔的大海上。不久,他们来到卡律塞岛,补充生活用水。菲罗克忒忒斯在岛上发现一座倒塌的祭坛,这是阿耳戈英雄伊阿宋在航行途中为女神帕拉斯·雅典娜建立的。菲罗克忒忒斯是墨里波阿国王帕阿斯的儿子,也是赫拉克勒斯的战友,他继承了赫拉克勒斯百发百中的箭术。这位虔诚的英雄发现了这座祭坛感到很高兴,他想给希腊人的保护女神献祭。正在这时,一条看守圣坛的大蛇在英雄的脚跟上咬了一口。他受了重伤,被抬上战船,船又起航了。可是菲罗克忒忒斯的伤口却肿了起来,疼痛难忍。同船的士兵也无法忍受化脓伤口的恶臭,他大声叫痛的呼喊声也扰得人不得安宁。

最后,阿特柔斯的儿子们与狡黠的奥德修斯秘密商议处置的办法。因为病人周围士兵们的怨言传到全军,引起了全军士兵的不安。大家担心受伤的菲罗克忒忒斯会在他们到达特洛伊前传播瘟疫,而他疼痛的叫喊声会影响希腊人的斗志。所以他们决定把可怜的英雄遗弃在雷姆诺斯岛的荒无人烟的海滩上。可是他们没有想到他们失掉了他就等于失掉了战无不胜的弓箭手。

狡猾的奥德修斯被选定来执行这个任务。他把睡着的菲罗克忒忒斯装上一条小船,划到海滩边,把他放

名师批注

||写作看点||

短短的一句话交代了场景的变换,希腊人扬帆起航,新的故事又要开始了。

||阅读看点||

菲罗克忒忒斯是一名战无不胜的弓箭手,地位相当重要。现在把他遗弃,他还能参加特洛伊战争吗?特洛伊战争能少了这样一位被人们认为是战无不胜的弓箭手吗?

名师批注

‖阅读看点‖

船队虽然是顺风,顺风是神祇的意思,也是英雄们的希望,但顺风的船队却远离特洛伊,这说明在真正的特洛伊战争到来之前还会有诸多曲折。

‖阅读看点‖

一段奇异的故事揭示了忒勒福斯的身世。善于用简练的语言挑明人物关系,也是希腊神话的特点之一。

在一座岩洞里,给他留下足够的衣服和食物。小船只停留了片刻。等到不幸的菲罗克忒忒斯被遗弃在荒岛后,奥德修斯驾着小船回来了。他们又继续航行,很快便追上了前面的大队战船。

希腊人攻击密西埃

希腊人的船队一路顺风来到小亚细亚海湾。可是英雄们并不认识这块地方,于是又趁着顺风,远离了特洛伊,一路往南,来到密西埃湾,大家准备在这里抛锚登陆。沿着海湾,他们到处遇到武装阻拦,阻拦人以当地国王的名义禁止希腊人登陆,要他们先向国王说出远道而来的是谁家的部队。

密西埃的国王就是一位希腊人,名叫忒勒福斯,赫拉克勒斯和奥革生下的儿子。他的命运多舛,经过种种磨难曲折,在密西埃的国王忒宇特拉斯那里偶然遇到了失散多年的母亲。而且还有一段奇异的故事:原来奥革是亚加狄亚国王的女儿,她把生下的孩子遗弃以后,逃到密西埃国,投奔国王忒宇特拉斯。忒勒福斯受到一头母鹿的哺育,后来被牧人发现。牧人们将他送到国王刻律托斯跟前,国王收留了男孩。长大以后,忒勒福斯按照特尔斐神谕的旨意前往密西埃寻找生母。那时候忒宇特拉斯正遭受伊达斯的侵袭,形势十分紧张。忒勒福斯赶走了伊达斯,作为嘉奖,他获得娶奥革的权利。他不知道奥革正是他的生身母亲,奥革却激烈地反对嫁给忒勒福斯。他愤怒得几乎要拔出剑来把奥革杀死。绝望之中,奥革大呼赫拉克勒斯的名字。忒勒福斯这才知道差点闹出一桩天大的误会。后来,忒勒福斯娶国王的女儿阿尔基俄波为妻。忒宇特拉斯国王去世后,忒勒福斯继承王位统治密西埃。希腊士兵这回根本不由分说,也不问这里的国王是谁，便操起武器杀上岸来，早把几位看守海岸的人撂倒在地。另有几个看守急忙逃了回去，汇报国王忒勒福斯，说有几千名陌生的敌人侵入国土，杀死岗哨，占领海岸，十分野蛮，不可抵挡。国王闻讯，急忙召集部队，迎面朝陌生的部队开了过去。他不愧为赫拉克勒斯的儿子，是一位高尚的英雄，他的军队也是按照希腊的方式训练起来的。所以希腊人遇到他们激烈的抵抗，这是未曾预料到的。双方展开一场势均力敌的殊死血战，直杀得昏天黑地，难分胜负。

希腊士兵中厮杀出了一位神奇的英雄，他叫忒耳珊得耳，著名的国王俄狄甫斯的孙子，波吕尼刻斯的儿子，狄俄墨得斯的忠实战友。作为厄庇戈诺伊的后辈英雄他已经取得了许多荣誉。他在忒勒福斯的士兵群中横冲直撞，最后，终于打死了国王的第一统帅和最亲密的朋友。国王大怒，奋力扑了过去。于是，俄狄甫斯的孙子与赫拉克勒斯的儿子展开了一场惊天动地的大决战。最后，赫拉克勒斯的儿子取得了胜利。忒耳珊得耳被一枪刺中，倒在尘土中。

狄俄墨得斯从远处看到这一切，急忙跳上前来，还没有等到国王忒勒福斯缴下死者的武器，狄俄墨得斯抢过朋友的尸体，扛在肩膀上，迈开大步背离了混乱的战场。当他背着尸体经过埃阿斯和阿喀琉斯面前时，他们也止不住一腔悲愤，连忙收拾溃散的部队，将部队兵分两路，通过巧妙的迂回，最后合击一道。不一会，希腊人又占了上风。忒宇脱朗堤俄斯是忒勒福斯的异母兄弟，被埃阿斯一箭射翻。忒勒福斯正在追赶奥德修斯，见到兄弟遇险连忙过来帮助，却不料被葡萄藤绊了一跤。希腊人十分狡猾。他们把对方引入葡萄田，从而改变了战场的局势。阿喀琉斯一看形势有利，趁忒勒福斯站起身

名师批注

‖写作看点‖

"昏天黑地"四字写出这场战争的激烈与血腥。

‖阅读看点‖

在作战中善于利用一切可以利用的条件，体现了希腊人不光勇猛而且机智。葡萄田里的战斗正是围绕着希腊人的"狡猾"来写的。

名师批注

‖ 写作看点 ‖

"多回的拉锯"从侧面写出双方交战旗鼓相当、十分激烈。

‖ 阅读看点 ‖

特勒帕勒摩斯的语言充满了鼓动性，这种激情会让一般人热血沸腾。

的时候，投出一杆镖枪，刺穿密西埃国王的下半身。忒勒福斯坚持着站起来，拔出枪尖。他的士兵也奔了过来，保护他。如果不是夜幕降临，双方的激战还要展开多回的拉锯，现在只得全部撤离战场。

第二天，双方交换使者，谈判停战，以便各自寻找并掩埋阵亡将士的尸体。希腊人直到这时才惊讶地知道，原来如此英勇地保卫这片国土的国王正是他们的同民族兄弟，是伟大的半神赫拉克勒斯的儿子。而且，他们又知道在自己的队伍中还有三位诸侯是忒勒福斯的亲戚。他们是赫拉克勒斯的儿子特勒帕勒摩斯，国王忒萨罗斯的两个儿子菲迪普斯和安底福斯。三位诸侯王自动要求，跟着密西埃使者一同回到兄弟忒勒福斯跟前，向他解释，在滩涂上登陆的希腊人是怎么回事，他们为什么要前往亚洲。

忒勒福斯高兴地接待了远道而来的亲戚，津津有味地听着他们神话般的叙述。这时他才知道，帕里斯如何倒行逆施，侮辱了希腊国；墨涅拉俄斯如何联合他的兄长阿伽门农和其他希腊诸侯一起前来讨伐。"因此，"特勒帕勒摩斯因为是国王的半个兄弟，所以担任发言人，"亲爱的兄弟和同乡，不要离开你们自己的民族。我们的父亲赫拉克勒斯在世界的各个地方都为了它而英勇作战。他以对祖国的热爱在全希腊树立了无数的纪念碑。治愈你给希腊人烙下的创伤，将你的军队与我们一起合并，共同围困特洛伊人！"

忒勒福斯由于伤势严重，躺在床上。他费力地站起身子，友好地回答说："你们的话是不对的。亲爱的兄弟们，我们从朋友和亲戚成为今天血战的敌人，那是你们的过失。我的守护海岸的士兵曾经问起你们的姓名和原因。可是你们却认为只要为了反对野蛮人，不管什么手段都行。他们干脆呐喊一声,跳上岸来,对我的士兵不作任何回答,也不听任何劝告。就动手把他们砍翻在地。你们还在我身上——"他指了指伤口,"留下了永恒的纪念。我这辈子决计不会忘掉昨天的这场血战。当然我不会用这些琐事破坏你们的雅兴。我很高兴,能在我的国家欢迎自己的亲戚和希腊朋友。可是我不能答应跟你们一起讨伐普里阿摩斯。我的第二房妻子阿斯堤约黑就是他的女儿。他是一位虔诚的老人,而他的其他一些儿子都是品德高尚的人,他们没有参与轻率的帕里斯犯下的种种罪行。你们瞧我的儿子欧律皮罗斯,我难道可以帮着毁灭他的外祖父的王国吗?正像我不参加讨伐普里阿摩斯的战斗一样,我也无论如何不会影响你们的战事。你们都是我的同乡。请收下我的一份薄礼吧,我给你们准备一点粮草。不管你们需要多少,尽管开口!然后就去征伐,以上帝的名义战斗到底。这一场战争我是阻拦不住的。"

得到一番好意的回答,三位诸侯满意地回到亚各斯人的营帐,向阿伽门农和其他诸侯汇报,他们如何以希腊人的名义与忒勒福斯建立了友谊。英雄们召开战前会议,决定派埃阿斯和阿喀琉斯迅速去见国王,与他订立同盟。到了那里,他们看到赫拉克勒斯的这位儿子伤势严重,十分痛苦。阿喀琉斯痛苦地说,他实在是无意的,伤了一位希腊同乡,伤了赫拉克勒斯高贵的儿子。国王却忘掉了疼痛,说贵宾临门,未曾远迎,有失宫廷礼貌。他请两位进入城堡客厅,设宴隆重招待,对他们送来的礼物表示高兴和赞赏。

希腊人应阿喀琉斯嘱咐,立即派出两名世界闻名的医生,帕达里律奥斯和马哈翁,请他们帮助国王检查并治疗伤势。两个人虽然不能手到病除,因为神仙儿子的

名师批注

‖阅读看点‖

忒勒福斯的一番话既说明了自己的观点,也对希腊的诸侯表示了友好,给予了帮助。体现了他的理智、贤明与周全。

名师批注

‖阅读看点‖

"唯一"可以登陆的位置,说明了特洛伊的易守难攻。国王的这个情报使希腊军队的胜算又多了一成。

‖阅读看点‖

贤明的普里阿摩斯看到帕里斯归来,便想着要有所戒备,可惜儿子们却被财宝美色冲昏了头脑。这使特洛伊的命运变得更加糟糕。

‖阅读看点‖

战争讲天时、地利、人和。而现在特洛伊人对王子有怨言,忒勒福斯告诉了希腊人特洛伊城唯一的登陆点。人不和、地不利,特洛伊城的糟糕命运更进一层。

镖枪也并非等闲之物,可是他们敷贴的药膏却使国王解除了难熬的疼痛。忒勒福斯国王当即在病榻上向希腊人做出种种建议,供应战船上的生活用品和食物,直把他们挽留到严寒过去、春暖花开季节才让部队远航出征。他还详细介绍了特洛伊城的环境和通途,告诉他们该走怎样的路,甚至透露了唯一可以登陆的位置,那是斯康曼特尔河的入海口,一处非常关键的军事要地。

帕里斯的归来

特洛伊人虽然还不知道庞大的希腊战船已经逼近他们的国土,但是自从希腊使节离开以后,全国人心惶惶,担心战争的来临。这时,帕里斯率领船队,载着被他劫持的王后和众多的战利品回来了。普里阿摩斯国王看到这不祥的儿媳走进宫中,心情并不高兴,他立即召集儿子们和贵族举行紧急会议。可是他的儿子们却不以为然,因为帕里斯已分给他们大量的财宝,还把海伦带来的漂亮的侍女送给他们成婚。他们受到财宝和美女的诱惑,加之他们年轻好战,因此他们商量的结果是,保护这位外乡来的女人,将她留在王宫里,决不还给希腊人。

但城里的居民十分害怕希腊人攻城。他们对王子和他抢来的美女深感不满,只是出于对年迈的国王的敬畏,他们才没有坚决反对宫中新来的女人。

普里阿摩斯见会上众人决定收留海伦,不将她驱逐出境,便派王后到她那里,了解她是否真的自愿跟帕里斯到特洛伊来的。

海伦声称,她的身世表明她既是特洛伊人,也是希腊人,因为丹内阿斯和阿革诺尔既是特洛伊王室的祖先,也是她的祖先。她说她被抢走虽非自愿,但现在她已衷心地爱上了新夫,并同他紧紧连在一起。她自愿成为他的妻子。在发生这件事后,她已经不可能得到前夫和希腊人的原谅。如果她真的被驱逐出去,交给希腊人处置的话,那么耻辱与死亡是她的唯一命运。她无其他的路可走。

她含着眼泪跪倒在王后赫卡柏的面前。赫卡柏同情地把她扶起来,告诉她国王和所有的儿子都决定保护她,准备抵抗任何的攻击。

战争开始

希腊人正在同国王忒勒福斯告别时,特洛伊城的几座城门突然大开,全副武装的特洛伊士兵在赫克托耳的率领下像潮水似的冲过斯康曼特尔平原。那些驻扎在最前面的希腊士兵急忙拿起武器抵抗涌来的敌人,但众寡悬殊,招架不住。他们抵挡了一阵,终于使驻扎在营帐里的其余的希腊人集合起来,摆开阵势朝敌人进攻。战争开始了,形成多种战局:赫克托耳所到的地方,特洛伊人就占优势,在离他很远的地方,特洛伊人则被希腊人击溃。

在希腊人中,首先被特洛伊英雄埃涅阿斯杀死的是伊菲克洛斯的帕洛特西拉俄斯,他在祖国刚订婚就远征特洛伊。在登陆时他是第一个跳上岸的希腊人,如今他最先阵亡了。他漂亮的未婚妻拉俄达弥亚是阿耳戈英雄阿卡斯托斯的女儿,她那么悲伤地和他告别,送他去打仗,现在她永远见不到他的新郎了。

现在,阿喀琉斯还远离战场。他把国王忒勒福斯一直送上船,怀着依依惜别的心情目送船只远去,直到在海面上消失。忽然克罗斯急匆匆赶到他跟前,抓住他的肩膀,喊道:"你到哪里去了?希腊人正需要你!战斗

|| 阅读看点 ||

战争场面开始得让人猝不及防。"潮水似的"描绘出特洛伊士兵冲出城门、冲过平原时的威猛、广阔的场面,气势夺人。

名师批注

‖写作看点‖

比喻贴切、形象，写出阿喀琉斯攻势的猛烈，所到之处，无人能挡。

‖写作看点‖

刚刚还如潮水般的特洛伊士兵现在却如鹿群一般，而希腊人却如猎犬，短短的工夫，战争的形势就发生了逆转。可见特洛伊士兵的战斗力之差。

‖阅读看点‖

"横冲直撞，杀人如割草"说明了库克诺斯此次偷袭的得势。

已经开始。敌军统帅赫克托耳凶猛得像头狮子。国王的女婿埃涅阿斯，还打死了我们的帕洛特西拉俄斯。如果你还不去作战，将有更多的英雄会牺牲。"

阿喀琉斯急忙穿过营帐中的小道，回到自己的营房，这时他才大声呼唤他的帖撒利士兵拿起武器，和他一起奔赴战场。阿喀琉斯的攻击像旋风一样猛烈，连赫克托耳也抵挡不住。阿喀琉斯接连杀死普里阿摩斯的两个儿子。和他并肩作战的还有忒拉蒙的儿子大埃阿斯，他身材高大，超过所有的丹内阿人。在两位英雄猛烈的攻击下，特洛伊人如同鹿群遇到了凶猛的猎犬，纷纷逃窜。他们退回城里，闭门不出。希腊人从容地回到船边，继续扩建他们的营盘。阿伽门农指派阿喀琉斯和埃阿斯守卫船只，他们又派了其他英雄分别守护各自的战船。

帕洛特西拉俄斯被隆重安葬，他们将他放在高大的柴堆上火化，然后把他的骨灰埋在海湾半岛上的一株枝叶繁茂的榆树下。葬礼还没有结束，特洛伊人又发起第二次攻击，他们又紧张地投入战斗。

国王库克诺斯的袭击

科罗奈位于特洛伊附近。那里的国王库克诺斯是女仙和海神波塞冬的儿子。一只天鹅在忒纳杜斯岛上奇异地把他养大，他因此得名，被叫作库克诺斯，希腊语中是天鹅的意思。

库克诺斯与特洛伊人结成联盟。他看到陌生人在特洛伊城前登陆作战，没有等到普里阿摩斯特别告急，便自告奋勇地赶来援助老朋友。他从国内组建一支部队，悄悄地从希腊战船营的后面包抄上来，恰逢希腊人正在悼念他们的阵亡英雄。他们手无寸铁，毫无防备地站在火堆旁边,静静地等候着把帕洛特西拉俄斯化成灰烬。突然,希腊人看到自己已经陷入重围,四周全是战车和武装的士兵。大家还没有弄明白怎么回事,库克诺斯便率领部队展开了一场血腥的屠杀。他们横冲直撞,杀人如割草,十分了得。

当然,参加帕洛特西拉俄斯葬礼的只有一小部分亚各斯人。其他船上和营帐里的士兵迅速拿起武器,在阿喀琉斯率领下,迅速赶来声援。阿喀琉斯乘坐战车,挥舞长矛,左右扫荡,枪不落空,直杀得科罗奈人鬼哭狼嚎,尸横遍野。混战中,他马上看清远方人堆中敌人的首领正在赶杀希腊士兵。阿喀琉斯催动雪白的骏马,拉动马车,径直扑了上去。当他来到库克诺斯跟前时,他挥舞着晃动的长矛,大声地叫喊起来:"年轻人,不管你是哪路英雄,都请把安慰带入死亡吧,因为你将死在女神忒提斯儿子的枪下!"说完,他扔出一杆标枪。可是,尽管他瞄得很准,标枪落在波塞冬儿子的胸膛上又扑地一声弹了回去。阿喀琉斯惊奇地打量着这位刀枪不入的对手。

"别奇怪,女神的儿子,"对方微微一笑,对他说,"这不是我的盔甲或坚固的盾牌挡住了你的标枪。我有时也穿那种玩意儿,只是像战神阿瑞斯一样,为了耍弄一番武艺。阿瑞斯根本不要借此保护自己的神仙肌体。我即使脱下所有的战袍,你的标枪也不能伤害我的肌体。我的身体如同钢铁,我不是普通仙女的儿子,不,我是神仙的宠儿。我的父亲统率着海洋上的涅柔斯和他的女儿们。瞧吧,你的面前站着海神波塞冬的儿子!"

说完,他把自己的长矛朝阿喀琉斯扔了过来,长矛刺穿了阿喀琉斯的盾牌,它穿透了盾牌的铁面和裹扎的

名师批注

写作看点

描写阿喀琉斯的战斗场景时用了一系列动词:催动白马、拉动马车、扑了上去、晃动长矛、大声叫喊、扔出标枪。一环接一环的紧凑描写使场景栩栩如生。

知识链接

阿瑞斯,希腊神话中的战神,奥林匹斯十二神之一,被视为尚武精神的化身。

> **名师批注**
>
> ‖写作看点‖
>
> 此处写阿喀琉斯的愤怒从"大怒时急红了眼睛"到"牙齿咬得咯咯作响"再到"都绝望了",层层递进,形象鲜活而生动。

九层牛皮,一直进了第十层牛皮时才停了下来。阿喀琉斯从盾中拔出长矛,又朝神仙的儿子投去一枪。对方还是刀枪不入,第三次尝试仍然不能奏效。阿喀琉斯大怒,像一头面前挡住一块红布的公牛,公牛顶着双角横冲直撞,可是每次都是扑空,因此急得眼睛都发红了。他又朝库克诺斯投出一杆木标枪,标枪击中他的左肩,肩上顿时一片血迹。阿喀琉斯大声欢呼。

可是,他这回又高兴得太早了。与库克诺斯并肩战斗而又不幸被别人击中的伙伴鲜血飞溅,湿透了库克诺斯的肩头。阿喀琉斯愤怒得把牙齿咬得咯咯作响,跳下战车,挥动宝剑,朝库克诺斯左右上下砍杀。库克诺斯体硬如钢。阿喀琉斯把宝剑都砍断了,绝望地举起十层牛皮裹扎的盾牌,冲到对方面前,朝着他的太阳穴,连连猛砸,砸了三四回。库克诺斯这才疼痛得开始后撤,感到眼前一片模糊,不幸在一块石头上绊了一跤。阿喀琉斯抢前一步,从背上抓住库克诺斯,将他结结实实地摔倒在地。阿喀琉斯用盾牌和双膝抵住地上人的胸口,脱下自己的衬衣,裹住库克诺斯的喉咙。科罗奈人一看神仙般的首领都跌倒在地吃了亏,顿时失掉斗志。他们一哄而散,溃不成军,逃离了战场。

这回袭击的战果是,希腊人趁机进入被打死的库克诺斯的国家,在其首都墨拖拉带走了国王的儿子作战利品。然后,他们又向邻近的基拉国进攻,占领了这座坚固的城池,满载着丰富的战利品,浩浩荡荡地回到自己的战船营地。

帕拉墨得斯之死

帕拉墨得斯是希腊军营中最聪慧的人。人人都知道他精勤,公正,坚定而深思远虑。他生得秀俊且长于

> ‖写作看点‖
>
> "浩浩荡荡"四个字写出了希腊军队得胜的气势,既自信又得意。

歌唱和演奏竖琴。正是由于他的辩才才使大部分希腊的王子们都赞同远征特洛伊的战争；由于他的机智才发现拉厄耳忒斯的儿子即奥德修斯的诡计。因此奥德修斯对于他怀着不可和解的敌意，日夜都想着向他报复，而且睿智的帕拉墨得斯愈是得到别的王子们的尊敬，他就愈加阴险地想谋害他。现在阿波罗的神谕启示希腊人，要他们在特洛伊人所谓的阿波罗·斯明透斯的神像和神庙所在的地方举行百牲大祭，帕拉墨得斯被指定为押送祭品的人。阿波罗的祭司克律塞斯将接受他送来的圣羊并作献祭。这地方对于太阳神的崇拜原有着很奇特的来源。在远古时候，当国王透克洛斯和他的人民由克里特岛东来并在小亚细亚的这一带地方的海岸登陆时，一个神谕命令他们就居住在他们的敌人从地里爬出的地方。后来当他们来到那地方的哈玛克西托斯城，小耗子们从地洞里出来在黑夜中咬啮他们的盾。他们以为这是神谕的应验，因此就居住在那里的城郊，并建立一座阿波罗的神像，脚边伏着一只小耗子。埃俄利亚地方的土语，斯明透斯便是耗子的意思。

因此祭司克律塞斯在距克律塞岛不远的山上的阿波罗·斯明透斯庙里将帕拉墨得斯送到那里去的一百只圣羊向太阳神献祭。事实上，太阳神选定了帕拉墨得斯来做这件事并给他特殊的光荣，这反而加速了他的毁灭。因为如今奥德修斯开始满怀嫉妒，设计陷害他。他悄悄地亲手藏匿一些金钱在他所憎恨的帕拉墨得斯的屋子里，然后又以普里阿摩斯的名义写一封信给帕拉墨得斯，感谢他出卖了希腊人的军事秘密。他让这信落在从夫利基阿来的一个奴隶的手里，并假装被自己偶然发现。他即刻下令杀死这无辜的持信人。最后他在希腊王子们的大会上将这信公布出来。愤怒的英雄们立刻

名师批注

‖阅读看点‖

前文已经写过帕拉墨得斯的聪慧，此处用两个"由于他……才……"的句式，进一步突显了他的才智。

‖阅读看点‖

前文已经写过奥德修斯的"狡黠"，并以他与帕拉墨得斯结怨埋下伏笔，此处的精心设计更显露出奥德修斯的"狡黠"，使军队中最聪慧的人受到他的陷害，呼应了前文。

名师批注

组织军法会审，阿伽门农委任阿开亚人里的显赫人物为审判官，奥德修斯获得首席的地位。他提议派人搜查被告的住屋，结果搜出奥德修斯自己埋藏在床底下的金子。审判官们并不知道其中的隐情，即一致宣判帕拉墨得斯应处死刑。帕拉墨得斯不想为自己声辩。他看出全部的阴谋，但既没有希望说明自己的纯洁，也无法证明他的敌人的罪恶。当他听到他们要用石头打死他时，他只是大声呼喊："啊，希腊人哟，你们将杀死一只最纯洁、最智慧、歌声最美的夜莺！"但无知的王子们仅仅嘲笑这种奇特的辩护方法，并将他——他们中最崇高的人——领到可悲的死亡里去，他从容而英勇地接受了它。当第一阵石子将他打倒以后，他叫着："欢呼吧，真理，因为你死在我的前面！"当他说出这话，怀着仇恨的奥德修斯就用一块大石头向他的头上打来，他垂下脑袋死去了。但正义的保护神祇涅墨西斯从天上的城楼看到了这事，她决定惩罚阿开亚人和骗他们犯罪的奥德修斯，要使他们在达到心愿的紧要关头遭受挫折。

特洛伊人的胜利

宙斯突然改变了主意。"你们听着，"第二天清晨，他对前来圣山开会的诸神和女神们说，"今天有谁胆敢帮助特洛伊人或者希腊人，我就把他扔入塔耳塔洛斯地狱，那深度如同天地间的距离。然后我再锁上地府的铁门，使他永远也回不了圣山。如果你们怀疑我是否有力量做到，那么你们可以试一试：用一根金链拴住天宫，然后一齐用力拉，看看是否能把我拉到地上。相反，我可以把你们连同大地、海洋全都拉上来，并将链条系在奥林匹斯圣山上，让大地永远吊在半空。"

神们听到宙斯愤怒的话，吃了一惊。但宙斯却乘着

写作看点

正义保护神的决定在此埋下伏笔，到底是什么挫折会在紧要关头出现呢？

阅读看点

宙斯改变主意，使局势日渐明朗化的战争局面变得迷离起来，情节再次出现波折。

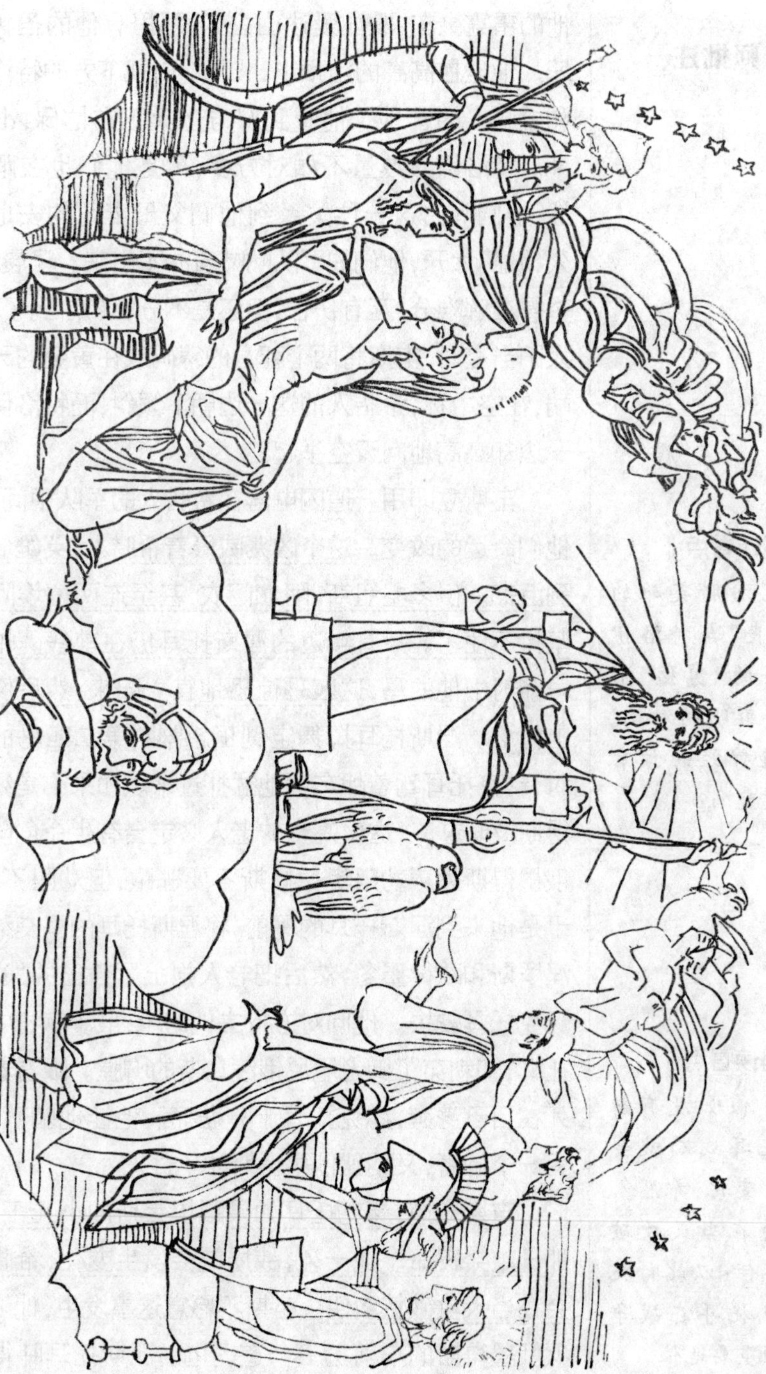

名师批注

‖ 写作看点 ‖

希腊英雄的"沮丧"与特洛伊将士的"勇猛"形成了鲜明的对比。难道曾经的预言要改变吗？

‖ 阅读看点 ‖

假如没有赫克托耳战局就会发生变化，希腊人就会在当天攻破特洛伊，以此衬托赫克托耳在战争中的重要地位。

他的雷霆金车，驶往爱达山去了，那里有他的圣林和祭坛。他坐在高高的山顶上，威严地俯视下方的特洛伊城和希腊人的营地。他看到双方士兵正在忙碌，准备战斗。特洛伊人数量不如对方多，可是他们也在踊跃备战，他们明白这一仗关系到他们父母妻儿的安危。不久，城门大开，他们的军队呐喊着冲了出来。早晨，双方杀得难解难分，互有伤亡，但还是不分胜负。到了中午，太阳当空时，宙斯将两个死亡的筹码放在黄金的天平两端，在空中称，希腊人的这一边朝下倾斜，而特洛伊人的一边却高高地向天空举起。

宙斯立即用一道闪电落在希腊人的军队中间，宣告他们命运的改变。这个凶兆威慑着希腊人，英雄们都感到沮丧。伊多墨纽斯、阿伽门农，甚至连两位埃阿斯都坚持不住了。只有年迈的涅斯托耳仍在前线。帕里斯一箭射中他的马，这匹马惊恐地直立起来，然后倒在地上打滚。涅斯托耳挥舞宝剑正想割断第二匹马的缰绳时，赫克托耳驾着战车朝他猛扑过来。如果不是狄俄墨得斯及时赶来，这位高贵的老人必定会有生命危险。狄俄墨得斯大声劝阻奥德修斯不要逃跑，但劝阻不了他。于是他来到涅斯托耳的马前，将涅斯托耳的马交给斯忒涅罗斯和欧律墨冬，然后把老人抱上了自己的战车，朝赫克托耳驶去。他向对方投去他的矛，虽没有打中赫克托耳，却刺穿了御者厄尼俄泼乌斯的胸膛。眼看着朋友死在自己身旁，赫克托耳十分悲痛。他让他躺下，唤来另一个御者，又朝狄俄墨得斯冲了过来。

宙斯知道，赫克托耳如果跟堤丢斯的小儿子较量，那一定会丧命。他一死，战局就会发生变化，希腊人就会在当天攻破特洛伊。宙斯不愿意这事发生，他随即朝狄俄墨得斯的车前扔去一道闪电。涅斯托耳吓得连缰绳都从手上滑掉,他大声喊道:"狄俄墨得斯,快逃跑!你没看到宙斯不让你今天取得胜利吗?"

"你说得对,"狄俄墨得斯回答说,"可是,我只要想到赫克托耳将来在特洛伊人的大会上说:'堤丢斯的儿子在我面前吓得逃回去了。'心里就非常生气!"

涅斯托耳不以为然,他说:"不管赫克托耳如何嘲笑你,特洛伊的男男女女是不会相信的。你在战场上杀掉了他们无数的朋友和丈夫,他们能说你是懦夫吗?"他一边说,一边掉转了马头。赫克托耳立即追了上来,他大声喊道:"堤丢斯的儿子,希腊人将来在会议或宴席上都对你推崇备至,他们会看不起你,把你看成一个胆小鬼!攻占特洛伊并把我们妇女用船运走的希腊英雄中一定没有你了!"

听到这种尖刻的嘲笑,狄俄墨得斯犹豫着,思考再三,想掉转马头,和嘲笑自己的人较量,但宙斯一连三次从爱达山上扔下炸雷。因此,他决定还是逃跑。赫克托耳在后面紧追不舍。

赫拉看到这一切,万分焦急,想说服希腊人的保护神波塞冬,援救希腊人,但没有成功,因为波塞冬不敢违抗兄长的意志。这时,希腊人兵败如山倒,纷纷逃回营地,上了战船。如果不是赫拉鼓励阿伽门农把惊慌失措的希腊人重新集合起来,赫克托耳一定会攻入营地,放火焚烧战船。阿伽门农走上奥德修斯的大船,它远远高出其他战船之上。阿伽门农披着闪闪发光的紫金战袍,站在甲板上,看着下面营房里的希腊人一片慌乱逃跑的景象大声喊道:"可耻啊!你们的勇气到哪儿去了?我们居然输给了一个人,赫克托耳一个人就把我们打退了。他马上会焚烧我们的战船,啊。宙斯啊,别让特洛伊人在这里征服我吧!别让我遭万人唾骂,成为千古罪

|| 名师批注 ||

|| 阅读看点 ||
赫克托耳的语言确实是够尖刻,极尽嘲讽之能事。

名师批注

‖ 阅读看点 ‖

万神之父亦有"人性",面对阿伽门农的声泪俱下,亦动了恻隐之心,这更说明希腊神话中的"人神同性"的艺术特点。

‖ 阅读看点 ‖

吉兆刚现,希腊人重振士气,一人在前,英雄们紧随其后,一个接一个冲上的场面十分鲜活,如在眼前。

‖ 写作看点 ‖

仅从赫克托耳的吼声与瞪眼两处描写,活生生地勾勒出战场上他英勇神武的形象。

人吧!"说到这里,阿伽门农声泪俱下。万神之父怜悯他,从天上给希腊人显示了吉兆,这是一头雄鹰翱翔在天空中,爪下抓着一只幼鹿,将它扔在宙斯的神坛前。

丹内阿人看到这吉兆,又鼓起勇气,重又聚集起来,顽强抵抗蜂拥而来的敌人。狄俄墨得斯从战壕里跳出来,冲在前面,正好碰上特洛伊人阿革拉俄斯,狄俄墨得斯一枪刺中想转身逃跑的阿革拉俄斯的后背。阿伽门农和墨涅拉俄斯随后跟上来,紧接着是两位埃阿斯、伊多墨纽斯、迈里俄纳斯和欧律皮罗斯。第九个上来的是透克洛斯,他由异母兄弟大埃阿斯的盾牌保护着,弯弓搭箭,射倒了一个又一个特洛伊人。他在射倒了八个人后,又瞄准赫克托耳射去一箭。箭射偏了,却射中了普里阿摩斯的私生子戈尔古茨翁。透克洛斯又向赫克托耳射去一箭,但阿波罗让箭偏离了目标,它射中了驾车的御者阿尔茜泼托勒摩斯。赫克托耳忍着悲痛,让他的朋友躺在车上。他叫来第三个人为他驾车,然后凶猛地向透克洛斯冲去。透克洛斯正要弯弓搭箭,被赫克托耳用一块尖利的石块砸在锁骨上,筋也断了,一只手僵硬地靠在踝骨旁,双膝弯曲着跪在地上。埃阿斯连忙伸出盾牌挡住兄弟,直到又来了两个人,才把呻吟不已的透克洛斯抬离了战场,送上大船。

宙斯又鼓起特洛伊人的勇气。赫克托耳发出雷鸣般的吼声,瞪着一双直冒火星的眼睛,追击着希腊人。希腊人惊恐万状地逃跑,痛苦地祈求神保护。赫拉听到他们的祈求,非常同情他们。她转身对雅典娜说:"丹内阿人危险了,难道我们能坐视不救吗?你瞧,赫克托耳疯狂地追击他们,对他们大肆屠杀!"

"是呀,我的父亲很残忍,"雅典娜回答说,"他忘记了我从前是如何援救他的儿子赫拉克勒斯脱离险境的。

194

现在忒提斯以她的温柔和撒娇赢得了他的欢心,他现在一看见我就讨厌我。但我想这一切会改变的。你帮我套上马,我去劝说父亲!"

宙斯预见到她会来,心里很恼火,便命令伊里斯去阻挡两个女神的车,不让她们穿过奥林匹斯圣山的大门。她们听到他的命令即刻返回。随即宙斯驾着雷霆金车驶来,整个神山都在震动。宙斯不听妻子和女儿的恳求。"明天特洛伊人将取得更大的胜利。"他对赫拉说,"强大的赫克托耳将把希腊人一直赶到船尾,希腊人在绝望之际,将重新请出受尽凌辱的阿喀琉斯,这就是命运女神的安排!"赫拉听了一声不吭,她十分悲伤。

晚上,赫克托耳召集战士们开会。他说:"要不是天黑了,我们说不定已经把敌人彻底歼灭了!现在,我们也不用回城去了,只要派少数人把牛羊、面包和美酒送来。我们在四周燃起篝火,以防敌人偷袭。我们自己则开怀畅饮,包扎伤口,天一亮,我们就开始进攻希腊人的船只。我要看一看究竟是狄俄墨得斯把我从城墙上摔死,还是我从他的尸首上剥下他的盔甲和兵器!"特洛伊人欢声雷动。他们遵照命令,燃起篝火,然后又吃又喝。他们的马匹也没有卸下鞍具,嚼着燕麦和大麦,随时准备再上战场。

希腊人二度兵败

清晨,阿伽门农命令士兵们整装待发,他自己也披挂停当,身穿一件漂亮的盔甲。盔甲闪闪发光,显现十道蓝色的铁圈,12 道金圈,20 道锡圈,煞是漂亮。脖子间的金甲像是三条游龙。这身装束全是塞浦路斯国王吉尼拉斯赠送的礼物。阿伽门农在肩上斜背着一把利剑。剑上饰有金色的浮雕。金色的把手,银色的剑鞘,

名师批注

写作看点

宙斯的话预示着明天的战争更加激烈。整个特洛伊战争将掀起更大的波折。

阅读看点

以细腻的笔墨描写了阿伽门农的穿戴,以其漂亮威武的披挂衬托出阿伽门农的英武。

名师批注

‖阅读看点‖

特洛伊人有了昨日的胜利，面对奋不顾身扑过来的希腊士兵，他们表现得沉稳。以静待动，还未开战，胜负之势好像已有论定。

‖写作看点‖

阿伽门农手起一枪便把皮亚诺耳和他的副将全都挑翻。一个"一"，一个"全都"，阿伽门农的神勇立刻显现出来。

寒光闪闪。艺术品一般的铁盾上还画有十道大圈，20处锡制浮雕饰物。盾牌的中心呈现深蓝色，画着丑恶的蛇身人面魔女图像。盾牌的带子如一条蓝色的龙，带有三个弯曲的脑袋。阿伽门农戴上令人生畏的头盔，头盔显示四处高峰，用马鬃围成一圈，头盔的花翎虎虎生威。他操起两根沉重的长矛，矛锋尖利，然后大踏步地来到战场。

赫拉和雅典娜从天空远远地祝贺这位一身披挂的民间国王，天上响起一阵欢乐的雷声。刹那间，步兵们首先跃出战壕，战车紧跟在后。士兵们发出一声呐喊，奋不顾身地扑向前去。

特洛伊人密密麻麻地站在对面的山坡上，他们的首领一字排开，赫克托耳、波吕达玛斯、埃涅阿斯，后面还有波吕波斯、阿蒙诺耳和阿卡玛斯，他们三人都是安忒诺尔的儿子，三位英勇善战的好汉。赫克托耳指挥队伍。他穿一身金甲，浑身闪耀，犹如雷霆之火。

特洛伊人与丹内阿人厮杀成一团，他们用头顶，用脚踢，全力以赴，双方士兵凶猛得如同一只只饿狼。最后，希腊人摧垮了敌方阵营，阿伽门农手起一枪，把皮亚诺耳和他的副将全都挑翻在地。希腊人进入了敌方的纵深地带。

在激烈的鏖战中，宙斯亲自保护赫克托耳，不让他受到箭羽伤害。他让赫克托耳顺着城池的方向，朝着山坡上国王伊罗斯的纪念碑逃奔而去，可是阿伽门农大声吆喝着紧追不放。赫克托耳到达中心城门前宙斯树林时率领人马停了下来。宙斯给他派出神仙女使伊里斯，命令赫克托耳尽快地从战斗中脱身出来，让其他人混战一场，直到阿特柔斯的儿子受伤为止。到那时候，神仙之父会亲自引导他取得胜利。赫克托耳点头答应，在后卫战线上不断地鼓励士兵们勇猛冲锋。双方士兵又展开了厮杀。阿伽门农一马当先,再次杀入特洛伊及其盟军的人群之中。他先遇到了安忒洛尔的儿子伊斐达玛斯。这是一位勇猛无比的大英雄,从小在色雷斯靠祖母养大,新婚不久回到故乡,直接前来参战。阿伽门农扔出的长矛没有投中目标,伊斐达玛斯的枪尖碰在阿伽门农的腰带上,连枪尖都刺弯了。阿伽门农一把抓住对方的长矛,猛地夺了过来,又挥去一剑,把伊斐达玛斯从背上劈翻在地。他剥下伊斐达玛斯的武装,高兴地炫耀着。安忒诺尔的大儿子科翁看到了,急忙奔过来,要给弟弟报仇。他斜刺了一枪,刺中阿伽门农的手臂,紧挨着手肘骨,阿伽门农感到一阵剧烈的疼痛。他不敢稍有怠慢,继续拼死战斗。科翁正要把倒地的兄弟拖出拥挤的人群时,被阿伽门农赶上去一枪刺翻在地,跟兄弟的尸体躺在一道,死了。

阿伽门农不顾自己的伤口里鲜血直淌,继续用枪挑、用剑劈、用石投掷,纵横驰骋在特洛伊人群之中,所向披靡,无人敢挡。等到血在伤口止住时,他才感到一阵钻心的疼痛。他急忙跳上战车,离开战场,一溜烟朝战船营奔了回去。

赫克托耳看到阿伽门农撤离了战场。他想到宙斯的命令,急忙奔到特洛伊人的前列队伍中,大声呼喊着:"朋友们,你们建功立业的时刻到了!希腊人中最勇敢的将军回去了!前进,跟着丹内阿人的英雄,冲啊!"赫克托耳喊毕又像一阵旋风似的扑向战场。不一会儿,希腊人中九位王爷以及无数士兵都死在他的手下。赫克托耳把希腊人几乎赶到他们战船旁边。这时候,只见奥德修斯对狄俄墨得斯说:"我们的人为什么放弃了抵抗?来吧,朋友,你站在我的身边,赫克托耳快要占领我

名师批注

‖ 写作看点 ‖

描写阿伽门农作战时连用几个"一":一马当先、一把抓住、挥去一剑、一枪刺翻等等,词语简洁、动作连贯,从神情与动作上再次着重写出了他的英勇。

‖ 写作看点 ‖

赫克托耳是如何厉害,文中没有直写,而仅仅用"不一会儿,希腊人中九位王爷以及无数士兵都死在他的手下"一句,让人对他在战场上的威武勇猛产生联想:那么多人是怎么在"不一会儿"工夫中全死在了他的手下呢?

名师批注

们的战船营了,我们要打退这一场耻辱的进攻!"

狄俄墨得斯点点头,用投枪击中特洛伊人蒂姆勃莱俄斯的胸脯。蒂姆勃莱俄斯从战车上翻倒在地,他的副将摩利翁也死在奥德修斯的枪下。

双方仍在激战,希腊人重新赢得了喘息的机会。在高高的爱达山上俯视下方的宙斯让双方拼杀得难解难分。赫克托耳终于从战斗的队列里看到两位骁勇异常的英雄,便率领人马朝他们冲了过去。

狄俄墨得斯看得真切,扔出一杆长矛,击中赫克托耳的头盔,长矛又嘣的一声弹了回去。赫克托耳却被打翻在地,他双膝弯曲,右手撑地,眼前一阵发黑。等到堤丢斯的儿子狄俄墨得斯匆忙赶来时,赫克托耳已经恢复过来。他跳上战车,急忙奔回自己的阵营。狄俄墨得斯勃然大怒,把另一位特洛伊人打倒在地,剥下他的盔甲。

‖阅读看点‖

别的英雄都在战场厮杀,而帕里斯则只是隐蔽在暗处放冷箭,其心性如何,跃然纸上。

正在这时,狄俄墨得斯进入了帕里斯的视线。帕里斯隐蔽在伊罗斯纪念柱的后面。帕里斯嗖地射出一箭,正中蹲在地上的英雄的脚跟。飞箭穿过鞋子,刺在脚骨上。帕里斯哈哈大笑,从隐蔽处跳了出来,嘲笑那位受了箭伤的敌人。狄俄墨得斯回过头来,看到了射箭的敌人,大声叫骂起来:"这不是你吗,采猎女色的英雄?你在公开的战斗中伤害不了我,却从背后伤了我的脚跟,还在吹嘘,是吗?对我来讲,真像被孩子玩了一枪似的,根本算不上一回事!"正在这时,奥德修斯急忙赶了上来。他掩护着受伤的狄俄墨得斯忍痛拔出了脚上的利箭,保护他摇晃着身子登上战车,站在他的朋友斯忒涅罗斯旁边。他们一起朝船队飞驰而去。

‖阅读看点‖

这番话语刺透帕里斯的内心,使他的形象与赫克托耳形成了鲜明的对比。

现在,战场上剩下奥德修斯单身一人,深深地陷入敌人重围,不过亚各斯人都不敢靠近他。大英雄思考着,他到底应该撤退还是坚持战斗。不久,他意识到必

198

须坚持战斗下去。特洛伊人已经紧紧地围困住他,包围圈越来越小。他感到自己像一头奔窜的野猪,周围是一群跃跃欲试的猎人和呼呼逼近的猎犬。他盯着冲锋而来的敌人,毫不示弱,毫无畏惧。一会儿,就有五个特洛伊人倒在尘土里,死于他的枪下。第六个人又上来了,那是索科斯,他的兄弟刚才成了奥德修斯的枪下鬼。索科斯大叫一声:"奥德修斯,今天要么你创造奇迹,夸口杀死了希帕索斯的两个儿子,缴下了他们的武器,要么就轮到你在我的矛下丧生!"

说完,索科斯奋起一枪,刺穿了奥德修斯的盾牌,枪尖刺破了肋骨边上的皮肤。雅典娜急忙保佑,不让奥德修斯受到重伤。奥德修斯知道自己没有受到致命伤,便缓慢地退后两步,然后又出其不意地冲向对方。索科斯正想逃跑,不料却在双肩中央背心上中了一枪。枪尖一直从前胸冒了出来。奥德修斯这才从自己的伤口里拔出长矛,旁边特洛伊人看到他血流如注,奋不顾身地冲了过来。奥德修斯急忙后退,大叫三声,连呼救命!

墨涅拉俄斯首先听到呼救声,连忙对身旁的埃阿斯说:"起来,我听到奥德修斯在呼救!"两人赶了回去,不久就找到了这位负伤的英雄,看到他正用长矛上下抵挡,保护身体,不让蜂拥来的敌人靠近自己。特洛伊人突然看到埃阿斯的盾牌,怕得犹如筛糠,浑身抖了起来。墨涅拉俄斯趁机抓住奥德修斯的手,帮助他登上战车。埃阿斯却冲向特洛伊人,犹如秋天暴发的山洪,卷吞着枯败的松树、栎树,直杀得敌人尸横遍野。

赫克托耳不知道这里的战事,他在左侧阵线奋战,靠近斯卡曼德洛斯河岸。赫克托耳看到英雄伊多墨纽斯身旁带领许多年轻士兵,便迎头赶了上去,砍瓜切菜一般,杀伤许多兵丁。特洛伊人轰的一声围了过来,准

名师批注

‖ 写作看点 ‖

生动的比喻使奥德修斯被特洛伊人包围的场景栩栩如生,如在眼前。

‖ 写作看点 ‖

把埃阿斯冲向特洛伊人的情景比喻成"秋天的山洪卷吞枯败的松树、栎树,"强烈的对比把埃阿斯的英勇与特洛伊人的不堪一击立体形象地呈现出来。

名师批注

‖ 写作看点 ‖

赫克托耳在希腊人中是如虎入群狼，杀人如砍瓜切菜，再次用到的比喻使场面变得活生生的，如在眼前。

‖ 写作看点 ‖

"再说"二字即刻转换了场景，恰似电影中的蒙太奇手法，引出另一位重要的人物——阿喀琉斯。

备报仇雪恨。如果不是帕里斯射出一支带有三根倒钩的飞箭，让丹内阿军队的大医生马哈翁扑地一声倒在地上，那些年轻的士兵也不会善罢甘休就此撤退的。伊多墨纽斯见状十分着急，他大声喊叫起来："涅斯托耳！快扶马哈翁上车！一个能够拔除箭伤、减轻痛苦、敷贴膏药的人要比我们几百名英雄更重要！"涅斯托耳急忙上车，带着受伤的马哈翁，朝战船奔驰而去。

埃阿斯正杀得起劲。赫克托耳的驾车副将看到特洛伊人的另一翼阵势大乱，连忙提醒赫克托耳。他们急忙驱车前往。赫克托耳犹如虎入羊群，在希腊人中左右杀戮。他只是记住宙斯的警告，避开同埃阿斯发生正面冲突。不过，这位神仙之父也许让埃阿斯的灵魂里产生了惊恐和畏惧。埃阿斯看到赫克托耳逼近过来，连忙背起盾牌，朝停泊战船的方向撤退下去。

特洛伊人见状，纷纷朝他背挂在肩膀上的盾牌投掷长矛。可是，他只要转过身来，特洛伊人看到他的颜面，便又掉头逃跑。埃阿斯来到上船的路前，重新执拿盾牌，守住路口，抵挡着蜂拥而来的特洛伊人。

再说涅斯托耳带着受伤的马哈翁驾马车撤离了战场。他们上了船，在船尾的后甲板上遇到深受委屈的阿喀琉斯。阿喀琉斯静静地坐在那里，观看着他的同胞们被特洛伊人追杀得一路飞跑。他把帕特洛克罗斯叫到跟前说："去吧，问一下涅斯托耳，他从战场上带回的伤员是谁。不知什么原因，可是我同情希腊人。"

帕特洛克罗斯遵命来到船队，老人看到他时连忙从椅子上站立起来，握着他的手，友好地想要给他让座。帕特洛克罗斯说："不必客气，尊敬的老人！阿喀琉斯派我来看一下，想知道受伤的人是谁。现在我知道了，原来是神医马哈翁英雄，我得赶忙回去，向他汇报这一

200

消息。你知道我那位朋友是个急脾气!"

可是涅斯托耳却十分动情地回答说:"阿喀琉斯为什么如此关心亚各斯人呢?他们实际上都受了致命的重伤。所有英勇的武士都躺在营房里,闭门不出!狄俄墨得斯受了箭伤;奥德修斯和阿伽门农受了枪伤;而这位了不起的好汉也吃了一箭,我刚刚把他带离战场!可是阿喀琉斯不知同情!他难道想等到我们的船只烧成灰烬,等到所有的希腊人都血流干净才行吗!呵,我多希望自己像年轻时代一样身强力壮!那是我的黄金时代,我是一位胜利者,高高兴兴地居住在珀琉斯的家中。那时候我曾经见过你,你的父亲墨诺提俄斯和年幼的阿喀琉斯。年迈的老英雄告诫他,要他奋勇争先。而对你呢,你的父亲却反复嘱咐,让你当他的朋友和向导。告诉阿喀琉斯吧!也许你的劝说会打动他。"

帕特洛克罗斯在回去的途中经过奥德修斯的战船,在那里看到跛着腿走路的欧律皮罗斯。欧律皮罗斯走路十分艰难,恳切地哀求帕特洛克罗斯,请他使用半人半马的肯陶洛斯人喀戎的医术治愈自己的箭伤。帕特洛克罗斯一把抱起他,走进营帐。他把欧律皮罗斯放在水牛皮褥子上,用刀挖去大腿间锋利的箭镞。然后,他又用温水冲洗黑血,把辛辣的药草研碎,洒在了伤口上,看到新鲜的血液慢慢地结成血痂。

帕特洛克罗斯之死

帕特洛克罗斯离开受伤的欧律皮罗斯直接奔向阿喀琉斯。他一进到他的屋子里就泪流不止。珀琉斯的儿子同情地望着他,说道:"帕特洛克罗斯,你哭得像孩子一样。你听到了坏消息么?那消息与我们密耳弥多涅斯人,或我,或你有关系么?我知道你的父亲墨诺提

名师批注

‖写作看点‖

涅斯托耳的回答连用一串的感叹句,情绪饱满,句句紧扣住段首的"十分动情"。

名师批注

‖阅读看点‖

从这句话可以看出两人关系之亲密。

‖阅读看点‖

帕特洛克罗斯的话,与前文各位英雄受伤情形的描写相呼应,说明了自己恨得不出战的原因。

‖阅读看点‖

从阿喀琉斯对朋友提醒中可以看出他对朋友的爱护与关心。最后一句说明原因的话,既显示了英雄的雄心壮志,也显示了英雄气短的一面。

俄斯和我的父亲珀琉斯都还健在。或者你的悲愁是关于希腊人的?他们的悲惨的失败正是他们专横自私的结果。总之你有什么心事,告诉我吧!"

起初帕特洛克罗斯只是叹息,后来他说:"高贵的英雄,请你不要生气。那是真的,希腊人的不幸沉重地压在我的心上。最勇敢的人们都躺在船舰里,或者为箭射伤或者为枪刺中。狄俄墨得斯中箭,奥德修斯和阿伽门衣受了枪伤,欧律皮罗斯也被箭射中了大腿。现在这些人都没有在队伍中作战而在由医师医治。但你是不可和解的呀!你的父母不是珀琉斯和忒提斯——人和女神!你必是从黝黑的大海和岩石所生,所以你的心情这么冷酷。好吧,如果是你母亲的话或别的神祇的命令不要你参加战斗,至少让我和你的战士们同去,带给阿开亚人以安慰。让我穿上你的铠甲。也许特洛伊人看见我就以为是你,因而停止进攻,使我们可以重新整顿我们的队伍。"

阿喀琉斯皱着眉头冷冷地说:"不是我的母亲或任何神祇的命令阻止我走上战场。这是我心头的剧烈的苦痛,即一个希腊人敢于抢劫作为同伴的我,敢于抢劫我的合法的锦标。但是我从未有意要永远怀恨在心,并且一开头就决定了,当战争逼近我的船舰时要将这些事情忘却。现在我还无心亲自参加作战,但你可穿上我的铠甲,率领我的战士前去。全力冲向特洛伊人并将他们从船舰赶走吧。只是有一个人你不能和他作战,那便是赫克托耳。并且要十分小心不要落在一位神祇的手里,因为阿波罗爱我们的敌人。你们一经救出了船舰就即刻回来,让其余的人在广场上厮杀吧。因为我宁愿让所有的希腊人都毁灭,只剩下我们两人活着来征服特洛伊城。"

当他们说着话，埃阿斯在船舰附近已受到严重的压迫，他喘息起来了。赫克托耳的利剑将他的青铜枪尖砍落地上，使得他只剩下一截枪杆握在手里，这时他知道希腊人乃是与神祇在对敌，所以才绝望地后退。赫克托耳和他的战士们将一个大火把扔到船上，熊熊的火焰将船尾笼罩了。

当阿喀琉斯看到熊熊的火焰，他的顽固的心感到剧痛。"啊，帕特洛克罗斯呀！"他喊道，"别让敌人占领船舰，并制止我们的战士们逃遁。我将亲自去召集我的战士们。"帕特洛克罗斯很高兴，飞快地将阿喀琉斯的胫甲束在脚胫上，用他的灿烂的胸甲包住上身，肩上背负着他的利剑，头上戴着他的有着飘荡的马毛盔饰的战盔，左手持着他的大盾，右手执着两根长枪。现在帕特洛克罗斯吩咐他的朋友也是御者的奥托墨冬套上美人鸟波达耳革为西风之神所生的两只神马克珊托斯和巴利俄斯，此外还有阿喀琉斯从喀利喀亚的忒柏城作为战利品带回来的一匹良马珀达索斯。同时阿喀琉斯召集他的密耳弥多涅斯战士，他们都如饿狼一样，每船五十人，从那五十只船舰奔来。

他们出发时，阿喀琉斯告诫他们："让我的密耳弥多涅斯的战士们都不要忘记，过去他们如何经常地威胁着特洛伊人，并常常责备我不该恼怒，使他们不能参加作战。现在你们所渴望的时刻到来了。战斗到心满意足吧！"他说完话就退到屋子里，从箱子里取出一只精工制造的酒杯，这酒杯除他自己以外无人饮用过，除宙斯以外没有别的神祇享受过灌礼。现在他走到门外，倾酒于地对宙斯举行灌礼，并祈祷希腊人获得胜利，他的战友帕特洛克罗斯平安地归来。宙斯听到祈祷的第一部分略略点头，听到第二部分则摇头，但这些都不为阿

名师批注

‖阅读看点‖

战场上希腊一方的劣势刺痛了阿喀琉斯的心。他"顽固"的态度有了很大转变，不仅支持帕特洛克罗斯出战，还"亲自"去召集他的战士们。

‖写作看点‖

在叙述阿喀琉斯祈祷的过程中，插入宙斯对此的回应，为后文帕特洛克罗斯的死埋下伏笔。这是希腊神话中常用的手法，即通过神谕来预示英雄们的结局。

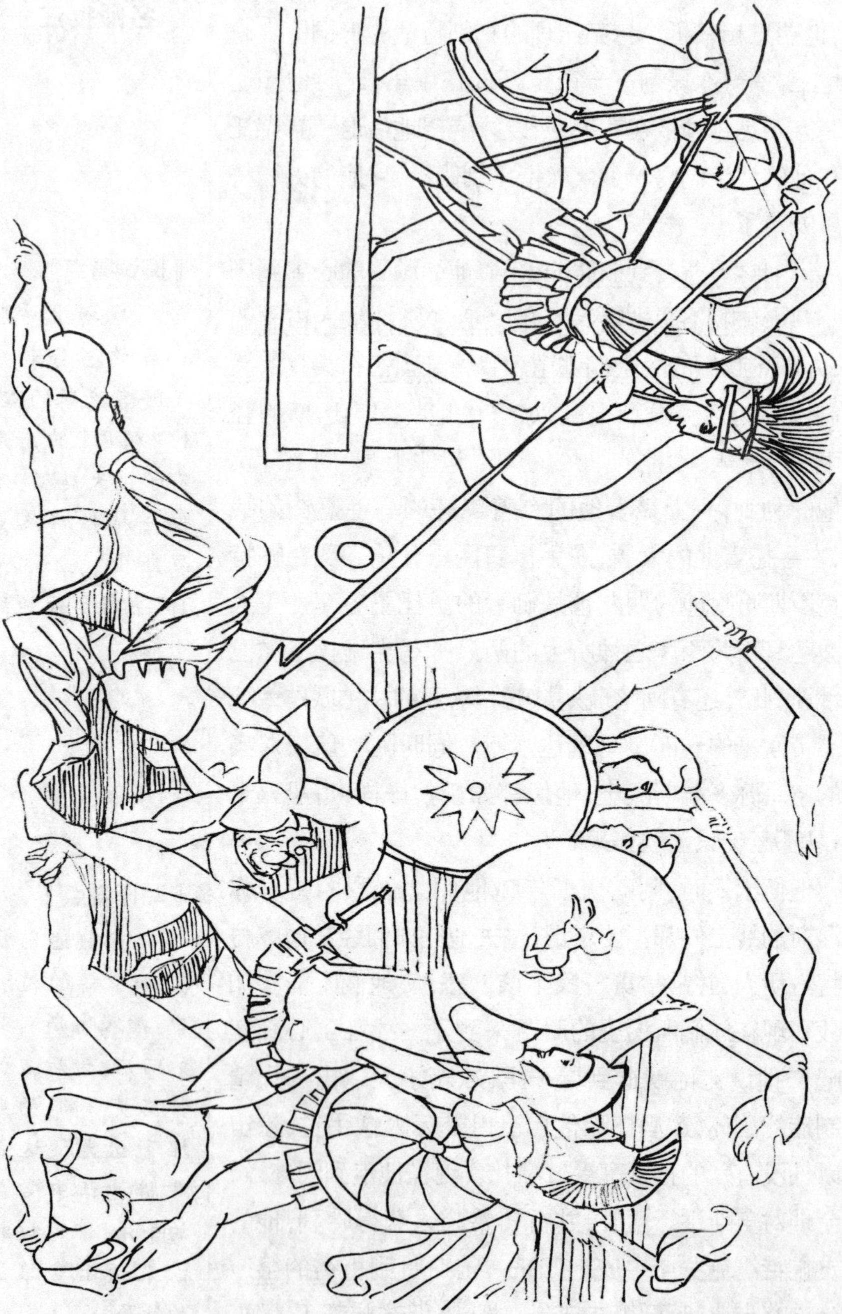

喀琉斯所看见。他回到屋子里将酒杯收拾起,然后又出来观看阿开亚人和特洛伊人的战争。

密耳弥多涅斯人如同蜂群一样拥在他们的领袖帕特洛克罗斯的后面,奔向敌人。当特洛伊人看见他来到,就心怀恐惧,阵容混乱,因他们以为他是阿喀琉斯。他们都绝望地四顾,寻找逃亡之路。帕特洛克罗斯趁着他们心怀恐惧的时候,向包围着普洛忒西拉俄斯的船舰的密集的敌人投掷出他发亮的枪。它击中派俄尼亚的皮赖克墨斯,射穿他的右肩。他苦痛得吼叫着向后栽倒,周围的派俄尼亚人也恐惧得自相扰乱,纷纷逃避。帕特洛克罗斯将火焰扑灭,因此船舰只烧去了一半。现在特洛伊人全都逃跑,达那俄斯人在船舰的巷道中追击他们。

大埃阿斯一心一意要用他的矛刺中赫克托耳。但赫克托耳是一个极机敏而有经验的战士,他用他的大盾这么灵巧地保护着自己,所以箭和枪只能射在他的牛皮盾上。他已觉到胜利已不再属于他和特洛伊人,但他仍坚定作战,希望至少可以救援和保护他亲爱的战友。直到对方的屠杀愈益凶猛,他才勒转战车,驱着马退过壕沟。但别的特洛伊人没有这么幸运。有许多马匹撞断了辕杆,把在寨栅木桩之间碰得粉碎的战车丢在那里。凡是那些通过了壕沟的人都尘埃滚滚地向城里奔逃,帕特洛克罗斯大声呼吼着在后追击。有许多人倒栽葱跌落在车轮之下,同时战车也倾覆了。最后珀琉斯的儿子的神马跃过壕沟,帕特洛克罗斯更鞭策它们前进,希望能追及赫克托耳飞奔的战车。他沿途杀死了所有在围墙与河流中间战地上遇到的敌人。吕喀亚的萨耳珀冬看到这情形很悲痛,他全副武装跳下战车。帕特洛克罗斯也跳下来,于是两人都吼叫着相向奔来,就如同两只

名师批注

‖ 阅读看点 ‖

通过特洛伊人的反应,侧面显示了阿喀琉斯的勇猛、强悍。

‖ 阅读看点 ‖

帕特洛克罗斯一出战,战场形势立即得以扭转,可见他的骁勇善战。

名师批注

‖ 阅读看点 ‖

再次通过神仙之口，揭示了英雄的命运。

‖ 写作看点 ‖

比喻的运用，形象地刻画了萨耳珀冬临死时的情形。死亡也丝毫无损他的英雄形象。

‖ 阅读看点 ‖

帕特洛克罗斯是如此神勇，以至于只有阿波罗才能抵挡住他的进攻。

有着钩嘴和利爪的鹰互相猛扑一样。

宙斯坐在奥林匹斯圣山，同情地看着他的儿子萨耳珀冬。但赫拉谴责他："你在想些什么？"她说，"你想保全一个早就该死的凡人么？如果所有的神祇都使自己的儿子们退出战争，那么你决定要实现的定数将如何了案呢？相信我，最好让他在战场上死去，将他交给死神和睡神，让人民将他运走，埋葬他，并为他立一个坟墓。"宙斯让这个讨厌的女神絮叨，但神圣的两眼却为自己的儿子滴下了一滴眼泪。

现在那两个英雄已进入矛的射程之内。首先帕特洛克罗斯投射萨耳珀冬的勇敢的战友特刺绪得摩斯。萨耳珀冬的矛没有投中帕特洛克罗斯，却投中良马珀达索斯的右胁。

萨耳珀冬又第二次投出他的矛，但仍然没有投中敌人。但这次帕特洛克罗斯却刺中了他的肚子，他倒下去如山头一棵巨松被斧砍倒一样，他咬着牙齿，用手抓着血污的泥土。在最后的喘息中他叫唤他的朋友格劳科斯，要他和吕喀亚人抢救他的尸体。说完就断气了。格劳科斯祈祷太阳神治愈他在争夺围墙的战争中从透克洛斯所受到的箭伤，这创伤使他迄今仍不能作战。阿波罗很同情他，即刻使他的伤口不再痛苦。于是他大步穿过特洛伊人的队伍，召唤波吕达玛斯、阿革诺耳和埃涅阿斯去保护萨耳珀冬的尸体。这几个王子听说他死了都很悲恸，但他们的悲恸更增加了他们的勇敢。他们由赫克托耳率领着凶猛地冲向希腊人。

同时帕特洛克罗斯也激励达那俄斯人涌向特洛伊人，他杀死九个特洛伊人并剥去他们的铠甲，他这么凶猛而准确地使着他的枪，如果不是阿波罗站在最高的城垛上决意援救特洛伊人并杀害这个英雄，他真的会征服

206

特洛伊城和所有它的碉堡。接连三次这墨诺提俄斯的儿子爬上城去，阿波罗三次都用神手执盾抵御，并大声喝道："退下去！"帕特洛克罗斯知道这是神祇的命令，就急忙退回。

现在在斯开亚城门口，奔逃的赫克托耳勒住马匹，考虑着是回到阵中去作战，还是命令他的队伍退到安全的城墙后面去。他正犹豫着，手指放松了缰绳，这时阿波罗却变形为赫卡柏的兄弟阿西俄斯走到他的面前，对他说："赫克托耳，为什么怯战呢？假使我比你强大得像你比我那样多，只是你因为犹豫不决，我就会将你送到地府里去。但是来罢！如果你不喜欢听这样的话，就让你的战车掉头，并驱着马直向帕特洛克罗斯奔去。谁知道阿波罗不会使你获胜呢？"这神祇变形为阿西俄斯在他的耳边这么说着，随即不见了。于是赫克托耳激励他的御者刻布里俄涅斯，又向战地冲去。阿波罗走在前头，在阿开亚人的军队中引起混乱。但赫克托耳没有停下来杀戮任何希腊人。他一直奔向帕特洛克罗斯。

阿喀琉斯的朋友看见他奔来，就跳下战车。他左手执着矛，右手从地上拾起一块大石向刻布里俄涅斯掷去。石头正击中他的前额，他跌倒在地。帕特洛克罗斯如同狮子一样奔向尸体，但赫克托耳保护着他的异母兄弟。他抓着死者的头，帕特洛克罗斯却拖住死者的脚。双方的战士如同西风与南风搏斗一样，互相厮杀。

天晚时希腊人得胜。他们夺取刻布里俄涅斯的尸体，并剥去他的铠甲。帕特洛克罗斯又倍加凶猛地冲向特洛伊人，接连三次每次杀死九个特洛伊战士。但当他作第四次的屠杀时，死神已在近旁窥伺，因为这次是阿波罗亲自出来作战。帕特洛克罗斯看不见他，因他隐藏在云雾里。阿波罗从后面用手掌打了他的背一下，他的

∥名师批注∥

∥阅读看点∥

神的暗示重新唤起了赫克托耳的昂扬斗志，他直奔最凶猛的敌人，要与他决一死战。

∥阅读看点∥

再次从侧面显示了帕特洛克罗斯的骁勇，只有神仙才能征服他，并且这征服还要靠"从后面"使心灵麻痹等手段才能得逞。这段描写又与前文写他在战场上的威风凛凛形成对比，渲染了英雄战死沙场的悲壮气氛。

名师批注

眼前立即一片模糊。然后神祇敲上他头上的战盔,战盔叮当地随着马蹄滚转,羽饰全为泥土和血渍染污。他又使他手中的枪折断,解开他背在肩头上的盾带和束缚在胸上的胸甲,并使他的心灵麻痹,木然不动地站着。这时潘托俄斯的儿子欧福耳玻斯(他是特洛伊的一个勇敢的战士,当天已杀死二十个希腊人)用他的枪刺入帕特洛克罗斯的背脊,随即走回阵去。但赫克托耳又走上去刺穿这受伤英雄的肚子,青铜的矛尖一直从背脊上透出。赫克托耳征服他,就如同狮子征服在同一条山溪争着饮水的野猪一样。他从帕特洛克罗斯的肉体使劲拔取他的矛,并胜利地叫道:"帕特洛克罗斯呀,你想使我们的特洛伊城成为废墟,并抢劫我们的妇女用船舰带回国去做你们的奴隶!现在我总算将做奴隶的不祥的日子推迟了;至于你,让鹰食你的腐肉去吧。你的朋友阿喀琉斯对你有什么用处呢?"

临死的帕特洛克罗斯用微弱的声音回答他。"赫克托耳,尽量去高兴罢,"他说,"宙斯和阿波罗使你得到毫不费力的胜利,因为他们先夺去了我的武器。如果不是他们,我的枪将征服你,并征服像你这样的另外二十个人。神祇里面,是阿波罗将我打倒了,人里面,是欧福耳玻斯将我打倒了。你可以剥取我的铠甲,但我可以预言:你骄傲的日子不多了,因为毁灭已隐藏在你身边,我知道你将在谁的手里丧命。"他挣扎着说完这些话,灵魂就离开他的身体到地府里去了。但赫克托耳又叫他:"帕特洛克罗斯!为什么预言我未来的命运呢?谁知道阿喀琉斯不会先被我的矛杀死!"说着脚跟用力,从受伤者身上拔出他的铜矛,让死尸仍然倒在地上。他又抢着浸着帕特洛克罗斯的鲜血的长矛转向他的御者奥托墨冬,但神马载着他逃脱了危险。

‖阅读看点‖

帕特洛克罗斯的死让赫克托耳大为振奋,对自己未来的命运很乐观,也预示着赫克托耳与阿喀琉斯之间将会有一场恶战。

其后特洛伊的欧福耳玻斯和阿特柔斯的儿子墨涅拉俄斯为争夺帕特洛克罗斯的尸体发生斗争。墨涅拉俄斯举起枪刺中敌人的喉咙，枪尖从后颈窝穿出，使得那些用金银带子装束着的黝黑的长发染满鲜血。他倒下来，武器也叮叮当当地散落在地上。即刻墨涅拉俄斯将他的铠甲剥下，正要带走，阿波罗却嫉妒他获得这样的战利品。他变形为喀科涅斯的国王门忒斯走到赫克托耳面前，劝他不要追击由奥托墨冬驱着飞奔的阿喀琉斯的神马，因为这是不易得到的战利品。他劝他即刻回来保护欧福耳玻斯的尸体。赫克托耳转来看见墨涅拉俄斯在俯身剥取尸体上的华丽的铠甲。阿特柔斯的儿子听到这特洛伊英雄的咆哮，知道他不能抵御赫克托耳和他的战士们。他不自主地放下尸体和铠甲向后退却，一面逃跑一面频频回顾，或停下来寻觅大埃阿斯。他终于在左方看到他在人丛中作战，他急向他走去，要求协助夺回帕特洛克罗斯的尸体。当他们两人走近尸体所躺下的地方时，看见赫克托耳已将死者的铠甲剥下，正在割取死者的头颅并将尸体拖给狗吃。但他看见大埃阿斯执着七层生牛皮的大盾走来，就放下尸体走回他的队伍跳上战车，将帕特洛克罗斯的铠甲递给他的朋友们带回特洛伊城作为一种光荣的纪念品。同时，埃阿斯保护着尸体，如同猛狮保护他的幼儿一样，墨涅拉俄斯在他的身边守望着。

吕喀亚的格劳科斯瞪着赫克托耳责备他。"如果你回避一个英雄，"他说，"光荣有什么用呢？现在请想想你一个人怎样保卫特洛伊城。此后吕喀亚人无论怎样也不会再和你并肩作战。你们既不保护深有交情的战友萨耳珀冬王子的尸体，而将他委弃给达那俄斯人和野狗，我们如何能希望你援助一个次要的人？如果特洛

名师批注

‖写作看点‖

"嫉妒"一词用来形容神仙阿波罗，赋予神以人的性格与心理，这体现希腊神话中"人神同性"的特点。

‖阅读看点‖

通过赫克托耳一系列的动作描写，侧面烘托出大埃阿斯的神勇。勇敢如赫克托耳，看见他起来也立即跳上战车欲回特洛伊城。

名师批注

‖阅读看点‖

赫克托耳的话解释了上文中他跳上战车的原因，而且通过他之口说埃阿斯的"强悍"以及宙斯的神意，使得埃阿斯的英雄形象更加鲜明和可信。

‖阅读看点‖

用特洛伊人和赫克托耳本人的后退，侧面写出了希腊一方的战斗形势因援兵的到来而得以扭转。而后用"几乎"一词，笔锋一转，特洛伊人又得神助。战场形势瞬息万变，扣人心弦。

伊人有着我们的勇敢，我们会即刻将帕特洛克罗斯的尸体拖到特洛伊的城里。如果希腊人能要回那精美的铠甲，他们会愿意将萨耳珀冬的尸体归还我们的。"格劳科斯这么说，因他还不知道阿波罗已将萨耳珀冬的尸体从希腊人那抢回来了。

"格劳科斯，你是一个傻子，"赫克托耳说，"你以为我畏惧强悍的埃阿斯么？我从不临阵退缩。但宙斯的神意比我们所有的力量都更有威力。现在，请来看，我是否如你所说的那样怯懦。"说着他就追赶他的战友，他们正运着那副从帕特洛克罗斯身上剥下的阿喀琉斯的铠甲往城里去。

这时争夺帕特洛克罗斯的尸体的战争重新爆发。赫克托耳的来势是这样凶猛，所以埃阿斯对墨涅拉俄斯说："现在我关心我们自己的头颅更甚于关心已经死去并将为特洛伊的野狗和飞鸟所争食的帕特洛克罗斯。因为赫克托耳和他的队伍如浓云一样包围着我们。请大声呼救，看看达那俄斯人中的英雄是否可以听到你的呼声。"墨涅拉俄斯尽力喊叫，首先听到的人乃是罗克里斯的埃阿斯，即俄琉斯的敏捷的儿子。他跑到这地方来，随后来到的还有伊多墨纽斯和他的战友墨里俄涅斯以及别的数不清的人，因此这尸体又被英雄们的青铜盾牌团团保卫着。特洛伊人越发加紧压迫，几乎这尸体被他们从人丛中拖去了。但最后大埃阿斯赶来援救。

现在特洛伊人甚至赫克托耳本人也略略后退，希腊人几乎违反宙斯的神意获得了胜利，但这时阿波罗却变形为年老的使者珀里法斯将大力的埃涅阿斯引到战场上来。埃涅阿斯知道珀里法斯是神祇的化身，所以他大声高呼激励他的队伍，自己也踊跃走在队伍的前头。这时特洛伊人又一次回转身来冲向敌人。如今希腊人又都举起枪来抗拒敌人，保护帕特洛克罗斯的尸体。

在战场的另一部分战斗也极猛烈，双方的战士们都汗流如雨。"我们宁肯让大地将我们吞没，"达那俄斯人大叫，"不愿将这具尸体委弃给特洛伊人，空手走回船去。"

"即使我们死得只剩最后一人，"特洛伊人也在对面吼叫，"也绝不后退。"

战斗正在剧烈进行。现在宙斯已另有主意。他隐藏在浓云中，派遣雅典娜作为使者到地上去。雅典娜变形为年老的福尼克斯走向墨涅拉俄斯。墨涅拉俄斯看见这老人走来，他说："啊，福尼克斯！但愿在今天雅典娜给我力量，使我可以为我的被杀死的朋友报仇。因为我从你的眼光中看出你对于我的谴责。"女神知道他在寻求她的援助，很觉欢喜，使他的两臂和两腿增加力量，使他的心情勇猛而坚定。他挥舞着枪向尸体所在的地方跑去。当赫克托耳的朋友即厄厄提翁的儿子波得斯正要转身逃跑，阿特柔斯的儿子的枪尖已刺穿了他的肚子。

现在阿波罗变形为淮诺普斯，向赫克托耳走来并讥讽他。"如果墨涅拉俄斯将你吓退，达那俄斯人中还有谁惧怕你呢？他曾经杀死你最挚爱的朋友，现在，他，希腊人中的最懦弱的一个，还要从你手中抢去帕特洛克罗斯的尸体！"这话使赫克托耳感到屈辱悲哀，他重新冲上去，青铜的铠甲灿亮得发光。于是宙斯摇晃着他的盾，降浓云遮蒙着伊得山，并以雷霆和闪电使特洛伊人的胜利达到最高点。

埃阿斯看到这情形，他这样大声地向在他身边作战的墨涅拉俄斯悲叹，使得宙斯也很同情他，即拨开浓云，闪出阳光普照着战地。埃阿斯对墨涅拉俄斯说："设法

名师批注

‖写作看点‖

对话描写，写战斗双方的吼叫，显示了战争已进入白热化的阶段，双方互不相让，誓言血战到底。

‖写作看点‖

此句承上启下，告诉读者下文故事又将发生新的转折，使行文过渡自然、引人入胜。

‖阅读看点‖

雅典娜的出现使战斗双方各有神助，战争会向什么态势发展呢？希腊人似乎就要取得胜利了。

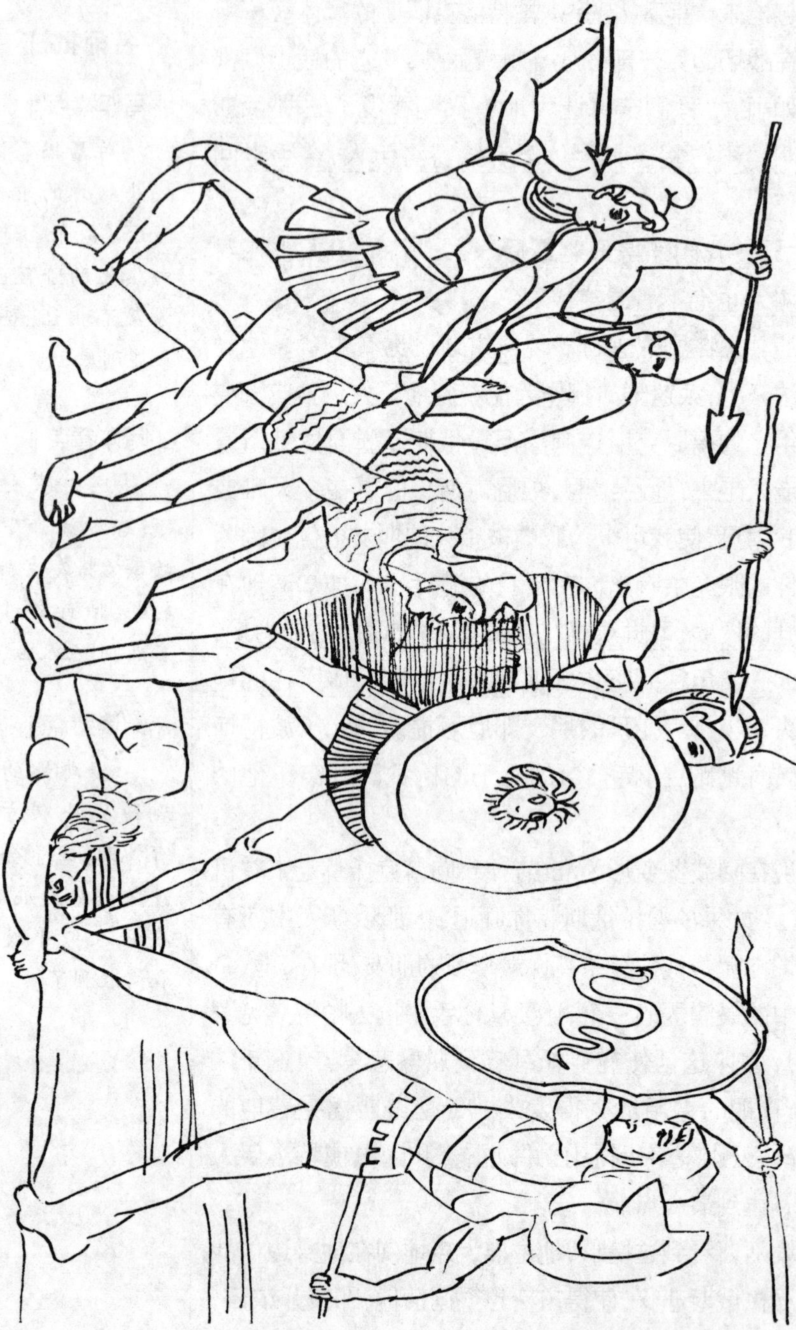

找到涅斯托耳的儿子安提罗科斯,看他是否还活着。他是最适当的使者,让他去告诉阿喀琉斯说,他的最亲爱的朋友帕特洛克罗斯业已丧命。"墨涅拉俄斯用锐眼四处搜寻,如同一只老鹰寻觅伏在林中的野兔一样。不久他终于在战地的左边找到涅斯托耳的儿子。

"安提罗科斯,"他对他说,"你知道吗,神祇使特洛伊人得到了胜利,达那俄斯人受到了灾难。帕特洛克罗斯已经阵亡,所有的希腊人对于这个大无畏的英雄的死亡都感到是一种损失。现在只剩下一个比他更勇敢的人:阿喀琉斯。快到他的屋子里去,告诉他这可悲的消息,并要他来抢救那具已被赫克托耳剥去铠甲的尸体。"

这青年听到这话打了一个冷战,禁不住泪流满面。他沉默好一会,然后将他的盔甲脱下递给他的御者拉俄多科斯,向着船舰拔足飞跑。

阿喀琉斯的悲恸

阿喀琉斯在船舰前面,思忖着一种他还不知道的业已实现的命运。他正在沉思,安提罗科斯已向他走来,由于所带来的可怕讯息而泪流满面,并远远就叫唤他:"唉,珀琉斯的儿子!但愿我不得不告诉你的这一切没有发生!帕特洛克罗斯业已阵亡!赫克托耳已剥去他的铠甲,现在他们正为他赤裸的尸体斗争。"阿喀琉斯听到这,眼前突然发黑。他用两手抓起地上的泥土撒在自己头上,脸上和紧身服上。然后他扑在地上,直直地躺着,撕扯自己的头发。安提罗科斯也不禁流泪,他抓住阿喀琉斯的双手紧紧地握着,因为他恐怕他会拔出剑来割断自己的喉咙。

阿喀琉斯这么悲痛地大声号哭,以致在深海中坐在白发老父身旁的他母亲也听到他的声音,并默默啜泣。

‖阅读看点‖
墨涅拉俄斯的话道出这样一个事实:夺取特洛伊之战的胜利少不了阿喀琉斯。与前文呼应。

‖阅读看点‖
阿喀琉斯听到噩耗的一系列动作描写,充分显露了他心中的悲恸。

名师批注

‖阅读看点‖

知道儿子遭受着巨大的悲痛，自己却无能为力，这是一件让人多么心痛的事情啊！

‖阅读看点‖

阿喀琉斯与帕特洛克罗斯的感情之深可见一斑。

别的涅柔斯的女儿们听到她的哽咽，也悄悄地进入她们银色的洞府，捶击着柔软的胸膛和她们的姐姐一起悲泣。"我是如何不幸，"她对她们说，"生育了这么一个勇敢俊美的儿子。他如同一株坚强的小果树，在园丁的灌溉爱护下渐渐长成。后来我送他去从事远征特洛伊的战争。但他永不会再回到珀琉斯的宫殿来了！<u>当他还在太阳光中活着，他必遭受巨大的苦楚，而我对他是无能为力的。但我一定要去看看我所珍爱的孩子，听听他所遭到的悲痛。</u>"说着，这女神就和她的姐妹们升到水面，波涛自动分开，让出一条路来。她来到海岸上，看见她的儿子坐在船舰前面悲泣。

"为什么哭泣呢，我的孩子？"她问他，并抱着他的头，"谁使你伤心了？都告诉我，一点也不要隐藏！不是一切都如意吗？不是希腊人拥进了你的营幕请求你的援助吗？"

阿喀琉斯带着深沉的叹息回答："母亲，这一切还算什么呢？既然那位我爱他甚于爱自己的眼珠的帕特洛克罗斯已被敌人杀死并扔在尘埃里！我的精工制造的铠甲，那是珀琉斯和你结婚时神祇所赠送的礼品，也被赫克托耳从他的身上剥去了。啊，但愿你永久居住在海洋的深处！因为假如珀琉斯娶的是一个人间的妻子，你便不会对于一个命定早死的儿子怀着永恒的悲痛。我永不会回到故乡去，因为我的良心不容许我活在人间，除非我为帕特洛克罗斯报仇，将赫克托耳杀死。"

忒提斯含泪回答他。"我的儿子，"她说，"那时你的青春的生命也将被断送，因为命运女神规定在赫克托耳死后，你的末日也近了。"

阿喀琉斯愤怒地叫起来，"如果命运女神不让我保护我被杀的朋友，我宁愿立刻死去！他远在异乡丧命，

214

我没有援救他。现在我短小的生命对于希腊人有什么用处呢？我使帕特洛克罗斯遭遇到不幸，使无数被杀死的朋友们遭遇到不幸。现在我坐在船舰这里，成为人世间无价值的赘物，而我正是阿开亚人中最勇猛的战士，即使在议会里我不如别人。可诅咒的忿怒呀！它无论在神祇或凡人心中，最初使你感到甘甜如蜜，但后来却苦涩难堪。"突然他抑制着悲痛并跳起来说："过去的事都让它过去罢！我就去为我所爱的朋友报仇。我要杀死赫克托耳。让宙斯和神祇们所规定的命运降临到我头上来罢。亲爱的母亲，请不要阻止我！"

"你是对的，我的孩子，"忒提斯回答，"你的金光灿烂的铠甲落在特洛伊人的手里。赫克托耳矜傲地穿戴着它。但他的矜傲不会久长。明天日出时，我将带给你新的武器，那是赫淮斯托斯亲手制造的。在我回来以前不要出去作战！"女神说完，就吩咐她的姐妹一起沉入大海的深处。但她自己即刻飞到奥林匹斯圣山去寻觅神祇的铁匠赫淮斯托斯。

同时特洛伊人一再向被埃阿斯搬运回去的帕特洛克罗斯的尸体进攻。赫克托耳像火一样向前飞奔，他有三次追及埃阿斯并抓住死尸的脚要将他拖走，但三次都被两个埃阿斯逐退。他退到一旁，然后又站住，并大声呼叫绝不再后退。这时那两个同名的希腊英雄想将他吓退，如同牧人们要将一只饥饿的雄狮从血肉模糊的牡牛身边赶走一样。但假如不是伊里斯奉赫拉的命令瞒着宙斯和别的神祇降临到珀琉斯的儿子的面前吩咐他秘密地整备武装，赫克托耳真的会把死尸抢走了。"我如何能作战呢？"阿喀琉斯询问神祇的使者，"我的敌人已抢去我的武器，而我的母亲吩咐我在她没有将赫淮斯托斯亲手制造的盔甲给我以前不能到战地去。没有别

|| 阅读看点 ||

阿喀琉斯化悲痛为力量，终于决定参加战斗为所爱的朋友报仇。

|| 阅读看点 ||

忒提斯对儿子的告诫及她"立即飞到""寻觅"铁匠的动作描写，慈母的形象跃然纸上。

名师批注

‖阅读看点‖

伊里斯的话及特洛伊人狼狈逃跑的情形，从侧面写出了阿喀琉斯的神勇与气势。即使不上战场，他的声音与身影依然能让特洛伊人吓得溃不成军。

‖写作看点‖

此处从特洛伊人的行为与心理反衬出阿喀琉斯的神勇。

的武器适宜于我使用，也许埃阿斯的大盾还可以，但那又是他自己所需要的。"

"我们都知道你的辉煌的武器已被抢走，"伊里斯回答他，"但只要你就是这个样子走到壕沟那边去，让特洛伊人可以看见你。也许他们看见你就会立刻停止前进。阿开亚人已极疲惫，必须有片刻的喘息。"

伊里斯离去之后，神灵一样的阿喀琉斯就站立起来。雅典娜亲自将她的盾挂在他的肩头上，给他的面貌以闪烁的光辉。他大步走出，越过围墙，站立在壕沟旁边。但记着他母亲的警告，还没有卷入战斗。他只是远远看着并且吼叫，雅典娜也附和着和他一起吼叫，这在特洛伊人听来好像是军用喇叭一样。他们听到这金属般的吼声都感到惶恐，各个勒转战车和马头。御者们看见阿喀琉斯的头颅周围闪射着火光，都暗暗发抖。他吼叫三次，特洛伊人就溃乱三次。他们中有十二个勇敢的英雄在混乱中跌倒在地上，为自己的战车碾死或枪矛刺死。现在帕特洛克罗斯的尸体已不复为矢石所能及。英雄们将他放置在榇车上，大家围绕着默致哀悼。阿喀琉斯看到他并肩作战的亲爱的战友，他又一次来到希腊人中间，并伏在死尸身上痛哭。落日以它最后的霞光闪照着这样生死相对的两个英雄。

阿喀琉斯重新武装

双方军队在顽强的战斗以后休息。特洛伊人从战车卸下马匹，还来不及想到进食，他们就集合商议。他们笔直地站成一个圆圈，没有一个人敢坐下来，因为他们对于阿喀琉斯心有余悸，恐怕他再次出现。最后潘托俄斯的儿子即明智的波吕达玛斯（他能知过去未来）劝告他们不待天明就尽速地撤退到城里去。"当明天清早阿喀琉斯全副武装起来并发现我们在这里时，"他说，"那些逃到城里去的人是幸运的，但许多人便得牺牲，成为老鹰和野狗的食品。但愿上天扭转这种命运！因此我劝你们和所有你们的战士今晚在城里去过夜，那里有高耸的城垣和坚固的城门团团保卫我们。黎明时我们派人看守城垛，让所有从船舰奔来攻击我们的敌人倒霉吧。"

现在赫克托耳发言，他的眼光是坚毅的。"波吕达玛斯，你的话很刺耳。现在宙斯既已使我胜利，我现已将希腊人逐退到海边，你的怯懦的建议在人们看来只是愚蠢的，没有一个特洛伊人会听你的话。至于我，我要吩咐所有的战士都饱食并严密戒备。如果任何人担心他的积蓄和财富，那么就让他将家产拿出来，供大家饮宴吧。我们自己享受它总比让给阿开亚人要好一些。天明时我们将到船舰去继续攻击敌人。如果阿喀琉斯真的重回战场，那算是他自走厄运，因为我将坚持战斗，直到他或我夺得胜利的花冠为止。"赫克托耳的错误的言语比波吕达玛斯的合理的提议对于大家的心情有更大的影响。他们都大声欢呼，并且狼吞虎咽地饱餐一顿。

希腊人整夜哀悼着帕特洛克罗斯，阿喀琉斯比别的任何人都感到悲痛。他将他的杀死过无数敌人的双手放在他的亡友的胸脯上说："我那一次为了安慰墨诺提俄斯曾经说过：在特洛伊城陷落之后，我将送他的儿子带着丰富的战利品和荣名回到俄波伊斯，这是什么废话啊！现在命运女神已决心使他和我两人的鲜血都流在异乡的国土，因为我也将不能回到故乡，不能回到我的白发的父亲珀琉斯和我的母亲忒提斯的宫殿。特洛伊的泥土将掩埋我。但既然我命定要死在你之后，帕特洛

‖ 阅读看点 ‖

连胜两日，受神的佑护的赫克托耳这一番话充分表明了他被胜利冲昏了头脑，语言风格符合人物身份与现状。

‖ 阅读看点 ‖

阿喀琉斯的话不仅饱含着对亡友的悲痛，而且更多的是对特洛伊人的悲愤。

名师批注

‖知识链接‖

赫淮斯托斯，希腊神话中的十二神之一，是宙斯与赫拉的儿子。长相丑陋而且瘸脚，是火神，也是诸神的铁匠。

‖阅读看点‖

通过火神自己的口介绍了自己的身世，而这些语言又巧妙地穿插在欢迎恩人的话语中，合乎情理而又自然。

克罗斯哟，我还不能为你举行葬礼，直到我将你的铠甲夺回，并将杀死你的赫克托耳的头颅也取来向你祭奠。我还要用十二个特洛伊贵族子弟在你的火葬场上献祭。现在，我亲爱的朋友，暂时安息在船舰这里等待着罢。"

他说完，就命令他的伙伴们用大炊鼎烧水，为死去的英雄净身并涂抹香膏。然后他们将他放置在枢车上，用极精细的葛布从头到脚遮盖着，上面再盖上一件雪白的罩袍。

同时忒提斯已来到独脚的赫淮斯托斯为自己所建的铜宫，它如同星光一样灿烂，美丽而且坚固。她看见火神正在风箱前面流汗工作。他已铸就二十只铜三脚鼎，并在每一铜脚上装置小小的金轮，使它可以自动地滚到奥林匹斯圣山厅堂内神祇们的膝前，然后再滚回他的工厂。这些器皿看起来是很令人惊奇的，它们除了耳柄以外都已完整，耳柄刚刚做好，他正在用铁锤将它们钉在固定的地方。因他正在工作，他的妻，美惠三女神之一的卡里斯就走来握住忒提斯的手，引她坐在一张银椅子上，并将小踏脚凳放置在她的脚下，然后她去请她的丈夫来。他看见海洋女神，欢喜地大叫："我多高兴啊，神祇中的最高贵者降临到我的屋子，她是我初生时曾经拯救过我的恩人！因为我生下来就是独脚，所以我的母亲将我掷出，如果不是欧律诺墨和忒提斯将我拾起并在海中一个石洞里抚养我整整九年，我一定会悲惨地死去。在那穹隆的岩洞中我精工制作我的奇巧的工艺品，耳坠和戒指，别针和项链。在我的周围海浪汹涌着。现在这救我的恩人居然到我的家里来了！亲爱的卡里斯，请好好款待她，让我先收拾一下工具和这堆乱糟糟的东西。"

这满脸烟炱的火神一面说，一面就站立起来跛行着离开他的铁砧，从火炉上搬开风箱，将他的精美的工具都收拾在银箱子里并用锁锁住，然后用海绵揩拭他的双手、脸、脖子和毛氄氄的胸脯。接着他穿上紧身服，由女仆们扶着跛行到屋子里来。这些女仆都不是父母所生的人，仅仅具有人的形象。她们用金子铸成，有着青春美貌，灵巧而强健，会思想且有声音。她们飞快地从她们的主人那里走开，让他坐在忒提斯身边，握着她的手，并对她说："敬爱的女神，你不轻易到我这里来，为什么今天光临到我的屋子呢？告诉我你的来意，我必尽我所能为你效劳。"

于是忒提斯告诉他她的忧愁，并抱着他的双膝请求他为她的已注定即将死亡的儿子阿喀琉斯制造一顶战盔和一面盾，一具胸甲和一副有着护踝的胫甲，因为神祇赠给珀琉斯的铠甲已在帕特洛克罗斯在特洛伊城外战死时失去。"敬爱的女神，请放心，别让这事使你苦恼，"赫淮斯托斯说。"我将为他制造一副无比坚固壮丽的铠甲使他十分喜欢并使每一个看到的人都感到惊奇，但是如果我能救你的儿子免于死亡，那该多好啊！"

他说完就离开忒提斯，并将他的风箱搬向火炉。二十个不同的风箱自动地吹火烧着各个装有锡、铜、金、银的坩埚。然后他将铁砧装上，他右手执大锤，左手执钳，先打成一面五层厚的大盾，镶以三道金环，并装置一条白银的盾带。在盾面上他刻绘大地、海洋和有着日月和所有星座的天空；此外还有两座美丽的城池，其一正在举行婚礼，人们拿着火炬送新娘，又在张席设宴开怀痛饮；还有许多人在元老主持下正在讨论对于一个被谋杀者的赔偿问题。另一城市，则为两支大军所围困。在城里有妇女、孩子和蹒跚走路的老人。城外则有埋伏着的战士们，又有牧人在给他们的牛羊饮水。另一边则是一

名师批注

‖ 阅读看点 ‖

通过这些美丽、灵巧、会思想、有声音的人和女仆反映出火神真是非同一般的能工巧匠，他不愧为众神的铁匠。

‖ 写作看点 ‖

火神无法去救阿喀琉斯，他只能为他制造一个技术先进让所有人感到"惊奇"的盾，那么到底"惊奇"在何处呢？

名师批注

‖ 写作看点 ‖

通过对火神为阿喀琉斯制造技术先进的盾的描写，一方面充分显示了火神高超的技艺和巧夺天工的构思，另一方面这些细致的构思与设计也反映了火神对忒提斯的感恩。他无法去救她的儿子，只能以此来表达自己的心情。同时也呼应了上文所说的"使每一个看到的人都感到惊奇"，确实是让人感到惊奇。

‖ 写作看点 ‖

通过密耳弥多涅斯人和阿喀琉斯本人看到铠甲时的神情从侧面描写出这副铠甲的坚固与精美。

片混战的景象，有受伤的战士，有争夺尸体和铠甲的斗争。他也刻绘和平的田野，那里有掘好的垄沟、耕者与耕牛；有起伏的麦浪和以镰刀割麦的收获者；此外还有葡萄园，金紫色的熟透了的葡萄从银枝上累累下垂，四周则以青铜的水沟和锡的篱笆环绕着。有一条小道通到葡萄园，而且正当葡萄成熟的季节；强健而活泼的青年和美丽的少女们正以精致的篮子搬运着葡萄。他们中间有一个抱着竖琴的少年，另一些人和着他的音乐在周围舞蹈。此外他又刻绘金的和锡的牛群在漫流的河边吃草，四个黄金的牧人和九只猎犬在旁边看守着。有两只雄狮在袭击牧群的先头并攫取了一只牡牛，牧人们嗾使猎犬站在一定的距离之外向猛狮狺狺地吠着。同时他也刻绘了一个幽静的河谷，银的绵羊放牧在山坡上吃草，附近有羊圈、房屋和牧羊人的茅舍，还有打扮得很美丽的青年男女在跳舞，女的都带着花冠，男的则佩着挂在银带上的黄金的刀子。两个跳轻快舞的人在竖琴的伴奏下疯狂地跳着，许多人走来欣赏这种舞蹈和欢乐。盾牌的最外的一环是俄刻阿诺斯河蜿蜒曲折地流着，如同发光的蝮蛇一样。

盾牌完工之后，他又铸造了一副比熊熊的火焰还要光亮的胸甲；然后是硕大的战盔，大小和头部正适合，顶上还有金色的羽饰；最后则以柔软的锡制成胫甲。当一切完工，他将它们放置在阿喀琉斯的母亲的面前。她抓着这副铠甲，正如鹰攫取它的猎获品一样。她深深感谢这位铁匠，然后用纤美的双手将这金光灿烂的盔甲带走。

天刚拂晓，她就赶到他的儿子那里，这时阿喀琉斯仍然在守着帕特洛克罗斯的尸体悲泣。她将这副战甲放在他的面前，它们锵锵地响着。密耳弥多涅斯人看到它们都战栗着,没有一个人敢正视这女神的面孔。但在阿喀琉斯润湿的睫毛下,两眼却闪着凶猛而快乐的闪光。他一样一样地检视着这赫淮斯托斯的赠礼,满心感到欢喜。然后他将铠甲紧束在身上。"注意呀,"他在离开时告诫他的朋友们,"不要让苍蝇落在我们死去的战友的创口上玷污了他美丽的身体。"

"这事交给我吧,"忒提斯说,同时用香膏和美酒注入帕特洛克罗斯的半开闭的嘴里。神祇的香膏渗入他的肌肤,他变得同生人一样。

阿喀琉斯大步走向海岸,并用雷霆一样的吼声号召着阿开亚人。凡是能站立起来的人,听到他的号召都奔来了,甚至从未下过船的掌舵人都不再留在船里。狄俄墨得斯和奥德修斯即使受了伤也跛着脚拄着枪向他走来,在他们之后则是所有的英雄们,最后是阿伽门农,他因曾被安忒诺耳的儿子科翁的矛刺伤,到现在还十分虚弱。

阿喀琉斯和赫克托耳在特洛伊城前

年老的国王普里阿摩斯站在高耸的塔楼里。他看到勇猛的珀琉斯的儿子凶狠地追击逃亡的特洛伊人,任何神和凡人都不能阻止他前进。国王抱怨着从塔楼上走下来,对守卫城池的士兵说:"打开城门,守住门口,让所有逃亡的特洛伊人回到城里来。不过要当心,阿喀琉斯正在追击他们,等士兵们一回到城内,马上把城门关上,别让珀琉斯凶狠的儿子冲进城来!"守城的士兵遵照命令拉开门闩,于是城门大开。

特洛伊人饥渴万分地从战场上回来,阿喀琉斯紧追不舍。阿波罗把这一切看在眼里,马上离开城门,前去帮助那些惊慌失措的逃兵。他首先鼓起安忒诺尔的儿

名师批注

‖阅读看点‖

希腊士兵在阿喀琉斯的吼声中又重振士气,原来未曾参战和受伤的都集结起来,让人看到一种哀兵必胜的士气!

‖阅读看点‖

年老的国王的话语里透露着对臣民的仁爱。他没有因追兵的凶狠而置逃亡的自己人于不顾。这一点也呼应了前文所说的"贤明"。

名师批注

‖写作看点‖

阿革诺耳的心理活动围绕着"内疚"来写，随后的语言与行动又围绕着"镇定"来写。有了"内疚"的反思才有"镇定"的行为，非常合乎心理逻辑。

‖写作看点‖

"争先恐后""你推我挤"写出了特洛伊士兵急于逃离战场回到城里的情景。同时也反映了追兵的凶猛，使他们恐惧。

子阿革诺耳的勇气。然后，他隐蔽在浓雾中，站在宙斯的圣树下，策应阿革诺耳。于是，阿革诺耳在特洛伊人中第一个意识到在逃跑，他站住了脚，思索了一阵，怀着内疚的心情对自己说："在你身后穷追不舍的人是谁？他的身体不是一样可以用矛刺伤吗？他不是跟其他人一样也是凡人吗？"说着，他镇定下来，等待着冲过来的阿喀琉斯。

阿革诺耳一只手拿住盾牌，另一只手挥着长矛，朝阿喀琉斯大喝一声："你别以为马上就可以占领特洛伊城。我们中间也有顶天立地的英雄，他们准备为保卫父亲、母亲和妻子儿女而战。"说着他投出他的矛，击中对方新浇铸的胫甲，但矛当的一声弹落在地上，没有伤着阿喀琉斯。阿喀琉斯猛扑过来，但阿波罗用浓雾遮掩着将阿革诺耳带走，并诱使阿喀琉斯走上歧路，仍然追赶他，因为他已化作阿革诺耳的模样，穿过麦田，朝斯卡曼德洛斯河奔去。

阿喀琉斯紧紧在后面追击，希望追上对手。就在这时，特洛伊人从大开的城门里幸运地回到城里。他们争先恐后，你推我挤，直到进了城里才舒了一口气，擦着满头大汗，饮水解渴，然后在城垛上坐下或躺下休息。

但希腊人都扛着盾牌蜂拥着奔向城池，特洛伊人只有赫克托耳还留在城外。阿喀琉斯仍在追赶阿波罗，他以为是在追赶阿革诺耳。突然，阿波罗停下来，转过身来，以神洪亮的声音说道："你为什么对我紧追不放，而放弃追赶特洛伊人呢？你以为在追赶一个凡人，其实你是在追赶一位你伤害不了的神！"

阿喀琉斯恍然大悟，气恼地叫喊起来："你这个残酷而奸诈的神！你竟然把我从城墙边引开！不是因为你，许多特洛伊人都得丧命，你狡猾地援救了特洛伊人，

222

剥夺了我取胜的机会。作为神,你是用不着害怕报复的。尽管如此,我是多么希望向你报复啊!"说着他转过身子,像匹暴躁的战马一样顽强地朝城池奔去。

年迈的普里阿摩斯在塔楼上看到阿喀琉斯奔过来,急得连连捶胸,痛苦地呼唤着在城外站着等待阿喀琉斯的儿子。"赫克托耳呀,尊贵的儿子!你为什么还在外面?你想送进虎口吗?他已经杀掉我那么多的儿子。快进城吧,进来保护特洛伊的男人和女人。请怜悯我吧!宙斯在折磨我,使我在暮年还遭受这种难忍的苦难,让我亲眼看到儿子们被杀死,女儿们被抢走为奴,城池被毁,珍宝被掳掠一空。最后我会死在投枪或长矛之下,抛尸门外,被我亲手喂养的狗吞食尸体,舔食我的血迹!"

赫卡柏站在他旁边,也哭泣着大声呼喊:"赫克托耳呀,可怜我吧,听我的话!从城墙后打退那个可怕的英雄,千万别在城外和他交锋!"

父母亲的大声呼唤和哀求都不能使赫克托耳回心转意。他坚定地站在原地,静静地等待着阿喀琉斯,并且自言自语地说:"那时,我的朋友波吕达玛斯劝我把军队撤回城去,但由于我指挥失误,许多人丧失了生命。我愧对特洛伊的男女老幼。也许有一天他们会说,赫克托耳由于相信自己的力量而毁了整个民族。因此,最好还是让我和那个可怕的敌人决一死战。要么我取得胜利,要么我战死城下!否则怎么办呢?难道我应当放下盾牌和盔甲,把海伦和帕里斯抢回来的珍宝都献出去?瞧,我想到哪里去了?如果我真的哀求他,他不会怜悯我的,相反,他会无情地将我杀死。看来还是和他交战为好,看看奥林匹斯圣山的神究竟让谁获得胜利。"

名师批注

‖ 阅读看点 ‖

静静地站在门外等待阿喀琉斯到来的赫克托耳与急于奔命逃回城里的特洛伊士兵形成了鲜明的对比,虽无文字描写,但是赫克托耳的勇猛被强烈地渲染出来。

‖ 阅读看点 ‖

赫克托耳的自言自语充满了对过去所犯错误的悔意,也表现出他作为将士敢于与敌人死战的决心,这一段语言从心理上阐释他为什么要坚定地在原地静静地等待阿喀琉斯。

名师批注

‖ 写作看点 ‖

生动的比喻描绘出两位英雄之间的强弱关系。

‖ 写作看点 ‖

再一次用生动的比喻，使两位英雄的强弱关系更加明了。

赫克托耳的死

阿喀琉斯越走越近，显赫而威严如同阿瑞斯本人一样。他右肩上扛着白杨木矛杆的大矛。青铜的武器灿烂得如同上升的朝阳。当赫克托耳看见他，不由自主地战栗起来，并转身向城门走去。但珀琉斯的儿子紧追上去，如同鹰隼无情地笔直地猛扑企图从两侧飞逃的鸽子一样。因此赫克托耳沿着特洛伊的城墙，沿着车辙奔跑，并越过斯卡曼德洛斯河的温泉和冷泉的两股沸腾的溪流，继续前进。一个高强的英雄在前面奔逃，一个更高强的英雄在后面追赶。就这样，他们围绕特洛伊城跑了三圈，奥林匹斯圣山的神祇们都怀着焦虑的心情向下注视着。"啊，神祇们，"宙斯说，"好好地权衡一下这种情势罢。决定的时刻已经来到。曾经献给我们这么多供品的赫克托耳，现在应该又一次逃脱死亡呢，还是立即倒下，纵然他这么勇敢？"

帕拉斯·雅典娜回答："父亲，你说什么呀？命运女神久已判处死刑的人你还想使他得救么？你觉得怎样好就怎样办吧，但绝不会得到神祇们的赞同。"

宙斯向他的女儿点头表示她可以照自己的意见行事，于是她如同飞鸟一样从奥林匹斯圣山的嶙峋的绝顶飞下来到战场去。

这时阿喀琉斯仍然紧追着赫克托耳，如同猎犬紧追着从隐蔽处惊起的小鹿一样，既不让他有片刻的休息，也不让他逃脱。阿喀琉斯迅速地奔跑着，并且向他的队伍示意，不要任何人向赫克托耳投掷武器，因为他想获得希腊人中第一个而且是唯一的射杀最凶猛的巨敌的荣誉。

当他们第四次围绕着城垣追逐并达到斯卡曼德洛

斯河的水源时，宙斯在奥林匹斯站起身来，手中高举着黄金的天平，两边放上赫克托耳和阿喀琉斯生死的命运，将它们称量。赫克托耳的一边向着地府倾斜，即刻阿波罗离去了。但雅典娜走到阿喀琉斯的身边并向他低语："你自己站着并镇静下来，让我去激励你的敌人鼓起勇气和你正面作战。"阿喀琉斯听从女神的话。停止追击，斜倚着他的白杨矛杆的大矛。雅典娜变形为得伊福玻斯走到赫克托耳的面前并对他说："啊，我的长兄，珀琉斯的儿子如何不放松地追击着你呀！来，让我们回身将他击退。"

赫克托耳看到他的兄弟很高兴。他回答他："得伊福玻斯，在所有的兄弟中我最爱你。现在当别的弟兄们都躲藏到城里，你却冒险出城鼓舞我作战，这使我越发尊敬你和爱你。"于是雅典娜所变形的得伊福玻斯引导赫克托耳来到阿喀琉斯所站立的处所。她高举着她的枪，走上前去。

赫克托耳首先发言："珀琉斯的儿子，"他说，"我再也不逃避你了。我的兄弟鼓舞我来和你正面作战，直到我杀死你或者被你杀死。但我们当着神祇发誓：如果宙斯使我获得胜利，我不会在你死后侮辱你，而在我剥去你的铠甲以后我要将你的尸体归还你的人民。你对我也要一样。"

"我不和你订约！"阿喀琉斯愠怒地回答，"正如狮子不能和人做朋友，绵羊不能与豺狼和平共处，我们之间也不能有丝毫的友情。我们之中总有一个倒在血泊中。现在使出你所有的本领来吧。你可以投矛或拔剑厮斗。但你总不能逃脱我手。因为你用你的武器带给我的战士们的悲痛现在得由你自己来偿还了。"阿喀琉斯说着就掷出他的矛。但赫克托耳即刻蹲下去，所以矛

名师批注

‖ 写作看点 ‖

"斜倚"一词既写明了阿喀琉斯停止追击后的动作，也表现出了他镇静悠闲、志在必得的心理状态。

‖ 阅读看点 ‖

阿喀琉斯用两个类比说明他与赫克托耳的敌对关系，血债血偿，对于好战的英雄而言，别无他路。

名师批注

‖阅读看点‖

仅仅一点破绽便被阿喀琉斯捕捉到,可见他不仅武艺高超,而且非常细心。阿喀琉斯刺中赫克托耳的描写,虽然极短,但是足以触目惊心。恐怖的场景如在眼前。

‖阅读看点‖

赫克托耳临死前的预言暗示着阿喀琉斯的凄惨结局。这既让人们为赫克托耳的死感到可悲,又为阿喀琉斯的未来结局感到担心。

从头上飞过射落在地上。雅典娜紧握住矛杆将它拔出,不让赫克托耳看见,将它送回阿喀琉斯的手里。现在赫克托耳也举起枪愤怒地向敌人掷去。枪射中阿喀琉斯的青铜盾面被挡回来。赫克托耳很失望,因他已没有别的枪,他回头看他的兄弟得伊福玻斯,但他已不见了。这时赫克托耳陡然觉悟到是雅典娜欺骗了他,他的末日已到。他不甘心不光荣地失败倒地,用右手从腰上的剑鞘拔出利剑,挥舞着奔向前去,如同鹰雕突击在地上奔逃的羊羔和野兔一样。珀琉斯的儿子也等不及再用矛了,他用大盾掩护着冲向前去。他的战盔上的羽饰飘动着,右手挥着的大矛亮得如同星星。<u>他用心寻伺机会,要给赫克托耳以致命的伤害。但从头到脚他都用从帕特洛克罗斯所掠得的辉煌的盔甲保护着。只在肩与头相连接的锁骨地方有一点破绽。阿喀琉斯极小心地瞄准他的喉咙,然后这样狠狠地刺入,以致矛尖从后头穿出。</u>但矛尖没有割破气管,所以赫克托耳即使倒下仍能说话,同时阿喀琉斯欢喜地大声声明要将他的尸体给飞鸟和野狗撕吃。这时赫克托耳祈求他,虽然他的声音已渐渐微弱:"阿喀琉斯呀,我指着你的生命,指着你的双膝,指着你的父母,我请求你,别让野狗在希腊人的船舰旁将我吞食。任你要多少金银,但是请将我的尸体送回特洛伊城,让特洛伊城的男女以适当的殡仪将我火葬。"

阿喀琉斯恼怒地摇着头,并回答说:"你是杀死我朋友的人,别指着我的双膝和我的父母来请求我。即使你的国人给我二十倍的赎金,即使普里阿摩斯给我和你相等重量的金子,你仍然难免作为野狗的食物。"

"<u>我知道你,</u>"赫克托耳临死呻吟着说,"<u>我知道你是不可和解的。你心如铁石。但是当神祇为我复仇,当</u>

你被阿波罗的神箭从高耸的斯开亚城门射中，并如我一样地倒地死去时，你会记起我的话的。"他说完这最后的预言，灵魂就离开肉体，飞降到地府里去。

但阿喀琉斯随即大叫："死亡！当宙斯和别的神祇决定时，我的命运必然会临到我。"他说着，就从尸体上拔出长矛将它放在一边，动手剥去赫克托耳的鲜血淋漓的铠甲。

现在从希腊人的队伍中许多战士跑出来赞赏着赫克托耳的身躯和面庞，他的四肢十分美好，许多人抚摸着他，并且说："真奇怪，比起他放火焚烧我们的船舰时，现在他是多么的温柔呀！"

这时阿喀琉斯站起来对他们说："朋友们和英雄们！既然神祇允许我征服了这个比其余所有的人加在一起给我们带来的危害还要多的人，现在让我们杀向特洛伊城，看看他们是献出城池，还是即使没有赫克托耳也仍然敢于抵抗。但我何必多说话浪费时间呢？我的朋友帕特洛克罗斯不是仍然躺在船上没有安葬吗？让我们唱着凯旋的高歌，并将我所杀死的敌人带到我的朋友那里去为他的死雪恨吧。"

阿喀琉斯一面说着，一面俯身向赫克托耳的尸体，在两只脚的脚踝与脚踵之间穿两个孔，用皮条穿着绑在战车上。最后他跃上战车，挥鞭驱策马匹将尸体倒拖着向船舰奔来。尸体的周围扬起滚滚的尘土，死者的头在刚才还这么美丽，现在却在沙地上拖出一条小沟，头发沾满了尘土和污泥。赫卡柏在城头上俯视着，看见了她的儿子，将她发光的面网撕下。普里阿摩斯国王也悲痛流泪，全城响震着特洛伊人及其同盟军的哀号和哭泣。在悲痛和愤怒中，年老的国王禁不住要冲出斯开亚城门来追击屠杀他儿子的凶手。他倒在地上哭喊："赫克托

‖ 名师批注 ‖

‖ 阅读看点 ‖

既然特洛伊最勇猛的英雄已被打败，现在的阿喀琉斯信心大增，他这一番气势如虹的话表明该是希腊人乘胜追击的时候了！

‖ 写作看点 ‖

在三言两语中，用阿喀琉斯的行为，营造了场面的悲惨与恐怖。紧接着以神态和言语的刻画写出国王与王后失子之后的悲痛。气氛哀伤到极点。

名师批注

‖ 写作看点 ‖

把此时妻子的毫不知情的宁静与城头上的悲恸作对比,更增添了英雄之死的哀伤。

‖ 阅读看点 ‖

安德洛玛刻站在儿子的角度的一番哭诉,比站在自身抒发悲痛更加使人不能自已。

耳,啊,赫克托耳!你的死给予我的悲痛使我忘记了所有其余被牺牲的儿子们。啊,你为什么不死在我的怀抱里呀!"

赫克托耳的妻子安德洛玛刻全然不知道她丈夫的死,因为没有人将消息透露给她,她以为她丈夫仍然在城里。她宁静地坐在屋子里绣着一块灿烂多彩的紫色料子。她刚吩咐侍女们将铜三脚架放置在火上预备温水给赫克托耳回来洗浴,这时她突然听到碉楼上的号哭和悲叹。她的心里充满着不祥的预感,她哭了起来:"唉唉,我恐怕阿喀琉斯已将我的丈夫杀死,因为我的丈夫这样英勇,他总是在队伍的最前头作战。"她的心痛苦地急跳着,她跑出宫殿,登上碉楼,从城头上俯视,看见阿喀琉斯的马匹拖曳着绑在战车上的她丈夫的尸体,在战地上奔跑。她晕厥过去,她的亲属上去抱住她。一切珍贵的饰品,额巾和发带以及阿佛洛狄忒在她结婚时所赠给她的面网,都从她的头上纷纷坠落。当她渐渐苏醒时,她仍然哭泣并哽咽着说:"赫克托耳,赫克托耳哟!你和我一样的苦命!我俩都是天生苦命的人!我将成为寡妇,孤凄而悲哀地坐在我的屋子里抚育没有父亲的孤儿,他将在垂头丧气和以泪洗面中长大。他将哀求他的父亲的朋友们,这里那里地牵着别人的衣裾,请他们赏给衣食。而那些父母双全的孩子们有时会将他从餐桌上赶走,并叫骂着:'滚开!宴会上并没有你的父亲!'于是他不能不哭着逃回来在他的已失去丈夫的母亲那里寻求安慰。野狗将吞吃赫克托耳,蛆虫将吮吸他的残骸。现在存放在我箱子里的那些美丽而精致的华服还有什么用呢?我的丈夫永远不会再来穿它们了,我要把它们完全焚毁。"她这样哭诉着,她的侍女们也站在旁边哭泣。

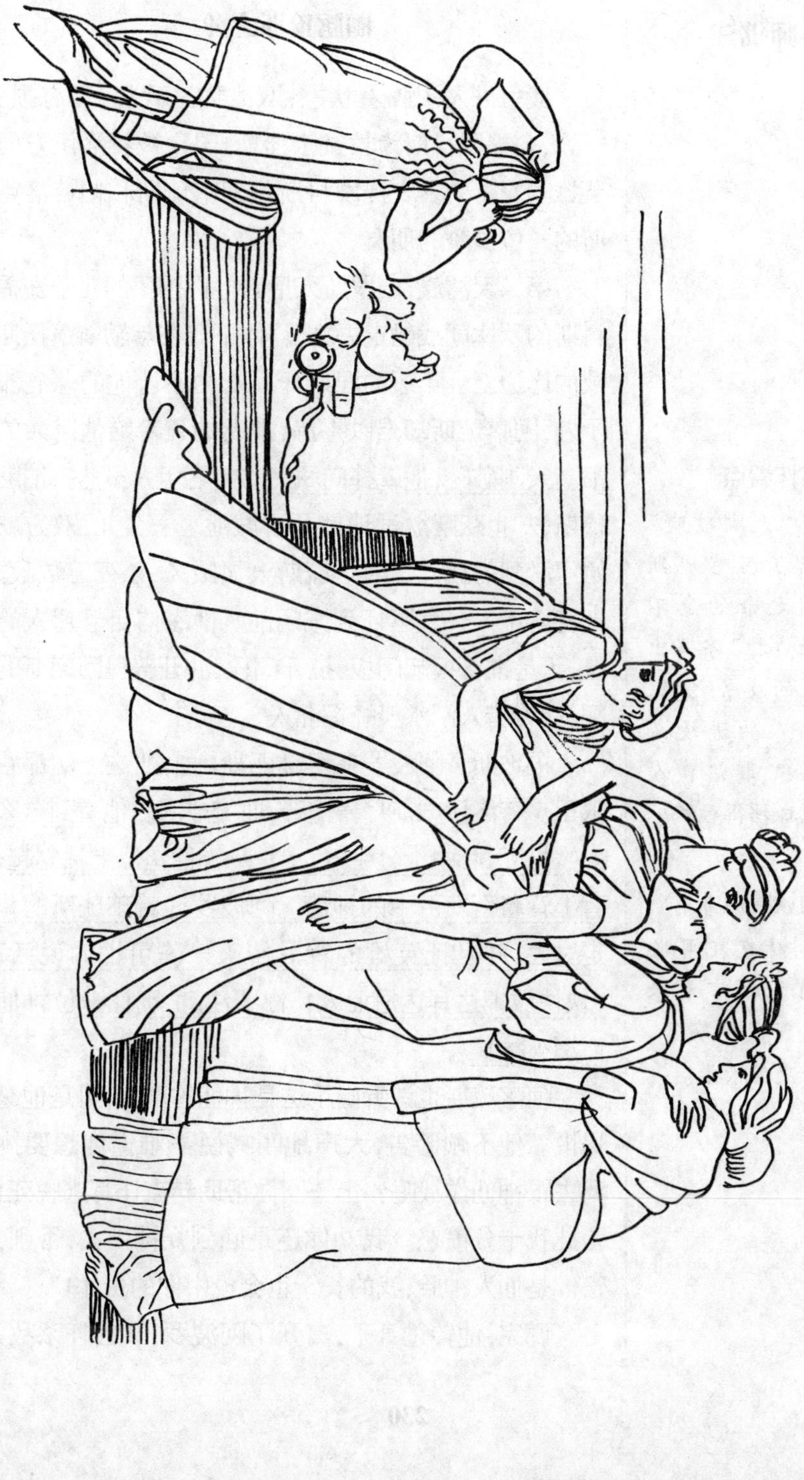

阿喀琉斯之死

战争进入了胶着状态,双方你来我往,互有损失。一天,安提罗科斯为救父亲涅斯托耳,被特洛伊方面的英雄门农杀死。安提罗科斯是阿喀琉斯和帕特洛克罗斯的一位诚挚的朋友。

第二天清晨,皮罗斯人抬着他们国王的儿子安提罗科斯的尸体朝战船走去,把尸体下葬在赫勒斯篷托斯海峡的岸边上。年迈的涅斯托耳竭力不让他的悲痛流露于外,阿喀琉斯却难以平静,朋友的死带给他巨大的悲愤。天刚破晓,他就扑向城来。特洛伊人虽然害怕阿喀琉斯,却也跃跃欲试地离开了城池。一会儿,双方就开始了激烈的战斗。阿喀琉斯大显威风,杀死无数敌人,把特洛伊人一直驱赶到城门前。他深信自己超人的力量,于是准备扳起门板,拉开门栓,冲开普里阿摩斯的城门,让希腊人潮水般蜂拥而入。

福玻斯·阿波罗在奥林匹斯山上把这一切都看在眼里。特洛伊城前尸横遍野,血流成河。他看到这么多人被打死,心中十分生气,于是从神仙座位上站立起来,背上背着百发百中的神箭。阿波罗迎着珀琉斯的儿子走过去,并且让英雄的背后传来一阵可怕的说话声:"快快放掉达耳达尼亚人!你要注意,别让一位神仙把你消灭掉!"

阿喀琉斯也许听出了这是神仙的声音,可是他毫不畏惧。他不顾警告,大声地叫喊说:"难道你想要挑拨我去跟神仙作战吗?上一回你帮助赫克托耳逃脱死亡,为此我十分愤怒。我劝你还是回到众神中去,否则,尽管你是仙人神胎,我的长矛也会投中你的贵体!"

说完,他转过身子,离开了阿波罗,又去赶杀敌人。

名师批注

‖ 写作看点 ‖

"天刚破晓"写出了阿喀琉斯悲愤之余的急不可耐,"扑"字写出了他的攻势之狠。希腊人的进攻又急又狠,特洛伊人还能抵挡得住吗?

‖ 阅读看点 ‖

赫克托耳临死前的预言看来就要变成现实了。情节更趋紧张。

愤怒的福玻斯钻进一朵乌云,趁着浓雾,弯弓搭箭,朝着珀琉斯的儿子可以被伤害的脚踵嗖地射去一箭。阿喀琉斯感到一阵钻心的疼痛,轰然一声,扑倒在地。躺在地上,阿喀琉斯愤怒地叫骂起来:"谁敢躲着我,向我卑鄙地施放冷箭?如果他胆敢与我明斗,我将让他鲜血流尽,把他卑鄙的灵魂一直送到冥王哈得斯的手中!懦夫总是在暗中加害勇者!我可以明确地这样说,即便他是一位神仙,他也实在让我气恼!我想,这是阿波罗干的事,我的母亲,忒提斯曾为我算过命,她预言我在中央城门前遭遇阿波罗箭伤。她说出了今天的事实!"

大英雄说完话,呻吟着从致命的伤口里拔出毒箭,愤怒地一把摔开。脚踵间随即流出了一股污黑的血。阿波罗收下箭羽,隐藏在云雾中间,悠然回到奥林匹斯山。到了山上,他钻出浓雾,重新混入奥林匹斯神仙们群中。赫拉看到他,讥笑说:"福玻斯,这是没有道理的!你也参加了珀琉斯的婚礼,如同其他神仙一样歌颂欢呼,祝愿他子孙满堂。现在你却把好处送给特洛伊人,无端剥夺了珀琉斯唯一的爱子。你这样做是出于嫉妒!将来你该怎样在众目睽睽之下面见涅柔斯的女儿呢?"

阿波罗一声不吭,坐在边侧,目光垂下看着地面。神仙中有的生气,有的还悄悄地感谢他哩!浑浊的血液在阿喀琉斯的肢体里犹如燃烧般地沸腾着,他抑制不住一股战斗的欲望。特洛伊人谁也不敢靠近这位伤员。阿喀琉斯又从地上跳起身子,挥舞着长矛,扑向敌人去了。他一枪刺中了老对手赫克托耳的朋友俄律塔翁,枪尖从太阳穴一直刺穿进去,然后又刺中希波诺斯的眼睛。他枪挑阿尔卡托斯的面颊,赶杀许多逃跑的特洛伊人,可是他的肢体和身躯在逐渐地变冷。阿喀琉斯不得

名师批注

||阅读看点||

希腊神话中神人同性,其实,其他各国,凡有神话的,又何尝不是如此呢?神毕竟都是人按照自己的模样与思想创造的。神也有人的卑鄙,不光阿波罗,宙斯、赫拉概莫能外。阿喀琉斯的一番激烈的言辞让人感到他的光明勇敢和神的阴暗卑鄙。

||阅读看点||

受伤的阿喀琉斯鼓起最后的力气,连杀几员大将。他的声音与身影依然能让特洛伊人吓得逃命,这份至死不放弃的英勇让人震惊。

名师批注

‖ 写作看点 ‖

帕里斯的"喜出望外"生动刻画出他那种涉嫌投机的嘴脸。

‖ 知识链接 ‖

埃阿斯，希腊神话人物，阿喀琉斯的堂弟，阿喀琉斯死后，他成为主将之一。

不停止脚步，用长矛支撑着身体。特洛伊人听到他的声音，看到他的身影，吓得没命地奔跑。阿喀琉斯声震如雷，看着特洛伊人逃跑的背影，他大声地吆喝说："你们去逃吧！纵然我死了，你们也难逃我的投枪。我的复仇之神将会惩罚你们！"

特洛伊人听到吆喝，浑身打战。他们不知道阿喀琉斯已经负伤。突然，他的肢体僵硬起来。阿喀琉斯又倒了下去，倒在其他死者的身上。他的盔甲和武器掉在地面上，大地发出一阵沉闷的轰隆声。

阿喀琉斯的死敌帕里斯第一个看到他倒了下去。他喜出望外，高兴地欢呼着，鼓励特洛伊人快去抢夺尸体。说话间又有一队武士赶过来围住死者，他们从前为阿喀琉斯铸造长矛，随后相互熟悉起来，成为朋友。埃阿斯不仅单纯地防御，还主动地朝特洛伊人进攻，直杀得血流成河，惨不忍睹。吕喀亚人格劳库斯被埃阿斯一枪刺杀在地，特洛伊的英雄埃涅阿斯也受了重伤。

随同埃阿斯一起战斗的还有奥德修斯和其他的丹内阿人。可是特洛伊人也在顽强地抵抗着。帕里斯大胆地举起长矛，突然瞄准埃阿斯刺了过去。埃阿斯瞅准机会，抓起一块山石，猛地砸了过来，打在帕里斯的头盔上。帕里斯应声倒地，箭袋里的箭羽散落一地。他的朋友们刚好赶上，把他抬上战车，帕里斯已经气喘吁吁，连呼吸都感到困难了。赫克托耳的骏马拖着战车朝特洛伊飞奔而去。埃阿斯把所有的特洛伊人统统赶进城内。然后，他踩着尸体、血迹和满地散落的武器，匆匆忙忙地朝赫勒持滂，即达达尼尔海峡奔了过去。

各路国王趁着战斗的空隙把阿喀琉斯的尸体抬离战场，一直送上战船。大家围着他，无限沉痛悲哀。

年迈的涅斯托耳终于劝止了大家的悲伤，他提醒应

232

该洗浴英雄的尸体,将他置入营帐,给他送葬追悼。大家依照吩咐行事:用温水给珀琉斯的儿子洗澡,让他穿上漂亮的衣服,这是他的母亲忒提斯特意送给他的出征战袍。就这样,阿喀琉斯静静地安卧在营帐内。雅典娜从奥林匹斯垂下一瞥同情的目光,洒落几滴美味甘露,直接落在死者头上,它能够防止遗体腐烂或变形。得到神仙的妙药以后,阿喀琉斯的尸体顿时改观,看上去犹如活人一样。亚各斯人十分惊讶。他们看到大英雄容光焕发,神采奕奕地躺在营帐内,好像平静地安睡,而且不一会儿又会醒过来似的。

希腊人失声痛哭,哀悼他们的伟大英雄。哭声传进汪洋大海,母亲忒提斯和涅柔斯的女儿们听到悲哀声,心痛欲裂,放声痛哭,赫勒持滂海峡回荡着她们的悲戚之声。忒提斯率领大家趁着黑夜乘着巨浪来到海边。那里停泊着希腊人的战船。大海里的妖魔鬼怪们跟她们一起咆哮,她们悲切万分地来到尸体旁边。忒提斯双手抱住了儿子,吻着儿子的嘴唇,泪如泉涌,一会儿就把大地沾湿了。

丹内阿人在众位女神面前无限敬畏。他们回避在外,直到女神们离去,天又破晓时,大家才重新来到阿喀琉斯的尸体旁边。然后,他们从爱达山上取来树木,高高地垒成一堆。柴堆上放着许多亡者的战袍和武器。大家宰杀牲口,祭供黄金和名贵的物品。希腊的英雄们纷纷割下他们的头发,死者平素宠爱的女佣勃里撒厄斯剪下自己的一头鬈发,送给主人当作最后的礼物。他们还在堆砌的木柴上浇上许多桶香油作为祭祀的饮料,供上大碗的蜂蜜和美酒,里面掺和着名贵的佐料,它们一起散发出甘露般的醇香。英雄的尸体被搁在柴堆的顶端。然后,将士们全副武装,有的骑马,有的步行,大家

‖ 名师批注 ‖

‖ 阅读看点 ‖
希腊人痛哭,亲人的痛哭、整个海峡都回荡着悲戚之声,连海里的鬼怪也一起咆哮。悲恸的气氛被渲染到极致。

‖ 阅读看点 ‖
从将士的行为到场面的描写,体现了英雄葬礼的无比隆重。它体现了阿喀琉斯在人们心目中的地位之高。

名师批注

围着巨大的柴堆绕圈而行，礼道完毕，放火点燃了柴堆，火苗舔食着木柴，呼地往上蹿了起来。遵照宙斯的旨意，埃洛斯派出了最快的风力，呼啸着扑进噼啪作响的木柴堆。不到几个小时，熊熊的烈火就把木柴连同阿喀琉斯的遗体彻底化为灰烬。英雄们用酒浇熄了木柴的余火。阿喀琉斯的尸骨舒展地躺在灰烬之中，如同一位巨人的骨架。伙伴们拾起他的遗骸，把它装进一只宽大的金银盒中，葬在海岸的最高处，旁边是他的朋友帕特洛克罗斯的尸体。两位朋友合葬在一座高大的坟丘里面。

阿喀琉斯的几匹神马大概意识到主人已经死去。它们挣脱了束缚已久的辔具，不再愿意分担人类的艰难和辛劳。死者的朋友们好不容易才重新追上烈马，将它们安顿下来。

帕里斯之死

‖ 阅读看点 ‖

菲罗克忒忒斯的归来说明特洛伊战争少不了他。他在阿喀琉斯去世之后上场，更显他的重要。此处呼应了前文描写菲罗克忒忒斯被遗弃时的伏笔。

希腊人盼望已久的载着菲罗克忒忒斯的船驶进赫勒持滂的港口。他们欢呼着朝海边奔去。菲罗克忒忒斯伸出他虚弱的双臂，他的两个同伴将他高举着抬到岸边。他十分费力地跛着腿走近迎接他的丹内阿人。这时候，人群中跳出来一个人，他朝英雄的伤口看了一眼，就满怀信心地保证说，凭借神的帮助，他有办法很快地将他治好。他就是医生帕达里律奥斯，是菲罗克忒忒斯的父亲帕阿斯的老朋友。他随即拿来药物。神们给这位老英雄降福去灾，伤口果然愈合，他又恢复了健康。阿特柔斯的儿子们看到这奇迹，也惊讶不已。菲罗克忒忒斯吃饱喝足后，精神抖擞。阿伽门农走近他，握着他的手，内疚地说："亲爱的朋友，由于我们一时糊涂，将你遗弃在雷姆诺斯岛，但这也是神的愿望。不要再生我们的气了，为这些事我们已尝够了神的惩罚！请接受我们的礼物吧，这里是七个特洛伊女人，二十匹骏马，十二只三足鼎。但愿你能喜欢，并请你和我一起住在我的营帐里。"

"朋友们，"菲罗克忒忒斯友好地回答说，"我不再生你们的气了。包括你，阿伽门农，也包括其他的任何人！"

第二天，特洛伊人正在城外埋葬他们的死者，这时他们看到希腊人涌来向他们挑战。已故的赫克托耳的朋友波吕达玛斯是个明智的人。他建议大家迅速撤到城里去固守。可是特洛伊人不听他的劝告，他们在埃涅阿斯的激励下，宁愿战死在战场。

双方又激战起来。涅俄普托勒摩斯挥舞着父亲的长矛，一连杀死十二个特洛伊人。可是埃涅阿斯和他的勇猛的战友欧律墨涅斯也在希腊人的队伍中冲开了几个大缺口。帕里斯杀死了墨涅拉俄斯的战友，斯巴达的特摩莱翁。而菲罗克忒忒斯也在特洛伊人的队伍中来回冲杀，如同不可战胜的战神阿瑞斯一样。最后，帕里斯大胆地朝他扑了过去。他射出一箭，但箭镞从菲罗克忒忒斯的身旁穿过，射中了他身旁的克勒俄多洛斯的肩膀。克勒俄多洛斯稍稍后退，并用长矛保护自己。可是帕里斯的第二支箭又射来，把他射死了。

菲罗克忒忒斯把这一切看在眼里，怒不可遏。他执弓在手，指着帕里斯声震如雷地喊道："你这个特洛伊的草贼，你是我们一切灾难的祸根，现在到了你该灭亡的时候了！"说着，他拉弓搭箭，张满弓弦，嗖的一声，那箭呼啸着飞了出去，击中目标。不过只在帕里斯身上划开一道小口子。帕里斯急忙张弓待射，但第二箭又飞了过来，射中他的腰部。他浑身战栗，忍着剧痛，转身逃

名师批注

‖ 阅读看点 ‖

菲罗克忒忒斯的回答充分显示了他是一位大度的人，不斤斤计较，不计前嫌。

‖ 阅读看点 ‖

本段从菲罗克忒忒斯的表情、动作、声音、语言等几方面揭示了人物的性格特征，使菲罗克忒忒斯的神射手的形象更加丰满起来。

名师批注

‖ 阅读看点 ‖

帕里斯遗弃了俄诺涅,而现在只有她才能救他的性命。"很不情愿"四字体现了帕里斯此时既尴尬又迫不得已的复杂心态。

‖ 写作看点 ‖

"扑倒在妻子的脚前"写出他对求生的迫切,"尊贵的妻子"体现他想用旧情打动俄诺涅,然而他却把海伦之事归咎于命运女神,这种诚意怎会打动遭受遗弃的妻子呢?

走了。

医生们围着帕里斯检视伤口,但战斗仍在继续。

夜幕降临,特洛伊人才退回城内,丹内阿人也回到战船上。夜里,帕里斯呻吟不已,彻夜难眠,因为箭镞一直深入到骨髓。那是赫拉克勒斯浸透剧毒的飞箭,中箭后的伤口腐烂发黑,任何医生都无法治愈。受伤的帕里斯突然想起一则神谕,它说只有被遗弃的妻子俄诺涅才能使他免于死亡。从前,当帕里斯还在爱达山上放牧时,他曾和妻子俄诺涅过了一段美好的时日。那时他从妻子的口中亲耳听到了这个神谕。他虽然很不情愿去找她,可是由于疼痛难熬,不得不由仆人抬着前往爱达山。他的前妻还一直住在那里。

仆人们抬着他爬上山坡,树上传来不祥的凶鸟的鸣叫,这鸟鸣声使他不寒而栗。他终于到了俄诺涅的住地。女佣和俄诺涅对他突然前来感到惊讶。他扑倒在妻子的脚前,大声叫道:"尊贵的妻子,我在痛苦中,请不要怨恨我!残酷的命运女神把海伦引到我的面前,使我离开了你。现在,我指着神,指着我们过去的爱情哀求你,请你同情我,用药物医治我的伤口,免除我难熬的疼痛,因为,你过去曾经预言,只有你一人才能救我生命!"

可是,他的苦苦哀求丝毫也不能让遭受遗弃的妻子回心转意。"你有什么脸来见我,"她愤恨地说,"我是被你遗弃的人,去吧,还是去找年轻美貌的海伦吧,求她救治你。你的眼泪和哭诉决不能换取我的同情!"说着,她将帕里斯送出门外,她没有想到她的命运跟她丈夫的命运是紧密相连的。帕里斯由仆人们搀扶着走开,他们将他抬下山。在半路上,他因箭毒发作而咽下最后一口气。他死了,海伦再也见不到他了。

一位牧人把他惨死的消息告诉了他的母亲赫卡柏，她顿时晕倒在地。普里阿摩斯还不知道这件事。他坐在儿子赫克托耳的坟旁，沉浸在悲愁中，不知道外面发生了什么事。与之相反，海伦在痛哭，与其说她为丈夫悲泣，还不如说她为自己悲泣。

俄诺涅独自待在家里，心里感到深深的后悔。她想起年轻时的帕里斯和他们往日的情意。她感到心痛欲裂，止不住泪流满面。她从床上跃起，奔了出去，经过一座座山岩，穿过山谷和溪流，整整地奔跑了一夜。月亮女神塞勒涅在暗蓝的天上同情地看着她，用月光照着她的路。最后她来到了她的丈夫的火葬堆那里。牧人们对他们的朋友和王子表示了最后的敬意。俄诺涅看到丈夫的遗体，悲痛得说不出话来，她用衣袖蒙着美丽的脸，飞快地跳进熊熊燃烧的柴堆里。站在一旁的人还没有来得及拉住她，她已经被火焰吞噬，和她的丈夫一起烧为灰烬。

围攻特洛伊

次日清晨，希腊人离开战船又来到特洛伊城下。他们这回准备攻城。希腊人兵分多路，每一路攻打一个城门。特洛伊人坚守城墙和塔楼，顽强抵抗。卡帕涅斯的儿子斯忒涅罗斯一马当先，跟战绩卓著的狄俄墨得斯奋勇攻打中心城门。得伊福玻斯和勇猛的波吕忒斯连同其他英雄，站在高高的城门上，用箭矢和石块打击蜂拥而上的攻城部队。涅俄普托勒摩斯率领阿喀琉斯的部下在伊达城门旁激烈攻打。特洛伊英雄赫勒诺斯和阿革诺耳鼓励士兵们进行不懈的战斗。面向平地和希腊人战船营的城门遭到欧律皮罗斯和奥德修斯的不断冲击，勇敢的埃涅阿斯站在高高的城墙上镇守若定，指挥

名师批注

‖阅读看点‖

为自己而悲泣的海伦此时在想什么呢？因为她，惹起了这场战争；因为她，帕里斯更丧失了性命。而未来又如何，她该何去何从？

‖阅读看点‖

奔跑了一夜的俄诺涅最后与丈夫化为灰烬。爱情女神也算是给了帕里斯幸福的爱情吧，只不过被海伦迷惑的他没有真正的在意过。

名师批注

‖ 阅读看点 ‖

关键时刻还是"狡黠"的奥德修斯发挥了作用，他在战争中那种机智的形象再一次得以丰满。

‖ 写作看点 ‖

一句话点明了战争的胶着状态，激烈残酷却又难分胜负。这样势均力敌的战斗何时是个头儿？必须有更好的智谋才能让胜负见分晓。这种描写为下面的"妙计"作好铺垫。

投掷石块，无人敢以靠近。在西莫伊斯河旁，透克洛斯顶着种种艰难困苦，奋勇作战。

奥德修斯正在战斗，忽然，他灵机一动，转出一个幸运的好主意。他命令战士们把盾牌拼凑在一起，顶在头上，整体上看起来好像一间房子的屋顶一样。大家趁着这一盾牌屋顶聚成一堆，犹如一个整体。丹内阿人大胆地向城门冲去，听到无数石块、飞箭和投枪从城墙上飞落下来的声音，可是却没有伤害到任何人。于是，大家放心大胆地如同一垛黑压压的城池一样往前推进。大地在他们的脚下发出吱吱的呻吟，阿特柔斯的儿子们充满了喜悦。他们看到士兵们组战的堡垒已经坚定不移地在往前推进。他们催促武士们对城门发起攻击，准备把门从铰链上卸下来，再用双面斧把门扇劈开。大家深信，奥德修斯的计谋一定会使他们取得胜利。

奥林匹斯山顶上不乏支持特洛伊人的神仙。他们给埃涅阿斯的手臂上增添了神力，让他端起一块巨大的石头朝着盾牌屋顶愤怒地投掷下去，产生了巨大的杀伤效果。一批冲上来的人被砸成肉饼，躺在他们的盾牌底下，不能动弹。埃涅阿斯站在城墙上，他的盔甲熠熠生辉。强大的战神阿瑞斯身裹一朵乌云，不露声色地与他并肩站立着，帮助埃涅阿斯投掷石块以后，又百发百中地把箭送往正确的方向。希腊人中箭倒地，一片惊慌。埃涅阿斯在城头上大声呼喊，鼓舞士气。城下，涅俄普托勒摩斯也激励士兵们坚决顶住。血腥的战斗整整进行了一整天，一刻也没有停息过。

在另外一端攻城的希腊人比较得手。勇敢的洛克里斯猛将埃阿斯一步步地清除了在雉堞上抵抗的武士。他舞枪射箭，左右逢源，势不可挡。突然，他的战友和同乡，即勇敢的阿尔喀墨冬看到城墙上有一处无人防守的地方。他急忙架起云梯,沿着梯级拾步而上。阿尔喀墨冬把盾牌顶在头顶上,愿意以此为伙伴们开辟进城的道路。

埃涅阿斯在远处看得真切。阿尔喀墨冬刚刚露出城墙,一块石头飞过来,正好击中他的头颅。阿尔喀墨冬仰面倒下,云梯经不住重压,也断成几截。如同一支离弦的飞箭,阿尔喀墨冬在空中翻滚着,还没有着地,就已经死了。

菲罗克忒忒斯正在一旁督战,看到安喀塞斯的儿子犹如一头猛兽沿着城头狂奔咆哮。菲罗克忒忒斯端起神弓,嗖地射出一箭,正中目标,然而只在对方的盾牌上撕下一道小口,不过这一箭却重重地射中特洛伊人墨蒙。墨蒙从城上翻身落下。埃涅阿斯用投石击碎了托克石雪墨斯的头颅和躯体,他是菲罗克忒忒斯的得力助手。

菲罗克忒忒斯愤怒异常地抬头看着城楼上的仇敌,大声呼喊说:"埃涅阿斯,你以为你是世界上最勇敢的人了?可是,只要你还从城楼上往下扔石头,照你那副模样像不像虚弱的女人?你如果是个好汉,那就走出城门来,跟我比试弓箭、长矛。我就是帕阿斯的儿子!"

这位特洛伊人连回答他话的时间都没有,因为城池的另一处又在告急了,迫切地需要他。他大步流星地走了过去。

木马计

希腊人的攻城战久久不能获胜。于是预言家卡尔卡斯召集英雄们会议,并告诉他们:"这种艰苦的作战是没有用的,你们绝不能用武力夺取特洛伊城。最好使用妙计来达到目的。昨天我看到一个征兆——一只鹰

名师批注

‖写作看点‖

精准的动作、恰当的比喻使阿尔喀墨冬被击死的场景极具视觉效果。

‖写作看点‖

用预言家的论断导出木马计,战争由此进入胜负分晓的最后阶段,也是全文高潮。

名师批注

‖ 写作看点 ‖

简洁的征兆描写却概括了木马计的全过程。概括之后，下面才是分写。这也是希腊神话常用的写作手法。

‖ 阅读看点 ‖

奥德修斯的"狡黠"最后关头派上了大用场。这一大段设计充分显示了高超的策略，无论是整体还是细节，他都充分考虑，不露一丝破绽。大家也只有惊叹的份了。这或许是命运女神让英勇的阿喀琉斯战死，而让奥德修斯留到最后的缘由吧。

追击一只鸽子，这只鸽子却敏捷地飞到岩穴里去。这只鹰在岩石上等待了许久，但被追击的鸽子就是不出。最后它隐蔽在附近的丛树中，这时，这只愚蠢的鸽子却毫不迟疑地飞出。于是老鹰即刻扑上去，用利爪将它攫住，让我们以这老鹰为例，停止对特洛伊城的攻击，而另想别的妙计。"

卡尔卡斯说完以后，英雄们就尽力思索，要想出一个计谋来结束这可怕的战争，但他们的劳心苦思都没有结果。最后奥德修斯想出一条妙计。"让我们造一个巨大的木马，在马腹中尽可能地装满希腊最勇敢的英雄。其余的人则乘船舰撤退到忒涅多斯岛去。但在航海出发以前，必须焚毁军营中的一切，使得特洛伊人能够从碉楼上看见烟火，不怀戒备，并蜂拥出城。同时我们让我们当中一个为特洛伊人所不认识的战士冒充逃难的人，到特洛伊城去，告诉他们说阿开亚人正拟将他杀死献祭神祇，祈求归途中一路平安，但他却设法逃脱了。他说阿开亚人建造了一只巨大的木马献给特洛伊人的敌人雅典娜，他自己就是藏匿在这只木马下面，直到希腊人的船舰出发后，才偷偷地爬出来的。担当这个任务的人必须能对特洛伊人重述这个故事，回答他们将要提出的一切问题，并且必须显得很真实，使他们不至于怀疑。这时他们一定同情这个可怜的外乡人，将他带到城里去。在那里他要设法让特洛伊人将木马拖进城门。当敌人熟睡的时候，他将给我们一个预先约定的暗号。这时我们从木马的腹中涌出，并燃起火把召唤忒涅多斯岛的队伍，然后用火和利剑毁灭特洛伊城。"

奥德修斯说出他的计策，大家都惊叹他的巧思。他的这个计策恰好符合预言家卡尔卡斯的心意，所以他特别大声表示赞成。他让集议的人都注意到飞鸟的吉利的征兆和显示宙斯同意的天上的雷鸣。但当希腊人正开始建造木马时，阿喀琉斯的儿子却提出异议。他说："卡尔卡斯，英勇的战士必须在光天化日下与敌人作战。让怯懦的敌人从城垣和碉楼下面去打他们的仗吧。但我们除公开作战以外一定不要使用什么诡计或别的方法。只有这样才能说明我们是更优良正直的战士。"

他的声音充满了英勇和大无畏的精神，甚至奥德修斯也不能不佩服他的不可动摇的毅力和傲气。但他反驳他："你是高贵父亲的高贵的儿子，说话完全像一个英雄。但必须记住，即使你父亲的威力和勇敢可以和神祇匹敌，他仍不能攻破这巨大的城堡。并不是所有的事情都能仅仅靠着勇敢就可以成功的。所以我请求你和别的英雄们都听从卡尔卡斯的建议，并即刻动手执行我的计划。"

除了菲罗克忒忒斯以外，每个人都欢呼赞成拉厄耳忒斯的儿子。但菲罗克忒忒斯支持涅俄普托勒摩斯的意见，因他渴望着战斗，他对于战斗还没有心满意足。结果他们两人几乎要说服所有的希腊人，但宙斯表示不同意和愤怒。电光闪击着，雷声震动了希腊人所站立的大地，因此他们知道宙斯赞成卡尔卡斯和奥德修斯的计划。涅俄普托勒摩斯和菲罗克忒忒斯虽然心里不愿意，也不得不表示让步。

于是他们都回到船舰，但在开始工作之前都好好地睡觉和休息。半夜里，雅典娜托梦给一个希腊的英雄厄珀俄斯。她吩咐这心灵手巧的人建造那只巨大的木马，并答应援助他，使他尽速完工。这英雄知道她是雅典娜女神，就快乐地从床上跳起来。他专心致志地想着唯一的一件事就是建造木马，心里盘算怎样完成这件交托给他的工作。

名师批注

‖ 阅读看点 ‖

有其父必有其子，阿喀琉斯的儿子坚持公开战斗的想法完全符合阿喀琉斯的性格特征。

‖ 写作看点 ‖

菲罗克忒忒斯与涅俄普托勒摩斯"几乎要说服所有人"，由此可见两人渴望公开交战的决心是如何坚定。

名师批注

‖ 写作看点 ‖

木马是整个计策成败的关键,所以此段详细地描写了木马建造的过程。最后一句"甚至相信这木马随时会嘶鸣起来",既说明木马的成功,也说明厄珀俄斯技艺的巧夺天工。

‖ 阅读看点 ‖

人未动,神先战。两派的战争一触即发,可见神性有时并不比人性有耐力。

在天亮时,他告诉希腊人他所做的梦。即刻阿特柔斯的儿子们下令到伊得山的山坡砍伐巨木。巨木运到赫勒斯蓬托斯,由许多青年人帮助厄珀俄斯共同工作。有些人修剪树枝,有些人砍锯木料。厄珀俄斯自己建造木马。他先削制马蹄和马脚,然后在上面削制马腹,在马腹上面装置拱形的马背。接着又安置胸部和脖子,脖子上的鬃毛是如此精致,似乎可以迎风飘动。马的两耳竖立,两眼奕奕有神。整个马匹都好像是活的并可以走动一样。由于雅典娜的援助,这工作在三天内就已完成。大家都惊叹厄珀俄斯所造的这件巨大的艺术品。他们甚至相信这木马随时都会嘶鸣起来。这位艺术家向天高举双手在全军之前祈祷:"请听我的祈祷,啊,帕拉斯·雅典娜,伟大的女神!请保佑我和你的马匹吧!"所有的希腊人也和他一起祷告。

特洛伊人仍很安静地隐伏在城里,他们由于希腊人的破坏和杀害而感到恐怖和疲惫。但在奥林匹斯圣山上却有着极大的扰乱。因为特洛伊城的命运既已决定,神祇们也就分为两派,一派爱护希腊人,另一派则敌视他们。他们降临大地,并在克珊托斯的河岸上列成阵势。只是凡人看不见他们。连海洋的神祇也加入他们的队伍。海中女仙们因为是阿喀琉斯的亲戚,故站在希腊人这一面。其他的海洋神祇则祖护特洛伊人,激起狂涛巨浪向希腊人的船舰和木马打来。如果得到命运女神的同意,他们可能使两者都完全毁灭。同时在平原上的战斗亦已开始。阿瑞斯突袭雅典娜。这是对于其他神祇们的一种信号,即刻全体的神祇们都加入作战。他们的黄金的铠甲响震着,海浪汹涌到沙地上。在神祇的足下,大地震动,他们的杀喊声甚至远达地府,使在塔耳塔洛斯的提坦们也为之战栗。

原来宙斯业已出外旅行，神祇们即选择这个时间决战。宙斯到了大地的极边俄刻阿诺斯海和忒堤斯岩洞。虽然距离这样远，但他仍然对于特洛伊城所发生的一切心里彻底明了。他刚一知道神祇们在作战，就御着四种神风(以伊里斯为御者)，立刻回到奥林匹斯圣山。他用迅急而强大的手掣出闪电轰击地上的神祇们，使他们即刻放下武器，木然不动地站立着。正义女神忒弥斯是唯一没有参加作战的神祇，她即刻降到地上，向他们宣告：除非他们服从宙斯的命令放弃战斗，否则他决定将他们完全毁灭。现在，由于畏惧万神之父，他们只好抑制心中的敌意各自归回，有的回到天上，有的回到海底。

这事进行的时候，木马已经完成，奥德修斯在会议中起立发言。"现在已是时候，"他郑重地说，"现在，啊，所有达那俄斯人的领袖们呀，我们将看出究竟谁是真正大无畏的人。因为现在我们得进入马腹，冒险前进。相信我，爬到马腹里隐匿比面对敌人作战还需要更大的勇气。所以只让最勇敢的战士们站出来。其余的可以航行到忒涅多斯岛去。只留下一个大无畏的人在木马附近，按照我所吩咐的去做。谁愿担任这个任务呢？"

没有一个人敢站出来。英雄们都犹豫着。最后西农挺身而出，走向奥德修斯，说道："我愿担当这桩必须完成的任务。让特洛伊人凌虐我吧！让他们活活的将我烧死吧！我已下了决心！"他的话受到大家的欢呼，许多年老的英雄都在心里这么说："这年轻人是谁呀？我们甚至还没有听说过他的名字。他没有可称颂的特殊功业。他一定是着了魔，魔鬼如果不是要毁灭我们，就是要毁灭特洛伊人。"

但涅斯托耳站起来激励这个达那俄斯人。"让我

名师批注

‖阅读看点‖

神仙的争斗草草收场，木马屠城的计划正式上场。故事中最精彩的部分即刻展开。

‖写作看点‖

用众多有名的英雄们的犹豫与无名小辈西农的坚定做对比，既说明此次在木马中的危险程度，又体现了西农的勇敢。

名师批注

阅读看点

西农的挺身而出与老人的一番话影响了英雄们,为了最后的胜利,英雄们不畏凶险,一个个走进木马。他们"默默无声",此刻,他们在想什么呢?

阅读看点

既高兴又怀有戒心是此时特洛伊人准确的心理特征。但没人知道最大的危险就在他们眼前。

们集中我们所有的力量,"他喊道,"神祇已经授给我们结束十年艰苦战争的方法。现在得迅速从事!快到木马里去!我的衰老的四肢感觉到十分坚强,就好像我是要走上伊阿宋的阿耳戈船一样;事实上如果不是珀利阿斯王将我拖回,我一定参加那次远征了。"

这老人一面说,一面企图在众人之先通过木门,进入马腹。这时阿咯琉斯的儿子涅俄普托勒摩斯请求他将这种光荣让给他这个年轻人,而自己率领别的人到忒涅多斯岛去。要说服涅斯托耳是困难的,但后来他同意了,于是涅俄普托勒摩斯全副武装第一个首先走进空廓的马肚子里。在他之后是墨涅拉俄斯,狄俄墨得斯,斯忒涅罗斯和奥德修斯。其次则是菲罗克忒忒斯,埃阿斯,伊多墨纽斯,墨里俄涅斯,波达利里俄斯,欧律玛科斯,安提玛科斯,阿革珀诺耳以及马腹所能容纳得下的许多别的人。最后进去的则是木马的建造者厄珀俄斯。他进入马腹,就将梯子抽上去,关闭木门,并从里面按下了键。英雄们默默无声地拥挤在黑暗的马肚子里,不知道在前面等待他们的命运是胜利还是死亡。

其余的人放火烧毁棚屋以及所有不能带走的家具什物。然后他们登上船舰,由阿伽门农和涅斯托耳指挥向忒涅多斯出发。这是会议时大家决定这么做的,大家不愿叫这两个英雄进入木马,一个由于他是全军的统帅,另一个由于他年已高迈。他们在忒涅多斯岛抛锚上岸,并期待着预先约好的举火的信号。

特洛伊人不久就注意到海岸上的烟雾和大火,他们从碉楼用心窥探,发现希腊人的船舰业已离去。他们快乐地拥到海岸上,但仍然怀着戒心,不敢脱下身上的铠甲。他们在敌人扎营的地方看不见营房却发现了巨大的木马,他们包围着它,惊愕得直瞪眼睛。起初他们衷

244

心地惊叹这件巨大的艺术品，后来则争论着怎样将它处置。有些人主张将它拖到城里去，放置在卫城上作为胜利的纪念品。别的人则不相信敌人所留下的这个奇怪的礼物，主张将它推下大海或用火焚毁。这时隐藏在马腹里的英雄们听到每一个新的提议，都惊悸得怦怦心跳。现在阿波罗的特洛伊的祭司拉奥孔从人丛中走过来了。他还没有走到木马跟前就喊、道："这是多么愚蠢，多么荒谬呀！你们相信达那俄斯人真的航海归去了吗？你们怎么能够相信敌人所留下的东西没有诡计？你们是知道奥德修斯的呀！或者有某种危险隐藏在木马里面，或者它是一种作战机器，隐匿在附近的敌人会应用来攻击我们。总之，不能相信这木马呀！"说着，他就从站立在附近的战士手里取过一根长枪，将它刺入木马的肚子。长枪扎在木马的肚子上摇曳着，发出的声响就像来自空穴的回声。但特洛伊人的心神是昏迷的，他们的两耳已经听而不闻。

当这事正在进行时，有几个迫近木马观看的好奇的牧人发现了隐藏在木马腹下的西农，他们将他拖出，并带去见普里阿摩斯国王。所有围观木马的人现在都拥来看这新的景象。西农站立着，没有武装，显然是吓呆了。他表演着奥德修斯所教给他的一切。他高举双手，有时向天，有时向围观的人们，哭泣着哀求："唉唉，我能到什么地方去，到哪儿乘船去呢？希腊人放逐了我，特洛伊人也一定会杀死我的呀！"最初看见他并抓住他的那些牧人被他所说的话感动了。这时来了一群战士，他们问他是谁，从什么地方来，并告诉他如果他真的是无罪的人，他就不必这样害怕。

最后西农放弃畏惧的表情，对他们说："我是一个希腊人，我并不否认这一点。我虽然不幸，但我不愿说

名师批注

‖阅读看点‖

听到众多的议论，木马里的英雄本来就心悸，现在拉奥孔的一番话让他们更是恐惧万分。

‖阅读看点‖

西农开始上场表演，木马之计成败都在他身上，他虽不善武力，但智慧在此时却胜过武力千倍万倍。

名师批注

‖写作看点‖

西农用"不愿说谎"开始了自己的谎话表演,但他并非一开始就编造,而是以对方都知道的事开始,来让对方感觉自己没有说谎,这样以下的表演才能成功。

‖阅读看点‖

对西农大段的描述体现了他过人的智能与高超的语言才能。每一个台词,每一个细节,每一种情绪都恰到好处。他个人的表现足可抵千百军士。

谎。也许你们已经听说过欧玻亚的王子帕拉墨得斯吧?由于奥德修斯的唆使,他被人用石头击死,仅仅因为他劝他的战士们反对了特洛伊人的战争。我是他的一个可怜的亲戚,自他死后,我就无所投靠。你们知道,我是敢于向谋害我亲戚的敌人复仇的,所以拉厄耳忒斯的儿子怀恨我,在战争的这些年始终压迫我。他压迫我一直没有休止,最后还和可恶的卡尔卡斯共同设计,要置我于死地。希腊人经过长时期的筹划商量终于决定逃归,并建造好了这巨大的木马,他们派遣欧律阿罗斯去祈求阿波罗的神谕,因为他们曾看见天上的不祥的征兆。但阿波罗的神谕是:'当初你们动身出征时,曾用一个童女的鲜血使暴怒的狂风平静。现在你们也必须用血来祈求你们归途的安全。你们必须牺牲一个自己人。'希腊人听到这神谕很震惊。但奥德修斯召集预言家卡尔卡斯来参加会议,请他揭示神的意旨。经过五天的时间,伪善的卡尔卡斯拒绝指定任何战士作为牺牲。最后假装被奥德修斯所逼迫,他提出我的名字。所有的人即刻赞成,因每个人都庆幸自己已逃脱一死。在恐怖的那一天清晨,他们使我戴着花冠作为一个献祭的供品,并将神圣的发带束在我头上。圣坛、酒醴、面粉,一切都已预备齐全。这时我却挣断捆缚着我的皮带,拔腿奔逃,隐藏在沼地的芦苇丛中,直到他们航海走了。后来我爬出来,隐蔽在圣木马的肚腹下面。我不能回我的祖国,也不能到我的亲人那里去。我落在你们的手里。现在你们得决定究竟宽宏大量让我活命呢,还是如同我的希腊同乡那样要将我处死。"

这些谎话使特洛伊人很感动。国王普里阿摩斯也温和地对西农说话。他叫他忘记他的残忍的同伴,并许可他在城里居住。他所要求的唯一报答是关于这个所谓"圣木马"的详细报导。

现在西农两手的绑缚已被松开。他高举两手向天作假意的祈祷。"我所敬奉的神祇们！啊，神坛和威胁我的利剑啊，请你们为我作见证，我和我的同乡人的关系业已断绝，现在我泄露他们的秘密已不算罪过了！"然后他开始说他的故事："在整个战争期间，阿开亚人将他们的希望都寄托在帕拉斯·雅典娜的援助上。但自从她的神像从你们在特洛伊所供奉的神庙里被偷去以后，事情就不对头了。你们特洛伊人或者还不知道这是我们的人拿走的。这激起女神的愤怒，她随即撤回了对于希腊人的好意。这时预言家卡尔卡斯宣称我们必须立即将船舰拖下海去，并扬帆回国，看神祇究竟要我们如何行动。他说我们已不用期待胜利，除非我们能将雅典娜女神像重新放置在它原来的地方。这便是达那俄斯人终于决心航海回国的理由。但由于卡尔卡斯的劝告，他们先造下这巨大的木马作为献祭雅典娜的礼品。他说这可以使女神息怒。他们将木马造得这么高大，使你们特洛伊人不能通过城门将它拖到城里，因为如果你们拖进城去，你们就会代替阿开亚人得到雅典娜的庇佑和保护。反之，如果你们用任何方法损伤了这巨大的圣木马(这正是达那俄斯人所希望的事呀!)，雅典娜就必然使你们的城池毁灭。他们打算，一旦他们在希腊了解了神意以后，就即刻转来，并准备将雅典娜像仍然归还这座由于自己的渎神而遭到了惩罚的城池。"

这一连串的谎话编排得这么巧妙，以致普里阿摩斯国王和他的战士们都相信了，对西农本人也毫不怀疑。雅典娜注视着她的朋友们的命运，他们在木马的肚子里满怀焦虑，因为自从听到拉奥孔大声的警告以后，他们都为自己的生命担忧。但一种非常的奇迹使英雄们至

名师批注

‖ 阅读看点 ‖

西农获得了初步的信任。下面就该如何说服特洛伊人让木马入城了。

‖ 阅读看点 ‖

西农的身份既已被信任，这些谎话自然也没有人不信了。西农的发言一步一个台阶，信任度也是一步一个台阶地得到提高。

名师批注

‖阅读看点‖

最怀疑木马的拉奥孔的死去，西农的被信任，使木马计一步步走向成功。

少逃脱了这一次危险。由于波塞冬的祭司死去，原是阿波罗祭司的拉奥孔被抽签决定兼代他的职位，所以他现在也是波塞冬的祭司。当他正以一匹壮丽的牡牛献祭海神时，两条巨大的毒蛇从忒涅多斯岛那个方向通过明镜般的清水，向海岸泅来。它们从海面伸出有紫色肉冠的头，蛇身在水里蜿蜒前进，并激起水花。现在它们完全爬上海滩，眼光炯炯如同火焰，吐着舌头，咝咝地叫着。仍然拥挤在木马周围的特洛伊人都吓得面无人色，并放脚奔逃。但这两条毒蛇一直奔向拉奥孔和他的两个儿子。首先它们缠绕这两个孩子，用毒牙咬他们的柔嫩的肌肉。这两个孩子痛得大叫，他们的父亲执着利剑奔来，它们又在他的身上缠了两圈，并将头高举在他的头颅之上。他的发带浸渍着毒蛇的毒涎。他用双手努力要解开蛇身的缠绕，但不可能。同时，拉奥孔在听到儿子们的呼救时刚用斧头砍下去的那头牡牛，如今也甩开脖子上的斧头，吽吽地呜叫着从神坛奔逃。拉奥孔和两个儿子终于被毒蛇咬死，这两条毒蛇由地上爬行着一直来到雅典娜的神庙。在那里它们隐藏在盾牌后面雅典娜的足下。

‖阅读看点‖

希腊人巴不得特洛伊人这么想，现在木马终于要进城了，最后的血腥在孩子们的赞歌之后即将发生。

特洛伊人以为这恐怖的事件乃是这祭司对于"圣木马"表示怀疑所得到的惩罚。有些人立即回到城里，在城垣上开一个洞使木马可以通过。别的人则在木马脚下安置轮轴，并制造大绳索来套它的颈项。于是他们胜利地将这巨大的木马拖曳到城里去。男女孩子追随在后面，歌唱神圣的赞歌。有四次这木马为城门的高门槛所阻，但终于滚过，有四次马肚子里发出似乎是金属相击的响声。但特洛伊人仍然充耳不闻，他们欢声如雷，一直将这木马拖到卫城上。在众人的狂欢中，只有国王普里阿摩斯的女儿卡珊德拉独自一人站得远远的，

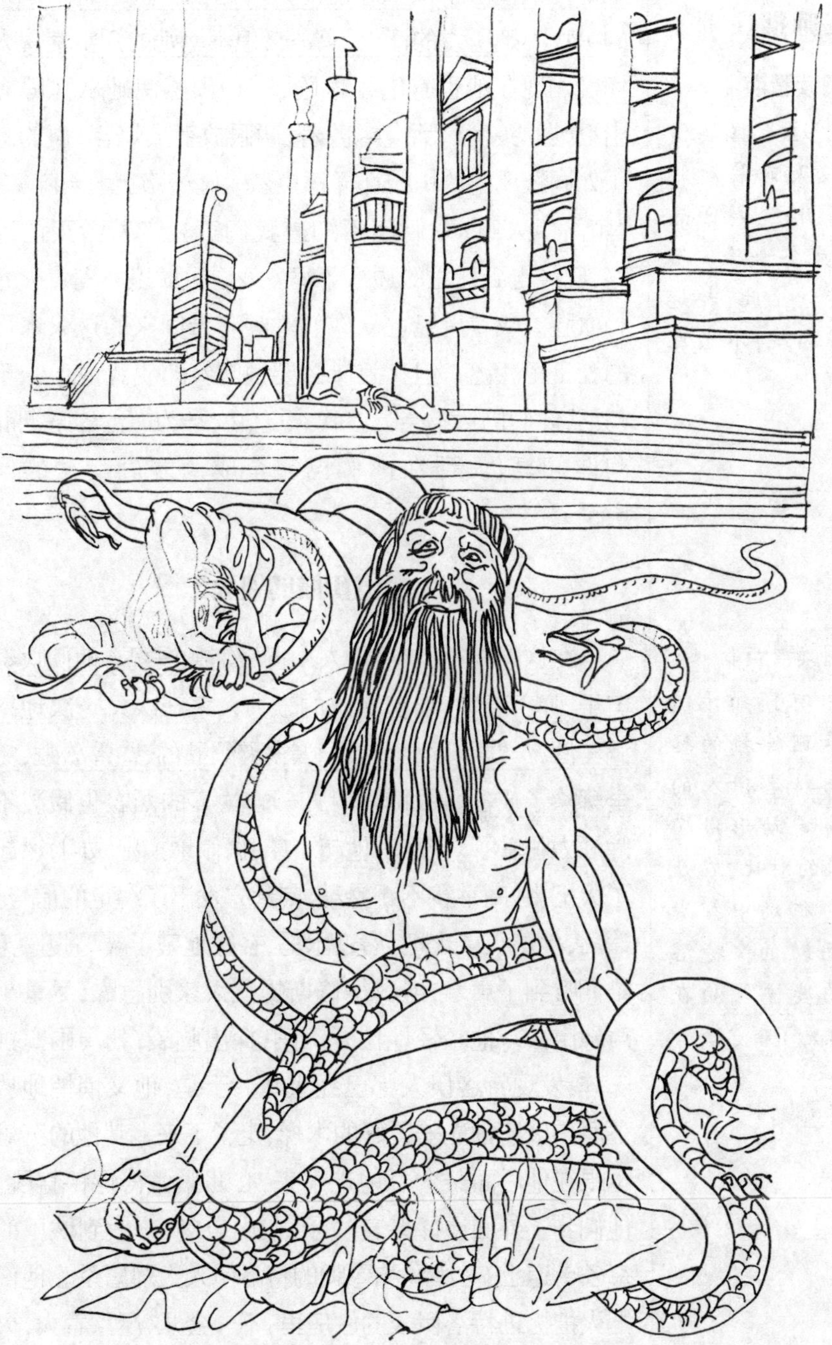

名师批注

‖阅读看点‖

这是特洛伊城毁灭前最后的歌舞升平,场面热闹,戒备全除。而读者读至此,却是心惊肉跳,不忍目睹。

她是神祇赋予了预知才能的人。她极明澈地看出未来的事物。她所说的话无不真实,但不幸她的话常常使人怀疑。现在她也看出了危险,一种预感使她从宫殿奔出。她的头发狂乱地飘散着,两眼放射火焰,细瘦的脖颈如同秋风中的树枝那样摇曳着。她一路上大声呼喊:"特洛伊人呀,你们还不知道我们正在走着毁灭的道路,已经走到死亡的边缘了吗?我看见城里充满着火光和血腥。我看见死亡从你们欢呼着带回来的这只木马的肚子里冲出。但我为什么要说呢?即使我说上一千句话,你们仍然不会听信我。复仇女神为海伦的婚姻而向你们复仇,现在你们已完全成为复仇女神的俘虏了。"

特洛伊城的毁灭

‖阅读看点‖

有预知才能的卡珊德拉的远观与特洛伊人的欢声雷动形成了强烈的对比,在众人的狂欢中智者是无助的。特洛伊的凄惨结局在所难免了。

在这天夜里,特洛伊人举行饮宴和庆祝。他们吹奏笛子,弹着竖琴,唱起欢乐的歌。大家一次又一次地斟满美酒,一饮而尽。士兵们喝得醉醺醺的,昏昏欲睡,完全解除了戒备。跟特洛伊人一起饮宴的西农也假装不胜酒力睡着了。深夜,他起了床,偷偷地摸出城门,燃起了火把,并高举着不断晃动,向远方发出了约定的信号。然后,他熄灭了火把,潜近木马,轻轻地敲了敲马腹。英雄们听到了声音,但奥德修斯提醒大家别急躁,尽量小声地出去。他轻轻地拉开门闩,探出脑袋,朝周围窥视一阵,发现特洛伊人都已经入睡。于是,他又悄悄地放下厄珀俄斯预先安置好的木梯,走了下来。其他的英雄也跟在他后面一个个地走下来,心儿紧张得怦怦直跳。他们到了外面便挥舞着长矛,拔出宝剑,分散到城里的每条街道上,对酒醉和昏睡的特洛伊人大肆屠杀。他们把火把扔进特洛伊人的住房里,不一会儿,屋顶着火,火势蔓延,全城成了一片火海。

隐蔽在忒涅多斯岛附近的希腊人看到西农发出了火把信号,立即拔锚起航,乘着顺风飞快地驶到赫勒持滂,上了岸。全体战士很快从特洛伊人拆毁城墙让木马通过的缺口里冲进了城里。被占领的特洛伊城变成了废墟。到处是哭喊声和悲叫声,到处是尸体。残废和受伤的人在死尸上爬行,仍在奔跑的人也从背后被枪刺死。受了惊吓的狗的吼叫声,伤员的呻吟声,妇女儿童的啼哭声交织在一起,又凄惨又恐怖。

但希腊人也遭到重大的损失,因为尽管大部分敌人都来不及拿起武器,但他们仍然拼死搏斗。有的人扔杯子,有的人掷桌子,或者抓起灶膛里的柴火,或者拿起叉子和斧子,或者拿起手头所能抓到的任何东西,攻击冲来的丹内阿人。这时希腊人围攻普里阿摩斯的城堡,许多全副武装的特洛伊人潮水般冲出来,进行殊死而又绝望的拼杀。

战斗进行时,已在深夜,但房屋上燃烧的火焰,阿开亚人手持的火把,把全城照耀得如同白昼。整座城市成了一片战场。战斗越来越激烈,越来越残酷。

涅俄普托勒摩斯把普里阿摩斯视为仇敌,他一连杀死他的三个儿子,其中包括那个敢向他的父亲阿喀琉斯挑战的阿革诺耳。后来,他又遇到威严的国王普里阿摩斯,这老人正在宙斯神坛前祈祷。涅俄普托勒摩斯一见大喜,举起宝剑,扑了过来。普里阿摩斯毫无惧色地看着涅俄普托勒摩斯,平静地说:"杀死我吧!勇敢的阿喀琉斯的儿子!我已经受尽了折磨,我亲眼看到我的儿子一个个死了。我也用不着再看到明天的阳光了!"

"老头子,"涅俄普托勒摩斯回答说,"你劝我做的,正是我想做的!"说完,他挥剑砍下国王的头颅。希腊

名师批注

‖ 写作看点 ‖

场面描写极尽凄惨之能事。"到处是……到处是……"句式的运用更增加了这种恐怖和绝望。

‖ 写作看点 ‖

此段概括了深夜战斗的场景——如同白昼。结尾用了两个"越来越……"句式使下文的战斗场景更趋激烈与残酷。

名师批注

‖ 写作看点 ‖

一个"摔"字写出场面的惨不忍睹。

‖ 阅读看点 ‖

前文说战争的祸根源于帕里斯与海伦的相爱出逃。而帕里斯死后没几日,海伦便已再嫁。为她发动一场残酷的战争,值得吗?

的普通战士杀人更为残酷。他们在王宫内发现了赫克托耳的小儿子阿斯提阿那克斯。他们从他母亲的怀里把他抢去,充满对赫克托耳及其家族的仇恨,把孩子从城楼上摔了下去。孩子的母亲朝着他们大声哭叫:"你们为什么不把我也推下去,或者把我扔进火堆里?自从阿喀琉斯杀死我的丈夫之后,我只是为了这个孩子才活着。请你们动手吧,结束我的生命吧!"可是他们都不听她的话,又冲到别处去了。

死神到处游荡,只是没有进入一所房子,那里住着特洛伊的老人安忒诺尔。因为墨涅拉俄斯和奥德修斯作为使者来到特洛伊城时,曾经受过他的庇护,并受到热情的款待,所以丹内阿人没有杀死他,并让他保留所有的财产。

几天前,杰出的英雄埃涅阿斯还奋勇地在城墙上打退了敌人的进攻。可是,当他看到特洛伊城火光冲天,经过多时的拼杀仍然不能击退敌人时,他就好像一个历经风暴的勇敢的水手一样,因见大船快要沉没,便跳上一只小船,自求活命去了。他把年迈的父亲安喀塞斯背在背上,牵住儿子阿斯卡尼俄斯的手,匆忙逃了出去。孩子紧紧地靠在父亲身旁,几乎脚不沾地地跟着父亲跳过许多尸体。埃涅阿斯的母亲阿佛洛狄忒也紧紧跟随,保护她的儿子。一路上火焰避让,烟雾让道,丹内阿人射出的箭和投掷的矛都偏离目标落到地下。埃涅阿斯成了唯一带着老小逃出城市的人。

墨涅拉俄斯在不忠贞的妻子海伦的房前遇到得伊福玻斯,他是普里阿摩斯的儿子。自从赫克托耳死了以后,他成了家族和民族的重要支柱。帕里斯死后,海伦嫁给他为妻。他在晚宴后醉醺醺地听到阿特柔斯的儿子们杀来的消息,便跌跌撞撞地穿过宫殿的走廊,准备

252

逃走。墨涅拉俄斯追上去,一枪刺入他的后背。"你就死在我妻子的门前吧!"墨涅拉俄斯吼道,声震如雷,"我多希望能亲手杀死帕里斯!任何罪人都不能从正义女神忒弥斯的手下逃脱!"

墨涅拉俄斯把尸体踢到一边,沿着宫殿的走廊走去,到处搜寻海伦,心里充满了对结发妻子海伦的矛盾感情。海伦由于害怕丈夫发怒而浑身发抖,她悄悄地躲在昏暗的角落里,过了好久才被丈夫墨涅拉俄斯发现。看到妻子就在眼前时,墨涅拉俄斯妒意大发,恨不得把她一剑砍死,但阿佛洛狄忒已经使她更加妩媚、美丽,并打落了他手里的宝剑,平息了他心里的怒气,唤起他心中的旧情。顿时,墨涅拉俄斯忘记了妻子的一切过错。突然,他听到身后亚各斯人威严的喊杀声,他又感到羞愧,觉得不贞的海伦使他丧失了脸面。他又硬起心肠,捡起地上的宝剑,朝妻子一步步逼近。但是在心里,他还是不忍心杀死她。因此,当他的兄弟阿伽门农来到时,他倒体面地住了手。阿伽门农拍着他的肩膀对他说:"兄弟,放下武器!你不能杀死自己的妻子。我们为了她受尽了苦难。在这件事上,比起帕里斯,她的罪过就轻多了。帕里斯破坏了宾主的法规,连猪狗都不如,他、他的家族,甚至他的人民都为此受到了惩罚,遭到了毁灭!"

墨涅拉俄斯听从了劝告,表面上装着不愿意的样子,心里却很高兴。后来,他与海伦一同回到斯巴达。墨涅拉俄斯死后,她被驱逐到罗德岛。

当大地上正在大肆屠杀时,天上的神用乌云遮掩起来,悲叹特洛伊城的陷落。只有特洛伊人的死敌赫拉,以及阵亡的阿喀琉斯的母亲忒提斯心满意足地大声欢呼。但是,即使希望特洛伊失败的帕拉斯·雅典娜也忍不住

名师批注

‖ 写作看点 ‖

此段描写深刻地揭示了墨涅拉俄斯见到海伦后心理的变化过程,由妒意大发到旧情萌动,再到羞愧,最后到不忍心。复杂而多变。

‖ 写作看点 ‖

一句话点明了墨涅拉俄斯的心理。他真是巴不得如此,却又要装出男人的样子。

名师批注

‖阅读看点‖

特洛伊战争结束了,但由于雅典娜的发誓,另一个故事或许又开始了。

淌下了眼泪,因为她看见埃阿斯竟然进入她的神庙,一把抓住她的女祭司卡珊德拉的头发,把她拖了出去。女神虽然没法援救她的敌人的女儿,可是她的双颊却因愤怒和羞愧而发烧。她的神像嘎嘎作响,使神庙下的地基都震动起来。她发誓要报复他,因为他犯了亵渎之罪。

大火、屠杀延续了很长时间。熊熊的火柱直冲天空,宣告不幸的特洛伊城的毁灭。

阅读理解

《特洛伊的故事》在希腊神话中属于情节密集的部分,尤其是战争场面的情节,可以说是一个接着一个,一环扣着一环。可读性强,趣味性强,引人入胜。场景描写根据情节需要,繁简得当;语言的描写,紧扣人物的性格特征,其中又不乏精彩的大段语言,比如木马计中的西农对特洛伊人的大段语言。重要人物的形象因为其行为、表情和语言而变得鲜明。整个故事浑然一体,读者兴趣盎然。

写作借鉴

文中多用比喻,善于侧面描写衬托人物;此外又善于描写人物的心理,使人物形象既鲜明又丰满。战争场面宏大,空间转换使本就宏大的战争场面不显杂乱。预言的恰当运用,在文中起到了很好的概括作用,随后又有情节的逐步展开,体现了极严密的逻辑,给人一种鲜明的层次感。

回味思考

1. 特洛伊战争中让你印象最深刻的英雄人物是哪一个？为什么？

2. 特洛伊战争中哪一个情节最精彩？精彩在什么地方？

3. 特洛伊的最终毁灭给我们留下什么样的思考？

综合测试

1. 《古希腊神话》的最大特点是_____。
2. 在希腊神话中被称为"希腊第一勇士"的是_____。
3. 希腊神话包括神的故事和_____两部分内容。
4. 想出用木马计攻下特洛伊城的英雄是(　　)
   A. 阿喀琉斯　　B. 阿伽门农　　C. 奥德修斯　　D. 赫克托耳
5. 古希腊神话中,爱神的名字是(　　)
   A. 雅典娜　　B. 阿佛洛狄忒　　C. 赫柏　　D. 阿耳忒弥斯
6. 试着说一说古希腊神话的艺术特色。

7. 古希腊神话中,你最喜欢哪个人物?试着分析一下他(她)的性格特征。

8. 写一篇关于古希腊神话的读后感,要求:
(1)立意鲜明,有独到的见解。(2)语言通顺。(3)800字左右。

参考答案

1. 神人同形同性
2. 阿喀琉斯
3. 英雄传说
4. C
5. B

6.（1）希腊神话中的神与人同形同性,这是它最大的特点。在希腊神话中,人按照自己的形象创造神,赋予神以人形、人性,甚至人的社会关系。神话中的神高度人格化,具备人类的思想感情,性格分明,具有人神同形同性的特点。神和人的基本区别在于神强大,长生不死,生活闲逸快乐;人类弱小,会死,生存艰辛,不得不经常求助于神明,但也常常诅咒神明作恶。古希腊人崇拜神,但同时赞美人,赞美人的勇敢和进取精神。古希腊人批评骄傲、残忍、虚荣、贪婪、暴戾、固执等人的性格弱点,并且认为往往正是这些性格弱点造成人生悲剧。古希腊人崇拜神,但并不赋予神明过分的崇高性,也不把神明作为道德衡量的标准,而是把他们作为人生的折射。在希腊神话中,神的故事和性格都有发展,这一点反映了希腊人的想象力和艺术创造力。

（2）希腊神话的故事性很强,具有丰富的想象力。希腊神话的优美、动人也是举世闻名的,它具有美丽的幻想和清晰质朴的风格。希腊神话是经过几百年的创作和积累形成的一个瑰丽的民间口头文学宝藏,其中许多情节是由于当时人们认知有限,只能借助想象去解释扑朔迷离的自然现象而产生的,具有丰富的想象力。另外,希腊神话为西方文学在文学形式上树立了原型,即以叙事为主,情节丰富有趣,最著名的有阿耳戈英雄们的故事、特洛伊的故事等。

（3）希腊神话中蕴含着丰富的哲理。希腊神话是古希腊人最初的意识活动成果,它艺术地概括了他们对社会和自然的认识,表达了他们对社会不平现象的义愤,他们的经验和思想,充满乐观的精神,充满了追求光明、热爱生活、以人为本,肯定人的力量和人本主义的思想。古希腊神话正是以这种人本精神,以动人的故事和深邃的思想内涵,吸引了一代又一代的读者,令人百读不厌,成为后代文学艺术创作丰富的材料源泉。

7. 略

8. 略

读后感

神性与人性的胶着
——读《古希腊神话》有感

读《古希腊神话》一书,让我进入一个传说中的奇妙世界,沉醉于变幻离奇的神话故事,惊叹于故事中众多人物的鲜活形象,我时常问自己:古老的希腊人怎会创造出如此绝妙的传说呢?我想:希腊神话多少寄托了他们对世界的看法和美好愿望,他们心灵的所思所感恰如其分地融合在神话中。

一、人性的追求

希腊神话中的神并非完美无缺,集善良、纯洁于一身的。他们会愤怒、喜悦、憎恨、感激……他们有的暴躁,有的温柔,有的好忌妒,有的却心胸开阔,而唯一与人类不同的是有神力。就拿天王宙斯和天后赫拉来说吧,他们是众神中的最高领袖,但过得并不太平。宙斯一贯好色,很奇怪的是希腊人竟给自己神灵的统治者这样一个恶习!而赫拉常常监视宙斯,忌妒并迫害一切情敌,所以她也不是一个宽容大度的妻子。当宙斯俘获欧罗巴的时候,赫拉就派了只牛虻日夜折磨欧罗巴。可见,人性中丑的、恶的一面,即使是众神之王也没有逃脱,神灵做的不都是善事也不都是恶事,他们像人一样会帮助别人,也会袒护自己。希腊人赋予神种种人的特质正体现了对人性的重视和追求。无论人还是神,富有多种情感和独特性格才能栩栩如生地站在读者面前,才能构成五彩斑斓的世界。

二、神灵的崇拜

古希腊人崇拜神灵是显而易见的,仅仅从神话故事入手就不难找到大量证据。人们一旦遇到困惑就会去不同神灵的神庙乞求神谕,神在人们心目中不会说一句假话,神谕往往不受人的意志的控制,都会实现。比如底比斯的国王拉伊俄斯和伊俄卡斯特婚后没有子女,便去阿波罗神庙乞求,神谕说他们的儿子将杀父娶母。尽管拉伊俄斯刺穿儿子俄狄甫斯的脚脖拴好后抛到哈泰戎荒山里,可惜经过一番周折,俄狄甫斯还是在一个十字路口糊里糊涂地杀死了亲生父亲,并娶母亲作为皇后,神谕终究不偏不倚地实现了,这样奇妙的巧合实在让人称绝。同时,定期大张旗鼓的祭祀活动必不可少,否则将激怒神灵,灾难接踵而至。由于古希腊人科技、生产力还很低下,许多自然现象和灾害以及社会生活中的问题使他们困惑不解,他们期望有什么能指引方向,保护他们并消灾辟邪。于是神灵出现了,希腊人的美好愿望在神话中得到满足和安慰。

三、理想的英雄

取回金羊毛的阿尔戈英雄们、完成十项伟大任务并解救普罗米修斯的赫拉克勒斯等等,这些英雄英俊、勇敢、富有智慧、主持正义。立下不朽功劳的英雄人物在希腊神话中成为一颗颗闪耀的明星,似乎没有他们希腊神话也将黯淡无光。众英雄中最耀眼且具有完美结局的要属赫拉克勒斯了。他是宙斯与凡人的儿子,高4米,两眼炯炯有神,是希腊最漂亮和最强壮的男人。他历经艰险,凭借其超人的体力、智慧和品格,出色完成了欧律斯透斯命令的十项几乎不可能完成的任务。巨人、许德拉、厄律曼托斯山的野猪等为人民带来巨大灾难的怪兽在赫拉克勒斯手中一一惨死,他无疑是人民心中的英雄。最终,他死后被列为众神之一,住在奥林匹斯圣山上,娶赫拉的女儿赫柏为妻,得以永生,永远得到人民的崇拜和敬仰。

这样的英雄显然是理想人物,人们希望有英雄般的品质,受到他人的崇敬与爱戴。人类的榜样亦是英雄的化身。希腊神话人物众多,情节玄妙,是那样的无与伦比。神灵寄托了人们解开谜团的愿望,英雄寄托了人类高贵的优秀品质,人们对人性的追求使诸神富有个性。美丽的希腊神话就这样永载着追求、崇拜和理想驻守在古希腊人心中。

打开一扇认识欧洲文化的窗

——《古希腊神话》读后感

《古希腊神话》为读者敞开了一扇观察和认识古希腊乃至欧洲文化的窗口。作为反映古希腊神祇和英雄故事的《希腊神话故事》，的确给人类的文化生活留下了丰富的精神遗产。

神话的原意，其实就是"话""故事""消息"。在希腊人广泛的语言习惯里，它意味着臆造的传说或寓言。在欧洲启蒙运动时期，欧洲人常把神话看作世人的臆造，可是希腊人却坚持认为神话是神祇客观存在的标志。

神话在千百年的历史长河里强化了神祇客观存在的普遍认识。在神话世界中，神祇都以类似凡人的体态与人类相处，他们其实也被理解为人。因此，神话以及神话中塑造的神祇形象给人类的精神生活带来了巨大的影响。

如同神话一样，宗教崇拜也是从信仰神祇的意识中产生的，它们两者都牵涉到信仰的原始现象。人们试图在宗教崇拜中寻找一种可能的机会，以便用隆重的仪式把自己和神祇连接起来。宗教崇拜反映在祈祷或者其他一些表现形式上，它们可由人单独或私自进行，也可由团体或者集体进行。希腊人成功地从早期巫术风俗中找到了宗教崇拜的途径，而希腊的政治家们却把它们统一成对神祇的崇拜。

神祇究竟是什么呢？他们就是脱离死亡的人。神祇是相对于凡人而存在的，死亡是区别神祇和凡人的分界线，而凡人就是不能脱离死亡的人。

神祇是永恒的，他们在神话中跟凡人同样出生，所以他们跟凡人生活在同一个世界上。不过，神祇比凡人显得强大和幸福。凡人由此而对神祇产生尊重和畏惧，可是他们在神祇面前却并不感到自卑。

神祇的表现形式是多种多样的。一切生活着的，或者表现生命作用的都可成为"神祇"。神祇表现为各种植物、动物、岩石或者人。希腊宗教是主张多神论的，因此希腊人讲到的神祇往往就是主管某一具体领域的神的总概念，这是区别于各种单神教的主要内容。

美籍物理学家贝特在分析欧美社会的生命现象时指出："对一个具体的

个人说来,生命从诞生到死亡,从清晨到夜晚,从家庭到社会,始终穿戴着宗教的外衣。没有一幢房子里没有祭奉神祇的场所。没有一天,没有一餐膳食,没有一场音乐会,没有一次集会不带祭祀,不带对神祇的问候。人们遇到每一件活动,信奉每一次欢乐,遭遇每一场烦恼,无论是幸福地欢呼还是痛苦地颤抖时都会感到神祇就在身前脚后,都会渴望地呼唤他们。一切艺术、建筑、绘画、造型、诗歌、音乐和舞蹈都围绕并且服务于宗教,应宗教的需要而发展,连运动员和养马人的体育比赛也是为了表彰神祇和英雄而举办的。"

看来,古希腊人生活在一个虔诚的时代。人们无论把自己的眼光投向何方,他们都可看出人类是跟神祇的作用密切相连的。尽管不同地方的希腊人在他们的宗教仪式中表现出许多区别,可是宗教始终是他们最强有力的凝聚力。宗教文化久盛不衰,虔诚的宗教心理几乎成为创造社会文化的源泉。

图书在版编目(CIP)数据

古希腊神话／顾振彪主编. —延吉：延边人民出版社，2011.9(2021.11 重印)

(阅读1+1工程)

ISBN 978-7-5449-1783-4

Ⅰ.①古… Ⅱ.①顾… Ⅲ.①神话-作品集-古希腊 Ⅳ.①I545.73

中国版本图书馆 CIP 数据核字(2011)第 195896 号

声　明

本套书在编选过程中，有一部分作者未能取得联系，在此深表歉意。敬请作者见到此声明后尽快与我们联系，以便奉上稿酬。

联系电话：010-84925116-808　电子邮箱：dywbook@163.com

责任编辑	申敬爱
责任校对	沈山明
封面设计	刘小红
出版发行	延边人民出版社
地　　址	吉林省延吉市长白山东路98号
邮　　编	133001
网　　址	http://www.ybcbs.com
电　　话	0433-2902107
印　　刷	天津兴湘印务有限公司
版　　次	2011年9月第1版
印　　次	2021年11月第7次印刷
幅面尺寸	155mm×230mm
印　　张	17
字　　数	250千字
ISBN 978-7-5449-1783-4	
定　　价	42.80元

如有印装错误，请与出版社发行部联系调换(电话：0433-2902113)